Das Buch

Urlaub in Schottland – das ist für viele ein Traum. Für die Floristin Liska ist das anders. Seitdem ihre Eltern bei einem Autounfall tödlich verunglückten, hat sie nie mehr schottischen Boden betreten. Nun aber muss das Ferienhaus ihrer Großmutter gerettet werden, und Liska reist widerwillig auf die Orkney-Inseln, um dem renommierten Fotografen Marius die Insel zu zeigen. Doch dann kommt alles anders als geplant: Ein kauziges altes Ehepaar begleitet die beiden über die Inseln, und Liska kann sich auf Dauer dem Charme der Landschaft und der Menschen nicht entziehen …

Die Autorin

Stephanie Linnhe wuchs im nördlichen Ruhrgebiet auf. Nach dem Publizistikstudium ging sie für ein Jahr nach Australien und arbeitete als Story Writer sowie als Tourguide mit Schwerpunkt in Sydney. Zurück in Europa führten Projekte sie in die Schweiz und nach England. Seit 2008 arbeitet sie in Karlsruhe als Redakteurin, mischt hin und wieder bei Filmdokumentationen mit und versucht, das alles mit permanenter Reisewut zu vereinbaren.

Von Stephanie Linnhe ist in unserem Hause bereits erschienen:

Cornwall mit Käthe
Herz aus Grün und Silber

Stephanie Linnhe

Immer wieder Schottland

Roman

Ullstein

Besuchen Sie uns im Internet:
www.ullstein-taschenbuch.de

Originalausgabe im Ullstein Taschenbuch
1. Auflage März 2018
© Ullstein Buchverlage GmbH, Berlin 2018
Umschlaggestaltung: bürosüd° GmbH, München
Titelabbildung: www.buerosued.de
Satz: Pinkuin Satz und Datentechnik, Berlin
Gesetzt aus der Kepler
Druck und Bindearbeiten: CPI books GmbH, Leck
ISBN 978-3-548-29018-8

Für den WSK-Clan

(Der Letzte macht das Licht aus.)

Prolog

An diesem Dienstag passierte in dem kleinen Haus an der Old Finstown Road zur Mittagszeit etwas höchst Ungewöhnliches: Das Telefon klingelte. William und Fiona Brookmyre hielten gleichzeitig in ihren Bewegungen inne und starrten zunächst ihre Suppenteller, dann sich an. Sie saßen nebeneinander, so dass sie beide beim Essen den herrlichen Blick aus dem Fenster genießen konnten. Hinter einer Wiese lag die Bay of Firth und präsentierte sich in einer Farbe, die William als Brodgargrau bezeichnete – so grau wie die Steine des Henges dort draußen zwischen Loch Stenness und Loch Harray.

Es war eine seiner Eigenarten, Farbbezeichnungen zu erfinden, und im Laufe der Jahre hatte er es auf ein stattliches Repertoire gebracht, ebenso wie er sämtliche Facetten des Lebens auf Mainland kannte. Selbst wenn eines der schlimmen Unwetter über die Bucht auf das Land zurollte, schloss er mit aller Seelenruhe die Fenster und informierte Fiona, dass der Himmel bereits schiefergrau war und es daher bald ordentlich krachen würde.

Ein Unwetter brachte William Brookmyre nicht aus dem Konzept. Ein Anruf mitten in der Woche schon. Es gab keine Familie, die sich für eine Plauderei melden würde. Die Tochter war bereits unter der Erde, mit ihrem Enkel hatten sie vergangenen Sonntag telefoniert, und der Familienstammbaum hatte niemals seitliche Triebe entwickelt. Dann war da noch

Stephen, doch das war ein anderes Thema. Aber es brachte nichts, deshalb zu trauern. Das Leben war, wie es war, es nahm sich, was es wollte, und alles, was einem blieb, war, darüber zu lächeln und mitzuspielen, so gut es ging.

»Das kann nur Emmi sein«, sagte Fi, platzierte den Löffel sorgfältig auf ihrem Platzdeckchen und drehte sich auf ihrem Stuhl, um aufzustehen. Seit vergangenem Jahr machten ihr die Hüften Probleme, also legte William eine Hand auf ihre Schulter.

»Lass mal, meine Liebe. Ich mach das.« Mit seinen einundachtzig Jahren war er noch den Umständen entsprechend fit. Die gute Luft hier draußen war dafür verantwortlich, daran glaubte er fest. Schließlich lebte er nicht in einer Stadt, geschweige denn einer Großstadt, wo man Tag für Tag Autoabgase und anderes einatmete, an das er nicht denken wollte. Die Krankheit mochte sich in seinen Körper fressen, aber er hielt sie in Schach. Keine Schmerzen. Das war noch besser als ein ungestörtes Mittagessen.

Er verließ die Küche und ging in die kleine Diele, die mit ihren Jacken, zwei Paar Schuhen sowie Gummistiefeln beinahe vollständig ausgefüllt war. Dort stand das Telefon mit Wählscheibe auf einem an der Wand angebrachten Brett.

William strich seine Strickjacke glatt und nahm ab. »Ja?« Er brüllte, wie immer, wenn er telefonierte. Vielleicht, weil das Rauschen des Windes hier so deutlich zu hören war, aber auch ein ganz klein wenig, weil er dem Apparat nicht traute.

Sein altes Mädchen sollte recht behalten: Es war Emmi aus Deutschland, ohne Sinn für einen geregelten Tagesablauf oder den Anstand, nicht zwischen zwölf und eins anzurufen, wenn vernünftige Leute bei Tisch saßen. Aber er mochte sie dennoch, und sie zahlte ihnen einen kleinen Betrag dafür, dass sie nach ihrem Haus sahen. Manchmal benahm sie sich etwas verrückt. So wie heute. William bemühte sich wie immer, langsam zu reden, damit sie ihn auch verstand, und ihre Anfrage anschließend höflich abzuschmettern. Es gab Grenzen, die er und Fi nicht mehr überschreiten konnten, da Alter und Gebrechen, die hinterhältigen Dreckshunde, ihnen einen gehörigen Strich durch die Rechnung machten.

Fi hatte eine Warmhaltehaube über seinen Teller gestülpt, als er zurückkehrte und sich wieder am Tisch niederließ.

»Und?«, fragte sie und zog den Deckel beiseite. William lächelte sie dankbar an und probierte – die Suppe war noch immer heiß. Wundervoll.

Er schlürfte einen weiteren Löffel, ehe er antwortete. »Wie du sagtest, es war Emmi. Hat Unsinn im Kopf.« Noch ein Löffel. »Sie will das Haus an jemanden vermieten, der herumgeführt werden will. Fragt, ob ich das machen kann.«

»Was, herumgeführt? Vermietet sie etwa an einen Hund? Oder traut derjenige sich nicht allein über die Insel?« Fi kicherte, was er bis heute faszinierend fand. Mit ihren beinahe achtzig Jahren kicherte sie immer noch wie ein junges Mädchen.

William rülpste. »Wohl jemand, der sich hier alles Mögliche zeigen lassen will.«

»Dafür gibt es doch Reisebücher.«

»Eben drum habe ich ihr gesagt, dass wir das nicht machen können. Hin und wieder putzen und frische Handtücher hinlegen und nach dem Rechten sehen ja, aber mehr geht einfach nicht.«

»Und jetzt?«

»Sucht sie sich jemand anders.« William zuckte die Schultern und aß weiter.

»Ach herrje.« Fi starrte aus dem Fenster, wo der Himmel sich mittlerweile möwengrau verfärbt hatte.

William tat es ihr gleich. Er stellte sich die See vor, nur geringfügig heller, und die Inseln darin: manche bewohnt, andere verlassen oder niemals besiedelt. Früher hatten Fi und er viele von ihnen besucht, Freunde getroffen und die Wellen aus anderen Blickwinkeln betrachtet. Manche Schottland-Touristen glaubten, dass sie die Orkneys kannten, wenn sie nur Mainland gesehen hatten. Glaubten, dass die Inseln sich ähnelten, ja, sogar glichen. Niemand von denen sah richtig hin.

Er tat das stets, kannte die flache Küste von Wyre, die majestätischen Klippen von Westray und wusste, wie der Old Man of Hoy im Abendlicht schimmern konnte.

Erste Regentropfen schlugen auf das Fenster, und William beobachtete, wie sie herabrannen und ein glitzerndes Netz über das Glas zogen. Die Sicht verschwamm und nahm die Welt dort draußen mit sich. William griff nach seinem Glas und trank einen Schluck Wasser. Er dachte an Emmi und ihr Ferienhaus, das den letzten Sturm nicht unbeschadet überstanden hatte. Nein, Fi und er konnten niemanden herumführen, obwohl er gern noch einmal alles gesehen hätte: Die Heimat in sämtlichen Torffarben, die es gab. Einmal noch, ehe seine Welt sich zurückzog wie hinter einem Regenschauer, der nicht mehr aufhören wollte.

»Ach herrje«, wiederholte Fi. »Das kann ja heiter werden.«

1

»Ich bin mir nicht sicher, ob ich diese Farbe wirklich so passend finde für meinen Tisch. Vielleicht doch lieber Schnittrosen?« Die Kundin trat einen Schritt zur Seite, so dass die Septembersonne auf die Blumen in ihrer Hand schien und die cremefarbenen Blütenblätter leuchten ließ. Sie drehte sie, dann etwas mehr, runzelte die Stirn, nahm ihre Tasse, trank einen Schluck Chai Latte und betastete ihre Hochsteckfrisur.

Liska hob die Brauen und zählte innerlich bis zehn. Allmählich argwöhnte sie, dass die Frau das *Blumen zum Tee* ohne eine einzige Rose verlassen würde und nur auf den Rabatt scharf gewesen war, den Kunden des Blumenladens auf ein Getränk erhielten. Sie blickte bewusst nicht in den anderen Teil des Ladens, wo Mareike hinter der Bar stand und die neue Teelieferung einräumte, da sie sonst die Augen verdreht oder andere Grimassen geschnitten hätte.

»Wir führen die Topfrosen auch in anderen Farben.« Sie deutete auf das Regal, aus dem die Kundin die Blume kurz zuvor genommen hatte.

Die musterte das Angebot, schien aber noch immer unzufrieden, wie auch bereits in den vergangenen zwanzig Minuten. »Ich weiß nicht ... ich möchte ja schon gern diesen Ton hier.« Sie deutete auf einen Behälter mit langstieligen Rosen.

Liska lächelte und griff nach einem Blumentopf. »Helles Apricot, das haben wir hier.«

»Hm.« Die Kundin nahm ihn, trat ins Licht und drehte ihn hin und her, als würde sie so herausfinden, ob man sie soeben belog oder nicht.

Mareike machte Zeichen quer durch den Raum, und nun schnitt Liska doch eine Grimasse. Sie begriff nicht, wie man so lange für eine allzu offensichtliche Entscheidung brauchen konnte. Es lag klar auf der Hand: Die Kundin wollte eine Topfrose in Hellapricot, dort war die gewünschte Pflanze in tadellosem Zustand ... einem Kauf stand demnach nichts mehr im Weg. Trotzdem stand sie hier, wartete auf eine der entscheidungsunfreudigsten Frauen, die sie jemals in ihrem Leben getroffen hatte, und bemühte sich, ruhig zu bleiben. In der Zeit, in der die Blondine von einem Blütenkopf zum anderen starrte, hätte sie unzählige andere Dinge erledigen können. Wenn sie eines hasste, dann unnötiges Warten. Leider war dies keine rote Ampel, und sie konnte nicht einfach über die Straße gehen, nur weil kein Auto kam, sondern es war ihr Geschäft. Und damit ihr Ruf.

Sie verschränkte die Hände hinter dem Rücken und lächelte tapfer weiter, als die Kundin sie anblickte und den Kopf schüttelte. »Die hier sind etwas dunkler als die Schnittblumen. Ich nehme dann doch lieber drei einzelne Rosen.«

Mit exakt diesem Wunsch hatte sie das Geschäft betreten. Liska drückte ihre Fingernägel in die Handflächen und nickte. »Sehr gern.« Routiniert nahm sie drei Exemplare aus dem Bottich, arrangierte etwas Schleierkraut darum, schlug alles in Papier ein und kassierte.

Die Kundin bedankte sich und setzte noch einmal ihre Tasse an, bis auch der letzte Tropfen Chai herausgelaufen war. Mindestens zwanzig Sekunden blieb sie in dieser Pose, und anschließend warf sie einen enttäuschten Blick in die Tasse, so dass Liska beinahe erwartete, sie würde die Schaumreste ablecken. Erst dann verließ sie den Laden, während sie sich noch immer mit der Zunge über die Lippen fuhr.

Liska wartete eine Weile, legte dann den Kopf in den Nacken und stöhnte so laut und inbrünstig auf, dass Mareike einen Lachanfall bekam.

»Reg dich nicht auf«, brachte sie hervor, nachdem sie sich wieder gefangen hatte. »Es hätte schlimmer kommen können.«

»Das war schlimm genug. Ich mag keine Hü-und-hott-Menschen.«

»Hü-und-hott-Menschen?«

»Leute, die sich dauernd umentscheiden. Es ist vollkommen in Ordnung, sich erst einmal alles anzusehen und gegeneinander abzuwägen, aber sich ständig zu widersprechen macht keinen Sinn. Wenn man etwas beschlossen hat, sollte man auch dabei bleiben.«

»Du bist zu hart.«

»Unsinn. Ich bin genervt. Ich ...«

Das Telefon klingelte, als ob es ihre Ausführungen unterbrechen und ihr die Möglichkeit geben wollte, sich zu beruhigen.

Mareike nahm den Anruf an. »*Blumen zum Tee*, guten Tag.« Sie lauschte kurz. »Oh, hallo!« Ein Lächeln breitete sich auf ihrem Gesicht aus. »Ja natürlich, einen Moment.«

Eine dumpfe Vorahnung befiel Liska. Sie wedelte heftig mit einer Hand, deutete mehrmals energisch auf das Telefon und schüttelte den Kopf, ehe Mareike etwas sagen konnte. Sie ahnte, wer in der Leitung lauerte.

Mareike begriff und legte eine Hand auf den Hörer. »Was ist los? Das ist ...«

»Meine Oma, nicht wahr?« Liska flüsterte und zauberte damit einen irritierten Gesichtsausdruck auf Mareikes Gesicht. Ihre Oma versuchte sie bereits den ganzen Tag zu erreichen, hatte mehrmals auf ihre Mailbox gesprochen und ihr zwei Textnachrichten geschickt, die sie mühsam entziffern musste. Ihre Großmutter hatte zwar kein Problem mit Anrufen und der Fotofunktion ihres Handys, aber wie sie Leerzeichen in einer SMS hinbekam, vergaß sie jedes Mal aufs Neue.

Liska wusste nicht, was genau sie von ihr wollte. Doch allein die Andeutung, dass es etwas mit dem Ferienhaus in Schottland zu tun hatte, genügte als Ausschlusskriterium. Sie wollte nichts hören, was damit zusammenhing, und sie wollte nicht daran denken. Weder an das Haus noch an Schottland, noch an alles, was sie mit diesem verfluchten Land verband. Wenn sie einmal damit anfing, kämen all die Erinnerungen wieder hoch, die sie seit Jahren erfolgreich verdrängt hatte.

Dieses verflixte Haus! Ihre Oma liebte die alte Hütte auf den Orkney-Inseln abgöttisch. Mittlerweile fuhr sie nur noch selten hoch, doch nach jedem Besuch sang sie wahre Loblieder auf die Gegend.

Unverständlich! Liska begriff nicht, was jemanden dort so sehr begeistern konnte, dass er noch einmal wiederkehren wollte. Auf den Inseln gab es nichts außer Gras, Wind, Schafen und ein paar prähistorischen Stätten, die aus Hügeln und Steinen bestanden und daher in die Kategorie »uninteressant« eingeordnet werden konnten. Für ein Ferienhaus fanden sich unzählige andere – bessere – Orte auf der Welt. Als Kind hatte Liska regelmäßig mit ihren Eltern die Ferien dort oben verbracht, aber wenn man klein war, konnte man sich auch stundenlang mit Grasbüscheln beschäftigen und sich einbilden, es wären in Wahrheit verzauberte Trolle oder Elfen. In der Luft tanzende Blütenpollen oder gar ein Regenbogen boten Stoff für ganze Nachmittage. Nach dem Unfall war sie noch einmal mit ihrer Oma hingefahren, nur um festzustellen, dass sie dort oben nichts mehr ertragen konnte – weder das Haus noch die Landschaft oder gar die Menschen.

Sie schluckte hart und nahm einen Pflanzenkübel, nur um

ihn wenige Zentimeter weiter abzustellen. »Sag, ich bin nicht da«, zischte sie.

Mareike verdrehte die Augen, zeigte ihr einen Vogel und hielt den Hörer wieder an ihre Lippen. »Sie befindet sich gerade in einem Kundengespräch«, sagte sie freundlich.

Schlaues Mädchen. Liska biss sich auf die Lippe. Natürlich war sie im Laden. Wo sollte sie um diese Zeit sonst sein? Sie applaudierte ihr lautlos ... und ließ ihre Hände wieder sinken, als sie die Bestürzung auf Mareikes Gesicht bemerkte. Sie machte ihr Zeichen, um zu erfahren, was los war.

»Das tut mir leid, Frau Matthies«, sagte Mareike ernst. »Einen Moment bitte.« Sie blickte auf. Dieses Mal schirmte sie den Lautsprecher nicht mit einer Hand ab. »Deine Oma sagt, es gehe ihr gar nicht gut.« Sie klang alarmiert.

Einen Augenblick herrschte gähnende Leere in Liskas Kopf, dann begann ihr Herz schneller zu schlagen. Die Anrufe, die Nachrichten – so hartnäckig war ihre Oma sonst nie! Es musste ernst sein. Wie hatte sie nur glauben können, dass der Wunsch, dringend mit ihr zu reden, noch immer mit dem alten Haus zu tun hatte? Hatte ihre Oma sich etwa übernommen in den vergangenen Wochen? Zuzutrauen war es ihr.

Mit drei großen Schritten war sie an der Theke und riss Mareike das Telefon aus den Fingern. »Oma? Was ist los?« Ihre Stimme klang fest, lediglich ihre Hand zitterte im Takt ihres Herzschlags.

Emilie Matthies räusperte sich vernehmlich am anderen Ende. »Elisabeth, mein Mäuschen! Wie geht es dir?« Sie klang völlig normal, sogar erfreut.

»Wie es mir geht? Wie geht es *dir*? Was ist los?« Etwas stimmte hier nicht. Liska sah Mareike an, als könnte die ihr Antworten liefern.

»Mir geht es fantastisch.«

»Aber hast du Mareike nicht gerade gesagt, dass du dich nicht gut fühlst?« Nun begriff sie gar nichts mehr. Hinter ihnen öffnete sich die Tür. Ein Pärchen betrat eng umschlungen den Laden, und Liska verzog sich mit dem Telefon in den kleinen Raum hinter der Verkaufstheke. »Also, was ist passiert?«

»Nichts, es ist alles in bester Ordnung. Aber ich musste dich ja irgendwie an den Apparat bekommen. Schließlich ignorierst du schon den ganzen Tag meine Anrufe.«

Fassungslos starrte Liska auf den schmalen, hellen Tisch und die beiden Stühle. »Es war ein Trick?«

»Ja, und er hat wunderbar funktioniert, das musst du zugeben. Also, warum ich anrufe ...«

»Oma! Mach das nie wieder, hörst du?«

»Ich verspreche es hoch und heilig. Aber versteh mich, Mäuschen, ich muss schon gleich weiter, wir treffen uns doch heute zum Kartenspielen. Ich möchte die Sache mit dem Haus vorher klären, sonst hätte ich dich ja nicht so erschrecken müssen.«

Liska atmete tief durch und seufzte. Allmählich verschwanden der kurzzeitige Schock und die Empörung. Schließlich liebte sie ihre Oma. Nur ihr Unwille, über dieses verflixte Haus zu reden, der verschwand nicht. Aber so wie es aussah, kam sie nicht drum herum. »Also gut. Was ist mit dem Ding? Bitte sag, dass du dich endlich entschieden hast, es zu verkaufen. Immerhin macht es nur Ärger und kostet dich unnötiges Geld, erst recht seit dem letzten Sturm.«

»Es macht keinen Ärger, im Gegenteil.«

»Das Dach ist halb weg.«

»Elisabeth, es fehlen einige Ziegel. Ich verstehe nicht, warum du dich nach all der Zeit noch immer so sehr dagegen sträubst ...«

»Also gut, komm auf den Punkt.« *Dieses* Thema würde sie

sich jetzt nicht aufdrängen lassen. »Ich bin hinten, Mareike ist allein im Laden.«

Erneutes Räuspern. Ihre Oma wappnete sich für den weiteren Verlauf des Gesprächs! Das konnte nichts Gutes bedeuten. »Ich habe eine Anfrage für das Ferienhaus.«

»Das ist doch gut. Und nichts Neues, oder? Du hattest schon öfter Anfragen.«

»Das stimmt, ja. Aber diese Anfrage ist besonders. Oder sagen wir, sie kommt von jemandem, der bereit ist, viel Geld zu zahlen. Das würde reichen, um das Haus endlich wieder komplett instand setzen zu lassen.«

Liska verengte die Augen. »Und was habe ich damit zu tun?«

»Nun, die Dame, die angefragt hat, ist ... Magdalena de Vries.« Sie sagte das mit dieser besonderen Betonung am Ende, bei der Liska an einen Zirkusdirektor in der Manege denken musste. Beinahe glaubte sie, einen Trommelwirbel samt Tusch zu hören.

Der Name ließ etwas in ihrem Hinterkopf klingeln, aber noch kam sie nicht darauf, was es war. Sicher hatte sie ihn schon einmal gehört, oder es kam ihr nur so vor, da ihre Oma ihr soeben suggerierte, dass sie ihn kennen musste. »Wer ist das?«

»Elisabeth!« Der Trommelwirbel war dem Bild einer strengen Person samt Monokel und Zeigestab gewichen. »Magdalena de Vries! Die bekannte Schriftstellerin. Sie wohnt in Heidelberg, und wir kennen uns noch aus Schulzeiten.« Strenge wich Stolz bei den letzten Worten.

»Ah ja, ich glaube, von der habe ich schon einmal gehört. Und sie möchte in deinem Haus wohnen? Das ist doch toll. Aber ich frage dich noch einmal: Was habe ich damit zu tun?«

»Nun, sie wünscht sich jemanden vor Ort, der sich auskennt, ihr ein paar spannende Stellen auf der Insel zeigen und ein wenig dazu erzählen kann.«

Liska legte den Kopf in den Nacken und starrte an die Decke. Sie hatte gewusst, dass dieses Gespräch auf etwas hinauslaufen würde, das ihr ganz und gar nicht gefiel. Aber das war noch schlimmer, als sie gedacht hatte. »Tut mir leid, Oma, das mache ich nicht.«

»Elisabeth ...«

»Ich sagte, nein. Ich führe ein Geschäft, schon vergessen?« Sie merkte selbst, wie lahm sich ihr Argument anhörte. *Blumen zum Tee* lief zwar nicht schlecht, aber sowohl sie als auch Mareike konnten den Laden einige Tage allein managen, wenn es darauf ankam. So etwas war stressig, aber machbar. Und ihre Oma wusste das ebenso wie sie. »Wir reden später darüber, ich komme bei dir vorbei.« Seufzend beendete sie das Gespräch.

»Aber das ist doch gar kein Problem.« Mareike zerrte das Schild hinein und schloss die Ladentür ab. »Ich kann hier momentan locker die Stellung halten, schließlich stehen weder Muttertag noch Ostern oder Weihnachten vor der Tür. Und auch wenn du Schottland nicht magst, wirst du doch deiner Oma helfen wollen? So wie ich es verstehe, hängt sie an dem Haus.«

»Leider«, murmelte Liska düster und wienerte die Theke, obwohl das Holz bereits glänzte. »Dabei machte es in den letzten Jahren nur Ärger. Andauernd sorgt sie sich darum. Der Sturm hat das Dach und einen Teil der Fassade beschädigt, und sie muss ihr Geld zusammenkratzen, um wenigstens das Dringendste reparieren lassen zu können. Es ist wie ein Kind, das nicht erwachsen werden will und ihr die Haare vom Kopf frisst.«

Mareike lachte. »Aus genau dem Grund mag sie es wahrscheinlich – ein Kind, das nicht erwachsen wird und auszieht, sondern nur ein wenig herumzickt. Wie lange hat sie es schon?«

Liska spülte den Schwamm aus und wischte die Theke trocken. »Schon immer, zumindest gefühlt. Nun ja. Und jetzt ruft diese de Vries an und wünscht, einen Fremdenführer zur Seite gestellt zu bekommen. Warum will so eine dahergelaufene Schriftstellerin eigentlich unbedingt auf die Orkney-Inseln? Passt die nicht besser nach Monte Carlo oder so?«

»Also hör mal, von wegen dahergelaufen. Ich finde ihre Bücher super.«

»Ach ja?« Liska hob die Augenbrauen. »Ich habe noch nie etwas von ihr gelesen.«

Mareike verdrehte die Augen und stellte den Eimer mit Tulpen zurück ins Regal. »Ernsthaft? Wo haben Sie die vergangenen Jahre verbracht, junge fremde Frau? In einem Wandschrank?«

»Was den heutigen Tag betrifft, wäre ich gern noch immer dort.«

»Ich glaube das einfach nicht. Warte kurz!« Mareike rauschte an ihr vorbei, verschwand im Hinterzimmer und kehrte kurz darauf mit ihrem Tablet zurück. Konzentriert tippte sie darauf herum, fasste Liska an der Schulter und zog sie neben sich. »Hier. Du kannst mir nicht erzählen, dass du diese Bücher nicht kennst. Die liegen in den Buchhandlungen aus, und überall hängen Plakate. Ich kenne niemanden, der nicht zumindest ein de-Vries-Buch gelesen hat. Nun, das heißt, vielleicht gibt es da eine Person in der ganzen Stadt.«

Liska warf erst ihrer Freundin einen schrägen Blick zu und musterte dann die Website der de Vries. Sie war übersichtlich und klar gegliedert, dafür mit einem zuckergussrosa Hintergrund. Eine Frau mit einem breitkrempigen Hut war auf einer Seite abgebildet, ihre Augen blickten in die Ferne, wo sich eine grüne Hügellandschaft erhob. Daneben waren die Bücher der Autorin aufgelistet: nichtssagende Titel, die von Abenteuern in anderen Ländern, Sinnsuchen gebeutelter Frauen und natürlich immer wieder der großen Liebe handelten.

»Hm. Ich weiß nicht. Diese Romane heißen doch alle gleich. Vielleicht bin ich ja wirklich schon einmal dem einen oder anderen Buch von ihr begegnet, aber ich kann mich nicht erinnern.« Ein Schlag auf die Schulter ließ sie zusammenzucken, und empört blickte sie auf. »Was?«

»Du bist manchmal so ignorant, Liska! Eine der bekanntesten deutschen Autorinnen will das Ferienhaus deiner Oma mieten und braucht jemanden, der ihre Sprache spricht und sie etwas herumführen kann, und du stehst hier und verziehst bei dem Gedanken das Gesicht. Andere würden sich freuen! Das ist doch spannend. Vielleicht erfährt man etwas über ihr neues Buch oder bekommt sogar ein signiertes Exemplar, überleg mal.«

Andere würden nicht mit mir tauschen wollen, glaub mir.

»Ich bin nicht ignorant, diese Themen interessieren mich einfach nicht«, sagte Liska so würdevoll wie möglich. »Wenn sie dich so sehr begeistert, fahr du doch hoch nach Finstown.«

»Würde ich glatt machen, wenn ich mich da auskennen würde. Ich war noch nie dort, aber die Landschaft ist sicher atemberaubend.«

Liska wandte sich ab und begann die Tassen in die Plastikkiste zu packen, um sie im Hinterzimmer in die Spülmaschine zu räumen. Solange sie ihren Händen etwas zu tun gab, konnte sie sich von den Bildern ablenken, die durch ihren Kopf toben wollten. »Die Landschaft ist öde, die Leute sind seltsam, was kein Wunder ist, denn da oben gibt es bis auf Steine und Gras kaum etwas. Und Schafe.« Sie schüttelte sich, so dass die Tassen in der Kiste gegeneinanderschlugen.

Mareike zeigte ihr einen Vogel. »Was hast du gegen Schafe?«

»Alles. Sie sind dumm, stinken und haben ekelhaft ölige Wolle. Außerdem finde ich diese viereckigen Pupillen schräg, sie sehen verschlagen aus. Wenn ich so darüber nachdenke, belegen Schafe den ersten Platz in meiner persönlichen Anti-Schottland-Top-Ten.«

2

Das kleine Mädchen strahlte so breit in die Kamera, dass man jede Zahnlücke sah. Es trug eine dicke Jacke und Gummistiefel, seine Zöpfe standen beinahe waagrecht vom Kopf ab, und auf den Armen hielt es ein Lamm.

»Da warst du vier und hattest noch fast weißblonde Haare. Wie die Schäfchen, hast du immer gesagt. Ich weiß noch genau, wie du geschwankt hast bei dem Foto, weil der Wind so stark und das Tier eigentlich viel zu schwer für dich war. Aber du wolltest unbedingt so ein Foto. Du warst vernarrt in die Tiere.« Entweder übersah Emilie Matthies den genervten Gesichtsausdruck ihrer Enkelin, oder sie wollte ihn ignorieren, denn sie stellte den Bilderrahmen zurück auf den Schrank und strahlte Liska an. »Kurz darauf wurde das Haus frisch gestrichen, daran erinnere ich mich genau. Mister Brookmyre hat sich darum gekümmert, bei Wind und Wetter. Der hatte so eine wackelige Leiter, und ...«

»Oma.« Liska versuchte es mit der Kombination aus mahnendem Tonfall und vorwurfsvollem Blick, erntete aber lediglich argloses Erstaunen. Emilie Matthies geriet bei Dudelsack und Haggis völlig aus dem Häuschen und verstand nicht, warum es ihr anders ging.

»Ach Elisabeth.« Ihre Oma strich ihren Rock glatt, der in grün-blauem Schottenmuster gehalten war und den sie wahrscheinlich gewählt hatte, um erneut die Fahne für ihr Lieblingsland zu schwenken. Mit ihrem aufgesteckten weißen Haar und der ebenso hellen Bluse sah sie darin fast aristokratisch aus. »Möchtest du noch einen Kaffee? Wir könnten ihn mit einem Schluck Whisky verfeinern. Speyside. Aberlour, achtzehn Jahre alt. Ein wunderbares Aroma, der gute Tropfen ist in Bourbon- und Sherryfässern gereift.« Sie strahlte, als wäre sie eigenhändig für die Whiskyproduktion verantwortlich.

Liska hob einen Daumen, ehe der Lobgesang sich in die Länge ziehen konnte. Whisky war in der Tat eines der wenigen schottischen Erzeugnisse, das sie noch ertrug.

Ihre Oma stand auf und holte eine Flasche aus ihrer Vitrine. Sie kehrte zum Tisch zurück, nahm Platz und schenkte ihnen beiden Kaffee ein. Dann öffnete sie den Aberlour und zog ihre Show ab: schnuppern, Augen schließen, intensiver und lauter schnuppern, mit den Augenbrauen wackeln, *Ahhh!* sagen und Liska mit Kennermiene anblicken. »Das ist mal ein wirklich guter Tropfen.«

»Ja, wie auch beim letzten, vorletzten und vorvorletzten Mal«, murmelte Liska und beobachtete, wie ein stattlicher Schuss des goldbraunen Getränks in ihrem Kaffee landete. Augenblicklich breitete sich das würzige Aroma im Raum aus. »Also. Reden wir über die Sache mit dem Haus.«

Ihre Oma nahm ihre Tasse und blies die Dampfschwaden weg, sah jedoch weiterhin Liska an. Ihre Wangen waren gerötet, und sie wirkte frisch und gesund. Lediglich ihre Augen strahlten nicht so wie sonst. Wenn Liska genauer darauf achtete, vermeinte sie, Sorge darin zu entdecken. Doch sie schwieg. Ihre Oma wollte auf diesem Steg balancieren, also sollte sie vorangehen.

Verstohlen ließ sie ihren Blick durch den Raum schweifen, betrachtete die gerahmten Fotografien der Küste von Mainland, die zahlreichen Bücher über Schottland sowie die Tassen, die ihre Oma im Laufe der Jahre gesammelt hatte.

In diesem Augenblick stellte Emilie ihre Tasse ab. »Magdalena hat angeboten, die reguläre Ferienhausmiete zu vervierfachen, wenn jemand vor Ort zur Verfügung steht und ihren Neffen herumführt. Das ist eine sehr stattliche Summe, finde ich.«

»Ihren Neffen? Ich dachte, sie will sich umsehen und Eindrücke für ihr Buch sammeln.«

»Nein, sie wird ihrem Neffen eine Liste der gewünschten Motive mitgeben, und der schießt für sie Fotos. Anschließend druckt sie sich die Bilder aus und hängt sie zu Hause auf, um sie beim Schreiben immer vor Augen zu haben. So arbeitet sie, hat sie mir erklärt. Ist das nicht spannend?«

»Das ist ja noch schräger. Warum recherchiert sie nicht einfach im Internet? Das ist doch so viel zu umständlich.«

»Mäuschen, Magdalena ist sehr erfolgreich mit ihren Methoden.« Ihre Oma deutete auf das dunkle Regal neben dem Fenster. »Das merkt man auch an ihren Büchern, die sind wirklich ganz, ganz toll. Ich kann dir gern eines leihen, wenn du möchtest.«

»Nein danke. Mareike hat bereits versucht, mich dafür zu begeistern, aber ich fürchte, das ist nicht meine Art Literatur. Zurück zu der Anfrage. Also sie möchte das Haus für ihren Neffen für wie lange?«

Ihre Oma trank noch einen Schluck Kaffee. »Eine Woche, vielleicht kürzer, je nachdem, wie lange er braucht, um die Fotos zu machen. Und eben dafür hätten sie gern jemanden, der sich dort auskennt und bei der Motivsuche behilflich ist.«

In Liskas Hinterkopf klingelte ein Glöckchen und versprach Rettung aus dieser Misere. Das war es! »Aber dann bin ich doch nicht die Richtige. Ich war seit Jahren nicht mehr da oben, ich finde mich dort doch nicht mehr zurecht.«

Das entsprach nicht ganz der Wahrheit. Sie wusste, dass sie keine Probleme mit der Orientierung haben würde, sobald sie erst wieder auf Mainland war. Wenn sie etwas wissen wollte, konnte sie noch immer die alten Brookmyres fragen, die sich auch jetzt um das Haus kümmerten. Das hatte sie schließlich immer getan.

Ihre Oma winkte ab. »Ach, seitdem hat sich dort kaum was verändert.«

Liskas Herz sank, und hastig suchte sie nach neuen Argumenten. »Nein ernsthaft, ich kann mich wirklich nicht mehr an die Gegend erinnern.« Es klang schwach, und sie zuckte zusammen, als ihre Oma sich plötzlich vorbeugte und eine kleine, faltige Hand auf ihre legte.

»Schatz. Ich weiß doch, warum du nicht fahren möchtest. Aber glaub mir, ich habe gehofft, dass du es hinter dir gelassen hast. Es sind schon so viele Jahre.« Ihre Stimme wurde leiser. »Du kannst nicht dein Leben lang daran festhalten.«

Liska schluckte. Der Schmerz war immer noch da, aber längst nicht so stark, wie sie erwartet hatte.

Weder riss er sie von ihren Füßen, noch beherrschte er sie. Vielleicht hatte ihre Oma recht. Liska zwang sich zu einem Lächeln und hob den Kopf.

Ihre Oma erwiderte das Lächeln, dann strahlte sie. Und da wusste Liska, dass sie verloren hatte. Sie würde nach Schottland fahren und für den Neffen einer ihr unbekannten Schriftstellerin die private Reiseführerin spielen. Zurückkehren an den Ort, an dem die Welt ihr gezeigt hatte, wie unbeständig und grausam sie sein konnte. Sie würde eine ganze Woche vertrödeln und sich zwischendurch wahrscheinlich zu Tode langweilen. Und frieren. Ja, vor allem das.

Andererseits war es nur eine Woche, und sie tat es für ihre Oma. Sie würde sich ein paar Bücher mitnehmen und es sich gutgehen lassen. Vielleicht konnte sie diesen Neffen sogar hin und wieder allein losschicken, wenn sie ihm den Weg erklärte – auf der Insel war nicht viel los, so dass er zurechtkommen würde, selbst wenn er den Linksverkehr nicht gewohnt war. Nachdem man einmal begriffen hatte, dass man mit der anderen Hand schalten musste, war alles nur noch halb so wild. Sie hatte das innerhalb von zehn Minuten gelernt, als sie noch zu jung gewesen war, um einen Führerschein zu machen. Um den Laden musste sie sich auch nicht sorgen, Mareike kam gut allein zurecht.

Eine Woche. Was konnte da schon groß geschehen?

3

*M*arius stand vor der Villa. Sie erhob sich dunkel und massiv in den Himmel und verdeckte einen Großteil der aufziehenden Regenwolken. Er hatte immer gedacht, dass sie zum Charakter seiner Tante passte: energisch, etwas barsch, aber im Grunde edel und liebenswert.

Als kleiner Junge hatte er sich vor Magdalena de Vries gefürchtet, die so anders war als seine Mutter. Exzentrisch, hatten die Leute sie genannt. Damals hatte er noch nicht begriffen, was das bedeutete, aber mittlerweile konnte er dem voll und ganz zustimmen. Seine Tante hatte ihre Eigenarten, und zwar eine Menge. Ihr verstorbener Mann, Geert de Vries, war ein erfolgreicher Unternehmer gewesen und ermöglichte seiner kinderlosen Witwe ein Leben in finanzieller Unabhängigkeit. Magdalena machte das Beste daraus und tat das, was sie schon immer tun wollte: Sie schrieb.

Aber die Bücher wurden allesamt zu Erfolgen. Marius hatte nur eines gelesen und in der Geschichte und den Figuren Spuren seiner Tante gesucht. Vergeblich. Im Grunde, so glaubte er heute, hatte sie ihre Schwester beschrieben. Seine Mutter. Ingrid Rogall war ein Familienmensch und von Grund auf optimistisch. Tauchte ein Hindernis auf, lachte sie zunächst, um sich anschließend in aller Ruhe zu überlegen, wie sie es am besten aus dem Weg räumte oder umging.

Marius hatte diese Eigenart von ihr geerbt. Überhaupt ähnelte er ihr in so vielen Belangen, dass es ihm beinahe schon unheimlich war. Lediglich das Faible für Fotografie hatte er von seinem Vater. Peter Rogall hatte unzählige Kameras besessen, die er in seinem Arbeitszimmer aufbewahrte. Als Kind glaubte Marius, dass es Hunderte sein mussten. Nachprüfen ließ es sich nicht mehr, da sein Vater bei seinem Auszug alles mitgenommen hatte. Marius war damals neun gewesen und hatte sich an die alte Spiegelreflex mit dem rotgeflickten Tragegurt geklammert, ein Abschiedsgeschenk von seinem Vater. *Damit hältst du die schönsten Momente auf dieser Welt fest*, hatte er gesagt. Als er mit dem Koffer aus der Tür getreten war, hatte Marius wie verrückt auf den silbrigen Knopf gedrückt und ein Bild nach dem anderen geschossen.

Sein Vater war trotzdem nicht zurückgekehrt.

Mit den Jahren hatte er sich immer mehr der Fotografie

gewidmet und war nie wieder davon losgekommen. Er war sogar einen Schritt weitergegangen, hatte sie zu seinem Beruf gemacht und jettete heute als freier Fotograf durch die Welt. Je weiter die Reisen ihn wegführten und je länger sie dauerten, umso besser. Das alte Modell mit dem roten Flickengurt besaß er noch immer.

Der Anfang war holprig gewesen, und oft hatte Marius nicht gewusst, wie es weitergehen sollte. Als er immer wieder aufgeben wollte und sich von Auftrag zu Auftrag gehangelt hatte, jeden Monat mehrmals nachrechnete, ob er die Miete bezahlen konnte. Mittlerweile war sein finanzielles Polster dick genug. Seit vergangenem Jahr arbeitete er mit zwei Dokumentarfilmern und einem Magazin als festen Vertragspartnern zusammen, was ihn weitgehend absicherte. Bei seinen Zwischenstopps zu Hause in Köln fertigte er hin und wieder Porträtfotografien an oder ließ sich für Hochzeiten buchen, und selbst das lief beinahe ausschließlich über Mundpropaganda. Er wurde davon zwar nicht reich, aber er fühlte sich wohl mit dieser Mischung aus Freiheit und Stabilität. Natürlich gab es Einschränkungen, so wie überall. Er sah seine Familie nicht so häufig, wie er es gern würde, und war noch weiter als jemals zuvor davon entfernt, eine eigene zu gründen.

Dazu lief er stets Gefahr, dass seine Pläne nicht aufgingen oder durchkreuzt wurden, beispielsweise von schlechten Wetterfronten oder auch der Tatsache, dass andere Leute seine Kameras ebenso gern hatten wie er selbst. Leute wie die Unbekannten, die so freundlich gewesen waren, beim Einbruch in sein winziges indonesisches Hotel alles bis auf seine Ausrüstung zurückzulassen, während er unterwegs war, um letzte Besorgungen für den Abflug zu machen. Bis zum Aufbruch nach Jakarta blieben ihm nach seiner Rückkehr in das

Chaos seines Zimmers genau zwei Stunden. Zu wenig, um etwas vor Ort ausrichten zu können. Oder gar Anzeige zu erstatten, wovon ihm der freundliche, aber leicht lethargische Rezeptionist mit höflichem Lächeln abriet, da es sowieso nichts bringen würde.

Um seinen Flug nicht zu verpassen, hatte Marius zähneknirschend gepackt und in den kommenden Tagen versucht, von Deutschland aus mehr zu erreichen. Bislang ohne Erfolg. Dabei ging es ihm nicht nur um den Wert von Kameras und Zubehör, sondern auch um den Auftrag, der ihm durch die Lappen gegangen war. Eine Woche Fototour in Südostasien, und er kam ohne ein einziges Bild zurück. Das Bering-Magazin weigerte sich daraufhin zu zahlen und hielt sich bezüglich weiterer Aufträge zurück. Die Botschaft zwischen den Zeilen war jedoch deutlich: Er hatte es versaut. In einer Branche, die nicht nur auf Geschwindigkeit setzte, sondern vor Konkurrenz nur so strotzte, hatte er seine Karte verspielt.

Aber so war das Leben, und Marius machte sich weder Illusionen, noch hielt er sich lange damit auf, Rückschläge zu bedauern. Selbst das Abendrot am Himmel war niemals vollkommen klar, stets verirrte sich ein Wolkenfeld hinein. Und das war gut so, denn das machte es erst interessant. Man musste nur die richtige Perspektive finden, um das Grau nicht überwiegen zu lassen.

Genau das wollte er jetzt – mit Tante Magdalenas Hilfe.

Leichtes Donnergrollen setzte ein. Marius strich sich die vom Nieselregen feuchten Haare aus der Stirn, hastete die drei Stufen vor dem Eingang hinauf und betätigte die Klingel.

Die Türglocke dröhnte dumpf durch das Haus und passte hervorragend zum Äußeren. Nun musste er doch grinsen – seine Tante gab sich alle Mühe, das Flair der dunklen Witwe aufrechtzuerhalten. Kinder, die sich hier einen Klingelstreich erlaubten, würden es sicher kein zweites Mal wagen, aus Angst, dass jeden Moment ein finster dreinblickender Butler die Tür öffnete.

Das Gesicht, das kurz darauf im Eingang erschien, war jedoch alles andere als unheimlich. Frau Esslinger war die persönliche Assistentin seiner Tante, seitdem diese ihren ersten Bestseller geschrieben hatte, und zusammen mit ihr alt geworden. Sie strahlte über das ganze Gesicht.

»Marius, du bist aber pünktlich. Schnell, komm rein, ehe du noch ganz nass wirst.« Sie winkte ihn so heftig heran, dass sie sich beinahe die Brille von der Nase schlug. Wie immer trug sie ein graues Kostüm, farblich passend zu ihrem aufgesteckten Haar.

Marius trat in die Halle und schüttelte sich. »Vielen Dank! Wie geht es Ihnen?«

»Sehr gut, Marius, sehr gut. Ich hab schon alles besorgt, sie hat es oben in ihrem Arbeitszimmer.« Frau Esslinger wedelte in Richtung Treppe, um ihm zu signalisieren, dass er seine Tante nicht länger warten lassen sollte. Wenn Magdalena de Vries rief, dann wollte sie eine Antwort, ehe das Echo verklungen war. Er hielt sich daher nicht mit der Frage auf, was *es* denn war, sondern zog Jacke und Schuhe aus und machte sich auf den Weg in das Obergeschoss.

Das Arbeitszimmer seiner Tante lag am Ende des Flurs, die Tür stand offen.

»Marius? Ich habe schon alles vorbereiten lassen.« Tante Magdalena redete bereits mit ihm, als er noch gar nicht an der Tür war. Das war typisch für sie. Wenn man eines in der Villa spürte, neben Erhabenheit, so war es Ungeduld bei allem, das die Herrin des Hauses von ihrer Arbeit abhielt.

Er grinste und betrat das Zimmer. »Ich freu mich auch, dich zu sehen.«

Magdalena saß in kerzengerader Haltung hinter ihrem Schreibtisch und trug eine dunkelgraue Bluse zum streng zusammengebundenen Haar. Wortlos hielt sie ihm eine Wange hin. Er gab ihr einen Kuss und ließ sich auf der Tischkante nieder. Dabei verrutschte das oberste Papier des säuberlichen Stapels neben ihm.

Magdalena schob es mit unbewegter Miene in seine Ursprungsposition zurück. »Deine Reise war also nicht sehr erfolgreich, wie ich höre?« Sie hielt nichts von Begrüßungsfloskeln oder Small Talk und noch weniger von fremden Ländern. Die Protagonisten ihrer Geschichten konnten lediglich reisen, weil Magdalena wusste, wo ihr Platz war – nämlich hier, und zwar jeden Tag. Zumindest behauptete sie das.

»Sie war bis auf den Schluss sehr erfolgreich. Ich bin sicher, eine Menge wirklich guter Fotos gemacht zu haben, aber wer kann das jetzt noch beurteilen?« Er zuckte die Schultern und verzog das Gesicht.

»Gut, damit sind wir gleich beim Thema.« Sie nahm etwas vom Boden und reichte es ihm. »Ich habe Frau Esslinger eine Kamera mit Zubehör besorgen lassen. Und bitte verschone mich mit Protest oder dass du normalerweise ein anderes Modell benutzt. Für so etwas haben wir keine Zeit, dein Flug nach Schottland geht morgen, und soweit ich es verstanden habe, ist dein Ersatzapparat bereits etwas in die Jahre gekommen.«

Er hob eine Augenbraue. »Morgen schon? Ich wusste, dass der Auftrag eilt, aber nicht, wie sehr.«

Sie nickte. »Ich habe ein Haus gemietet sowie jemanden gefunden, der sich vor Ort auskennt und dich herumführen wird. Die Dame heißt Elisabeth Matthies und wird dich übermorgen früh in Kirkwall abholen. Das liegt auf Mainland, der größten Insel der Orkneys.« Sie tippte auf das Blatt Papier, das sie zuvor geradegerückt hatte. »Du fliegst nach Aberdeen, von dort aus nimmst du die Nachtfähre. Du hast eine Schlafkabine, Frau Esslinger hat sich bereits um alles gekümmert. Und das hier ist die Liste der Motive, die ich benötige.« Sie öffnete eine Schublade, nahm ein weiteres Papier heraus und musterte es eine Weile, ehe sie es ihm reichte.

Marius' professionelles Interesse war geweckt. Normalerweise nahm er Arbeiten wie diese nicht an, wo es lediglich darum ging, Recherchematerial zu liefern, das dann in der Schublade, auf der Festplatte oder – schlimmer noch – im Papierkorb landete. Er wusste allerdings auch, dass seine Tante sehr eigen in ihrer Vorgehensweise war. Sie überlegte sich die Handlung ihres nächsten Romans, begann allerdings erst mit dem Schreiben, wenn sie Schnappschüsse vor sich hatte, die ihre Fantasie beflügelten und die Geschichte in ihrem Kopf mit Leben füllten. In der Regel übernahmen Studenten oder in Ausnahmefällen Frau Esslinger diese Aufgabe, die sie dafür durch Europa schickte. Dieses Mal hatte Magdalena jedoch ihn gefragt, nachdem sie von dem Vorfall in Indonesien gehört hatte. Sein Stolz hatte kaum Zeit gehabt, um aufzubegehren. Er brauchte das Geld, schon allein, da er für den letzten Auftrag keinen Cent sehen würde. Immerhin zahlte seine Tante nicht schlecht, und da sie es sich sehr gut leisten konnte, verkümmerte die Stimme seines Gewissens zu einem dumpfen, kaum hörbaren Murmeln.

Es setzte kurz aus und dann umso lauter wieder ein, als Marius die Liste durchging. Sein Blick flackerte zu Magdalena, und einzig ihr undurchdringlicher Gesichtsausdruck hielt ihn von einer Bemerkung ab.

So wie es aussah, hatte er seinen Trip nach Schottland gehörig unterschätzt.

Leuchtturm an den Klippen in der Morgenröte
Blick auf die Küste, wo ein roter Luftballon schwebt
Drei Kinder auf einem Pony auf einer Wiese
Enten bilden eine Herzform in einem Steinkreis
Zwei Frauen (blond & brünett) streiten sich vor St. Magnus,
Kirkwall, um eine Handtasche
Katze schmiegt sich an piktischen Symbolstein
Küssendes Paar bei Skara Brae
Rauchende Hafenarbeiterin, dreckverschmiert, mit kleinem
schwarzem Hund
Drei gutgebaute junge Männer im Kilt, mit nackten Oberkörpern und Rosen in den Händen
Biker mit »Scotland«-Tattoo im Hafen vom Stromness
Alte Frau schwenkt Schottlandfahne im Pub
Kleines Schaf steht auf dem Rücken eines großen Schafs
Junge Frau mit Lamm auf dem Arm im Sonnenuntergang
Orkney-Sehenswürdigkeiten
(zum Beispiel Rundkirche von Orphir, Maes Howe –
mindestens fünf)

Marius las noch einmal und riss sich zusammen, um nicht aufzulachen, ungläubig zu schnauben oder andere Überraschungslaute von sich zu geben. Und er hatte geglaubt, es handle sich um eine Liste der Sehenswürdigkeiten auf den Orkneys, die sie aus bestimmten Winkeln fotografiert haben wollte, die sie nicht im Internet fand!

»Du hast ziemlich ... konkrete Vorstellungen«, versuchte er einen Vorstoß und erntete hoheitliches Nicken.

Und vor allem ziemlich seltsame. Eine Hafenarbeiterin? Enten in Herzform?

»Worum genau soll es in deinem Buch gehen?« Sosehr er es auch versuchte, er konnte die Bilder nicht zu einer Geschichte zusammensetzen. Zumindest nicht spontan und ohne Alkohol.

Magdalenas Lippen bildeten einen Strich und lockerten sich wieder. »Ich verrate Privatpersonen nie die komplette Handlung einer Geschichte, ehe sie fertig ist.«

Marius nickte, das hatte er sich bereits gedacht. Nachdenklich ging er die Liste ein drittes Mal durch. »Einen Teil der Motive könnten wir hier nachstellen. Oder zusammenschneiden, wie zum Beispiel das mit der Katze.« Er fuhr die Zeilen mit den Fingern entlang. Wenn er die Dinge abhandelte und von der Liste strich, die er am Computer nachbearbeiten konnte, sah die vielleicht gar nicht mehr so wahnsinnig aus. Wahnsinnig verrückt oder auch wahnsinnig schwer zu erledigen.

Seine Tante schüttelte den Kopf. »Nein. Sämtliche Bilder müssen von den Orkneys stammen. Kein Pfusch. Ich möchte das Licht von dort, das Originalgras, die echten Gefühle und Gesichtsausdrücke, alles.«

»Aber das kann ich echt aussehen lassen, Tante Magdalena, das sollte nicht das Problem sein. Dafür gibt es Programme, die …«

Erneutes Kopfschütteln, energischer dieses Mal. »Keine Nachbearbeitung.«

Nun brachte sie ihn wirklich aus dem Konzept. »Was?«

»Es soll alles authentisch sein. Wenn ich weiß, dass es das nicht ist, kann ich damit nicht arbeiten. Ich brauche Originalbilder.«

Marius sah noch einmal auf das Blatt Papier, doch ohne zu lesen. Langsam faltete er es zusammen. Dieser Job entpuppte sich als Drahtseilakt.

Magdalena beäugte ihn, als überlegte sie, ob sie ihm wirklich ihre kostbare Liste anvertrauen wollte. »Also? Bekommst du das hin?«

Die Aufforderung in ihrer Stimme weckte seinen Ehrgeiz. Hatte er wirklich geglaubt, eine Tour durch Südostasien könnte ihn an seine Grenzen bringen? Die echte Herausforderung wartete in Schottland!

Marius stand auf, nahm die Kameratasche und schulterte sie. »Wann, sagtest du, geht der Flug morgen?«

4

Es lag am Linksverkehr. Zumindest redete sich Liska das wieder und wieder ein, nachdem der Mann vom Autoverleih sie allein gelassen und sie sich in den kleinen roten Renault gesetzt hatte. Es musste einfach am Linksverkehr liegen, anders konnte sie sich nicht erklären, dass ihre Hände zitterten, als herrschte tiefster Winter.

Sie warf einen Blick auf die Temperaturanzeige: zehn Grad Außentemperatur und mehr als doppelt so viel im Wagen. Nein, an der Kälte lag es nicht – zumindest nicht an der, die mit einem Thermometer gemessen werden konnte.

Mit wild klopfendem Herzen stellte sie den Motor ab, lehnte sich zurück und schloss die Augen. Hafenlärm drang gedämpft zu ihr durch, und sie konnte beinahe fühlen, wie er um das Auto strömte und nach Lücken suchte, um hereinzukriechen: Möwen, Menschen, Fahrzeuge und, weiter weg, das Dröhnen des Signalhorns draußen am Kai. In ihrer Vorstellung kletterte Liska in letzter Sekunde auf die Fähre, die sie zurück nach Aberdeen bringen würde, weg von der Einsamkeit der Orkneys.

Nein, das passte nicht ganz – Abgeschiedenheit traf es eher.

Zu ihrem Leidwesen war der Ort alles andere als einsam. Im Gegenteil, das Leben dort draußen prasselte so sehr auf sie ein, dass sie am liebsten geschrien hätte. Momentan wollte sie einfach nur im Ferienhaus ihrer Oma die Tür hinter sich ins Schloss ziehen, aber dafür musste sie erst einmal hinkommen.

Liska atmete tief ein und aus, ehe sie die Augen wieder öffnete. Sie fühlte sich beobachtet, doch bis auf eine Möwe, die neben dem Wagen saß und darauf wartete, dass jemand sich gnädig zeigte und Futter auf den Boden streute, beachtete sie niemand. Der Insel war sie gleichgültig. Den Menschen hier auch. Wahrscheinlich erinnerte sich niemand mehr an das, was damals passiert war.

Der Gedanke machte sie auf gewisse Weise wütend. Sie erinnerte sich an alles, an jedes winzige Geräusch im Haus, als sie von dem Unfall erfahren hatte. An den Wind, der durch das undichte Fenster pfiff, an das Blöken der elenden Schafe und das Ticken der Wanduhr. An die Stimme ihrer Oma, die so tonlos war und doch das Zittern nicht verbergen konnte. Nur an die Stimmen ihrer Eltern erinnerte sie sich nicht mehr. Damals hatte sie es noch gekonnt.

Es kam ihr unfair vor, wie eine Waagschale, die jemand zu schwer beladen hatte, um noch ein passendes Gegengewicht finden zu können. Liska schluckte hart. Wie konnten die Leute hier alles vergessen haben?

Eine Bewegung zu ihrer Linken ließ sie zusammenzucken. Zwei Hafenarbeiter liefen vorbei, Plastikeimer in den Händen. Der jüngere von beiden warf einen flüchtigen Blick in den Wagen. Liska setzte sich aufrecht hin und ließ den Motor an. Ihr Knie zitterte, als sie die Kupplung kommen ließ, und sie fühlte sich wie damals, als sie nach der Fahrprüfung zum ersten Mal allein in einem Auto gesessen hatte. Es wurde besser, als sie an Geschwindigkeit zulegte. Die vertrauten Handgriffe beruhigten sie, und sie dankte dem Mann von der Vermietung stumm, dass er nur noch Schaltwagen im Angebot gehabt hatte und sie auf diese Weise beschäftigt hielt.

Das Navigationsgerät blieb dunkel. Sie kannte die Strecke auswendig, selbst nach all den Jahren. Nach der nächsten Kurve schimmerte das Wasser rechts von ihr. Die Fähre zurück nach Aberdeen war zu einem verschwommenen Fleck geworden und schien ihr zuzuraunen, dass es keine Fluchtmöglichkeit mehr gab.

Liska schaltete das Radio ein und wählte den ersten Sender, der nicht knisterte und rauschte. Eine dunkle Stimme mit starkem Akzent pries die Vorteile der lokalen Produkte. Sie lauschte dem Singsang, während sie auf die Straße starrte und das Gefühl hatte, einen Fehler zu begehen. Erst als Regentropfen auf die Windschutzscheibe trafen und innerhalb weniger Sekunden immer größer wurden, blinzelte sie.

Der Himmel hatte sich dunkler gefärbt. Unzählige Grautöne flossen dort oben ineinander, und der düsterste setzte sich durch. Obwohl Liskas Bein nun noch mehr zitterte, war sie beinahe froh darüber, dass die Landschaft verschwamm – so würde sie nicht allzu viel von der Stelle sehen, an der ihre Eltern gestorben waren.

Sie ging vom Gas und fuhr so langsam, dass kurz darauf zwei Fahrzeuge hupend an ihr vorbeizogen. Ihr war es gleichgültig. Sie hatte Zeit, dieser Marius Rogall würde erst morgen eintreffen. Doch sie brauchte den Tag, um sich einzuleben. Vorzubereiten.

Zu wappnen.

Die Fahrt bis zum Haus ihrer Oma am Rand von Finstown dauerte normalerweise keine Viertelstunde. Dieses Mal verließ sie erst nach zwanzig Minuten die A965 und bog in die Heddle Road ein. Wie auf ein Stichwort ließ der Regen nach.

Liska atmete auf, als sie das erste Haus auf der rechten Seite entdeckte. Sie hatte es geschafft – sie hatte die Stelle passiert und war ruhig geblieben. Nicht einmal ihr Herz hatte schneller schlagen können, da es ohnehin bereits raste, als wäre sie den Weg nicht gefahren, sondern gerannt.

Sie ließ zwei weitere Cottages, gefühlt endlose Wiesen und unzählige Schafe hinter sich, ehe sie auf der linken Seite das weißgetünchte *Seaflower* entdeckte.

Der Sturm im vergangenen Jahr hatte wirklich ganze Arbeit geleistet. Zwar ragten die beiden so typischen Schornsteine noch immer tapfer in die Höhe, aber das Dach glich an manchen Stellen einem Flickwerk. Bisher hatte ihre Oma es nur provisorisch reparieren lassen können, so dass es nicht feucht wurde und keine größeren Schäden entstanden. An zwei Stellen der hellen Fassade prangten hässliche dunkle Flecken – dort, wo Stücke herausgebrochen waren, vermutlich durch herabfallende Schindeln abgesprengt. Bald würde das ganz anders aussehen.

Liska straffte die Schultern, als sie ein letztes Mal abbog und auf dem festgestampften Rund neben dem *Seaflower* parkte. Wenn sie die Insel in wenigen Tagen verließ, dann in dem Wissen, das verdammte Haus gerettet zu haben.

Ihre Rückkehr nach Mainland fühlte sich an wie eine zähe Masse, die sich in ihr zusammenballte und wieder auseinanderzog, ihr aber so oder so jede Bewegung erschwerte. Die Insel kam ihr kleiner vor als früher, wie ein Gefängnis, das ihr die Möglichkeit zu atmen nahm, doch gleichzeitig auch unendlich groß, voller Gefahren und Risiken, die sie nicht einschätzen konnte.

Die sie nicht kommen sah.

Liska fluchte, öffnete die Tür und stieg aus, schließlich konnte sie sich nicht ewig im Wagen verkriechen. Feiner

Regen benetzte ihr Gesicht, der Wind fuhr durch ihre Haare und konnte sich nicht entscheiden, aus welcher Richtung er kommen wollte. Rasch ging sie zum Kofferraum, holte ihre Reisetasche heraus und machte sich auf den Weg.

Das Haus brauchte nicht nur ein neues Dach, sondern auch einen frischen Anstrich. Die Farbe war an manchen Stellen abgeblättert, an anderen unschön verfärbt. Ranken hatten sich an einer Ecke sowie neben dem Türrahmen hochgearbeitet, und eine Hortensie wuchs tapfer an der windgeschützten Seite. Alles zusammen verströmte eine seltsame Mischung aus Geborgenheit und Ablehnung. Liska hielt ihre Tasche fester. Wenn sie diesen Auftrag hinter sich bringen wollte, musste sie aufhören, jeden Eindruck und jede noch so winzige Gefühlswallung zu analysieren! Handeln war das Zauberwort für all jene, die sich nicht ablenken lassen wollten.

»Augen zu und durch«, murmelte sie, umrundete eine Pfütze und hielt auf die Blumentöpfe neben der Tür zu, wobei sie es vermied, die weitläufige Landschaft zu betrachten. Sie wusste, dass sie von hier bei klarem Wetter das Wasser sehen konnte und dass Wolken und Regen sie soeben daran hinderten.

Der Schlüssel lag wie versprochen unter dem kleinsten Keramiktopf. Ein Klischeeversteck, aber hier durchaus machbar. Liska konnte sich nicht erinnern, jemals von einem Einbruch gehört zu haben, und solange die Einheimischen mit Maßnahmen wie dieser lebten, war es auch für sie und ihre Oma kein Problem.

Sie schloss auf, atmete ein letztes Mal durch und ließ die Weite hinter sich. Die Tür schlug ins Schloss, das Geräusch kam ihr unnatürlich laut vor.

Die Stille im Haus umso gespenstischer. Sie stand in der kleinen Diele, die bis auf ein Bild, etwas Dekoration an der

Wand sowie einem Regenmantel samt Gummistiefeln leer war. Zu ihrem Erstaunen roch es frisch und angenehm. Sie ließ die Tasche fallen, schlüpfte aus den Schuhen, betrat den Wohnraum und sah sich um.

Die beiden Fenster gingen in Richtung See, auf dem breiten Sims davor waren Kissen platziert. Es gab nur wenige Möbelstücke. Ihre Oma hielt nichts davon, den Raum mit zu viel Holz zu füllen. »Es soll ja genug Platz für den Menschen bleiben«, pflegte sie zu sagen. Neben einem Tisch, einer Sitzecke, einem Schrank sowie einem Bücherregal gab es überwiegend Nippes. Vor dem Kamin stand ein Korb mit Holz und Zeitungspapier.

Nichts hatte sich verändert, zumindest schien es auf den ersten Blick so. An die größeren Details erinnerte Liska sich augenblicklich, die kleineren kamen nach und nach zurück, wie ein Puzzle, das sich zusammensetzte und von dem man bereits wusste, was es letztlich darstellen würde.

Hinter ihr befand sich die offene Küche, von einer Thekenzeile abgetrennt. Sie wandte sich um: Ein Kuchen, rund und ordentlich mit hellem Zuckerguss, stand dort auf einer silbernen Platte, daneben lag etwas Helles. Verwundert trat Liska näher: Es war ein Notizzettel, säuberlich mit einer gleichmäßigen Handschrift gefüllt.

Liebe Liska,
wir freuen uns, dass du nach so vielen Jahren deinen Weg zurück nach Finstown gefunden hast. Herzlich willkommen!
In der Küche steht Tee, mach es dir erst einmal gemütlich.
Und wenn etwas ist, hab bitte keine Scheu, uns zu fragen.
Du weißt ja bestimmt noch, wo wir wohnen. Wir freuen uns,
dich bald zu sehen.
Herzlichst, Fiona und William Brookmyre

Liska drehte die Notiz um: Auf der Rückseite befand sich eine Skizze der Gegend, die Linien so gerade, als hätte man sie mit einem Lineal gezogen. Ein Kreis markierte das *Seaflower*, ein dickes Kreuz das Haus der Brookmyres. Natürlich erinnerte sie sich an den Weg, allerdings hatte sie nicht vor, das Ehepaar aufzusuchen. Es gab keinen Grund. Die Brookmyres hatten ab und zu auf sie aufgepasst, als sie klein gewesen war, und Fionas Backkünste hatten sogar die ihrer Oma in den Schatten gestellt. Zudem hatte sie es geliebt, Williams Geschichten zu lauschen, die so unglaublich bildhaft gewesen waren, selbst bei seiner strengen Stimme. Mittlerweile mussten die beiden um die achtzig sein, da war es für alle besser, wenn sie ihnen keine Umstände machte.

Liska faltete den Zettel zusammen, bis die Zeichnung nicht mehr zu sehen war, und legte ihn zurück. Sie würde niemanden besuchen. Schließlich war sie nicht hier, um Fragen zu beantworten oder, schlimmer noch, Bindungen zu erneuern, die zum Glück so ausgeleiert waren, dass sie es nicht bemerken würde, wenn sie rissen. Zudem stand ihr momentan weder der Sinn nach alten Geschichten noch nach Fragen zu ihrem Privatleben. Fragen, die alte Menschen nun einmal so stellten, wenn sie nie aus der Einöde hinauskamen, in der sie lebten.

Sie betrachtete den Kuchen, brach eine Ecke ab und roch daran. Das Aroma von Nuss und Honig stieg ihr in die Nase, und ihr Magen reagierte augenblicklich. Sie zögerte, legte das Stück dann aber zurück. Sie hatte den halben Koffer voller Lebensmittel gepackt, damit sie sich auf Mainland nicht lange mit Einkäufen aufhalten musste. Zumindest nicht heute. Morgen sah die Sache vielleicht schon ganz anders aus, denn sie hatte nicht die leiseste Ahnung, was dieser Marius Rogall, für den sie die Fremdenführerin spielen sollte, für Wünsche und Ansprüche mitbrachte.

Sosehr sie sich über die Finanzspritze für ihre Oma freute ... die Schriftstellerin de Vries konnte nicht ganz normal sein. Wer schickte denn schon zu Recherchezwecken seinen Neffen nach Schottland, um ein paar Fotos zu machen, wenn er ebenso gut im Internet suchen konnte?

Liska trat an das Küchenfenster und warf einen Blick nach draußen. Es hatte aufgehört zu regnen, leichter Nebel lag über den Wiesen und hüllte die Umgebung in Unwirklichkeit. Sie hob eine Hand, um sie gegen das Fenster zu pressen, überlegte es sich dann aber anders. Die Landschaft verschwamm vor ihren Augen, und sie schloss sie in dem Versuch, etwas von sich abzuhalten, das sie selbst nicht greifen konnte.

Der nächste Morgen katapultierte sie zurück in eine Welt, die sie sogar in der Nacht nicht ganz aus ihren Klauen gelassen hatte. Liska erwachte in derselben Position, in der sie eingeschlafen war – auf dem Rücken, beide Arme eng an den Körper gepresst.

Viel Schlaf hatte sie nicht bekommen. Sie hatte vergessen, wie stark und unnachgiebig der Wind auf den Orkneys sein konnte. Die halbe Nacht hatte er an den Ecken des Hauses gerüttelt und Pfeiftöne erzeugt, die sie jedes Mal erneut hatten zusammenzucken lassen. Zwischenzeitlich war sie in einen Dämmerschlaf gesunken, doch stets aufgeschreckt. Die Umgebung fühlte sich einfach zu fremd an, das Bett zu weich und die Laken zu klamm. Zudem war es kalt, da sie vergessen hatte, die Heizung im Schlafzimmer aufzudrehen. Aber sie konnte sich nicht überwinden, aufzustehen und sie anzustellen. Sie konnte sich zu überhaupt nichts überwinden. Stattdessen lag sie, ohne einen Muskel zu rühren, unter der Decke und starrte ins Nichts, während sie die Bilder verdrängte, die ein Teil von ihr waren, sich aber nicht so anfühlten.

Konnten die eigenen Erinnerungen fremd werden?

Irgendwann schaffte sie es, aufzustehen, sich ins Bad zu schleppen und sich anzuziehen. Im Haus war es kalt, und nachdem sie die Heizung angeworfen und gelauscht hatte, wie die Rohre knackten und ratterten, konnte sie endlich duschen. Kurz darauf saß sie mit einer Schüssel Müsli und heißem Kaffee am Wohnzimmertisch. Fiona Brookmyres Kuchen stand noch immer auf der Theke – sie hatte vergessen, ihn abzudecken oder einzuwickeln, und er war trocken geworden.

Der gestrige Tag war voller Eindrücke gewesen, die unangenehm an ihr zerrten, aber weitgehend mit Hilfe des Fernsehers bekämpft werden konnten. Jetzt blieb ihr noch ungefähr eine halbe Stunde, bis sie Marius Rogall am Hafen abholen musste.

Liska stellte das Geschirr in die Spüle und band sich nach einem Blick aus dem Fenster die Haare zusammen. Der Wind hatte zwar nachgelassen, doch das bedeutete nicht, dass er sich in ein laues Lüftchen verwandelt hatte.

Als ihre Mutter noch lebte, hatte sie ihr am Abend stets die Haare mit einem groben Kamm entknotet, nachdem sie den ganzen Tag über draußen gespielt hatte und Schafen hintergerannt war.

Energischer als nötig schlang sie das Haargummi um den Zopf, ging in die Diele und schlüpfte in Schuhe und Jacke. Sie riss die Tür auf … und erschrak. Nicht wegen des Windes, sondern weil ein Mädchen vor der Haustür stand. Sie schätzte die Kleine auf acht Jahre, vielleicht etwas älter. Sie trug die passende Kleidung für dieses Wetter: Gummistiefel und eine regenfeste Jacke, die ihr bis zu den Knien ging. Die Spitzen zweier Zöpfe klebten darauf fest.

»Hast du meine Katze gesehen?«, fragte sie und beäugte Liska mit schräg gelegtem Kopf.

Außer ihr war niemand zu sehen. Liska wartete noch eine Weile, doch als die Kleine sie lediglich mit einer Mischung aus Trotz und Erwartung anblickte, zog sie die Tür hinter sich zu und schloss ab.

»Nein. Zumindest ist keine im Haus, tut mir leid«, sagte sie und musterte das Mädchen genauer. »Wohnst du hier?«

»Da hinten.« Es schleuderte eine kleine Hand zur Seite und fasste damit einen guten Teil der Insel ein. »Wir haben drei Katzen, aber Molly ist ganz allein meine.«

»Das ist schön«, sagte Liska. »Soll ich dich nach Hause bringen? Ich fahre mit dem Auto.« Sie zeigte auf den Renault und erhielt einen Blick zur Antwort, der ihr verriet, wie überflüssig die Geste gewesen war.

»Nein«, sagte die Kleine und malte mit einer Stiefelspitze in der nächsten Pfütze herum, nur um dann mit dem Fuß aufzustampfen. Schlamm spritzte nach allen Seiten und traf auf Liskas Jacke und Jeans.

»Na wunderbar«, murmelte sie, betrachtete kurz das Malheur, zog ihr Handy hervor und warf einen Blick darauf. Zum Umziehen blieb ihr definitiv keine Zeit mehr. »Hör zu ... wie heißt du eigentlich?«

»Emma.«

»Also gut, Emma. Das Haus hier gehört meiner Oma ...«

»Hat sie Haustiere?« Emmas Interesse schien geweckt.

»Was? Nein, hat sie nicht. Was ich meinte, war, hier gibt es nichts zum Spielen. Und wenn deine Katze nicht hier ist, gehst du doch besser wieder zu deinen Eltern, was meinst du?«

Wenn sie eine Regung oder gar Gehorsam erwartet hatte, so vergebens. Emma sah sie mit dem typischen Gesichtsausdruck eines Kindes an, das soeben etwas gehört hatte, das ihm ganz und gar nicht gefiel. Daher entschied sie sich auch dafür, sich wie viele Kinder in einer solchen Situation zu verhalten und es schlicht zu ignorieren. »Wir haben viele Tiere.« Trotz machte Triumph Platz. »Drei Katzen, einen Hund, acht Enten und ganz viele Schafe!« Sie hielt vier Finger in die Luft. Ob sich das nun auf die Schafe oder Enten bezog oder gar die Gesamtheit aller Tiere, konnte Liska nicht sagen.

Sie blinzelte zur Straße. »Emma, bist du sicher, dass du allein nach Hause kommst? Wie weit ist es denn?«

Die Kleine sah sie erstaunt an und deutete noch einmal hinter sich. Nachdrücklich. »Na so weit!« Ihre Augen verrieten alles, was Liska sonst noch wissen musste.

Das hättest du doch schon beim ersten Mal begreifen können, fremde begriffsstutzige Frau mit seltsamem Akzent!

Sie sah noch einmal auf ihr Handy. Verdammt, wenn sie nicht viel zu spät kommen wollte, musste sie nun los. »Okay, dann mache ich mich mal auf den Weg.« Sie zögerte. »Und du sei vorsichtig, wenn du nach Hause gehst, ja?«

»Ja!« Emma sprang noch einmal mit beiden Füßen in die Pfütze, drehte sich um und rannte los, so dass ihr die Kapuze vom Kopf rutschte und die Zöpfe hinter ihr herwehten.

Liska sah ihr nach, bis sie die Straße überquert hatte, durch den Zaun geklettert war und auf der Wiese weiterlief, stieg ein und fuhr los.

5

*E*r war bereits bei hundert, ehe die Fähre überhaupt angelegt hatte.

Hundert Fotos, und er hatte seinen Zielort noch nicht einmal erreicht. Marius grinste, während er den Hafen von Kirkwall ins Visier nahm und die Schärfentiefe regelte, um den leichten Nebel über der Landschaft zu betonen und das Motiv in Szene zu setzen.

Seitdem er in Aberdeen gelandet war, hatte das altbekannte Fieber eingesetzt, das ihn regelmäßig befiel, sobald er Neuland betrat. Zwar hielt er nichts davon, fremde Städte oder Länder ausschließlich durch die Kamera zu betrachten, aber es reizte ihn ungemein, mit flüchtigen Begegnungen und Eindrücken zu spielen. Eine kleine Inszenierung daraus zu machen, die aus dem Blickwinkel und den Einstellungen seiner Kamera bestand. Auf den passenden Augenblick zu warten und hinterher zu bewerten, ob die Szene, die auf diese Weise entstand, für die Ewigkeit bewahrt werden sollte.

Die schönsten Momente dieser Welt festzuhalten.

Seitdem die Silhouette von Kirkwall in der Ferne aufgetaucht war, stand er an Deck und ließ diese besondere Stimmung auf sich wirken, die selbst das stetige Wummern der Fähre nicht störte. Der Regen hatte nachgelassen, und auch wenn der Himmel nicht vollständig aufriss, so schimmerte an manchen Stellen dunkles Blau durch die grauen Wolkengebilde. Er schien hier tiefer zu hängen, dieser Himmel, und bildete eine eingeschworene Gemeinschaft mit dem Land darunter. Die Orkneys verströmten Eigenwilligkeit mit ihren vom Wind kahlgefegten Hügeln, in denen hier und dort ein oft wellblechbedachtes Haus auftauchte. Viel gab es auf den ersten Blick nicht zu sehen, doch wenn man aufmerksam war, fand sich eine ganze Menge. Sogar die Farben beschränkten sich auf einen Teilbereich des verfügbaren Spektrums und schafften es dabei, eine unglaubliche Variation zu bieten. Marius beobachtete die Landschaft und versuchte, die Schattierungen von Grün und Braun zu zählen. Bald gab er auf. Es waren einfach zu viele.

Kirkwall brachte es fertig, in dieser kargen Welt nicht wie ein Eindringling zu wirken. Als Erstes begrüßte ein schmaler Leuchtturm die Besucher, dann folgte die Häuserfront hinter der Anlegestelle. Die meisten Gebäude waren ein- oder zweigeschossig, lediglich überragt von einem viktorianisch angehauchten Hotel.

Der Ort war nicht allzu groß. Hinter ihm zogen sich Wiesen in die Ferne, hin und wieder von Straßen und einzelnen Häusern unterbrochen. Im Hafen herrschte buntes Treiben, aber nicht so viel, dass es hektisch wirkte.

Die Fähre wurde langsamer, dann setzte ein Grollen ein, und der Koloss wurde an die Anlegestelle manövriert.

Marius schoss zwei weitere Bilder und warf einen letzten Blick zurück, wo die Fähre einen weißen Schaumstreifen durch die blaugraue See zog, über dem Möwen kreisten. Er strich sich die feuchten Haare aus der Stirn, verstaute die Kamera, schulterte seine Tasche und setzte sich in Bewegung. Er war neugierig auf die Frau, die sich bereit erklärt hatte, ihm die Gegend zu zeigen.

Elisabeth Matthies. Laut Frau Esslinger kannte sie Mainland wie ihre Westentasche und fand sich auch auf einem Großteil der anderen Inseln zurecht, da sie ihren Urlaub regelmäßig im Ferienhaus ihrer Familie in der Nähe von Kirkwall verbrachte.

Marius dachte an die Liste seiner Tante. Nachdem Frau Matthies den ersten Schock über die Motivauswahl verdaut hatte, würde sie ihm hoffentlich eine große Hilfe sein. Schließlich kannte sie viele Leute hier, Nachbarn und Freunde.

Vor der Treppe, über die man zu Fuß von der Fähre kam, hatte sich bereits eine Traube gebildet. Marius lehnte sich an die Wand, schloss die Augen und lauschte den unterschiedlichen Sprachmelodien. Die meisten Leute schienen aus Schottland zu stammen. Anders als in Aberdeen gab es wohl keine oder nur wenige Touristen aus anderen Ländern – beinahe, als wären diese Inseln hier oben im Norden zu weit entfernt, um attraktiv zu sein.

Oder zu karg.

Oder zu einsam.

Er reihte sich in die Schlange ein und lauschte dem dumpfen Rattern, als die Fahrzeuge aus dem Bauch der Fähre in die Freiheit entlassen wurden. Wenig später wurde das Signal für die Fußgänger gegeben. Nur wenige Menschen warteten an der Anlegestelle und blickten der erstaunlich großen Menge entgegen. Es war nur eine Frau darunter, die vom Alter her in Frage kam: schlank und rothaarig, mit robusten Stiefeln, Jeans und Wetterjacke. Das musste Elisabeth sein. Sie erinnerte ihn an jemanden, doch er kam nicht darauf, an wen. Obwohl sie gekleidet war wie viele andere auch, wirkte sie fehl am Platz, so als wünschte sie sich weit weg von hier. So sah niemand aus, der sich bereit erklärt hatte, ihm die Gegend mit all ihren Sehenswürdigkeiten zu zeigen. Dabei machte sie den Anschein, im Grunde ein fröhlicher Mensch zu sein. Im Laufe seiner Jahre als Fotograf hatte er gelernt, sein Gegenüber zu einem gewissen Grad einzuschätzen, und hätte darauf gesetzt, dass sie nichts gegen ein harmloses Foto einzuwenden hätte, wären da nicht die gerunzelte Stirn und der zu starke Schwung ihrer Augenbrauen, der nicht von Fröhlichkeit zeugte. Elisabeths Haut war rosig und sehr hell. Eine Pastelltonfrau. Ihre Nase besaß einen leichten Schwung. Wenn er sie fotografieren würde, wäre eine seitliche Kopfhaltung ideal, um das zu kaschieren und ihre hübschen Wangenknochen zu betonen.

Marius schüttelte den Kopf. Ehe er daran dachte, ob sie sich für manche Motive auf seiner Liste eignete, sollte er sich erst einmal vorstellen. Besonders, da sie keine Anstalten machte, ihn nach seinem Namen zu fragen – oder ihm ihren zu nennen.

Er zögerte, wechselte die Tasche von einer Schulter auf die andere und machte sich auf den Weg.

»Elisabeth Matthies?« Sie musterte ihn, nickte und streckte eine Hand aus. Er griff zu und schüttelte ihre leicht. Ein seltsam steifer Moment. »Ich bin Marius Rogall.«

Sie deutete auf seine Kameratasche. »Wollen wir?«

Offenbar hatte sie es eilig – oder aber er hatte sich wirklich in ihr getäuscht. Vielleicht war sie vom Wesen her verschlossen und verbrachte deshalb so gern Zeit hier oben, da sie ihre Ruhe hatte und weniger Menschen begegnete als in Deutschland? Oder aber sie war schlicht und einfach zurückhaltend bei Fremden. Und er sollte nicht so viel in den ersten Eindruck hineininterpretieren.

Also nickte er und bedeutete ihr, vorzugehen. »Ist es okay, wenn wir uns duzen? Ich fühle mich noch immer nicht alt genug, um gesiezt zu werden.«

»Ja, gern.« Es klang etwas lockerer. »Sag einfach Liska, niemand unter sechzig nennt mich Elisabeth, es sei denn, er ist Beamter.«

Er grinste. »Geht klar. Danke schon mal, dass du mir

die Inseln zeigst und mir mit den Motiven hilfst. Ich wüsste nicht, wie ich sonst diese Liste abarbeiten sollte, mit der meine Tante mich offenbar in den Wahnsinn treiben will.«

Sie lief langsamer. Da war sie wieder, die gerunzelte Stirn. »Inseln?« Ein flüchtiger Blick streifte ihn. Liska war eindeutig auf der Hut.

Marius war verwirrt. »Ja. Tut mir leid, ich dachte, da wäre alles geklärt. Meine Tante hat mir gesagt, dass du mir die Gegend zeigst, damit ich in diesen wenigen Tagen alles ablichten kann, was sie sich wünscht.«

Sie nickte, langsam, als dächte sie genauer über seine Worte nach. »Das ist richtig. Ich zeige dir Mainland.« Sie deutete Richtung Boden. »Diese Insel. Von mehreren war nicht die Rede. Abgesehen davon kenne ich mich auf den anderen auch nicht aus.«

»Oh!« Er überlegte. »Ich bin mir ziemlich sicher, dass Frau Esslinger mehrere erwähnt hat.«

»Wer ist Frau Esslinger?«

»Die Assistentin meiner Tante.«

»Deine Tante hat eine Assistentin?« Zum ersten Mal klang sie interessiert. »Wozu braucht eine Schriftstellerin eine Assistentin?« Sie zögerte, schwieg dann aber. Marius verstand ihre unausgesprochene Frage dennoch.

Und einen Neffen, der für sie durch die Gegend reist und Fotos macht?

War das etwa der Grund für ihre seltsame Ablehnung – sie empfand seine Arbeit als dekadent? Die Vorstellung war amüsant, wenn er an die teils dreckigen Unterkünfte und schlaflosen Nächte in Südostasien dachte. Es hatte Tage gegeben, an denen er stundenlang durch Felder und Dschungel gelaufen war, um letztlich festzustellen, dass das Wetter und somit das Licht umschwenkte und er aufgeben und umkehren musste. Ja, dagegen war diese Schottlandreise in der Tat eine Steigerung. Immerhin würde er es nachts warm und trocken haben, und er glaubte auch nicht, dass Liska ihm die Ausrüstung stehlen würde.

»Sie erledigt ziemlich viel, von Anfragen der Presse über Lesungsabsprachen mit dem Verlag bis hin zu E-Mails von Lesern.«

»Wow!« Liska deutete nach links und lotste ihn zu einem winzigen Parkplatz.

Er klopfte auf die Kameratasche. »Meist bin ich für Filmdokumentationen unterwegs. Das hier ist eine Ausnahme.«

»Ja, für mich auch«, murmelte sie und schlängelte sich zwischen zwei Wagen hindurch.

Marius starrte auf ihren schmalen Rücken. Hatte er einen so schlechten ersten Eindruck hinterlassen? Er musste das klären. Schließlich würden Liska und er nicht nur in einem Haus wohnen, sondern auch die kommenden Tage zusammen verbringen.

»Was hast du eigentlich vorhin gemeint, als du sagtest, dass nur von einer Insel die Rede war?«, fragte er, als sie die erste Wagenreihe hinter sich gelassen hatten und er wieder zu ihr aufschließen konnte.

»Nun, das Haus meiner Oma steht hier, auf Mainland. Hier kann ich dir alles zeigen. Andere Inseln habe ich höchstens einmal besucht, da bin ich wenig hilfreich.«

»Aber du kennst Leute«, versuchte er es. »Da lässt sich sicher was machen. Wir können ja nachher einfach mal die Liste zusammen durchgehen. Aber sag nicht, ich hätte dich nicht gewarnt.«

Es sollte ein Scherz sein, doch Liska schenkte ihm einen Blick, als hätte er sie bedroht, und schwieg. Sie war eine seltsame junge Frau. Nicht wirklich missmutig, auch nicht schüchtern, aber auf eine Weise reserviert, die er noch nicht ganz begriff. Irgendwie wirkte sie verletzlich.

Sie blieb vor einem Wagen stehen, auf dessen Windschutzscheibe der Sticker eines Mietwagenverleihs geklebt war, und kramte in ihrer Tasche. Marius betrachtete indessen die Gegend und ließ Kirkwall auf sich wirken. Es war kühler und vor allem windiger als in Aberdeen, und die Luft roch nach Salz und Fisch. Das Kreischen der Möwen war hier lauter als an der Anlegestelle, mindestens zwanzig kreisten über einer Stelle ganz in der Nähe. Marius vermutete, dass irgendwo ein Fischerboot angelegt hatte und seinen Fang ablud. Die Häuser rund um den Parkplatz sahen teils pittoresk, teils heruntergekommen aus. Ideal für Aufnahmen in Schwarzweiß. Am Tag seiner Abreise würde er etwas früher herkommen, damit ihm Zeit für eine Tour durch den Hafen blieb. Momentan schien es so, als würde Liska so schnell wie möglich losfahren wollen.

Er zuckte zusammen, als etwas durch die Luft auf ihn zuflog. Mehr aus Reflex fing er es und betrachtete erstaunt die Wagenschlüssel.

Liska hob die Augenbrauen und öffnete die Wagentür. »Wenn du schon an der passenden Seite stehst, kannst du auch fahren. Es ist nicht schwer, und so gewöhnst du dich gleich daran.« Sie stieg ein.

Marius begriff erst jetzt, dass er aus Gewohnheit zur rechten Fahrzeugseite gegangen war. Aber hier war ja alles andersherum. Er verstaute sein Gepäck auf der Rückbank, ließ sich in den Fahrersitz fallen und betrachtete die spiegelverkehrte Anordnung. »Du bist mutig, wenn du mich sofort am ersten Tag ans Steuer lässt.«

Er erntete ein Lächeln, von dem er wettete, dass es mehr zu ihr gehörte als dieser seltsame Ernst. »Glaub mir, das hast du in null Komma nichts gelernt.«

»Ich habe keinen Führerschein dabei«, gab er zu bedenken und ließ den Motor an. Leider hatte er das gute Stück an jenem schicksalhaften Tag in Indonesien in seiner Kameratasche aufbewahrt und ihm so eine ungewisse Zukunft in den Händen eines ihm noch immer unbekannten Diebes beschert. Zudem hatte Frau Esslinger mehrmals betont, dass er nicht selbst fahren müsse.

Liska schnallte sich in aller Seelenruhe an. »Wir sind hier nicht in Köln. Solange du nicht mutwillig ganze Schafherden über den Haufen fährst, wird dich niemand nach deinem Führerschein fragen.«

Liska beglückwünschte sich insgeheim zu der Idee, Marius hinter das Steuer gezwungen zu haben. Sie fühlte sich weitaus wohler, wenn sie den Wagen nicht selbst lenken musste – das ließ ihr immerhin die Freiheit, die Augen zu schließen. Die Welt auszusperren, wann immer sie es wollte.

Jetzt aber beobachtete sie die Linie am Horizont so intensiv, dass ihre Lider zu brennen begannen, und entspannte sich erst, als die Stelle hinter ihnen lag, die sie noch immer nicht betrachten konnte, ohne dass sich ihre Brust zuschnürte. Verstohlen blinzelte sie zu Marius, doch er war zu sehr damit beschäftigt, sich auf die ungewohnte Fahrweise zu konzentrieren, als dass er es bemerkt hätte. Er war ungefähr in ihrem Alter, höchstens sieben- oder achtundzwanzig, und schien nett zu sein. Er lachte, als ob er es häufig und gern täte, doch derzeit wirkte er konzentriert, was durch die dunkle Haarsträhne, die ihm ins Auge fiel, noch verstärkt wurde. Unter anderen Umständen hätten sie sich wahrscheinlich gut verstanden, aber nun war er leider derjenige, der sie zu etwas zwang, das ihr nicht behagte. Gut, streng genommen zwang nicht er sie und konnte auch nichts dafür, aber das spielte in dieser Situation keine Rolle. Wichtig war die Gegenwart, und da lag wohl ein Missverständnis vor, das sie schleunigst aufklären musste.

Marius hatte von mehreren Inseln geredet. Sie wusste nicht, wie diese ominöse Motivliste aussah, die er mit sich herumschleppte, aber sie würde mit ihm keine halbe Weltreise unternehmen. Ihre Oma hatte sie gebeten, ihn kreuz und quer über Mainland zu kutschieren, und das würde sie auch tun. Gestern hatte sie extra noch einen der Reiseführer aus dem Regal genommen und sich die Sehenswürdigkeiten in der Umgebung ins Gedächtnis gerufen: Steine, alte Gebäude sowie Grabungen, um noch mehr Steine und alte Gebäude freizulegen. Dahin würde sie ihn bringen. Wenn er auf eine andere Insel wollte, würde sie ihn zur Fähre fahren und auch wieder abholen, wenn er es wünschte. Mehr konnte er nun wirklich nicht verlangen.

Sie passierten die Einfahrt zum Haus der Brookmyres. Ein Mann trat heraus, er hielt einen Korb in der Hand. Das konnte nur William sein. Liska rutschte etwas tiefer in den Sitz und hoffte, dass er sie nicht gesehen und erkannt hatte. Plötzlich hatte sie ein schlechtes Gewissen, sie hatte sich nicht einmal für Fionas Kuchen bedankt, geschweige denn ihn gegessen. Aber gestern war sie zu erschöpft gewesen, um der Insel noch näher zu kommen, als es ohnehin der Fall war.

»Da vorn links«, sagte sie und deutete auf die Abzweigung zur Heddle Road, die sich so schläfrig präsentierte wie immer.

Marius setzte gehorsam den Blinker, betrachtete die Landschaft und trug dabei jenen entrückten Ausdruck im Gesicht, den viele Leute aufsetzten, sobald sie nach Schottland kamen. Liska biss die Zähne zusammen und hoffte, dass er ihr später kein Gespräch über die *faszinierende Landschaft*, die *unglaubliche Ruhe* oder gar die *Seele des Landes* aufdrängen wollte.

»Das da vorn ist es.« Sie deutete auf das *Seaflower*.

Marius nickte, bog ab und rollte kurz darauf vor dem Haus aus. Der Motor verstummte, und nun war nur noch der Wind zu hören.

Liska drückte die Tür auf, sprang aus dem Wagen und zog den Hausschlüssel aus der Tasche. »Brauchst du Hilfe mit dem Gepäck?« Ihr war klar, dass er keine benötigte, schließlich hatte er beide Taschen auch allein von Deutschland hergebracht und sah nicht aus, als würde es ihm etwas ausmachen. Trotzdem raunte ihr dieses Stimmchen in ihrem Hinterkopf zu, dass sie als Gastgeberin soeben eine schlechte Figur abgab.

Wie erwartet lehnte er ab. Liska blinzelte nach oben, wo die provisorische Abdeckung des Daches silbrig schimmerte und sie ermahnte, sich für ihre Oma mehr ins Zeug zu legen. Niemandem brachte es etwas, wenn Eiszeit zwischen ihr und Marius herrschte. Am allerwenigsten ihr selbst.

Hinter ihr wurden Schritte laut. »Ein wirklich hübsches Haus. Die Landschaft ist faszinierend, oder? Ganz abgesehen von dem Licht.« Marius lehnte sich mit dem Rücken gegen die Wand und deutete in die Ferne, wo hinter der schwachen Nebelwand die See lag. »Es ist so ruhig hier, bis auf den Wind.«

Liska schob den Schlüssel ins Schloss und hielt ihm die Tür auf. »Ja, das stimmt. Bitte einfach geradeaus durch und dann links.«

Marius ging ins Wohnzimmer, nachdem er seine Schuhe in der Diele gelassen hatte, blieb stehen und sah sich um. »Gemütlich habt ihr es hier.« Er trat an das Fenster und zog die Gardine beiseite. Der Blick ging über Wiesen und Zäune. In einiger Entfernung hob ein Schaf den Kopf, als hätte es bemerkt, dass es beobachtet wurde.

»Das Gästezimmer ist hier«, sagte Liska, ging voran und öffnete die Tür.

Der Raum war klein. Neben Bett, Schrank und Kommode war kaum Platz, doch dafür ging das Fenster über ein Grasmeer zur Seeseite hinaus. Sollte das Wetter aufklaren, hatte Marius immerhin eine fantastische Aussicht.

Ein typisches Inselgemälde mit schaukelndem Boot und Sandstrand hing an einer Wand. Früher hatte ein gerahmtes Foto den Platz eingenommen, schwarzweiß und mit einer lachenden Liska darauf, die so stolz auf ihre Zahnlücke gewesen war und ihre Eltern am Strand hinter sich herzerrte, da sie unbedingt ins Wasser wollte.

Marius blieb neben ihr stehen, begutachtete das Zimmer und nickte. »Perfekt.« Die große Tasche traf mit einem dumpfen Geräusch auf den Boden, die zweite legte er vorsichtiger auf das Bett. »Wie sehen die Pläne für den restlichen Tag aus?«

Bisher hatte sie sich kaum Gedanken darüber gemacht. »Die machen wir von deiner Arbeit abhängig. Du hast von einer Liste geredet. Ich schlage vor, wir sehen sie uns an und planen dann, wie wir am besten vorgehen wollen.«

Marius' Zögern kam ihr seltsam vor. Er hob den Kopf, sein Grinsen wirkte entschuldigend und amüsiert zugleich. »Hast du Whisky im Haus oder vielleicht auch einen Wein? Ich weiß, es ist etwas früh dafür, aber du solltest dich zumindest an einem Glas festhalten können.«

6

»Das ist nicht dein Ernst.« Liska ließ die Hand sinken und musterte Marius in der Hoffnung, dass er jeden Moment die richtige Liste aus der Tasche zaubern und zugeben würde, sie auf den Arm genommen zu haben. Das konnte einfach nur ein Scherz sein.

Leider verzog er keine Miene, sondern schüttelte langsam und nachdrücklich den Kopf. Liska forschte in seinem Gesicht, doch dort zuckte kein Muskel. Sie kannte ihn zu wenig, um beurteilen zu können, ob er lediglich ein vollendetes Pokerface aufsetzte. Obwohl er häufig lächelte und auch sonst mit eher guter Laune gesegnet zu sein schien, sah er jetzt ernst aus. Beinahe entschuldigend.

»Ich verstehe dich vollkommen.« Er fuhr sich über die Bartstoppeln am Kinn. »Glaub mir, ich würde es auch lieber für einen Scherz halten. Allerdings macht meine Tante keine Scherze, wenn es um ihre Arbeit geht.«

Liska ging die Zeilen noch einmal durch. Wer bitte kam nur auf so absurde Ideen? Diese Schriftstellerin konnte nicht normal sein. Zumindest stellte sie ihnen eine Aufgabe, die mehr Einsatz erforderte als befürchtet.

Viel mehr Einsatz.

Die Sehenswürdigkeiten, mit denen Liska gerechnet hatte, tauchten erst in der letzten Zeile auf. Der Rest war, gelinde gesagt, gewöhnungsbedürftig. Ungefähr die Hälfte der Motive ließ sich bewerkstelligen, wenn sie es schaffte, das nötige Zubehör und die passenden Tiere aufzutreiben – allein das würde nicht so einfach sein. Doch vielleicht entdeckten sie Enten auf dem einen oder anderen Grundstück und mussten einfach geschickt und schnell sein. Schafe gab es viele, sie brauchten nur Geduld. Kletterten die dummen Viecher überhaupt aufeinander herum? Oder kletterten sie überhaupt? Machten das nicht eher Ziegen?

Liska tippte mit einem Finger auf das Papier. »Wie soll man Enten dazu bringen, ein Herz zu bilden? Hat deine Tante darüber schon einmal nachgedacht?«

»Ich vermute mal, dass sie sich keinerlei Gedanken über die Durchführbarkeit macht. Sie gibt ihre Wünsche einfach weiter und wartet, bis alles erledigt ist.«

Liska griff nach ihrem Glas und war froh darüber, sich gegen Wein entschieden zu haben. Sie brauchte einen klaren Kopf. »So möchte ich das auch mal machen«, murmelte sie und versuchte, die Unruhe zurückzudrängen, die sich hartnäckig anschlich und ihr zuraunte, Marius auf der Stelle zu gestehen, dass sie das, was er von ihr verlangte, nicht leisten konnte. Wie auch, wenn sie sämtliche Kontakte hier oben abgebrochen hatte? Selbst die Brookmyres stellten eine Hürde dar, die sie nicht nehmen wollte, obwohl die im Vergleich zu anderen relativ niedrig war. Allerdings würde weder Fiona als Hafenbraut noch William als Motorradfahrer herhalten können. Als einzige Option blieb somit, wildfremde Leute anzusprechen, indem sie quer über die Insel fuhr – und dabei immer wieder an der Stelle vorbeikam.

Liska zog den Kragen ihres Pullovers höher. Das wäre nicht sehr angenehm. Abgesehen davon – wie hoch war die Chance, einen Biker mit genau diesem Tattoo zu finden oder aber drei Männer, die halb nackt posierten und dabei auch noch gut gebaut waren?

Liskas Wangen wurden warm, und am liebsten hätte sie ein Fenster aufgerissen. »Sie lässt da also nicht mit sich reden?«, versuchte sie es noch einmal. »Wie wäre es, wenn du etwas am Computer erstellst? Die Bilder bearbeitest? Du musst es ihr ja nicht verraten.«

Kopfschütteln.

»Vielleicht stellt sie ihre Geschichte um, wenn wir ihr andere Fotos liefern? Schöne Landschaftsaufnahmen? Du hast doch bereits von dem Licht geschwärmt.«

»Das wird leider auch nicht funktionieren. Aber glaub mir, die Liste sieht nur auf den ersten Blick so schlimm aus. Einiges kann man nachstellen, wie beispielsweise die Hafenarbeiterin. Die Frau sollte schon wirklich am Hafen stehen, aber wir können auch jemanden in die passende Kleidung stecken.«

Liska zog eine Strähne aus ihrem Zopf und schlang sie um ihren Finger, nur um sie augenblicklich wieder loszulassen. Genau da lag das Problem, aber das würde sie ihm gewiss nicht verraten.

Zum einen, weil er auf den Gedanken kommen könnte, sich jemand anders zu suchen, und dann würde sie ihrer Oma gestehen müssen, dass das *Seaflower* doch nicht gerettet war. Der nächste Sturm würde den bestehenden Schaden vergrößern oder weiteren anrichten, bis die Reparaturkosten ins Unermessliche stiegen.

Zum anderen, weil Marius sonst nachhakte, warum sie niemanden auf der Insel kannte, und herausfinden würde, warum sie Schottland mied. Und darüber wollte sie nicht reden.

»Wir haben Reiseführer«, sagte sie, um überhaupt etwas zu sagen, und deutete auf die Regale.

Marius nickte, stand auf und steckte sich noch ein Stück Kuchen in den Mund. Er schlenderte zum Regal, fuhr die Buchrücken entlang und griff nach einer der kleinen Figuren, die im ganzen Zimmer verteilt waren: ein Hase in Schottentracht mit dem Tartan des Armstrong-Clans. Als Kind hatte sich Liska die Stoffmuster an langen Regentagen eingeprägt. Noch immer wusste sie, dass das Schaf einen Matheson-Kilt trug, die Gans zum Mackenzie-Clan zählte und der rot-grüne Schottenrock der Möwe den Clan Scott verriet.

Stille breitete sich aus und zerrte an Liskas Nerven. Einer von ihnen musste etwas sagen, ehe die Situation unangenehm wurde. Nur was? Ihr fiel nichts ein, obwohl sie ahnte, dass Marius von ihr eine Art Schlachtplan erwartete. Nur existierte der nicht, beziehungsweise er war extrem kurz – nämlich exakt so lang, bis sie mindestens fünf Sehenswürdigkeiten abgelichtet hatten, so wie es die letzte Zeile dieser *Mission: Impossible* verlangte.

Damit hätte sie das Geständnis, für diesen Job nicht geeignet zu sein, nur aufgeschoben. Es half nichts, sie musste so schnell wie möglich mit ihrer Oma telefonieren und sie um Rat fragen. Das war zwar bereits eine Art Kapitulation, aber nur eine kleine.

Der Holzboden knarrte leicht, und Liska lief unwillkürlich langsamer und hielt den Atem an. Es wäre peinlich, wenn Marius sie nun erwischen würde, wie sie in Socken und Pyjama durch das Wohnzimmer schlich, eine Flasche Wein in der Hand. Aber sie brauchte definitiv noch einen Schluck, wenn sie heute Nacht überhaupt schlafen wollte. Nachdem sie es in den vergangenen Stunden geschafft hatte, sich halbwegs abzulenken, kreisten ihre Gedanken nun wieder um die Liste und alles, was damit zusammenhing. Und sie wurden stetig lauter.

Gestern hatte Marius die Spannung aufgelöst, die in der Luft lag, indem er zu einer ersten Fototour rund um das Haus und in die nähere Umgebung aufgebrochen war. Liska hatte in der Zwischenzeit aufgeräumt und die kleinen Tierfiguren abgestaubt, eine nach der anderen, während sie die Clannamen vor sich hin murmelte. Später waren sie zusammen nach Kirkwall gefahren, um für die kommenden Tage einzukaufen. Wieder saß er am Steuer, und sie versteifte sich bei der Stelle so sehr, dass sie die Luft anhielt. Zum Glück merkte er nichts und kam auf das Nachbarcottage zu sprechen, das er auf seiner Erkundungstour entdeckt hatte. Liska befürchtete schon, er würde sie fragen, wer dort wohne. Daher wechselte sie rasch das Thema und erzählte ihm, was sie über Kirkwall wusste. Das meiste stammte aus den Reiseführern ihrer Oma, und sie ratterte es herunter, bis sie an seiner erstaunten Reaktion bemerkte, wie monoton sie klang. Zum Glück erreichten sie in diesem Augenblick den Supermarkt, und sie rettete sich zwischen Gemüse und die neuesten Produkte der Insel. Anschließend machten sie einen Abstecher zum Hafen, da soeben mehrere Fischerboote einliefen, das dunkle Wasser teilten und mit ihren Netzen in Grün und Orange seltsam fremd wirkten. Hauptsache, sie boten Marius gute Fotomöglichkeiten. Liska hielt in der Zwischenzeit nach einer Arbeiterin Ausschau, doch ohne Erfolg.

Je länger sie sich in Kirkwall aufhielten, desto angespannter wurde sie. Was, wenn sie nun den Brookmyres begegnete oder – schlimmer noch – dem Ehepaar Johnson, mit dem ihre Eltern damals so viel unternommen hatten? Der Präsentierteller war angerichtet, und sie lag mitten darauf. Nach einer Weile ertappte sie sich dabei, wie sie die Leute beobachtete, während sie überlegte, ob sie ihr bekannt vorkamen. Zweimal bemerkte jemand ihr Interesse und erwiderte ihren Blick, und sie senkte rasch den Kopf.

Sie atmete auf, als Kirkwall im Rückspiegel kleiner und kleiner wurde, während sie Richtung Westen fuhren und bald auch Finstown hinter sich ließen. Loch of Harray glitzerte in der Ferne, kurz darauf der Loch of Stenness. Der Steinkreis – die Stones of Stenness – lag genau dazwischen, grüßte Liska wie ein alter Bekannter und versetzte Marius in die ihm so eigene Aufregung.

Eifrig umrundete er die Steine, die fast dreimal so groß waren wie er, wie eine Mischung aus Jäger und tobendem Kind. Liska hatte ihn zunächst begleitet, sich dann aber entschieden, im Wagen zu warten. Von dort beobachtete sie Marius und wunderte sich, wie viele Fotos man von vier Brocken machen konnte. Im fahlen Licht schimmerten sie grau und grün, und über dem Wasser im Hintergrund ballten sich Wolken zusammen, als wollten sie diesem Anblick eine besondere Dramaturgie verleihen.

Liska musste lächeln – Marius' Begeisterung war selbst über die Entfernung spürbar, und er strahlte, als hätte sie ihm das perfekte Geschenk gemacht.

Zurück im *Seaflower* schlug die Stimmung erneut um, als hätten sie die Unbeschwertheit des Ausflugs an der Türschwelle zurückgelassen. Sie kochten in seltsamem Schweigen zusammen, aßen und tranken ein Glas Wein. Marius verabschiedete sich früh mit der Begründung, dass ihm vergangene Nacht auf der Fähre nicht viel Schlaf vergönnt gewesen sei und er sich auf ein echtes Bett freue.

Sie glaubte ihm, weil sie ihm glauben wollte. Die Umstände hatten sie beide in eine merkwürdige Situation gebracht. Als sich die Tür hinter Marius schloss, hatte Liska ganz vorsichtig ausgeatmet und sich dabei eingebildet, das Haus täte es ihr gleich.

Jetzt, mit etwas Abstand, konnte sie es ihm nicht verübeln, dass er vor ihrer Gesellschaft geflüchtet war. Sie kannte sich selbst nicht wieder. Small Talk bereitete ihr keine Probleme, sie plauderte im *Blumen zum Tee* täglich mit ihren Kunden über Gott und die Welt. Hier aber fühlte sie sich wie auf dem Prüfstand, und es kostete sie große Mühe, überhaupt einen Satz herauszukriegen.

Solange Marius von sich, seinem Job und seinen Reisen erzählt hatte, war alles in Ordnung gewesen, doch sobald er versucht hatte, etwas über sie zu erfahren, hatte sie abgeblockt und betont, ihre Abmachung so geschäftlich wie möglich halten zu wollen. Nicht mit direkten Worten, sondern zwischen den Zeilen, aber dort mehr als deutlich. Zu ihrem Glück – oder Unglück? – war er jemand, der sehr gut zwischen diesen Zeilen lesen konnte.

Liska schloss die Schlafzimmertür hinter sich. Ihre Schultern schmerzten, und die Stelle direkt unter ihrem Haaransatz pochte.

Sie ließ sich auf das Doppelbett fallen und starrte auf die zugezogenen Vorhänge. Regen prasselte gegen die Fensterscheiben und verlieh der Atmosphäre einen bedrückenden Anstrich. Liska lauschte eine Weile, stand dann auf und stellte die Flasche so entschlossen auf dem Tisch ab, dass Wein auf ihre Hand schwappte. Es hatte keinen Sinn, Trübsal zu blasen. Sie hatte sich in diese Situation hineinmanövrieren lassen und würde einen Weg finden, um sie durchzustehen, ohne ihren Stolz oder die Nerven zu verlieren. Es wurde Zeit, diesen paralysierten Zustand zu beenden, in dem sie sich seit ihrer Ankunft befand.

Sie sah sich um. Ihr Koffer war ein guter Anfang. Bisher hatte sie ihn lediglich geöffnet und alles Nötige herausgenommen, nun würde sie ihn ausräumen. Immerhin sah es momentan nicht danach aus, als könnte sie in zwei oder drei Tagen wieder nach Hause fahren.

Sie warf einen Blick in den Kleiderschrank. Bis auf ein Bügeleisen und einige Kleiderbügel war er leer. Das Einräumen würde sie eine Weile beschäftigen, und dann würde sie sich noch etwas Wein genehmigen und sämtliche Probleme auf morgen verschieben.

Als sie die obersten Pullover aus dem Koffer nahm, berührten ihre Finger etwas flauschig Weiches – den Rundschal, den sie zum letzten Geburtstag von Mareike bekommen hatte. Nachdenklich zog Liska ihn hervor und drehte ihn zwischen den Händen. Vielleicht war es eine gute Idee, mit Mareike zu reden, in diesem Fall war ihre Freundin ein besserer Ratgeber als ihre Oma.

Liska trank einen Schluck Wein, starrte nachdenklich auf das helle Orange der Vorhänge und dann auf die Uhr. Es war noch nicht spät, und wenn sie nun anrief, würde Mareike auf jeden Fall fragen, wie es bisher lief. Dann konnte sie entweder mit einem neutralen *Alles okay* reagieren ... oder ihr die Wahrheit sagen.

Zumindest einen Teil davon. Mareike kannte sie und ihre Grenzen ziemlich gut. Nur selten übertrat sie eine, und wenn, geschah es in der Absicht, Liska wachzurütteln. Doch in der Regel akzeptierte sie es, wenn sie über etwas nicht reden wollte. Wie den Tod ihrer Eltern. Mareike wusste, dass sie gestorben waren, aber nicht wo und wie.

Vielleicht war es eine gute Idee, ihr von dieser verdammten Liste zu erzählen und zu sehen, wie sie reagierte. Ein Testlauf sozusagen. Eine Art Generalprobe, ehe sie Marius mit der Tatsache konfrontierte, dass sie die Orkneys seit dem Unfall gemieden hatte und daher auf Mainland längst nicht so gut vernetzt war, wie er glaubte. Und dass ihr gemeinsames Unterfangen damit ein gutes Stück schwieriger wurde. Schließlich konnte sie ihm nicht die ganze Zeit über so ausweichen wie heute. Früher oder später musste sie mit der Sprache herausrücken.

Sie griff zum Telefon und wog es in der Hand, ehe sie Mareikes Nummer aufrief. Ein letzter Schluck Wein, dann presste sie ihren Finger darauf. Ihre Hände waren kühl.

Mareike nahm bereits nach dem dritten Klingeln ab. »Liska, wie ist es? Wie ist der Neffe von Magdalena?«, fragte sie anstelle einer Begrüßung.

»Dir auch einen wunderschönen Abend«, sagte Liska. »Aber um deine Neugier möglichst schnell zu befriedigen, ehe du noch nervös wirst: Er ist eigentlich ganz nett.«

»Aber?«

»Ich glaube, es ist alles nicht so einfach, wie ich es mir vorgestellt habe.«

»Was, hast du dich etwa bereits in ihn verguckt? Da hätte ich die wichtigste Frage doch glatt vergessen: Sieht er gut aus?«

Liska verdrehte die Augen. »Hör mal, es ist völlig okay, dass du Romane liest, in denen so etwas passiert, aber verwechsle sie bitte nicht mit der Realität. Marius Rogall und ich sind Geschäftspartner, das ist und bleibt alles.«

»Okay, okay. Moment, ich mach eben die Chipstüte auf.« Es raschelte, und Liska stellte sich vor, wie Mareike es sich auf ihrem Sofa bequem machte. Mit einem Anflug von Neid ließ sie sich auf das Bett fallen und wünschte sich nach Hause, in ihr kleines, gemütliches Wohnzimmer mit dem Sofa in Blau- und Beigetönen, ihren Teelichtern und einem frischen Blumenstrauß. Dorthin, wo alles in Ordnung war und sie wusste, was am nächsten Tag auf sie zukam. Und dass sie es bewältigen konnte.

Es knackte in der Leitung, dann war Mareike zurück. »Also. Was ist los?«

Liska lehnte sich an die Wand, setzte sich aber sofort wieder aufrecht hin. »Ich glaube, ich kann nicht leisten, was deine heißgeliebte Schriftstellerin von mir erwartet. Sie hat eine Liste mit Motiven erstellt, die unmöglich aufzutreiben sind. Ich fürchte, dass ich die ganze Sache hier vermassle, und dann bekommt meine Oma vielleicht das Geld nicht, das sie bereits eingeplant hat.«

»Unmögliche Motive? Was, schreibt sie nun auch Science-Fiction?«

»Mareike!«

»Schon gut, schon gut. Also. Warum sind sie so unmöglich zu beschaffen?«

Liska stand auf und setzte sich wieder hin. Ihr Blick fiel auf das Bild an der Wand: ein Sonnenblumenfeld, untypisch für den Geschmack ihrer Oma, da nicht einmal ein Dudelsack oder ein Stück Haggis zu sehen war. Vielleicht hatte sie es in der Hoffnung gekauft, die Stimmung nach Stunden oder gar Tagen Wind und Regen wieder aufzuheitern. »Wie läuft es im Laden?«

»Wunderbar. Wir haben viele Kunden, und jeder fragt mich, warum diese Motive, die du im fernen Schottland jagst, so unmöglich zu beschaffen sind.« Natürlich, Mareike ließ sie nicht so einfach vom Haken.

Liska stand auf und berührte das Bild, fuhr die Unebenheiten der Farbe mit den Fingern nach. »Ich habe gedacht, dass es sich um Sehenswürdigkeiten handelt. Du weißt schon, um den Ring of Brodgar oder den Broch von Gurness ...«

»Nein, das weiß ich eigentlich nicht«, entgegnete Mareike freundlich. »Ich war noch nie da oben.«

»... warum sonst sollte sie wollen, dass ihr verflixtes Buch auf den Orkneys spielt? Aber die Motive haben nichts mit den Inseln zu tun. Ich meine, ja, manche schon, aber kannst du mir bitte sagen, wie ich ein Schaf dazu bringen soll, sich auf den Rücken eines anderen zu stellen? Oder wie ich drei gutaussehende Kerle finden soll, die nackt bis auf ihren Kilt für ein Foto posieren?«

»Bitte was?«

»Ja«, seufzte Liska. »Und das sind noch die harmlosen Motive.«

»Oha! Wenn du die gutaussehenden Jungs findest, sag bitte auch mir Bescheid. Aber solange die Chippendales nicht bei euch auftreten, bleibt dir wohl nur übrig, Leute zu fragen, die du kennst. Irgendwer wird sich schon bereit erklären, dir zu helfen, und sich entblättern.«

Liska ließ die Hand fallen und suchte nach den passenden Worten.

»Liska?« Etwas knallte gegen den Hörer – Mareike schlug mit dem Fingerknöchel dagegen, wenn sie zu lange warten musste.

»Ja, ich bin noch dran. Also das Problem ist ...« Sie atmete aus. »Ich kenne hier niemanden. Ich meine, doch, ich kenne einige Leute sicher noch von früher, aber ... sagen wir einfach, ich möchte ihnen nicht begegnen, wenn es sich vermeiden lässt. Damit sie keine ... Themen ansprechen, über die ich nicht reden will.« Die Worte brannten auf ihrer Zunge, und sie legte so viel Nachdruck wie möglich hinein, um Mareike von ausführlichen Rückfragen abzuhalten. So schlimm war es gar nicht, solange sie sich vor einer näheren Erklärung drücken konnte.

Ihre Strategie ging leider nur ansatzweise auf. »Nicht einmal dieses alte Ehepaar? Das sich um das Haus deiner Oma kümmert?«

Vor allem nicht das.

»Nein.«

Mareike brummte, brummte noch einmal und räusperte sich, als Liska stur blieb und schwieg. »Also, meine Liebe, ich weiß nicht, was los ist, aber ich kenne dich, und du klingst ziemlich ernst. Daher rücke ich dir erst auf die Pelle, wenn du wieder hier bist, und kitzle dann aus dir heraus, worum es wirklich geht.«

»Danke«, flüsterte Liska.

»Gut. Reden wir über das Praktische. Was willst du tun? Oder vielmehr: Was kannst du tun? Schafe findest du an jeder Ecke, eventuell kann man da nachhelfen, wenn man stark genug ist. Ist dieser Marius stark? Teste das doch mal!«

»Mareike!«

»Ist ja schon gut. Müssen auf den Bildern denn unbedingt auch Menschen sein?«

»Auf manchen leider ja.«

»Photoshop!« Sie klang triumphierend.

»Keine Option. Sie will nur Originalmotive, und Marius hält sich dran.«

»Nun, dann bleibt dir ja wohl nichts anderes übrig, als wildfremde Leute anzusprechen. Ich finde das auch gar nicht so schlimm. Vielleicht ziehen sich die knackigen Kerle aus, wenn du ihnen etwas Geld zusteckst? Leg gern meine Telefonnummer dazu. Ansonsten wäre es vielleicht noch ein Anreiz zu sagen, dass die de Vries die Namen der Freiwilligen in der Danksagung erwähnt? Du weißt schon, hinten im Buch. Manche stehen auf so etwas.«

Liska schob einen Vorhang zur Seite und blinzelte hinaus. Der Regen hatte nachgelassen. »Die Idee ist gar nicht mal so schlecht.«

»Sag ihm, dass die meisten Leute, die du kennst, weggezogen sind, und der Rest ist nicht zu Hause«, schlug Mareike vor. »Oder im Urlaub. Dir fällt schon was ein.«

Liska ließ den Vorhang wieder fallen. Das konnte funktionieren. »Ja, das klingt vernünftig. Ich glaube, dann kann ich nun auch endlich schlafen gehen, ohne mir den Kopf wegen morgen zu zerbrechen.«

»Schön.« Mareike gähnte ausgiebig. »Irgendwann kannst du mir dann auch erzählen, was wirklich los ist.«

»Irgendwann, ja.« Liska war in Gedanken bereits wieder bei der Liste. »Danke und pass auf den Laden auf! Wir sehen uns spätestens in einer Woche.«

»Alles klar, und viel Spaß noch!«

»Haha!« Sie legte auf und ließ sich auf das Bett fallen. Mareike hatte recht – ihr blieb nichts anderes übrig, als über ihren Schatten zu springen und Fremde anzusprechen. Das war nicht angenehm, aber noch immer die einfachere von beiden Optionen. Ob sie nun Small Talk über Blumen hielt oder eine Hafenarbeiterin fragte, ob sie kurz für ein Foto posieren würde, machte nun keinen sehr großen Unterschied.

Zumindest versuchte sie, sich das einzureden, bis ihr bewusst wurde, dass sich die Unruhe in ihrem Magen deshalb bemerkbar machte, weil sie sich selbst nicht glaubte.

7

*W*äre das Wetter ein Indikator dafür, wie das Schicksal ihr gesinnt war, so könnte dieser Tag ein guter werden.

Liska stand in der Tür und betrachtete den Regenbogen am nur teilweise wolkengrauen Himmel. Er war schwach, hielt sich aber hartnäckig. Ihr Kopf dröhnte leicht vom Wein, aber die sanft schillernden Farben über ihr fachten Hoffnung und Entschlossenheit an.

Nach dem Telefonat mit Mareike hatte sie sich noch einmal ins Wohnzimmer geschlichen, die Liste vom Tisch genommen und war sie durchgegangen. Mit etwas Glück konnten sie heute mehrere Punkte abhaken. Das war ein Anfang, und sobald der Stein einmal ins Rollen gekommen war, nahm er vielleicht von selbst Fahrt auf.

Sie hatte sich dafür entschieden, zunächst nach Kirkwall zu fahren. Dort konnte sie einen roten Luftballon für das entsprechende Foto kaufen – *Blick auf die Küste, wo ein roter Luftballon schwebt* – und anschließend zur Kathedrale fahren und warten, bis zwei Fußgängerinnen vorbeikamen, die sich für das Motiv *Zwei Frauen streiten sich vor St. Magnus, Kirkwall, um eine Handtasche* eigneten. Auf dem Rückweg würde sie Marius zu der einen oder anderen Sehenswürdigkeit lotsen und rasch aus dem Wagen springen, sobald sie ein Lamm entdeckte, das sie auf den Arm nehmen konnte. Das würde am Ende des Tages einen guten Schnitt liefern.

Entschlossen strich sie sich einige Strähnen zurück, die der allgegenwärtige Wind bereits wieder aus ihrem Zopf gezerrt hatte. Ja, sie würde für diese Bilder sogar selbst posieren, wenn es gar nicht anders ging! Blieb nur zu hoffen, dass sie nicht plötzlich jemandem über den Weg lief, der sich an sie erinnerte und sie in ein Gespräch verwickelte.

Beim Frühstück hatte sie Marius Mareikes Geschichte aufgetischt. Er hatte sie nicht angezweifelt, sondern lediglich bedauert, dass sämtliche Bekannte und Freunde bereits weggezogen waren oder gerade Urlaub im Süden machten. Sie hatte ihr schlechtes Gewissen verdrängt, als er anmerkte, wie schade es für sie war, in dieser Hinsicht umsonst den weiten Weg gereist zu sein, und die Sache mit der Danksagung im Buch seiner Tante angesprochen. Marius hatte zugesagt, so schnell wie möglich nachzufragen – zu einer Zeit, in der seine Tante gestört werden durfte.

»Fertig.«

Seine Stimme ließ sie zusammenfahren. Nicht so sehr, weil er sie erschreckt, sondern weil sie sich selbst beim Träumen erwischt hatte.

Innerhalb der vergangenen Minuten hatte sie nicht einmal mehr über ihre unglückliche Situation nachgedacht, sondern einfach nur den Regenbogen und den Himmel betrachtet, der in der Ferne mit dem Wasser verschmolz. Heute war es klar genug, dass man die See vom Haus aus erkennen konnte, und Marius hatte nach dem Frühstück sicher eine halbe Stunde reglos am Fenster gestanden. Liska wusste genau, wie er sich dabei gefühlt haben musste.

Auch das hatte sie nicht vergessen.

Sie fuhr herum und versuchte, ein ernstes Gesicht aufzusetzen, um nicht allzu verträumt auszusehen. »Gut. Von mir aus können wir los. Ist dein Zeug regenfest?«

Er nickte und deutete auf die Fototasche zu seinen Füßen. »Absolut. Ich hatte schon mal so eine, die hat sogar ein unfreiwilliges Bad in der Donau überlebt.« Er sprühte vor Tatendrang und guter Laune. Seine braunen Augen blitzten, und erst jetzt bemerkte Liska die schwachen Sommersprossen auf seiner Nase. Ungewöhnlich für den eher dunklen Teint. Kurz fragte sie sich, was er an oder auf der Donau getrieben hatte.

Sie schlang sich ihren Schal um den Hals, zog die Jacke an und schlüpfte in die Gummistiefel, wobei sie hoffte, dass die ihrer Oma gehörten. Die Größe passte schon mal. Sie schlug den Kragen hoch, öffnete die Tür und trat nach draußen. Eine Möwe flog auf, vom Dach tropfte es, und in der Ferne bellte ein Hund. Man konnte es nicht von der Hand weisen: Es war idyllisch.

Und einsam und langweilig, und man muss nicht lange laufen, bis es nach Schaf stinkt.

Marius ging an ihr vorbei, und sie drückte ihm den Wagenschlüssel in die Hand. »Lad einfach schon mal ein, ich schließe hier ab.«

»Okay.« Er freute sich sichtbar darauf, endlich loslegen zu können.

Sie wandte sich um, zog die Tür zu und schloss ab.

»Liska?«

Ihre Hand hielt noch in der Drehung inne. Die Stimme war weiblich, und die Tatsache, dass diejenige ihren Vornamen kannte, bedeutete nichts Gutes.

»Elisabeth Matthies, bist du das wirklich?«

Der eigentümliche Singsang verriet Orkney-Herkunft. In Liskas Nacken kribbelte es, und sie fühlte sich, als hätte man sie auf frischer Tat ertappt. Sie wandte sich um und vermied es, in Marius' Richtung zu sehen. Seine neugierigen Blicke und Neugier spürte sie nur zu gut, aber sie brauchte nun all ihre Konzentration für das andere Problem.

Es kam in Form einer Frau daher.

Sie war ungefähr in Liskas Alter, aber mindestens doppelt so schwer und mit Stiefeln, Jeans und einem dicken Wollpulli derb, aber bequem gekleidet. Helles Haar war zu einem lockeren Zopf gebunden und fiel ihr über die Schulter. Einzelne Locken ringelten sich um ein volles Gesicht mit rosigen Wangen. Die für ihr Alter zu kindlich wirkende Stupsnase ließ etwas in Liskas Hinterkopf klingeln.

Hätte man ihr einen Spiegel hingehalten, würde sie wahrscheinlich feststellen, dass sie die Mimik der Frau imitierte: die Augenbrauen hochgezogen, den Mund leicht geöffnet. Sie musste etwas sagen, wenn sie sich nicht vollkommen blamieren wollte!

»Hallo«, wählte sie die unverfänglichste Anrede, die ihr einfiel.

Die Frau legte den Kopf schräg. »Du erinnerst dich nicht mehr an mich, oder? Ich habe dich sofort erkannt. Deine Haarfarbe und deine Augen. Als Emma mir erzählt hat, dass im *Seaflower* eine junge Frau wohnt, die einen seltsamen Akzent hat, habe ich schon überlegt, ob du das sein könntest. Heute früh habe ich dann Fiona Brookmyre auf dem Markt getroffen, und die hat es bestätigt.« Sie machte eine Pause und grüßte Marius mit einer Handbewegung, als würde sie ihn erst jetzt wahrnehmen. »Ich habe so endlos lange Jahre nichts von dir gehört«, fügte sie dann hinzu.

Liska riss sich zusammen, um weiterhin locker zu wirken, obwohl sie am liebsten ins Auto gestiegen wäre. Genau diese Worte hatte sie nicht hören wollen, denn schon die nächsten konnten eine Frage sein, eine Erkundigung darüber, wie es ihr seit jenem schrecklichen Tag ging, den sie mehr als alles andere in der Welt vergessen wollte. Oder eine späte, viel zu späte Beileidsbekundung, wobei solche immer zu spät kamen. Wenn sie nur wüsste, wer da vor ihr stand! Sie fühlte sich seltsam verwundbar. Je länger sie wartete, desto mehr beschlich sie das Gefühl, das Rätsel jeden Moment lösen zu können.

Die Frau grinste, stemmte eine Hand in die Hüfte, hob ihr Kinn und drehte sich ein wenig zur Seite. Liska blinzelte, als sich die Schleier in ihrem Kopf langsam zurückzogen. Endlich fiel der Groschen.

»Ach du meine Güte! Vicky Elliott?«

Das Grinsen wurde breiter. »Heute Vicky Marsden, aber ja, ich bin es! Nur etwas älter und fülliger. Wenn noch einmal jemand behauptet, dass man Schwangerschaftspfunde ganz einfach wieder loswird, erschlage ich ihn mit dem nächsten *Standing Stone*, den ich finde.«

Liska nickte und versuchte gleichzeitig, das soeben Gehörte einzuordnen. Victoria Elliott war von Inverness hierher gezogen, als sie elf gewesen war – so alt wie Liska damals. Sie hatte mit ihren Eltern ein halbes Jahr in einem Haus in der Nähe gewohnt, war aber dann auf die Nachbarinsel Hoy gezogen. Danach hatte Liska Vicky nur noch selten gesehen. Es konnte also sein, dass sie gar nicht wusste, was seitdem alles geschehen war. Allerdings durfte sie den Tratsch auf den Orkneys nicht unterschätzen.

»Das ist ja … irre«, brachte sie hervor. »Ich hab dich wirklich kaum erkannt.«

Vicky lachte, trat vor und umarmte Liska so fest, dass irgendwo ein Knöchelchen knackte. »Mensch, ich habe nicht gedacht, dich mal wiederzusehen! Ist das dein Freund?« Sie ließ los und wandte sich an Marius.

Der streckte ihr eine Hand entgegen – pfiffig, so geriet er nicht in Gefahr, ebenfalls an Vickys beachtliche Brust gepresst zu werden. »Nein, Liska und ich arbeiten für ein Projekt zusammen. Ich bin Marius.«

»Freut mich. Ein Projekt? Was treibt ihr denn genau hier?«

Liska trat näher an den Wagen heran. »Eine Fotostrecke. Sehenswürdigkeiten der Orkneys und so weiter.«

Vickys braune Augen blitzten. »Ha, da gibt es hier genügend! Sucht ihr bestimmte Motive?« Ihr Blick schien sich durch Kleidung und Haut zu bohren, analysierte, suchte, tastete ab. Vicky war früher ziemlich neugierig gewesen und schien diese Eigenschaft bis heute nicht abgelegt zu haben. Je länger Liska darüber nachdachte, desto weniger gefiel ihr der Gedanke, von diesen Argusaugen durchbohrt zu werden. Wahrscheinlich wusste Vicky doch mehr, als sie wissen sollte, und das in Kombination mit ihrem flotten Mundwerk war ein schlechtes Omen.

Marius wollte ihr antworten, doch Liska kam ihm zuvor.

»Wir arbeiten eine Liste ab. Daher müssen wir auch schon gleich wieder los. Du wohnst also dort drüben?« Sie deutete in Richtung Straße.

»Ja, so ein Zufall, nicht wahr? Wir sollten uns unbedingt abends mal treffen. Wie lange bist du denn hier?«

»Das hängt von dem Auftrag ab, aber spätestens in einer Woche muss ich zurück. Ich habe einen Laden in Deutschland, den ich nicht so lange allein lassen darf.« Sie spähte unter ihren Ärmel und hoffte, niemand würde bemerken, dass sie keine Uhr trug. »Du meine Güte, wir müssen jetzt wirklich los. Ich kann mich ja mal bei dir melden, Vicky.« Wäre ihr Gewissen eine Waage, so drückte soeben ein weiteres Gewicht die ohnehin bereits viel zu schwere Schale nach unten. Aber davon durfte sie sich nun nicht beeinflussen lassen! Sollte ihre ehemalige Freundin spüren, dass sie am liebsten bereits vor fünf Minuten aus dieser Situation geflüchtet wäre, so ließ sie sich nichts anmerken, verabschiedete sich mit einer weiteren Umarmung und rang Marius sogar einen Kuss auf die Wange ab, ehe sie sich nach weiteren Aufforderungen, sich bald zu treffen, auf den Weg nach Hause machte.

Liska sprang in den Wagen und entschied sich dafür, dieses Mal selbst zu fahren. Der Motor lief, ehe Marius einstieg, und sie fuhr an, kaum dass er die Tür geschlossen hatte.

Bereits auf den ersten Metern spürte sie ihn, diesen Blick von der Seite, der so schwer zu ignorieren war. Marius verfügte über eine starke Präsenz, allerdings war er nicht so hartnäckig, nachzufragen, warum ihre Freude über das Wiedersehen mit Vicky sich in Grenzen hielt. Sie hatten kaum die Abzweigung zur Finstown Road erreicht, als er aufgab und aus dem Fenster sah.

Vor dem Haus der Brookmyres unterhielten sich zwei Frauen. Sie blickten auf, und Liska trat das Gas weiter durch.

Die Erinnerung an die junge Vicky mit dem wippenden Pferdeschwanz begleitete sie, während Wiesen und helle Zäune an ihnen vorbeiflogen.

In Kirkwall suchte sie den kleinen Parkplatz, den sie von früher kannte. Es gab ihn noch immer, und er hatte sich kaum verändert. Sogar der ehemals blaue Metallstuhl, von dem bereits ein Großteil der Farbe abgeblättert war, stand noch in einer Ecke. Im Sommer saß der alte Mann darauf, der für den Platz zuständig war und nun in einem abenteuerlich zusammengezimmerten Schuppen in einer Zeitschrift blätterte. Liska sah zweimal hin: Es war nicht nur derselbe Kerl, er trug auch wieder eine Latzhose. Im Gegensatz zu ihr schien er nicht gealtert zu sein. Aber er hatte bereits Runzeln, Furchen und schlohweißes Haar gehabt, als sie sich noch vor ihm gefürchtet hatte.

»Den Rest laufen wir«, sagte sie, nachdem sie sich von seinem Anblick losgerissen hatte. »Es ist nicht weit.«

»Alles klar.« Marius sprang aus dem Wagen und kramte sein Equipment vom Rücksitz. Liska schnappte sich ihre Handtasche und hängte sie sich um. Sie war leer. Geldbörse und wichtige Papiere hatte sie zuvor in ihrer Jacke verstaut, aber schließlich benötigten sie für das Foto eine Tasche, um die sich zwei Frauen streiten konnten. Sie bezahlte die Parkgebühr bei dem Alten und erhielt einen laienhaft gedruckten Zettel als Beleg.

Kurz darauf liefen sie nebeneinander durch die schmalen Straßen und noch schmaleren Gassen von Kirkwall. Früher hatte Liska den ruhigen Ortskern geliebt, über dem die St.-Magnus-Kathedrale in den Himmel ragte. Nachdem sie der Insel den Rücken gekehrt hatte, war Kirkwall zu einem Namen verschwommen, der nur wenige Einzelheiten preisgab. Nun kehrten weitere Eindrücke zurück, und Liska sträubte sich gegen das Lächeln, das sich auf ihrem Gesicht ausbreiten wollte.

»Dort entlang.« Sie deutete auf einen schmalen Durchgang zwischen zwei Häusern und versuchte sich einzureden, dass sie nur wegen Marius so langsam lief. Schließlich war dies sein erster Besuch, und er war zu sehr damit beschäftigt, immer wieder die Kamera anzusetzen, als dass sie ein normales Tempo hätten anschlagen können.

Der Wind nahm ab, als die Steinmauern neben ihnen aufragten, und für einen Moment war es beinahe still. In der Ferne zeugten Stimmen und Autos von Leben, doch hier und jetzt war nichts davon real. Nichts wichtig.

Liska drehte sich um, und als ihr Blick Marius streifte, bemerkte sie, dass er die Augen geschlossen hatte. Beinahe hätte sie es ihm gleichgetan, doch da öffnete er sie bereits wieder.

»Alles okay?«, fragte sie.

Er strich über etwas Moos in den Mauerfugen. »Es war plötzlich so ruhig. Unglaublich, welchen Unterschied der Wind ausmachen kann, oder? Und riechst du das?«

Natürlich roch sie es, bereits die ganze Zeit. Das Strynd Café um die Ecke hatte sie ebenso wenig vergessen wie den Duft, der durch die Gasse zog wie ein verzauberter Wegweiser. Es war klein und lag etwas versteckt, aber die Scones und Kuchen waren unwahrscheinlich gut. Früher war sie unzählige Male dort gewesen, beinahe jeder Ausflug nach Kirkwall hatte mit einem Besuch im Café geendet.

Liska räusperte sich. »Moder und Nässe«, sagte sie. »Außerdem sind wir fast da, dort vorn ist die Fußgängerzone.« Sie ging weiter und trat aus dem Schatten auf die größere Straße.

Es war, als wären sie aus einem mittelalterlichen Roman in die Gegenwart gehuscht. Stille und der Duft nach Gebäck wurden vertrieben von Fußgängern, Hunden und zwei Jungs, die sich mit ihren Rädern ein Rennen lieferten und dabei beinahe eine Fußgängerin umfuhren. Tüten raschelten, jemand rief etwas, eine Möwe zerrte eine Verpackung aus einem Mülleimer, und über alldem schien die Sonne fahl vom Himmel.

Bilder, die nicht erloschen, sondern nur in den Hintergrund geraten waren.

Zu ihrem Erstaunen spürte Liska einen Anflug von Leichtigkeit.

»Wow!« Marius blieb stehen, legte den Kopf in den Nacken und betrachtete die Kathedrale, die gegenüber der Ladenzeile stand. Liska ahnte, wie das Bauwerk auf ihn wirken musste. Der rötliche Stein bildete einen interessanten Kontrast zum blaugrauen Himmel, die Bögen der drei Eingänge wirkten nicht so pompös-bedrohlich wie bei manch anderen Kathedralen, sondern irgendwie ... einladend. Vielleicht lag das auch an den Bänken, auf denen Menschen saßen und auf ein paar Sonnenstrahlen hofften. Auf der Wiese zur Linken tobten Kinder.

Für Liska war der Anblick vor langer Zeit Normalität geworden. Bei ihren ersten Besuchen hatte sie geglaubt, dass Gargoyles und andere Wesen in der Kathedrale existierten und bei Einbruch der Dämmerung zum Leben erwachten, so geheimnisvoll konnte sie mit ihren Türmchen, Verzierungen und dem angrenzenden Friedhof wirken.

»Die Kathedrale ist als Licht des Nordens bekannt«, rasselte sie herunter, was sie am Vortag im Reiseführer gelesen hatte. »Sie wurde im zwölften Jahrhundert von Graf Rognvald-Kali gestiftet, der war ein Neffe des heiligen Magnus. Daher der Name. Architektonisch ist die Fassade ein Stilgemisch.« Sie hoffte, Marius würde sie nicht nach Einzelheiten fragen, denn an die konnte sie sich nicht erinnern. Sie liebte es, alte

Gebäude zu betrachten und sich vorzustellen, wie sie einst ausgesehen hatten, aber Details wie die unterschiedlichen Baustile interessierten sie nicht. Anfangs hatte sie sich ihre eigenen Geschichten hier in Kirkwall zurechtgesponnen, doch als sie mit den Jahren begriff, dass nachts keine Steingestalten den Friedhof von St. Magnus bewachten, hatte sie es dabei belassen und sich nicht darum gekümmert, wer die Kathedrale gebaut hatte und warum. Schließlich konnte die Realität niemals so schön sein wie ihre Vorstellung.

Sie musterte die Läden gegenüber dem Bauwerk: hell getünchte Fassaden, klassisch aussehende Steinhäuser und solche, bei denen die Fensterrahmen in fröhlichen Farben gestrichen waren. Sie drängten sich eng aneinander, doch kein Haus glich dem anderen. Es hatte sich wirklich kaum etwas verändert.

Als Liska sich wieder umwandte, kniete Marius am Boden und versuchte wohl, den perfekten Winkel zu finden. Die dunklen Haare fielen ihm in die Stirn, und er pustete sie beiläufig weg, ehe er sich ein Stück zur Seite neigte. Das leise Klicken der Kamera war über den Umgebungslärm hinweg zu hören, eine kleine Salve, die Marius für seine Tante abfeuerte. Diese Magdalena de Vries konnte froh sein, dass er seine Aufgabe so ernst nahm!

Das rief Liska ihre Auswahl für den heutigen Tag ins Gedächtnis, und sie tastete nach ihrer Handtasche. Sie brauchte zwei Frauen, eine blond, eine dunkelhaarig, die sich um das Ding stritten. Es wäre weniger kompliziert, wenn eine der beiden rothaarig hätte sein dürfen! Zwar war sie nicht unbedingt scharf darauf, für ein Bild zu posieren, das hinterher als Vorlage für Beschreibungen genutzt wurde, die sie niemals lesen wollte. Aber es würde ihre Arbeit um einiges beschleunigen.

Zwei Spaziergänger schlugen einen Bogen um Marius –

leider nicht als Modelle geeignet –, ein kleines Mädchen an der Hand seiner Mutter zeigte auf ihn und kicherte. Er hörte es, drehte sich zu ihr um und winkte. Sie kicherte umso lauter, und Liska schmunzelte. Nachdenklich sah sie dem Mädchen hinterher, wie es über die Straße hüpfte, wandte sich dann aber ab, ehe sie sich in dem Anblick verlor.

Marius stand mit einer geschmeidigen Bewegung auf und deutete hinter sich. »Liegen wir noch in der Zeit, wenn ich ein paar Fotos auf dem Friedhof mache? Die Grabsteine sehen sicher fantastisch aus mit der Kirche im Hintergrund.«

»Kathedrale«, verbesserte Liska und ärgerte sich im selben Moment darüber, da es neunmalklug klang. »Aber ja, kein Problem. Ich setze mich so lange dort hin.« Sie deutete auf eine Bank an der Straße vor dem Bauwerk.

Marius blinzelte. »Sicher?«

»Klar.«

Dort kann ich auch gleich Ausschau halten nach zwei Frauen, damit wir das hier bald hinter uns haben.

»Okay, bis gleich! Ruf einfach, wenn es dir zu langweilig wird.« Er lief los, und seine Worte gingen im aufkommenden Wind unter.

Liska schlenderte auf die Bank zu, ließ sich darauf fallen und fragte sich, ob die Idee so gut gewesen war. Bei dieser Witterung saß man nicht lange im Freien herum, selbst dann nicht, wenn man schottischer Herkunft war und ohnehin ein verrücktes Temperaturempfinden besaß. Keinen der Passanten hielt es besonders lange auf den Bänken. Zwar regnete es nicht, und die Sonne war zu sehen, aber das zähmte den Wind nicht. Das Wetter lud noch lange nicht dazu ein, es sich im Freien gemütlich zu machen, das bewies allein das Lauftempo der Fußgänger.

In Schottland war Liska zum ersten Mal aufgefallen, dass

man Temperaturen unter anderem an dem Lauftempo der Menschen festmachen konnte. Wenn es kalt war und ein scharfer Wind wehte, zogen sie die Köpfe zwischen die Schultern und beschleunigten, bis sie den nächsten halbwegs angenehmen Ort erreicht hatten. Stieg das Thermometer, nahm diese Eile ab, und in der Sonne wurde aus dem Gehen ein Bummeln, häufig unterbrochen von Momenten absoluten Stillstands.

Derzeit bummelte niemand. Ein Mann war vor einem Schaufenster stehen geblieben, doch alle anderen bewegten sich in normalem Tempo. Ein älteres Ehepaar warf ihr im Vorbeigehen einen Blick zu. Sie beobachtete unauffällig die Umgebung. Einerseits hoffte sie, zwei Frauen zu entdecken, die für ihr Vorhaben in Frage kämen, andererseits sträubte sie sich dagegen. Zeitgleich wagte sie es, sich in ihren Gedanken zu verlieren und zerrte Abbildungen der Straßen Kirkwalls hervor, wie eine Landkarte, die sie mit dem Finger entlangfuhr. Doch sosehr sie sich auch bemühte, sie konnte sich an keinen Laden erinnern, in dem sie Luftballons kaufen konnte. Vielleicht in einem der Shops, die auf Kitsch und lokale Spezialitäten für Touristen setzten. Allzu viele davon gab es jedoch nicht, zumindest nicht auf den ersten Blick. Kirkwall setzte noch immer auf natürliche Optik mit Stein und Holz sowie Fassaden, die das allgemeine Bild nicht störten. Schreiend buntes Plastik suchte man bis auf wenige Ausnahmen vergeblich, und das war gut so. Nun, auch die Kinder auf Mainland würden Geburtstage feiern. Mit Luftballons. Sie musste einfach jemanden fragen, im Idealfall die beiden Frauen, die sich um ihre Handtasche streiten würden.

Der Friedhof hatte ihm weitere dreiundfünfzig Bilder abverlangt. Marius schmunzelte. Wenn er so weitermachte, musste er eine Nachtschicht einlegen, um die besten Fotos für Tante Magdalena auszusortieren.

Während er weiterging, las er die Namen auf den Grabsteinen, den Finger noch immer am Auslöser. Seitdem er aus dem Wagen gestiegen war, befand er sich in diesem speziellen Rausch, nach dem er so süchtig war. Er trug ihn ein Stück aus der Realität hinaus und machte sie ihm gleichzeitig deutlicher als jemals zuvor. Wenn er eine Kamera in der Hand hielt, übernahm sein Sehsinn nicht nur die Führung, sondern hängte auch alle anderen mit Leichtigkeit ab. Einzelheiten in der Umgebung stachen hervor, als wollten sie ihm zuflüstern, wie sie abgebildet werden sollten. Der Effekt wurde durch Farben und Lebendigkeit verstärkt, und in Ländern wie Italien oder Indonesien hatte er oftmals das Gefühl gehabt, nicht alles festhalten zu können, was auf ihn einprasselte. An einem Tag hatte er in Florenz einen Obststand so häufig und von allen Seiten abgelichtet, bis der Verkäufer dahinter peinlich berührt von dannen geschlichen war.

Marius betrachtete die Rückseite von St. Magnus über die Grabsteine hinweg. Nicht alle waren intakt, die Hälfte stand nicht einmal mehr gerade, und auf manchen waren die Inschriften so verblasst, dass man sie kaum noch lesen konnte. Einige Grabstellen wurden von einem Metallgitter umrahmt, und auf zweien wucherten Gras und Wildkräuter in die Höhe und umrankten den Stein. Es passte perfekt. Die Atmosphäre war so stark, als würde sie ihm die Geschichten der Menschen zuflüstern, die hier begraben waren. Niemals hätte er vermutet, dass Schottland ihn derart in seinen Bann ziehen würde.

Er sah auf die Uhr und stellte fest, dass er seit einer halben Stunde auf dem Friedhof unterwegs war. Wenn er nicht allzu unhöflich sein wollte, musste er sich auf den Rückweg machen.

Langsam schlenderte er zwischen den Gräberreihen hindurch zurück zur Vorderseite der Kathedrale. Liska verhielt sich noch immer zurückhaltend, auch wenn hin und wieder ein Riss durch ihre selbst gezogene Mauer lief. Gestern Abend hatte er es geschafft, bei einem Glas Wein mit ihr zu plaudern – bis er der Meinung gewesen war, genug von sich und seinen Reisen erzählt zu haben, und angemerkt hatte, dass sie ihm einige Schottlandgeschichten schuldete. Seinen Fehler hatte er schnell bemerkt. Das Interesse in ihren Augen hatte zuerst geflackert und war dann erloschen. Sie hatte ihre Lippen zusammengepresst, und selbst der stetige Rotschimmer auf ihren Wangen hatte sich von rosig zu rötlich geändert. Nein, Elisabeth Matthies redete ganz und gar nicht gern von sich. Er würde noch herausfinden müssen, welche Gesprächsthemen bei ihr in die Kategorie »ungefährlich« fielen.

Die Sonne schaffte das Unmögliche, brach erneut durch eine Lücke in der Wolkendecke und ließ das Haar der jungen Frau auf der Bank vor der Kathedrale leuchten. Marius lief langsamer und blieb stehen.

Liska hatte ein Knie angezogen, mit beiden Händen umfasst und das Kinn darauf gestützt. Entweder träumte sie oder beobachtete die Straße, das konnte er von seiner Position aus nicht erkennen. Sie sah trotz ihrer Haltung entspannt aus. Weicher. Der Wind wehte ihr eine Haarsträhne ins Gesicht. Sie sah aus, als gehörte sie ganz genau dort hin. Dies war ihr wahres Ich, das seit seiner Ankunft hinter einer Fassade aus Distanz lauerte. Etwas lag in ihrem Blick, das er von früher kannte, eine Mischung aus Sehnsucht und Entschlossenheit, als ob sie sich vorgenommen hätte, etwas zu vergessen, doch noch nicht wusste, wie.

Marius zögerte, dann hob er die Kamera und zoomte heran.

Liska träumte nicht, zumindest senkten und hoben sich

ihre Lider. Die Wimpern waren auffällig lang und einige Nuancen dunkler als das Rotgold auf ihrem Kopf, die Haut schimmerte dagegen beinahe weiß. Sie erinnerte ihn an ein Bild, das früher im Schlafzimmer seiner Eltern gehangen hatte: Eine Meerjungfrau stand auf einem Felsen und blickte auf das Meer. Marius pfiff auf seinen Grundsatz, Menschen zuvor um Erlaubnis zu bitten, wenn er sie ins Bild setzte, und betätigte den Auslöser.

Sie stand auf, als hätte sie ihn bemerkt. Ertappt ließ Marius die Kamera sinken und ging auf sie zu. »Tut mir leid, ich ...«

»Die beiden«, kam sie ihm zuvor und deutete auf die Straße.

Marius forschte in ihrem Gesicht und versuchte zu erkennen, ob sie wütend über das Foto war. Nein, sie sah eher nervös aus. Oder auch ... unsicher.

»Was?«

»Na die zwei dort. Das könnte passen, meinst du nicht auch?«

Vor dem Schaufenster, auf das sie so enthusiastisch deutete, standen zwei Frauen, ungefähr in ihrem Alter. Endlich begriff er – die eine trug einen dunklen Pagenkopf, das blonde Haar der anderen reichte bis knapp über die Schultern. »Du denkst also wirklich, dass es eine gute Idee ist, einfach Leute anzusprechen? Vielleicht hat ja deine Bekannte Vicky noch eine Freundin, die ...«

Liska lief los, ohne auf seine Worte zu achten. Er öffnete den Mund noch einmal, klappte ihn wieder zu und folgte ihr mit langsamen Schritten. Wenn sie der Meinung war, dass man auf den Orkneys offen für spontane Modelsessions war, so würde sie schon recht haben.

Liska erreichte das Duo und hob eine Hand zum Gruß. Von weitem wirkte das Bild zunächst normal, dann aber rasch seltsam. Die beiden Frauen überragten sie um gut einen Kopf und standen nebeneinander, ohne auch nur zu lächeln, während sie mit verhaltenen Gesten auf sie einredete. Je länger sie sprach, desto mehr schienen die zwei sich aufzurichten. Liska zog die Handtasche von der Schulter und hielt sie ihnen entgegen, woraufhin die Blondine einen Schritt zurücktrat. Die Brünette folgte. Abwehrend, die Arme verschränkt, standen sie nebeneinander. Das sah nicht gut aus. Liska blieb hartnäckig, wedelte noch einmal mit ihrer Handtasche, und die Blondine drehte sich um und rief etwas.

Jemanden.

Der Kerl, der kurz darauf aus einer Seitenstraße trat, sah nicht aus, als hätte er Zeit oder Lust zum Plaudern. Er trug trotz der zaghaften Temperaturen ein T-Shirt zur Cargohose, sein Gesicht schien aus Stein, und er bewegte seine Arme so zackig, als befände er sich auf einem Truppenübungsplatz. Ein Muskelberg, der ungehalten darüber war, dass er seiner Freundin zu Hilfe eilen musste, und die Angelegenheit daher schnell erledigen wollte.

Marius erreichte die kleine Gruppe und lächelte so entwaffnend wie möglich in die Runde. »Hallo!«

»Was ist hier los?« Auch der Muskelmann hatte sie erreicht, legte der Blondine einen Arm um die Taille und starrte Marius an. Vielmehr starrte er ihn nieder. Er maß mindestens eins neunzig. »Was für ein Problem habt ihr?« Er fügte noch etwas hinzu, das Marius nicht verstand, aber es war eindeutig schottisch. Der Kerl besaß den dröhnendsten Bariton, den Marius jemals gehört hatte.

»Es gibt kein Problem«, sagte er so ruhig wie möglich. »Wir sind beruflich hier und suchen für unsere Auftraggeberin einige Motive, die als Beschreibungsvorlage für ein Buch dienen sollen. Unter anderem zwei Frauen, die sich um eine Handtasche streiten. Daher hat meine Bekannte Sie angesprochen«, wandte er sich an die beiden Frauen und ignorierte den Hünen absichtlich. Der Kerl wäre ein perfekter Hafenarbeiter. Schade, dass Tante Magdalena in diesem Fall die weibliche Form zu sehen wünschte.

»Nette Masche.« Die Brünette sah zu Liska und wieder zu Marius. »Was soll das werden? Willst du uns anzeigen, nachdem du Fotos davon geschossen hast, wie wir deiner Freundin angeblich die Handtasche geklaut haben?«

Liska sah nach unten, als bemerkte sie das Corpus Delicti in ihren Händen zum ersten Mal. »Das ist doch Unsinn«, sagte sie, ihre Stimme klang zittrig.

Marius hob die Hände. In den vergangenen Monaten hatten ihm viele Situationen auf seinen Reisen deutlich gezeigt, dass es nur eines gab, wenn es zu brenzlig wurde: Rückzug. »Okay, wie gesagt, ein Missverständnis. Vergessen wir das Ganze. Wir zwei gehen und lassen euch in Ruhe.« Er drehte sich um und packte Liska am Arm.

Leider hatte der Hüne genau dieselbe Idee. »Nicht so schnell.«

Liska, die plötzlich von beiden Seiten festgehalten wurde, reagierte mit wachsender Panik. »Nimm deine Hand weg!« Sie versuchte, sich von dem Fremden loszureißen.

»Vergiss es, Mädchen!« Ein Ruck, und sie stolperte auf ihn zu.

»Hey!« Marius trat dazwischen. »Lass sie los!«

Liskas Augen wurden noch größer, als sie es ohnehin bereits waren, das Blau darin schimmerte dunkel. Sie hob ihre freie Hand und ...

»Liska! Liska Matthies!«

Die Stimme kam aus Richtung der Ladenzeile und klang brüchig. Wie Papier, das zwischen den Fingern zerbröselt.

Die beiden Frauen drehten sich um. Der Hüne schien nicht recht zu wissen, was er tun sollte, entschied sich dann aber dafür, die zwei vor der neuen Bedrohung zu schützen und trat neben sie. Das war gut, denn dafür musste er Liska loslassen. Die rieb sich den Arm, sah aber ganz und gar nicht glücklich aus. Eher ... resigniert. Und der Grund war nicht der Schreck über den Kerl, der sie zuvor gepackt hatte.

Marius folgte ihrem Blick und sah eine ältere Dame, die am Arm eines ebenso alten Mannes auf sie zuhielt. Sie trug einen Hut, der mit einem Gummizug unter ihrem Kinn befestigt war, einen grauen Rock sowie festes Schuhwerk und eine Öljacke. Ihr Begleiter war nur geringfügig größer als sie und trug das gleiche Jackenmodell. Dichtes, schlohweißes Haar wurde ein Stück über einer randlosen Brille vom Wind zerzaust und erinnerte an weißes Feuer. Seine leicht eingefallenen Wangen und die etwas zu große Nase drückten Ernsthaftigkeit und Strenge aus. Als er die Gruppe erreicht hatte, lief er unerschütterlich weiter, so dass der Hüne ausweichen musste. Beide ignorierten die verwunderten Blicke und hielten geradewegs auf Liska zu. Die Frau winkte, und ihre Hand wedelte dabei so gefährlich nah am Gesicht der Brünetten vorbei, dass die zurückwich. Ihr Gesicht war schmal und voller Furchen, doch ihre Augen glänzten und verrieten Entschlossenheit. Die Freude war ansteckend.

»Wie schön, dass wir uns endlich sehen!« Sie stellte sich auf die Zehenspitzen, schlang die Arme um Liska und drückte sie an sich. Dann trat sie zurück und musterte sie von oben bis unten, ehe sie eine Hand sanft auf eine Wange legte. Eine zärtliche Geste.

Liska schloss kurz die Augen, öffnete sie aber sofort wieder und ging auf Abstand.

Wenn sie die ältere Dame damit kränkte, so überspielte

sie es geschickt und lächelte. Nicht so strahlend wie zuvor, sondern eher, als ob sie etwas begriffen hätte. »Wir haben uns schon gewundert, wo du bleibst, aber du hast sicher viel zu tun gehabt seit deiner Ankunft. Ist das der junge Mann, der in Emmis Haus wohnt?« Sie wartete keine Antwort ab, sondern tätschelte seinen Arm und hakte sich bei Liska unter. Dann wandte sie den Kopf in Richtung des noch immer staunenden Trios. »Einen guten Tag!« Es klang höflich und wie ein Befehl zugleich.

Marius beeilte sich, zu Liska und dem Paar aufzuschließen, das mit größter Selbstverständlichkeit weiterging. Er sah noch, wie die Blondine die Schultern zuckte, dann wandten ihnen die drei den Rücken zu und entfernten sich.

Ein Radfahrer klingelte und fuhr einen Bogen um ihre kleine Gruppe. Marius begab sich neben Liska, stieß sie an und deutete mit dem Kinn auf die beiden Alten.

Eine Antwort bekam er nicht. Liska sah nach vorn, als hoffte sie, dass alles nur ein böser Traum war, aus dem sie bald erwachen würde. Sie entspannte die Lippen versuchsweise und zwang sich zu einem Lächeln, als die alte Frau stehen blieb, kaum dass sie den Bordstein erreicht hatte. »Na dann lass dich mal ansehen, Kind. Ich habe dich doch sofort erkannt, obwohl du dich ziemlich verändert hast.« Sie fasste Liskas Hände und zog sie ein Stück näher, um sie zu begutachten. »Du siehst ganz entzückend aus«, murmelte sie. »Ich hatte beinahe vergessen, welch ein wunderschönes Blau deine Augen haben.«

Liskas Zögern hing wie eine schwere Wolke über ihnen. Marius hätte sie am liebsten angestoßen, damit sie etwas sagte. Endlich nickte sie und murmelte einen Dank. Dann wandte sie sich dem Mann zu und ergriff seine Hand. Der Kontrast ihrer Finger hätte nicht größer sein können. Dunkel auf hell, runzlig auf ebenmäßig, gesprenkelt auf weiß. Er schüttelte sie mit derselben ernsten Miene, mit der er die Gruppe zuvor gesprengt hatte. »Herzlich willkommen zurück, Elisabeth!«

»Danke«, murmelte Liska. Ihre Stimme klang belegt. »Es ist … schön, euch zu sehen.«

»Wir haben uns so auf dich gefreut«, sagte die Frau und trat neben die beiden. Ihre Augen waren wässrig, und sie strich sich mit einem Lachen darüber. Es war ein schönes Gruppenbild und hätte zwei Menschen mit ihrer Enkeltochter darstellen können, wenn Liska nicht den Eindruck machen würde, am liebsten flüchten zu wollen.

»Vielen Dank auch für den Kuchen«, sagte sie. »Ich habe es noch nicht geschafft, bei euch vorbeizufahren.«

»Willst du uns denn nicht vorstellen?« Die Frau überging den Einwand gekonnt.

Liska nickte und sah Marius an. Etwas in ihren Augen rief ihm jedoch zu, dass er laufen sollte. Schnell und vor allem weit weg. »Das ist Marius Rogall, der derzeitige Mieter im *Seaflower*. Marius, das sind die Brookmyres, Freunde meiner Oma. Sie kümmern sich ab und zu um das Haus.«

»Wir kennen Liska, seitdem sie so klein war«, sagte Frau Brookmyre und hielt eine Hand auf Hüfthöhe über den Boden. »Ich habe hin und wieder auf sie aufgepasst und ihr gezeigt, wie man Haferplätzchen backt oder einen Zopf flicht. Nun ist das Mädchen so groß geworden, und ich habe sie gar nicht wachsen sehen können.« Sie seufzte, aber dann kämpfte sich das Strahlen seinen Weg zurück auf ihr Gesicht.

Marius lächelte und hielt Mrs Brookmyre eine Hand entgegen. »Ich freue mich sehr.«

Der Druck der ihren war erstaunlich fest. »Gut, gut. Ich bin Fiona, ganz ungezwungen. Wie schön, dich kennenzulernen. Kommt doch bitte heute zum Tee. Wir trinken ihn um fünf.«

8

Das Haus war eine verdammte Täuschung.

Liska hatte es früher als gemütlich empfunden, und mit der niedrigen Hecke, dem Rosenspalier und den Hortensienbüschen wirkte es von der Straße aus auch so. Eingeschossig, klein und weiß, mit Fenstern, hinter denen zurückgebundene Gardinen den Eindruck schläfriger Augen erweckten.

Oder hinterhältiger Scharten, nur gebaut, um unbemerkt zu beobachten, was niemanden etwas anging. Um Gedanken und persönliche Erlebnisse zu entreißen, die nichts in der übrigen Welt zu suchen hatten. Es gab sich pittoresk und war damit ebenso heimtückisch wie Schafweiden, die auf einen Spaziergang einluden, aber nach wenigen Schritten bereits mit Morast und Wasserlöchern im dichten Gras aufwarteten.

Kaum öffnete William Brookmyre die Haustür, fiel ihr das Atmen schwerer. Er blieb stehen, eine Hand an der Klinke, und vollführte eine einladende Geste in das Innere. Liska starrte in das Dämmerlicht der Diele.

Nur ein Schritt.

William und Marius rührten sich nicht und ließen, ganz alte Schule, der Dame den Vortritt. Warum trat die Höflichkeit immer dann auf den Plan, wenn man sie am wenigsten brauchen konnte?

Liska atmete unwillkürlich tiefer ein in der Hoffnung, ihre Lungen ausreichend mit Sauerstoff zu versorgen. Wenn es dort drinnen so stickig roch, wie es aussah, war das vorläufig die letzte Gelegenheit. Sie zählte innerlich bis drei, zog den Kopf ein Stück ein und trat durch den niedrigen Türrahmen.

Sie hatte sich getäuscht: Es roch nicht abgestanden, sondern nach Putzmitteln, Kräutern und Frischgebackenem. Das war noch schlimmer, denn der Duft weckte Erinnerungen, die sie bislang hatte beiseiteschieben können. Erinnerungen an Nachmittage, an denen ihre Oma und ihr Vater sie hierher mitgenommen hatten, um mit den Brookmyres über die Verwaltung des *Seaflower* und andere Dinge zu sprechen. Fiona hatte stets Haferkekse gebacken und auf einem kleinen, runden Blech neben dem Ofen auskühlen lassen. Liska hatte vorsichtig gefühlt, ob das Gebäck bereits kühl genug war, ehe sie sich eines hatte nehmen dürfen. Nach jedem Bissen hatte sie erneut gewartet, dass auch das Innere abkühlte, während der süße Teig in ihrem Mund zu einem Klumpen wurde.

Ein solcher saß nun in ihrer Kehle. Sie wollte sich nicht zurückversetzt fühlen in die Zeit, in der sie ein kleines Mädchen und hilflos gewesen war, abhängig von allem, was die Erwachsenen ihr mitteilten – oder auch nicht. Zum wohl hundertsten Mal verfluchte sie das Schicksal dafür, dass es ihr und Marius heute ausgerechnet die Brookmyres auf den Hals gehetzt hatte.

Fiona kam ihnen entgegen und strahlte. Sie trug einen dunklen Rock mit dicken Strumpfhosen, graue Pantoffeln und einen ebenso grauen Pullover. Ihr Haar war im Nacken zusammengebunden. »Liska, wie schön, dich nach all der Zeit wieder hierzuhaben! Kommt doch herein, der Tee steht bereit, und ich habe rasch noch gebacken, damit ihr nichts aus dem Supermarkt in euch hineinstopfen müsst.« Sie blieb dicht vor ihr stehen, hob die Arme und machte Anstalten, sich hochzurecken. Sehr sicher wirkte sie dabei nicht, also beugte Liska sich hinab und ließ sich einen Kuss auf die Wange geben.

Fiona hielt sie an den Oberarmen fest, als sie sich wieder

aufrichten wollte. »Ich weiß, ich weiß, niemand, der Teenager oder älter ist, möchte hören, wie sehr er oder sie gewachsen ist. Aber eines Tages wirst du feststellen, wie seltsam es sein kann, wenn man zu den einstmals Kleinen aufblicken muss!« Sie tätschelte ihre Schulter, dann ließ sie endlich los.

Liska lächelte weiter und versuchte, ihre verkrampften Gesichtszüge zu lockern, als Fiona sich Marius zuwandte. Nur verschwommen nahm sie die Begrüßung wahr.

Ihre Augen hatten sich mittlerweile an das Dämmerlicht im Eingangsbereich gewöhnt. Durch die offenen Türen zu beiden Seiten fiel Tageslicht und hob die Bilder an den Wänden hervor. Als kleines Mädchen hatte sie unbedingt wissen wollen, was darauf zu sehen war. Ihr Vater hatte sie hochgehoben und war jedes Motiv mit ihr durchgegangen. Wenn die Brookmyres die Bilder seitdem nicht ausgetauscht hatten, handelte es sich um Schnappschüsse der Orkneys, die William selbst gemacht hatte. Landschaftsportraits in Schwarz und Weiß, die Momente aus lang zurückliegenden Zeiten mitschleppten wie Ballast, der bereits zur Gewohnheit geworden war.

»Geh ruhig schon einmal in die Küche.« Fiona schob sich an ihr vorbei und wedelte mit einer Hand, als hätte sie eine Besuchergruppe zur Besichtigung eingeladen. Beim Laufen hielt sie sich leicht gebeugt.

Augen zu und durch!

Die Küche war zwar wie das ganze Haus klein, aber Liska musste zugeben, dass sie Gemütlichkeit ausstrahlte. Die Hälfte des Raumes wurde von einem Holztisch samt Bank und Stühlen eingenommen, die andere von Schränken sowie einem blankgescheuerten Herd, auf dem ein enormer Wasserkessel stand, der Grüße aus dem vergangenen Jahrhundert schickte. Häkelgardinen zierten die Fenster, karierte Tücher hingen akkurat aufgereiht neben der Spüle, und über einem Stuhl baumelte eine Strickjacke. Es duftete intensiver.

Fiona hatte den Tisch bereits für vier gedeckt und machte sich soeben am Kessel zu schaffen. Ein Kuchen prangte zwischen den Blumenmustertellern, die Glasur glänzte noch.

Immerhin keine Haferkekse.

»Setzt euch, setzt euch«, zwitscherte Fiona, ohne sich umzusehen. William trat hinter Marius in die Küche und machte eine stumme Geste, mehr Aufforderung als Einladung. Marius bedankte sich und wählte einen Platz auf der Holzbank, Liska den Stuhl ihm gegenüber. Sie legte die Hände flach auf das polierte Holz vor sich, direkt neben die Teetasse, die kleiner war als ihr Handteller. Überhaupt war hier alles zu klein, zu eng, zu zerbrechlich. Zu alt.

Oder sie war einfach zu groß. William zog den zweiten Stuhl zurück und wartete, bis Fiona Wasser in eine Teekanne gegossen und sie auf den Tisch gestellt hatte. Es folgten Zitronenscheiben, Milch und Zucker sowie ein fragender Blick. »So. Tee und feiner Fruchtkuchen. Ich hoffe, so etwas mögt ihr?«

Liska fiel in Marius' Nicken ein, obwohl sie in diesem Moment alles für eine Tasse Kaffee gegeben hätte, an der sie ihre Hände wärmen und sich festhalten konnte. In all den Jahren, in denen ihre Oma versucht hatte, sie für Tee zu begeistern, hatte sie dem gefärbten Wasser nichts abgewinnen können. Vielleicht auch, weil sie es ebenso stark mit der Insel verband wie diese verdammten Schafe, die draußen vor dem Haus blökten. Gab es wirklich keine einzige Wiese auf den Orkneys, die von den wolligen Biestern nicht mit Beschlag belegt wurde? Sie sah aus dem Fenster, entdeckte einige helle, verschwommene Flecken und riss sich zusammen, als der Duft von Bergamotte in ihre Nase stieg.

»Bitte, bedient euch einfach selbst«, sagte Fiona und ließ sich so langsam und vorsichtig auf dem Stuhl nieder, dass William genug Zeit blieb, um ihn an den Tisch zu rücken. Liska fragte sich, wer da soeben eigentlich wem einen Gefallen tat.

»Also«, sagte William, nachdem er sich selbst gesetzt und mit dem viel zu großen Messer dicke Kuchenstücke abgeschnitten hatte. Sein in der Stadt so vom Wind zerzaustes Haar lag nun dicht und glatt gekämmt am Kopf an. »Was habt ihr in Kirkwall mit denen zu schaffen gehabt?«

Nun griff Liska doch nach ihrer Tasse. Sie musste ihre Hände beschäftigen. Kalt war ihr nicht mehr, im Gegenteil – sie hatte soeben nicht nur rote Wangen, sondern auch einen komplett roten Kopf bekommen. Glücklicherweise waren die Brookmyres schon immer sparsam gewesen und hatten noch kein Licht gemacht. Fieberhaft grübelte sie nach einer Antwort, die weitere Fragen abschmettern und Marius nicht seltsam vorkommen würde, doch ihr fiel nichts ein.

Marius sprang nach einem kurzen Seitenblick und etwas längerem Schweigen in die Bresche. »Ich arbeite quasi derzeit hier, obwohl ich gestehen muss, dass es sich noch wie Urlaub anfühlt. Ich mache Fotos nach bestimmten Vorgaben …«

»Für die Schriftstellerin de Vries.« Williams Stimme klang freundlich, obwohl er nicht lächelte. Das war schon früher so gewesen. Als kleines Mädchen hatte sich Liska vor ihm gefürchtet, bis er ihr eines Abends Geschichten über die Insel erzählt hatte. Sie hatte die Augen geschlossen und gelauscht, wie er seine Stimmlage veränderte und Geräusche imitierte, bis sie das Rauschen der See und das Kreischen der Möwen zu vernehmen glaubte. Wie gern hätte sie auch jetzt die Augen geschlossen und einen Teil der Welt weggesperrt. Warum blieb so etwas eigentlich Kindern vorbehalten? Erwachsene hatten es mitunter viel dringender nötig.

Marius nickte. »Ihr wisst also schon Bescheid.«

Fiona schlürfte geräuschvoll einen Schluck Tee und strahlte in die Runde, als wäre dies der schönste Tag ihres Lebens. »Hier oben sprechen sich Neuigkeiten sehr schnell herum. Früher war das auch nötig, da gab es ja kaum Straßen und keine Telefone. Das hat gut funktioniert, also wird es beibehalten. Warum denn auch etwas verändern, das sich bewährt hat?«

William legte eine Hand auf ihre, und die zwei tauschten ein Lächeln.

Liska bemerkte, dass auch Marius lächelte. Natürlich, da schlug das Touristenherz höher: ein kleines Cottage in Schottland, unberührte Natur und glückliche Bewohner, die das Althergebrachte lobten. Wenn er Journalist wäre und nicht Fotograf, hätte er nun bereits seine Story.

Und wirklich bekam Marius' Stimme einen sanften Unterton, den sie bislang noch nicht kannte. So, als wollte er die besondere Stimmung zwischen den Brookmyres nicht zerstören. »Vielleicht habt ihr dann auch bereits gehört, dass die Liste mit den Motivwünschen etwas extravagant ist. Beispielsweise möchte meine Tante ein Bild von zwei Frauen, die sich in Kirkwall um eine Handtasche streiten.«

»Ach herrje«, murmelte Fiona. »Ja, schreibt sie denn eine Kriminalgeschichte?«

»Nein, das nicht. Aber die Vorarbeiten für ihre Romane sind immer sehr ... speziell.«

Liska drehte ihre Tasse noch immer zwischen den Fingern. »Während Marius die Kathedrale fotografiert hat, habe ich die beiden Frauen gesehen, die perfekt zu der Beschreibung von Marius' Tante passten, und sie angesprochen. Die eine muss blond sein, die andere dunkelhaarig.« Sie hoffte, das Interesse der Brookmyres auf andere Themen zu lenken. »Leider waren die beiden etwas misstrauisch.«

»Nun, das ist ja auch seltsam, einfach so auf der Straße angesprochen zu werden. Ich würde auch nicht wollen, dass mein Gesicht in fremden Wohnzimmern hängt«, sagte William und nahm einen Bissen.

»Liska, hast du gar keinen Hunger?« Fiona deutete auf ihren leeren Teller, und Liska griff nach einem Stück Kuchen, um weiteren Fragen auszuweichen. Leider verschwendete sie wertvolle Sekunden damit, eine Ecke abzubrechen, denn William hatte bereits mit einem Schluck Tee nachgespült.

»Ich kann mir gut vorstellen, dass das nicht so einfach ist. Findest du dich hier überhaupt noch zurecht nach all den Jahren? Du hast dich so lange nicht blicken lassen.«

Mit einem Mal war die Stille tiefer als zuvor – oder es kam ihr nur so vor, da sich die geballte Aufmerksamkeit auf sie richtete. Sogar die Schafe draußen schienen zu schweigen, lediglich der Wind pfiff um eine Hausecke.

Nun nahm sie doch einen Schluck Tee. Die Trockenheit in ihrer Kehle vertrieb er nicht.

»Es geht«, sagte sie und bemühte sich um eine feste Stimme. »Viel hat sich ja nicht verändert.«

»Das stimmt«, nickte Fiona und leerte ihre Tasse geräuschvoll.

Ihr Mann blieb hartnäckiger. »Ich glaube, wir haben dich zuletzt gesehen ... nun, das muss schon fast fünfzehn Jahre her sein. Die Emmi, die kommt noch regelmäßig vorbei. Aber du ...« Dieses Mal war es Fiona, die ihre Hand auf seine legte, und er verstummte augenblicklich.

Liskas Finger begannen zu kribbeln, als würde das Blut aus ihnen weichen. Sie musste sich zusammenreißen, um nicht einfach wegzulaufen. Wo sie Marius' Verwunderung bislang hatte ignorieren können, war das nun kaum mehr möglich – sein Blick brannte sich förmlich in ihr Gesicht.

Fast konnte sie auch seine Gedanken hören. Da er nicht völlig dumm war, fragte er sich spätestens jetzt, was das Theater sollte und warum die Frau, die ihm als Reiseführerin für die Orkneys verkauft worden war, die Inseln zuletzt vor einer halben Ewigkeit besucht hatte. Und warum sie ihm zuvor hatte weismachen wollen, dass all ihre Freunde von hier momentan durch die weite Welt tingelten, wenn besagte Freunde entweder gar nicht existierten oder sich nicht mehr an sie erinnerten, ganz zu schweigen davon, dass sie wüssten, dass Liska hier war. Es war ihr mehr als unangenehm, bei dieser Lüge ertappt worden zu sein – gerade jetzt, wo sie ihm nicht einmal erklären konnte, warum sie das getan hatte. Das musste warten, bis sie allein waren, wenn sie nicht auch noch den Rest ihrer Würde verlieren wollte. Noch unangenehmer war jedoch, dass die Brookmyres das Thema jederzeit auf ihre Eltern lenken konnten.

»Das ist sicher eine ziemliche Arbeit mit so einer Fotoliste, wenn du hier beinahe niemanden mehr kennst«, sagte Fiona im hilfsbereitesten Tonfall der Welt.

Allmählich wurde Liska wütend. Ihr war bewusst, dass die beiden ihr nichts Böses wollten, aber jetzt kam zu der Anspannung, unter der sie seit nunmehr zwei Tagen stand, das Gefühl hinzu, vollkommen ausgeliefert zu sein. Das Kribbeln zog sich über ihre Arme bis zu ihren Schultern. Sie griff erneut zu ihrer Tasse und bemerkte, dass sie noch immer das Stück Kuchen in der anderen Hand hielt. Jetzt kam sie sich erst recht wie ein kleines Mädchen vor, die Finger voll mit Dingen, mit denen es nicht umgehen konnte. Ein Mädchen, das inmitten von Erwachsenen saß und nicht dazugehörte. Ein Mädchen, das hoffte, die anderen würden ihr keine schrecklichen Geschichten erzählen, die einfach nicht wahr sein durften, und würden all ihre Worte zurücknehmen und damit alles ungeschehen machen. Dabei hatte es bereits vor langer Zeit gelernt, dass es so etwas nur im Märchen gab.

Jeder Gedanke schnürte ihre Kehle ein Stück weiter zu. Voller Entsetzen bemerkte sie, wie ihre Augen zu brennen begannen. Nicht hier, vor allen anderen! Sie schielte zur Tür und versuchte sich zu erinnern, wo die Toilette war.

Marius langte über den Tisch und nahm sich ein zweites Stück Kuchen. »Glaubt mir, selbst in meiner Heimatstadt hätte ich Probleme, solche Motive zu finden«, sagte er beiläufig, als wäre nichts geschehen. »Ich arbeite bereits seit einigen Jahren als Fotograf und bin viel im Ausland unterwegs, aber die Wünsche meiner Tante treiben mich regelmäßig an die Grenzen meines Könnens.« Das Lachen in seinen Worten lockerte einen Teil der Anspannung.

Er lenkte die Aufmerksamkeit wieder auf sich – zu offensichtlich für einen Zufall. Am liebsten hätte sie ihn berührt, um ihm zu zeigen, wie dankbar sie ihm war.

William räusperte sich. »Ich habe da noch etwas, das ich dir gern zeigen möchte. Meine Kamera. Sind wir hier fertig, meine Liebe?«, wandte er sich an seine Frau.

»Geht ihr Männer nur. Ich kümmere mich um das Geschirr.«

Er stand auf und rückte seiner Frau zunächst erneut den Stuhl zurecht, ehe er Marius einen Wink gab. Der erhob sich ebenfalls. Kurz zögerte er, als wüsste er nicht, ob er sie wirklich mit Fiona allein lassen sollte. Liska nickte ihm zu, und er verließ nach einem letzten, aufmerksamen Blick die Küche.

Kurz darauf waren er und William im Nebenzimmer verschwunden. Liska machte Anstalten, ebenfalls aufzustehen, doch Fiona deutete energisch auf den Tisch. »Komm bloß nicht auf die Idee, mir helfen zu wollen. Ihr zwei seid hier zu Gast. Wir können ein wenig plaudern. Die Männer sind beschäftigt, die haben ihre Spielzeuge, und damit kommen sie wunderbar eine Weile allein klar.« Sie krümmte einen Finger und bewegte ihn so, als würde sie den Auslöser eines Fotoapparates betätigen. Trotzdem war es eine Forderung, die Küche nicht zu verlassen und der Dame des Hauses weiterhin Gesellschaft zu leisten. In dieser Hinsicht folgten die Brookmyres alten Regeln, die bereits vor ihrer Zeit an Gültigkeit verloren hatten: Die Männer leisteten sich nach dem Essen gegenseitig Gesellschaft, die Damen blieben ebenfalls für sich.

Liska gehorchte. Wie durch eine Mauer aus Glas beobachtete sie, wie Fiona sich um das Geschirr kümmerte. Ihre Finger waren schnell, die Vertrautheit der Bewegungen verdrängte das Alter vorübergehend.

Schließlich legte Fiona ihr Tuch sorgsam gefaltet neben die Spüle, ging zu einem hölzernen Küchenschrank und holte zwei Gläser sowie eine Flasche heraus. »Wir zwei haben uns nach dem Tag heute einen kleinen Abschluss verdient, findest du nicht auch?«

Fand Liska nicht. Seitdem Marius die Küche verlassen hatte, fühlte sie sich, als hätte man ihr eine Schutzschicht genommen. Als wäre ein Bollwerk zwischen ihr und den Brookmyres niedergerissen worden, hinter dem sie sich zuvor hatte verstecken können. Regungslos beobachtete sie, wie Fiona die Gläser abstellte und mit der goldschimmernden Flüssigkeit füllte.

Draußen blökte ein Schaf so laut, als stünde es direkt unter dem Fenster. Liska zuckte zusammen und ärgerte sich über sich selbst. Weil sie sich von der Atmosphäre gefangen nehmen ließ. Weil sie sich durch jede Kleinigkeit an früher erinnern ließ, als sie in der Küche der Brookmyres gesessen hatte und noch alles in Ordnung gewesen war. Plötzlich war sie sicher, dass ein Schaf es bei ihrem ersten Besuch in diesem Haus geschafft hatte, sie zu erschrecken. Ebenso wie diese Mistviecher in der Nacht geblökt hatten, nachdem die beiden Polizisten das *Seaflower* verlassen hatten und sie mit den Brookmyres allein geblieben war. Auf einmal spürte sie den fahlen Geschmack der Beruhigungstabletten von damals wieder, der einfach nicht hatte verschwinden wollen. Und während sie im Bett lag und schluckte und schluckte, während die Schafe sich draußen anblökten, hatte sie die Brookmyres leise in der Küche reden gehört.

Liska hatte das Gefühl, als würde etwas in ihrem Brustkorb brennen, als sie sich zurück in die Gegenwart riss. Viel zu spät – oder gerade noch rechtzeitig – begriff sie, dass Fiona etwas gesagt hatte.

»Wie bitte?«

Fiona nippte an ihrem Glas. »Ich sagte, ich weiß ja gar nicht, was aus dir geworden ist, Liska. Eine hübsche junge Frau, das kann ich sehen, aber bei dem Rest musst du mir auf die Sprünge helfen. Wir haben dich so lange nicht zu Gesicht bekommen, Kind.«

Aus dem einfachen Grund, weil ich euch nicht sehen wollte. Vielmehr wollte ich diese Insel nicht sehen, und es war toll, einfach zu ignorieren, dass es sie gibt.

»Ich hatte viel zu tun«, sagte Liska und rutschte ein winziges Stück nach unten. »Ich habe einen Blumenladen, den kann ich nicht lange allein lassen.«

»Ach herrje, das Arbeitsleben.« Fiona nippte noch einmal, ohne Liska aus den Augen zu lassen. »Da glaube ich dir gern, dass du sehr viel zu tun hast. Und sicher ist dein Laden hübsch und geschmackvoll eingerichtet. Du hast Blumen schon als Kind sehr gemocht. Erinnerst du dich an die Tage, an denen William oder dein Vater den Rasen neben eurem *Seaflower* mähen wollte? Du bist jedes Mal nach draußen gestürmt und hast alle Gänseblümchen gepflückt, damit die Maschine sie nicht zerhäckselt. Damit sie hübsch bleiben. Sämtliche Fensterbänke waren vollgestellt mit kleinen Vasen und Gläsern. Sogar in die Waschbecken hast du Blumen gelegt.«

Das waren genau die Worte, die sie in dieser Küche nicht hatte hören wollen: *Erinnerst du dich.* Vor allem wollte sie jetzt nicht an ihren Vater denken.

Sie setzte sich wieder aufrecht hin. Kerzengerade.

Fiona trank ihren Likör, beugte sich vor und stützte ihr Kinn in eine Hand. »Du hast dich wirklich verändert, aber deine Sommersprossen, die sind noch da.« Ihr Zeigefinger beschrieb einen Kreis.

Liska nickte, lauschte auf Geräusche im Nebenzimmer und wünschte sich Marius zurück. Wie lange konnte es schon dauern, sich eine Kamera anzusehen? Es sei denn, Marius und William hatten es sich bei Whisky gemütlich gemacht.

Fiona faltete die Hände vor sich auf der Tischplatte. »Als deine Oma nur noch allein auf die Insel kam, ohne dich, da haben wir uns gedacht, dass ...«

Liska holte tief Luft. »Wie gesagt, ich hatte viel zu tun. Schule, Ausbildung, Selbstständigkeit. Da blieb einfach keine Zeit, um andauernd hierher zu pendeln. Wenn man älter wird, sieht man manche Dinge mit anderen Augen. Ich war nicht mehr wild darauf, Gänseblümchen zu retten oder Schafe zu streicheln.« Ein Lächeln, zwei Sekunden lang, dann wurden die Mundwinkel zu schwer. Ihre Finger zuckten. Sie konnte sich nicht entscheiden, ob sie die Arme vor der Brust verschränken oder noch unhöflicher sein und aufstehen sollte. Fest stand jedenfalls, dass sie nicht über damals reden wollte. Keinesfalls.

Fiona nickte und sah sie dabei an, als würde sie viel mehr

verstehen als das, was Liska gerade gesagt hatte. »Ein wahres Wort. Hier hat sich nur wenig verändert im Laufe der Jahre, aber manches schon. Wahrscheinlich fällt es dir gar nicht auf. Das ist bei vielen so, die sich für längere Zeit verabschieden. Die Erde dreht sich woanders wohl schneller, und wenn man dann zurückkehrt, sieht man die kleinen Fortschritte nicht.«

»Möglich«, sagte Liska zögernd, während sie überlegte, worauf dieses Gespräch hinauslaufen würde.

Fiona lehnte sich vorsichtig zurück und tastete dabei nach ihrem Rücken. »Ich weiß noch genau, wie du die Schafe von Gregg Marten freigelassen hast. Du hast geglaubt, dass ihnen die Schur unangenehm ist. Ich wollte sie doch nur in Sicherheit bringen, hast du gerufen. Herrje, war Gregg sauer.« Sie kicherte und starrte in die Luft, als sähe sie die Szene vor sich.

So plötzlich, wie sie zu kichern begonnen hatte, hörte sie auch wieder auf. Sie legte die Unterarme auf den Tisch und beugte sich vor. Ernst blitzte in ihren Augen auf, die Liska viel dunkler in Erinnerung hatte. Ernst und etwas anderes, das Sorge sein konnte – und einfach nichts anderes sein durfte. Sorge konnte man abwehren, Erkenntnis dagegen war eine schärfere Waffe und durchschlug Mauern, die intakt bleiben mussten.

Liska starrte in das schmale Gesicht mit den locker am Hinterkopf zusammengeknoteten grauen Haaren und begann die Flecken auf den Wangen zu zählen, um irgendetwas zu tun. Besser, sie machte sich aus dem Staub, ehe das Fluchtgefühl oder gar die Wut wieder überhandnehmen konnten. »Also dann, ich muss nun wirklich los.«

In der nächsten Sekunde legte sich Fionas Hand auf ihre, so schnell, dass sie nicht mehr reagieren konnte. Verwundert starrte sie auf die papierdünne und gleichzeitig so robust wirkende Haut.

»Liebchen. Was hat es denn eigentlich mit diesem seltsamen Auftrag auf sich?«

»Das weißt du doch. Marius muss für seine Tante Fotos machen, und ich helfe ihm dabei, während er im *Seaflower* wohnt.«

Kopfschütteln. »Aber was tust du hier? All die Jahre bist du diesem Ort ferngeblieben und nun diese Bildergeschichte. Ich merke doch, dass du dich nicht wohl fühlst in deiner Haut.« Sie begann Liskas Hand sanft zu tätscheln.

Da war sie, die Grenze. Zuvor hatte Liska nicht gemerkt, wie nahe Fiona ihr bereits gekommen war. Sie hatte sie gestreift, und nun flackerten sämtliche Alarmlichter auf. Liska zog zunächst ihre Hand weg, da sie das Gefühl hatte, die trockene Wärme nicht mehr ertragen zu können. Wenn Fiona merkte, wie unangenehm ihr das alles war, warum drängte sie sie dann so sehr? Warum ließ sie die Vergangenheit nicht da, wo sie hingehörte? Das Holz des Stuhls bohrte sich in Liskas Rippen.

»Ich komme schon klar, danke!« Die Worte klangen fremd und steif. Sie hatte keine Lust, jemanden abzuwehren oder sich verteidigen zu müssen. Warum hatte Marius nur darauf bestanden herzukommen? Warum hatte seine dämliche Tante eine so abstruse Geschichte geplant? Konnte die de Vries denn nicht einfach einen Lokalkrimi schreiben?

Fiona legte den Kopf schief. Ihre Wasseraugen schimmerten. »Man kann eine Wahrheit zwar verdrängen, mein Kind, aber nicht verdrehen. Vor allem, wenn sie plötzlich viel mehr im Mittelpunkt steht als zuvor. Dieser Prüfstand ist kein leichter, glaub mir.«

Die Worte waren deutlich und verständlich, und doch hatte Liska das Gefühl, die eigentliche Bedeutung verpasst zu haben. Auf einmal war es auch nicht mehr schwer, abzuwägen, was sie tun konnte und was nicht. Fiona und William hatten sie in ihr Zuhause eingeladen, jedoch kein Recht darauf, in ihrem Leben zu wühlen und Erinnerungen hervorzuzerren. Wenn das Leben auf dieser Insel so uninteressant war, dass Fremde oder Besucher als Zeitvertreib herhalten mussten, dann war das nicht ihr Problem.

Sie merkte, wie ihr Brustkorb bebte. Ihre Hände zitterten, und sie ballte sie im Schoß zu Fäusten. »Fiona, ich weiß nicht, worauf du hinauswillst. Aber ich würde vorschlagen, dass wir das Thema wechseln.« Ihr Puls schlug hart und schnell. Sie konzentrierte sich auf den Boden unter ihren Füßen.

Fiona machte nicht den Fehler, zu schweigen und sie in Sicherheit zu wiegen. Stattdessen wiegte sie ihren Kopf hin und her und starrte über Liskas Schulter aus dem Fenster, als könnte sie dort die Antworten finden, nach denen sie anscheinend so dringend suchte. »Du möchtest nicht über das reden, was an jenem Abend passiert ist. Ich verstehe das, aber ...«

»Gar nichts verstehst du!« Die letzten Worte hatten die Grenze gesprengt. In Liska brodelte es und riss sie mit. Das Gefühl war so stark, dass sie glaubte, ihren Halt endgültig verloren zu haben. Selbst der Boden unter ihr schien sich nach oben zu wölben und die Küche noch kleiner zu machen.

Sie musste hier weg. Ihre Knie stießen gegen die Tischkante, doch sie ignorierte den Schmerz und stürzte zur Tür. Dort stieß sie mit Marius zusammen und schob ihn weg, ehe er etwas sagen konnte.

Der Wind traf sie mit voller Wucht, als sie nach draußen trat. Er riss an ihren Haaren und trieb ihr Tränen über die Wangen. Hinter ihr schlug die Tür hart ins Schloss. Sie achtete nicht darauf und lief weiter, bis sie den Wagen erreichte, der an der Straße vor dem Haus parkte, durch Hecken sichtgeschützt. Auf der Karosserie glänzten erste Regentropfen, und als Liska den Kopf hob, spürte sie weitere auf Stirn und Wangen. Vorsichtig lehnte sie sich gegen die Fahrertür. Noch wagte sie es nicht, die Augen zu schließen. Sie durfte sich nicht darauf verlassen, dass das Schicksal ihr einige Minuten der Ruhe gönnte.

Und wirklich hörte sie kurz darauf die Tür ein zweites Mal schlagen, jedoch nicht so laut wie zuvor. Schritte näherten sich, und Liska legte eine Hand an die Wagentür, bis ihr einfiel, dass Marius die Schlüssel bei sich trug. Hastig lief sie ein paar Meter und blinzelte die Straße hinab, doch das schnurgerade Ding machte es ihr unmöglich, jetzt noch zu flüchten – man würde sie auf mehrere Meilen sehen können.

Sie versteifte sich und wappnete sich gegen das, was ein Teil des Brookmyre-Duos ihr an den Kopf werfen wollte. Doch wer auch immer sich näherte, schwieg und blieb hinter ihr stehen. Eine Berührung an ihren Schultern ließ Liska zusammenfahren, doch dann begriff sie, dass es ihre Jacke war. Ihr Körper reagierte mit Gänsehaut, als ob er sich erst jetzt erlaubt hätte zu frieren.

»Fahren wir.« Die Stimme schwebte neben ihrem Ohr, leise und doch so unnachgiebig, dass Widerrede keine Option war.

Marius.

Liska ließ sich zurück zum Wagen schieben und wartete, bis er eingestiegen war und ihre Tür öffnete. Ratlos starrte sie auf den Beifahrersitz.

»Komm schon«, sagte er sanft und streckte ihr eine Hand entgegen. »Ich bring dich nach Hause.«

9

Zum ersten Mal, seitdem sie denken konnte, nahm Liska das Ticken der Uhr über dem Kaminsims bewusst war. Es mischte sich in ihr Schweigen und bot ihr einen Rhythmus, an den sie ihren Atem anpassen konnte. Eine ganze Weile saß sie einfach nur da, hielt sich an dem Geräusch fest und starrte auf die dicken Socken an ihren Füßen.

Marius schwieg ebenfalls und beobachtete die Dampfschwaden, die aus seiner Tasse emporstiegen. Liska argwöhnte, dass er sich lediglich einen Kakao gemacht hatte, um ihr damit Gesellschaft zu leisten und sie zu verleiten, etwas Heißes zu trinken und anschließend zu reden. Sein Plan ging nicht auf, denn ihre Tasse stand verloren auf dem Tisch, wo er sie außerhalb der Reichweite ihrer Hände abgestellt hatte. Sie fand nicht einmal die Energie, um sich vorzubeugen und sie an sich zu nehmen, obwohl sie die Wärme durchaus gut brauchen könnte. Aber die seltsame Starre, in die sie gefallen und die letztlich nicht unangenehm war, verhinderte es.

Doch er würde nicht ewig schweigen. Die Frage nach dem, was in der Küche der Brookmyres geschehen war, stand unweigerlich im Raum, und Liska hatte keine Lust, sie zu beantworten.

Vielleicht war Flucht doch die bessere Option. Liska blinzelte zur Tür, dann wieder auf ihre Füße und schließlich, vorsichtiger, zu Marius. Ihre Blicke kreuzten sich. Rasch sah sie zu Boden und ärgerte sich, die Haare zusammengebunden zu haben. Es wäre nett, wenn sie ihr nun vor das Gesicht fallen und seine Blicke abschirmen würden.

Leises Rascheln, dann stellte Marius seine Tasse auf dem Tisch ab. Liska wackelte mit den Zehen, um irgendetwas zu tun, und wappnete sich für die Fragen, die nun kommen würden.

Marius stand auf, ging zum Kamin, hockte sich davor und zog den Korb mit den Holzscheiten und Kohlebriketts zu sich heran. Mit gleichmäßigen Bewegungen begann er, Papier und schmale Stücke für ein Feuer zu schichten.

Liska betrachtete seinen Hinterkopf mit den dunklen Haaren, dann seinen Rücken und die Hände mit den langen, kräftigen Fingern. Sie lehnte sich zurück, als er nach der Schachtel mit den Streichhölzern griff. Sie war riesig, beinahe so groß wie ihre Hand, und die extralangen Hölzchen waren die Lieblingsmarke ihrer Oma. Sie bewahrten vor Brandblasen, wenn das Holz sich weigerte, sofort Feuer zu fangen.

»Ich würde dich ja gerne fragen, was vorhin geschehen ist, aber ich wage es ehrlich gesagt nicht. Du machst den Eindruck, als würdest du dazu lieber schweigen wollen, und wir kennen uns nicht so gut, als dass ich nachhaken würde.« Marius' Stimme war leise. Er wandte sich nicht um und entflammte eines der Hölzchen. »Trotzdem werde ich das Gefühl nicht los, dass wir zwei unterschiedliche Vorstellungen davon haben, was unseren Auftrag angeht. Darüber würde ich gern mit dir reden.«

Er ließ ihr Zeit und kümmerte sich zunächst um das Feuer. Erst als die schmalen Stöcke brannten und die ersten Flämmchen an den größeren Holzscheiten züngelten, schloss er den Schutz, stand auf und ging zu seinem Platz zurück.

Liska suchte nach den passenden Worten. Marius hatte recht, länger durfte sie sich eindeutig nicht vor einer Erklärung drücken. Die Schonzeit war vorbei, aber das war im Grunde nicht schlecht. Immerhin konnte sie nicht ewig diesen Ausweichparcours nehmen, wenn es um die verdammte Insel ging, auf der sie sich nun einmal befanden.

Nun griff sie doch nach ihrem Kakao und trank einen großen Schluck. Er spülte das Kratzen im Hals weg. Sie räusperte sich versuchsweise und war erstaunt, dass ihre Stimme normal funktionierte. Vielleicht war es gut, dass sie nun endlich loswerden konnte, was sie die ganze Zeit über vor Marius geheim gehalten hatte. Es hatte sie nur unnötig gestresst, und sie war ihm gegenüber kühler aufgetreten, als er es verdient hatte.

»Also gut«, sagte sie, leerte die Tasse ... und zögerte. »Wenn ich ehrlich bin, weiß ich gar nicht, wo ich anfangen soll.«

Marius zuckte die Schultern. »Wo du magst.«

Hatte sie zuvor gedacht, dass seine gleichmäßigen Bewegungen sie beruhigt hätten? Seine Stimme tat es noch viel mehr. Dunkel, klar und angenehm. Liska konnte nicht anders, als zu nicken.

»Du hast unrecht damit, dass wir beide unterschiedliche Auffassungen von ... diesem Auftrag haben. Ich weiß sehr genau, was ihr euch vorstellt, du und deine Tante. Allerdings ...« Sie leckte sich über die Lippen, da sie sich trocken anfühlten. »Allerdings habe ich dir verschwiegen, dass ich längere Zeit nicht auf den Orkneys gewesen bin.«

Es war erstaunlich, wie wenig in diesem Augenblick geschah. Weder war er erstaunt, noch ertönte ein Donnergrollen oder das Dach stürzte ein. Die Wahrheit war in der Welt, zumindest ein Teil davon, und hatte keinerlei Einfluss auf irgendetwas in diesem Raum.

Es gab Liska genug Kraft, um weiterzureden. »Ziemlich viele Jahre, um genau zu sein. Ich war als Kind das letzte Mal hier zu Besuch, und danach hatte ich kein Interesse mehr an der Einöde hier oben. Aber dann kam der Auftrag deiner Tante, und meine Oma suchte jemanden, der den Fremdenführer spielt und dich ... na ja, durch die Gegend fährt. Das hätte sie nicht gekonnt, daher bin ich eingesprungen. Ich wollte nicht ... also ich ... im Endeffekt geht es um das Haus. Du hast sicher bemerkt, dass einige Reparaturen nötig sind, und das kostet ... na ja, einiges. Ich wollte meine Oma nicht enttäuschen. Sie hängt an dem ollen Ding hier, und ich hänge an ihr.« *Ich habe ja auch sonst niemanden mehr.* »Aber es frisst Geld wie die Schafe dort draußen Gras, und es würde ihr das Herz brechen, wenn sie es nicht halten könnte.« Sie deutete zum Fenster, dann zur Decke.

Marius schüttelte den Kopf. »Warum hast du mir das nicht einfach gesagt?«

»Weil ich nicht wusste, ob du abspringen würdest. Oder vielmehr deine Tante.«

»Dann waren auch die Bekannten gelogen, die alle momentan Urlaub im Süden machen oder anderweitig unterwegs sind?«

Liska verschlang ihre Finger ineinander. »Ja«, sagte sie leise. »Ich bin also keine sehr gute Inselführerin. Zumindest nicht, wenn es darum geht, dich mit Einheimischen bekannt zu machen, die mit nackter Brust vor der Küste Schottlands posieren.«

»Verstehe.« Er schwieg kurz, seine Mundwinkel zuckten. »Nun. Ich gebe zu, die Herausforderung ist enorm. Ich kenne die Arbeitsmethode meiner Tante, aber ich musste noch niemals dafür aktiv werden. Ist es ein Trost, wenn ich dir verrate, dass dies mit Sicherheit die absurdeste Fotosammlung ist, die jemals für einen Schriftsteller angefertigt werden sollte?«

Die Verzweiflung in seiner Stimme war eindeutig gespielt, entlockte Liska aber trotzdem ein Lächeln. »Nicht wirklich. Aber Moment mal.« Sie stutzte. »Hast du nicht bei den Brookmyres erzählt, dass du bereits einige Male für deine Tante gearbeitet hast?«

»Nun, vielleicht habe auch ich es mit der Wahrheit nicht so genau genommen.«

Liska starrte auf ihre Hände. Sie konnte kaum glauben, dass er wirklich nicht sauer war. Oder ungehalten. »Ich kann dich nicht davon abhalten, deiner Tante zu erzählen, wie wenig ich dir helfen kann bei deiner Motivsuche und dass ich deinen Auftrag damit unnötig erschwere. Ich kenne hier niemanden mehr so wirklich außer den Brookmyres, und die habe ich so lange nicht gesehen, dass ich mich nicht einmal mehr erinnern konnte, wie es in ihrem Haus aussieht, bis wir dort waren.«

Marius setzte zu einer Antwort an, schien es sich dann aber anders zu überlegen und strich sich die Haare aus der Stirn. »Ich werde meiner Tante nichts erzählen.«

Liska blickte auf. »Nicht?«

»Nein.« Seine Augen funkelten. »Schließlich darf ich hier wohnen und habe nette Gesellschaft. Außerdem weiß ich deine Bemühungen durchaus zu schätzen – ich kenne nicht viele Menschen, die fremden Frauen für ein Foto ihre Handtasche aufdrängen und dabei Kopf und Kragen riskieren.«

Liskas Wangen wurden heiß. »Erinnere mich bitte nicht daran.« Sie hoffte von ganzem Herzen, dass sie die drei Fremden niemals wiedertreffen und sich auch sonst niemand an den Zwischenfall vor der Kathedrale erinnern würde. Wie war sie nur auf die Idee gekommen, wildfremde Leute so zu überfallen?

Die Antwort lag klar auf der Hand: pure Verzweiflung. Sie hatte so sehr versucht, ihr Schauspiel vor Marius aufrechtzuerhalten, dass sie nicht weiter nachgedacht hatte.

Aber das war nun vorbei, und somit mussten sie beide den Tatsachen ins Auge sehen. »Das hilft dir aber nicht weiter. Ich ...« Sie zögerte und dachte über den Gedanken nach, der ihr soeben gekommen war. Bis zu ihrem Besuch bei den Brookmyres hätte sie sich lieber die Zunge abgebissen, als diesen Vorschlag zu machen. Aber seitdem war mindestens eine Mauer zwischen ihr und Marius verschwunden. Eingerissen von all dem Verständnis, mit dem sie nicht gerechnet hatte. Sie war ihm etwas schuldig. »Ich könnte Vicky fragen, meine Bekannte von früher. Du weißt schon, Emmas Mutter. Möglicherweise kann sie uns helfen. Es würde mich nicht wundern, wenn sie jeden Menschen und sogar jedes Schaf hier auf der Insel kennt. Und wenn nicht, traue ich ihr zu, Menschen sowie Schafen einzureden, dass sie alte Bekannte wären.«

»Was ist mit den Brookmyres?« Marius beugte sich vor und starrte sie an, als wollte er eine Schlange beschwören.

»Was soll mit ihnen sein?« Liska war verwirrt. »Ja, sie kennen hier sicherlich auch jeden, aber sie können uns bei der Liste nicht helfen.«

»Aber warum nicht? Ich habe mit William gesprochen, als er mir seine alte Kamera gezeigt hat. Er sagte, er könnte sich umhören, da ließe sich sicher etwas auftreiben. Dabei klang er ganz zuversichtlich.«

»Ich weiß nicht so recht.« Liska ließ sich die Worte noch einmal durch den Kopf gehen. »Die beiden sind einfach zu alt. Du könntest höchstens Fiona fragen, ob sie für den Schnappschuss im Pub eine Schottlandfahne schwenkt. Aber ich wette, dass sie weder Kontakt zu einer rauchenden Hafenarbeiterin haben noch zu einem Paar, das sich freiwillig vor irgendwelchen verwitterten Steinen zu Tode küsst.« Sie versuchte, so viel Überzeugungskraft wie möglich in ihre Worte zu legen. Sicher war sie sich absolut nicht. Auf jeden Fall wollte sie nicht noch mehr Zeit in Gegenwart der beiden verbringen. Mehr Zeit, in der Fiona eventuell ihren Mund nicht halten und versuchen würde, sie auf den Unfall anzusprechen. Lieber würde sie einen großen Teller Haggis essen.

Sie schüttelte den Kopf, streckte die Arme und unterdrückte ein Gähnen, das sie nicht einmal spielen musste. Der Abend war noch nicht weit fortgeschritten, aber der Besuch bei den Brookmyres hatte sie vollkommen erschöpft. Sie fühlte sich wie nach einem zu langen Dauerlauf.

Marius schmunzelte. »Zu Tode küssen? Nette Vorstellung. Ich hätte nicht gedacht, dass du einen Hang zur Dramatik hast.«

»Das ist mir auch neu. Liegt vielleicht daran, dass ich wahnsinnig müde bin. Wärst du mir böse, wenn ich mich hinlege?«

Er breitete die Arme aus. »Du bist hier noch immer der Boss – und ich verfüge durchaus über die Gabe, mich selbst zu beschäftigen. Mach dir keine Gedanken, und schlaf dich aus. Wir sehen uns morgen.«

Liska nickte, stand auf und spürte ein träges Kribbeln an ihrer Wirbelsäule, das ihr zuflüsterte, wie gemütlich ihr Bett sein würde – und dass sie es nicht allzu lange warten lassen sollte. »Okay, dann bis morgen.«

Sie hatte die Tür ihres Zimmers bereits erreicht, als sie sich noch einmal umdrehte. Marius trug soeben die beiden Tassen zur Spüle. »Danke«, sagte sie leise.

Er hob den Kopf, wie beiläufig und doch zugleich so, als hätte er lediglich auf ein weiteres Wort von ihr gewartet. »Keine Ursache, Liska.«

Eine Weile war es völlig in Ordnung, dass sie sich beide nicht bewegten. Liska spürte das Metall des Türgriffs unter ihren Fingern und überlegte flüchtig, wie lang diese Weile bereits dauerte. Oder auch wie kurz sie war.

»Gute Nacht.« Sie zögerte, doch dann drückte sie die Klinke hinunter und ließ Marius und die Wärme des Wohnzimmers hinter sich. Augenblicklich fröstelte sie – kein Wunder, das Fenster im Schlafzimmer stand noch immer offen. Eilig durchquerte sie den Raum und zog es zu.

Die Dämmerung war bereits fortgeschritten und hatte Häuser, Straßen und Schafe in neutrale Konturen verwandelt, die ineinanderflossen und jeden Hinweis auf Individualität verloren. Wind rauschte über die Szenerie und gaukelte dem Betrachter vor, die See zu hören. In der Ferne blinkte ein Licht, und Liska fragte sich, ob es vom Haus der Brookmyres kam.

Sie zog die Vorhänge zu, wandte sich um und lehnte sich gegen die Fensterbank. Nach allem, was heute geschehen war, hätte sie nicht geglaubt, dass der Abend so ruhig verlaufen konnte. Dennoch fürchtete sie, diese Ruhe könnte innerhalb von Sekunden vorbei sein. Jederzeit. Vielleicht sollte sie wirklich schlafen gehen, um den Frieden so lange wie möglich festzuhalten.

Sie nahm Schlafshirt und Pyjamahose von ihrem Bett und machte sich auf den Weg in das kleine, angrenzende Badezimmer. Es war so winzig, dass sie die Wand mit dem Ellenbogen berührte, wenn sie sich über dem schmalen Becken wusch, aber ideal geeignet, um das Zimmer nicht mehr verlassen zu müssen, wenn sie sich bettfertig machte. Duschen würde sie am nächsten Morgen.

Eine Kuh in den Kiltfarben des Clans Maclean starrte ihr von der Ablage entgegen, die ansonsten noch immer leer war. Bislang hatte sie nicht einmal den Beutel mit den Pflegeartikeln ausgepackt, sondern lediglich herausgekramt, was sie brauchte, und sich so vorgemacht, dass die Abreise kurz bevorstünde. Sie schob die Figur beiseite und platzierte ihren Kamm daneben. Ein Anfang.

Im Spiegel suchte sie nach Spuren der heutigen Ereignisse. Unglaublich, dass die Brookmyres sie wirklich so weit gebracht hatten, vollkommen kopflos aus ihrem Haus zu stürmen. Fiona mit ihrer verdammten großmütterlich-neugierigen Art!

Sie löste ihr Haargummi, nahm den Kamm und befreite Strähne um Strähne von den Knoten, die der Inselwind hineingewoben hatte. So oder so, sie hatte es überstanden, auch wenn Fiona sie kurzzeitig in eine Ecke gedrängt hatte. Der Schmerz war da, aber erträglich und zu ihrem Erstaunen nicht so übermächtig, wie sie all die Jahre geglaubt hatte. Wenn die Brookmyres das Thema doch nur ruhen lassen würden. Dann fiele ihr der Auftrag mit Marius viel leichter.

Liska legte den Kamm beiseite und zog eine Grimasse. »Vorübergehender Waffenstillstand, mehr nicht«, flüsterte sie. »Das bedeutet nicht, dass ich mit den Brookmyres Händchen halte und mir weitere Gespräche aufdrängen lasse.«

Eine ganze Weile stand sie reglos da, bis die Kühle ihr eine Gänsehaut verursachte. Rasch zog sie sich um, wusch sich und putzte sich die Zähne. Kurz darauf entzündete sie eine Kerze auf dem kleinen Beistelltisch, schlüpfte unter die Bettdecke, drehte sich auf die Seite und lauschte auf Marius' Schritte im Nebenraum. Ein Motor heulte auf und wurde leiser. Ausnahmsweise blökten keine Schafe, und Liska ertappte sich dabei, auch auf die dummen Biester zu lauschen, quasi darauf zu warten, dass eines sich meldete und sie darüber die Augen verdrehen konnte. Ihre Gedanken wanderten zu Bauer Marten und dem Tag, an dem sie seine Schafe freigelassen hatte, damit sie den Schrecken der Schermaschine entkommen konnten. Die hatte damals auf Liska wie eine Waffe gewirkt mit ihrem schwarzen, schweren Handgriff sowie dem Untermesser mit den vielen gezackten Zähnen. Am schlimmsten waren die Geräusche gewesen, sowohl die von der Maschine als auch der Chor aus Schafstimmen, der angeschwollen war, sobald sie ratterte. Damals hatte Liska nicht gewusst, dass die Schur nicht weh tat. Woher auch? Bauer Marten hatte nie den Eindruck gemacht, als würde er besonders feinfühlig mit den Tieren umgehen. Dabei hatten gerade die Lämmer so weiche Nasen. Es stimmte, früher hatte sie oft mit ihnen gekuschelt und gekichert, wenn die Tiere sie mit den Lippen im Gesicht kitzelten.

Liska rutschte hin und her, bis sie tiefer in die Laken sank. Die Flamme neben ihr flackerte sanft und warf Schatten auf das Bild an der Wand. Es sah so aus, als würden die Sonnenblumen darauf im Wind tanzen. Sie dachte an die Bilder, die das Haus früher geschmückt hatten, ehe ihre Oma einen Großteil der Einrichtung ausgetauscht hatte. Wegen ihr. Sie hatte gehofft, dass ihre Enkelin nach einer Weile ebenfalls zurückkehren würde. Anders als diese stammten die Bilder von früher aus keinem Möbelhaus oder einem der Läden mit Kunstdrucken. Blumen, Landschaften und Meeresimpressionen waren hübsch anzusehen, hatten aber keine Seele. Nicht so wie die für immer eingefangenen Augenblicke mit den Menschen, die man am meisten liebte.

Das Gelb der Sonnenblumen verschwamm vor Liskas Augen, und sie zog die Bettdecke noch weiter hoch. Auf einmal sah sie sämtliche Fotos ganz deutlich vor sich, die ihr Vater hatte vergrößern und rahmen lassen: der kleine Matthies-Clan am Wasser bei so starkem Wind, dass die Haare ihrer Mutter wie ein Holzbrett schräg nach oben standen. Ihre Oma und sie selbst inmitten einer Schafherde. Sie rittlings auf einem *Standing Stone*, der von ihren Eltern flankiert wurde. Die zwei lachend auf einem Boot und nicht zuletzt sie selbst mit ihrer Zahnlücke am Strand.

Waren die Bilder wirklich schwarzweiß gewesen?

Liskas Augen begannen zu brennen, als sie an das Gespräch mit Fiona dachte. Warum hatte sie unbedingt den Unfall erwähnen müssen? Etwas brach in ihr, und sie konnte ihre Tränen nicht mehr zurückhalten. Schluchzend verbarg sie ihr Gesicht in der Bettdecke, die plötzlich nicht mehr ausreichte, um die Kälte zu vertreiben. Sie war allein in einem Haus und auf einer Insel, die sie nicht mehr kannte und die ihr fremd geworden waren. Wo sie zuvor in Marius' Gegenwart noch geglaubt hatte, diese Aufgabe bewältigen zu können, war sie plötzlich nicht mehr so sicher. Sie wollte nach Hause und nicht hier sein, wo sie einen flüchtigen Augenblick lang das Gefühl gestreift hatte, dass sie ihren Eltern nahe sein konnte. Doch das funktionierte nur, wenn sie sich öffnete und den Erinnerungen erlaubte, an die Oberfläche zu gelangen. Es würde sie mitreißen und dann wieder auf lange Zeit schmerzen.

Sie nahm einen Deckenzipfel und wischte sich über das Gesicht, doch sosehr sie es auch versuchte, sie konnte die Sonnenblumen nicht mehr erkennen.

Der Kakao war ohnehin kalt geworden, also kippte Marius ihn in die Spüle, nahm nach kurzem Zögern die Whiskyflasche von der Anrichte und öffnete sie. Er war kein großer Kenner, mochte allerdings die torfigen Sorten und hatte sich im Supermarkt gleich einen besorgt. Die Idee war ihm beim Anblick des Kamins gekommen, schließlich konnte man nicht in einem schottischen Haus mit Kamin wohnen, ohne einen Whisky davor zu trinken. Liska hatte abgelehnt und er daher entschieden, dass sie nach dem Besuch bei den Brookmyres etwas Heißes brauchte, um sich aufzuwärmen.

Es hatte eindeutig nicht funktioniert.

Er nahm ein Glas aus der Anrichte, goss sich zwei Fingerbreit ein und machte es sich bequem. Holz und Kohle glühten und verstrahlten angenehme Wärme, leises Knacken erhöhte den Gemütlichkeitsfaktor einmal mehr. Er mochte dieses Haus, und er hatte es ernst gemeint, als er Liska gesagt hatte, dass er seiner Tante die Wahrheit verschweigen würde. Zumindest vorläufig. Nach seiner Rückkehr gab es keinen Grund mehr, Magdalena nicht zu sagen, dass die erwarteten Kontakte erst einmal geknüpft werden mussten. Seine Tante war resolut und hart in geschäftlichen Dingen, aber auch extrem qualitätsorientiert. Wenn er die gewünschten Ergebnisse im Gepäck hatte, wäre alles in bester Ordnung. Sollte sie allerdings jetzt die Wahrheit erfahren und Verzögerungen befürchten, würde sie nicht lange überlegen und Liska samt ihrer Oma aus der Planung werfen, alte Freundinnen hin oder her.

Er würde einfach improvisieren müssen, wie so oft auf seinen Touren. Damit hatte er zwar hier in Schottland nicht gerechnet, aber warum nicht? Unvorhergesehene Wege führten oft zu interessanten Erlebnissen und Begegnungen, und er war gespannt darauf, was ihn erwartete. Besser als ein Hotelzimmer und ein strukturiert geplanter Ablauf war die Situation allemal. Zudem mochte er die Brookmyres, auch wenn Liska skeptisch war, wenn es um das Ehepaar ging.

»Und das ist noch behutsam ausgedrückt«, flüsterte er und prostete der Gans im Kilt zu.

Die Begeisterung, mit der William ihm seine alte Sony Mavica präsentiert hatte, war ansteckend gewesen. Marius hatte über den guten Zustand der Analogkamera gestaunt und mit

William gefachsimpelt. Es hatte ihn an früher erinnert, an das Arbeitszimmer seines Vaters, an den speziellen Geruch von Entwicklerflüssigkeit und die Spaziergänge, auf denen er ihn als kleiner Junge begleiten durfte. Er hatte dabei viel gelernt, vor allem, dass man auf den richtigen Moment warten musste. Später war dazugekommen, dass die anderen Momente, die man am liebsten wieder aus seinem Leben gestrichen hätte, viel zu schnell und überraschend eintraten, um sie abwehren zu können.

Marius nahm einen weiteren Schluck und verdrängte das Bild der roten Flickengurtkamera, des letzten Geschenk seines Vaters. Wenn Peter Rogall seine Familie nicht verlassen hätte, wäre er womöglich derjenige, mit dem Marius fachsimpeln konnte, jetzt, wo die Fotografie sein Leben finanzierte. Ein hartes Geschäft, wie so oft, wenn man als Selbstständiger arbeitete. Aber genau deshalb wollte er gemeinsam mit Liska eine Lösung suchen. William Brookmyre hatte in seiner pragmatischen Art bereits gegrübelt und Marius mitgeteilt, dass er und seine Frau sich am kommenden Tag melden würden, um Ideen zu besprechen.

Marius hatte Liska nichts davon erzählt. Was auch immer sie dazu gebracht hatte, aus Fionas Küche zu stürzen, ging ihn nichts an, und er akzeptierte ihre Entscheidung, darüber zu schweigen. Trotzdem hatte er das Gefühl, nicht die ganze Wahrheit erfahren zu haben über ihre Gründe, ihm die vollendete Ortskundige vorzuspielen. Sie hielt eindeutig etwas zurück, das ihr zu schaffen machte, und es tat ihm leid, sie so verstört zu sehen. Vor allem, da sie die ganze Zeit über versucht hatte, ihm gegenüber keine Schwächen zu zeigen. Wie immer, wenn jemand das tat, verbarg er welche.

Marius leerte das Glas und starrte nachdenklich in die Glut. Trotz aller Fragezeichen und der abweisenden Fassade, die allmählich bröckelte, mochte er Liska. Sie machte ihn nicht nur als Fotografen neugierig, sondern auch als Privatmensch, und er fragte sich, wie sie wirklich war. Zumindest keine oberflächliche junge Frau. Im Gegenteil. Ihre Versuche, sich vor ihm abzuschirmen, machten ihn lediglich aufmerksamer für das, was sie preiszugeben bereit war. Zudem wollte er, dass es ihr gutging. Wie seine Mutter war er ein Familienmensch und stets bereit, andere einzubeziehen – gerade dann, wenn sie sonst niemanden hatten. So wie Liska, die sich in den hübschen Kopf gesetzt zu haben schien, ihre Schlachten allein schlagen zu wollen.

Eine Meerjungfrau mit Rüstung.

Okay, nun schweifte er ab – besser, er ließ den Whisky Whisky sein. Wie dem auch sei, heute würde er nichts mehr erfahren. Es war keine schlechte Idee, früh zu Bett zu gehen, diesen Tag hinter sich zu lassen und den neuen zeitig zu begrüßen. Schließlich konnte der einfach nur besser werden.

Marius stand auf, streckte sich und warf einen letzten Blick auf die Glut. Sie würde im Laufe der Nacht verglimmen.

Er stellte das Glas in der Küche ab und machte sich auf den Weg zu seinem Zimmer. Ein Geräusch ließ ihn innehalten. Es war leise, stach aber aus denen der Umgebung hervor, an die er sich bereits so sehr gewöhnt hatte. Marius blieb stehen, lauschte, und erst nach einer Weile begriff er, dass es aus Liskas Zimmer kam.

Vorsichtig trat er näher an die Tür heran, darauf bedacht, sich möglichst leise zu bewegen. Sein erster Eindruck hatte ihn nicht getäuscht: Liska weinte.

Es traf ihn tiefer, als er erwartet hätte, und am liebsten wäre er zu ihr gegangen, um sie zu trösten. Marius runzelte die Stirn und zögerte, doch er hatte kein Recht, sie zu stören. Es lag klar auf der Hand, dass sie nicht darüber reden wollte, was ihr so sehr zu schaffen machte. Das musste er respektieren. Wenn sie ihm irgendwann erzählen wollte, was in ihr vor sich ging, würde er ihr zuhören. Doch bis dahin blieb ihm nichts anderes übrig, als weiterhin das zu sein, was er bislang gewesen war: ein Geschäftspartner.

Lautlos streckte er eine Hand aus und legte die Fingerspitzen auf das Holz. Nach zwei, drei Herzschlägen ging er weiter. Trotzdem glaubte er noch lange, Liskas verzweifelte Atemzüge zu hören.

10

Wie schon in der ersten Nacht auf der Insel erwachte Liska in derselben Position, in der sie eingeschlafen war: die Beine an den Körper gezogen, die Finger in die Bettdecke gekrallt. Die Kerze war im Laufe der Nacht heruntergebrannt, und Liska ärgerte sich, nicht daran gedacht zu haben, sie zu löschen. Normalerweise war sie nicht so leichtsinnig.

Durch die Vorhänge drang Tageslicht, und die Geräuschkulisse verriet ihr, dass die Welt dort draußen bereits wach war. Im Grunde eine merkwürdige und beinahe schon kaltherzige Vorstellung: Egal, was in den Häusern geschah, welche Dramen und Unglücke sich unter Dächern und in Zimmern abspielten – es hatte keinen Einfluss auf den Alltag. Alles nahm seinen gewohnten Lauf.

Immerhin war ihre Verzweiflung vom Vorabend verschwunden und einer Mischung aus Trübsinn und Funktionalität gewichen. Damit würde sie durch den Tag kommen. Jetzt, da Marius Bescheid wusste und sie beinahe mit offenen

Karten spielten, konnte sie das Abenteuer »Seltsamste Fotosafari der Welt« vollends starten.

Sie quälte sich aus dem Bett und zog die Zehen auf dem kühlen Fußboden an. In Windeseile suchte sie frische Sachen zusammen und machte sich im Badezimmer fertig. Zum Schluss kniff sie sich in die Wangen und übte ein Lächeln vor dem Spiegel. Mit etwas Glück würde sie ein Frühstück herunterbekommen, anschließend duschen ... und dann sah die Welt sicher schon ganz anders aus.

Sie atmete tief durch, öffnete die Tür – und blieb wie angewurzelt stehen. Ein angenehmer Duft wehte ihr entgegen. Marius stand in Jeans und T-Shirt in der Küche und wendete soeben etwas in einer Pfanne auf dem Herd.

Verwundert trat Liska näher. »Was machst du da?«

Er grinste. »Guten Morgen! Frühstück. Ich dachte, du hast sicher Hunger, nachdem du so lange geschlafen hast. Ganz sicher war ich nicht, ob du Frühstücksspeck und Eier magst, also habe ich mich für Blaubeerpfannkuchen entschieden. Damit kann man eigentlich nichts falsch machen.«

Liska starrte auf den gedeckten Tisch, dann wieder zu Marius. »Wo bitte hast du denn Blaubeeren her?«

»Aus dem Supermarkt. Es gab sogar Ahornsirup.«

»Supermarkt?« Sie rieb sich die Augen und gähnte. Nun bemerkte sie auch den Teller neben dem Herd, auf dem sich bereits eine beachtliche Anzahl von Pfannkuchen stapelte. »Du warst schon in der Stadt?«

Er warf einen Blick über die Schulter und deutete mit dem Pfannenwender auf den Tisch. »Nicht nur das. Ich habe bereits das erste Foto auf der Liste meiner Tante abgehakt. Und mit ihr telefoniert – das mit der Namensnennung in der Danksagung geht klar, sollte das ein Anreiz für das eine oder andere Fotomodell sein. Setz dich!«

»Foto? Ich ... wie spät ist es denn?«

Der Pfannenwender veränderte seine Position geringfügig und visierte die Uhr auf dem Kaminsims an. Liska hob die Augenbrauen: kurz vor elf. Sie hatte über zwölf Stunden geschlafen! Kein Wunder, dass sie sich fühlte, als hätte sie sich am Vortag einen Arenakampf geliefert. Zu viel Schlaf bekam ihr augenscheinlich ebenso wenig wie zu wenig.

»Ach du meine Güte«, murmelte sie, ließ sich auf das Sofa fallen und starrte auf die Teller. Marius hatte Messer und Gabeln auf grünen Papierservietten platziert, die mit Enten geschmückt waren und sicher nicht aus diesem Haushalt stammten. »Warum hast du mich denn nicht geweckt?«

Er nahm den Teller mit Pfannkuchen, stellte ihn auf dem Tisch ab und ging zurück, um den Kaffee zu holen. »Es gab keinen Grund dazu. Ich war einfach extrem früh wach, die Autoschlüssel lagen hier, also bin ich auf Fototour gegangen. Zumal du gestern den Eindruck gemacht hast, dass du dringend etwas Ruhe brauchst.«

Liska schaffte es, den letzten Einwand zu ignorieren, da ihr Magen knurrte. Zu ihrer Überraschung stellte sie fest, dass sie einen Bärenhunger hatte. Sie griff nach einer Gabel und zog den obersten Pfannkuchen auf ihren Teller. Er sah gut aus und duftete noch besser. »Danke für das Frühstück«, sagte sie und öffnete den Sirup. »Erzähl mir von dem Foto. Welches Motiv können wir abhaken?« Während sie die goldene Flüssigkeit verteilte, überlegte sie, an welcher Sehenswürdigkeit er vorbeigekommen sein mochte. Wahrscheinlich hatte er sich in Kirkwall umgesehen.

»Ich zeig es dir.« Seine Augen funkelten wie bei einem kleinen Jungen, der drauf und dran war, einen gelungenen Streich zu präsentieren. Er war wirklich Fotograf mit Leib und Seele. Wenn ihn ein Bild bereits in derartige Begeisterung versetzte, wie würde er sich erst fühlen, wenn er die ganze Liste abgehakt hatte?

Die verdammte Liste. Nachdenklich schob Liska ein Stück Pfannkuchen in den Mund und kaute. Sie konnte es nicht leugnen: Das unverhoffte Frühstück hob ihre Laune. Das Problem verschwand damit allerdings nicht.

Die Probleme, Plural. Zum einen würden sie und Marius einen Plan ausarbeiten müssen, um die wirklich kniffligen Wünsche seiner verrückten Tante abzulichten, zum anderen musste sie lernen zu ertragen, dass sie die Unfallstelle immer wieder passierten. Und zuletzt sollte sie einen Weg finden, um mit den Einwohnern zurechtzukommen. Fiona Brookmyre war sicher nicht die letzte Person, die sie auf ihre Vergangenheit angesprochen hatte.

»Hier.« Marius ließ sich mit Schwung neben sie fallen und reichte ihr seine Kamera. Das Display zeigte drei Kinder mit schreiend bunten Strickmützen, die sich lachend auf einem Pony aneinanderklammerten. Das zottelige Tier starrte zur Seite und präsentierte seinen massigen Kiefer, aus seinem Maul hing etwas langes Grünes. »Wir haben es mit Karotten geködert. Deshalb war ich auch im Supermarkt«, erklärte Marius.

»Wo du sicher kein Pony bekommen hast. Von Kindern ganz zu schweigen.«

»Korrekt. Die habe ich ein Stück von hier entfernt aufgelesen. Unsere Nachbarin Emma war auf geheimer Mission unterwegs, als ich ihr begegnet bin. Mit ihrem besten Freund Rory.« Er deutete auf den weizenblonden Jungen in der Mitte. »Der hat mir wiederum von seinem besten Freund erzählt: Max, dem Pony. Emma war deshalb etwas beleidigt, hat sich aber besänftigen lassen, als ich ihnen als Bezahlung für ihre Modeltätigkeiten Schokocroissants versprochen habe.

Den Namen des anderen Jungen habe ich nicht erfahren, da Emma mir sagte, das sei nicht so wichtig.«

Jetzt erkannte Liska auch Vickys Tochter, die sich mit herrischem Gesichtsausdruck an Max' Mähne klammerte. »Wenn wir doch nur alle mit Gebäck bestechen könnten.« Sie seufzte leise.

Marius legte die Kamera beiseite und goss ihnen Kaffee ein. »Warten wir es ab. Das hier ist ein toller Anfang, und den Rest bekommen wir auch zusammen. Du wirst sehen.«

»Es scheint, als kämst du ganz gut allein klar.« Sie zwang sich zu einem Lächeln, aber die Zweifel in ihrer Stimme waren nicht zu überhören.

Marius stieß sie vorsichtig mit dem Knie an. »Unsinn. Ich kenne mich hier nicht aus und wäre ohne dich meist damit beschäftigt, mich zu verfahren.«

»Es gibt Navis, weißt du? Sogar als App für dein Handy.«

»Schon möglich. Aber mir sind Geheimtipps lieber. Ja, du bist lange nicht hier gewesen, aber so viel wird sich nicht verändert haben. Und vergiss nicht, dass ich ohne dich weder unsere Nachbarin noch die Brookmyres kennengelernt hätte. Diese Leute könnten wirklich hilfreich sein.« Seine Stimme war bei den letzten Worten leiser geworden, vorsichtiger.

Liska nahm einen weiteren Bissen von ihrem Pfannkuchen und kaute energisch. Sie wusste nicht, was sie darauf antworten sollte. Natürlich hatte er recht. Vicky war eine Frohnatur, die einem Schotten ein »I love England«-Shirt aufschwatzen konnte, und die beiden Alten kannten wie die meisten Inselbewohner alles und jeden. Es wäre dumm, diese Chancen nicht zu nutzen.

Marius nahm einen Pfannkuchen, rollte ihn kurzerhand zusammen und biss ab. Eine Weile herrschte Schweigen. Liska nahm ihre Tasse und lehnte sich zurück.

Ein Klopfen an der Tür zerstörte die Stimmung.

»Wer ist das?«

Marius stand auf. »Ich hoffe, nicht deine Freundin Vicky, die mir die Ohren langziehen will, weil ich ihre Tochter mit Süßigkeiten gefüttert habe. Bleib sitzen, ich gehe.«

Liska lauschte seinen Schritten in der Diele und anschließend verhaltenen Stimmen. Sie hoffte sehr, dass es nicht Vicky war – ihre gute Laune, gepaart mit endlosem Geplapper, würde sie so kurz nach dem Aufwachen nur schwer ertragen.

Es kam schlimmer.

»Liska, einen schönen guten Tag!« Fiona Brookmyre trug eine grüne Wetterjacke, farblich passende Stiefel und einen grauen Rock. Sie klang wie eine dreifache Lottogewinnerin und strahlte ebenso sehr.

Liska sah zu Marius, der hinter Fiona auftauchte und soeben William bedeutete vorzugehen. Er hob die Schultern, besaß aber zumindest den Anstand, dabei zerknirscht zu wirken.

William hielt Liska eine Hand hin und schüttelte ihre kurz und energisch. »Wir dachten uns, wir kommen noch vor dem Mittag, um nicht zu stören«, sagte er, musterte das Frühstück auf dem Tisch und glättete sein vom Wind zerzaustes Haar.

Liska nickte stumm. Erst als das Schweigen sich ausdehnte, begriff sie, dass William auf eine Erwiderung wartete. »Hallo, es ist … schön, euch zu sehen. Wir frühstücken heute spät«, sagte sie und ärgerte sich darüber, dass es wie eine Entschuldigung klang.

William nickte und brummte etwas Unverständliches, dann reichte er seiner Frau eine Hand und dirigierte sie zu einem Sessel. Nachdem sie sich vorsichtig niedergelassen hatte, nahm er selbst Platz, wobei er sich langsamer bewegte, als Liska in Erinnerung hatte.

Die Lockerheit, die Marius an diesem Morgen geschaffen hatte, verflog mehr und mehr. Liska starrte von ihm zu den Brookmyres. Was wollten die zwei hier?

Marius beendete die Spannung. »Möchtet ihr vielleicht einen Tee? Oder einen Blaubeerpfannkuchen? Es sind genug da.«

Fiona strahlte ihn an. »Tee wäre wunderbar, für uns beide.«

Liska hätte sich liebend gern vor den Kopf geschlagen. Tee, natürlich. Sie waren in Schottland, da bot man selbst seinem ärgsten Feind Tee an. Sie war eine hundsmiserable Gastgeberin.

»Kommt sofort.« Marius gab Liska ein Zeichen und machte sich auf den Weg in die Küche. Sie war nicht sicher, was er ihr sagen wollte, vermutete aber, dass sie Ruhe bewahren sollte. Etwas anderes blieb ihr auch nicht übrig, sie konnte die beiden ja schlecht wieder rauswerfen. Es kribbelte ihr in den Fingern, aufzustehen und Marius zu helfen. Leider brauchte niemand Hilfe, um Tee zu machen, und sie wollte nicht schon wieder den Eindruck erwecken, auf der Flucht zu sein. Es schien, als bliebe ihr lediglich der Small Talk.

Großartig. Genauso habe ich mir einen gemütlichen Morgen vorgestellt.

Fiona drehte den Kopf von einer Seite auf die andere. »Hübsch hat Emmi das Haus eingerichtet. Viel sieht noch haargenau so aus wie früher.« Sie deutete auf das Clan-Matheson-Schaf und kicherte.

Liska lauschte auf das Rauschen des Wasserkochers. Warum dauerte das so lange? »Ja, das meiste hat sie so gelassen.« Sie starrte auf ihren Teller mit dem mittlerweile kalten Pfannkuchen. Ihr war sämtlicher Appetit vergangen. »Und, was führt euch her?« Es klang fast natürlich.

Fiona sah ihren Mann an.

William räusperte sich vernehmlich. »Wir haben über euren Auftrag nachgedacht und auch bereits ein paar Ideen gesammelt. Ihr wisst schon, wie man einige Bilder ordentlich hinbekommt. Ist das Earl Grey? Dann kein Zucker bitte, nur etwas Zitrone. Fi hat eine Liste mit Bekannten erstellt, die bei der Sache helfen würden, und heute Morgen bereits telefoniert.« Er nickte seiner Frau zu, die ihre Handtasche öffnete und einen Zettel hervorzog. Sie faltete ihn umständlich auseinander, hielt ihn sich näher vor das Gesicht und betrachtete ihn, als sähe sie ihn zum ersten Mal. Linien in ordentlicher, geschwungener Handschrift waren darauf zu sehen. Über die Entfernung konnte Liska nichts entziffern. Dafür begann ihr Kopf verhalten zu dröhnen. Keine Schmerzen, aber eine eindeutige Warnung.

»Ich verstehe leider nicht. Mit wem habt ihr telefoniert?«

Fiona strahlte sie an und winkte ab. »Die meisten wirst du nicht kennen, Liebchen, selbst wenn du weiterhin regelmäßig im Sommer hergekommen wärst. Alte Bekannte von uns. Wir haben sie leider nicht alle erreicht. Aber ich bin zuversichtlich, dass sie uns helfen können.«

»Helfen wobei?«

»Na bei euren Fotos! Marius und William sind ja gestern noch einmal die Liste durchgegangen. Herrje, das ist wirklich kein leichtes Unterfangen, das da vor euch liegt!« Sie lachte.

Marius kehrte in diesem Moment zum Tisch zurück, stellte zwei Teetassen darauf ab und ignorierte Liskas Blick, mit dem sie ihm mitzuteilen versuchte, welch ein Verräter er war. »Da können wir nicht widersprechen, nicht wahr?«

Liska brummte etwas und stopfte sich ein Stück Pfannkuchen in den Mund.

William reichte seiner Frau eine Tasse und griff nach der

zweiten. »Wie gesagt, wir glauben, dass die meisten Motive kein Problem darstellen werden. Der Sohn von Freunden besitzt zum Beispiel ein Motorrad und kennt viele Leute, die sich Motive auf die Haut haben stechen lassen. Verrückte Sachen.«

»Vor allem gehen die ja nie wieder ab«, warf Fiona ein.

William nickte. »Wenn ich mich recht entsinne, ist ein solches Bild auf deiner Liste, Marius.«

»Das stimmt.« Dieses Mal versuchte er ein Lächeln in Liskas Richtung. »Das klingt doch vielversprechend.«

Fiona schlürfte ihren Tee geräuschvoll. »Ja«, sagte sie schlicht und wechselte einen Blick mit ihrem Mann. »Und selbst für die drei jungen Männer mit den Rosen haben wir eine Idee. Bradley feiert in Kürze seinen Junggesellenabschied. Ich bin sicher, dass er und seine Freunde behilflich sind, wenn wir ihnen erzählen, dass es um das Buch einer berühmten Schriftstellerin geht!«

Liska legte beide Hände dafür ins Feuer, dass weder Fiona noch William jemals von Magdalena de Vries gehört hatten, aber das spielte nun keine Rolle. So wenig ihr dieser Besuch gefiel – das alles klang gar nicht mal so übel.

Sie schluckte das Stück Pfannkuchen hinunter und räusperte sich. »Das klingt ja super.« Zwar fehlte ihrer Stimme der Enthusiasmus, aber sie brachte Marius und Fiona trotzdem zum Strahlen. William dagegen bedachte sie mit einem Blick, den Schulrektoren schwachen Schülern schenkten, wenn sie endlich doch etwas begriffen.

Fiona wedelte mit dem Zettel durch die Luft. »Allerdings werdet ihr dafür etwas fahren müssen. Nicht alle unsere Freunde wohnen auf Mainland. Die Hochzeitsgesellschaft feiert auf Hoy, dann haben wir einen Bekannten auf Rousay, der helfen könnte. Und das Bild mit dem Leuchtturm nehmt ihr am besten auf Westray auf. Der Turm dort ist wirklich hübsch.«

»Das klingt sehr gut«, sagte Marius. »Ich habe absolut nichts dagegen herumzufahren. So lerne ich die Gegend umso besser kennen. Schließlich war ich noch nie zuvor auf den Orkneys.«

»Wir haben ja den Mietwagen«, fügte Liska hinzu. Allmählich schmolz das Gefühl, in die Ecke gedrängt zu werden, und machte vorsichtiger Erleichterung Platz. Es sah ganz danach aus, als wären die Brookmyres wirklich die Hilfe, auf die Marius gehofft hatte. Damit ermöglichten sie ihr einen Ausweg, mit dem sie nicht gerechnet hatte. »Bei wie vielen Motiven können eure Freunde und Bekannte uns denn unterstützen?«

»Bei allen.« William rückte seine Brille zurecht.

»Das ist ja großartig«, sagte Marius. »Wir sind euch wirklich dankbar, dass wir keine Fremden mehr ansprechen müssen, die möglicherweise aggressiv reagieren.« Er zwinkerte Liska zu.

Fiona schlürfte einen weiteren Schluck Tee und musterte dabei William, der noch immer so kerzengerade saß, als würde er sich gegen einen Sturm stemmen. Etwas an diesem Blick gefiel Liska nicht. Fiona wollte ihrem Mann eindeutig etwas mitteilen.

Ein feiner Alarmsensor in ihrem Hinterkopf sprang an. Sie kannte derartige Blicke. Mareike und sie nutzten sie hin und wieder im *Blumen zum Tee*, um sich über Kunden auszutauschen, die in irgendeiner Weise schwierig waren.

Marius runzelte die Stirn, als sie den Teller mit mehr Schwung als erforderlich abstellte. »Das ist noch nicht alles, oder? Es gibt einen Haken bei der Sache, habe ich recht?«

Ein weiterer Blick, dann begann Fiona an den Ärmeln ihrer

Bluse zu zupfen. William dagegen sah Liska an. Sie dachte an den Vortag und hielt seinem Blick stand.

William gab das stumme Duell als Erster auf. »Nicht ganz.«

Fiona murmelte etwas, sah jedoch weiterhin auf ihren Ärmel.

Liska streckte das Kinn vor. »Also. Was müssen wir noch wissen?«

William griff nach Fionas Hand. »Nun. Wir helfen euch gern, allerdings haben wir eine Bedingung. Wir begleiten euch auf eurer Reise über die Inseln.«

»Auf gar keinen Fall!« Liska wanderte vom Sofa zu ihrer Zimmertür, von dort zu der Küchentheke und dann zum Kamin. Ihre Fäuste öffneten und schlossen sich so energisch, dass die Fingerknochen knackten. Sie versuchte, nachzudenken und Gegenargumente zu finden, die Marius überzeugten, wie schlecht diese Idee war.

Marius streckte seine langen Beine aus und wirkte dadurch noch relaxter, als er ohnehin schon war. Nicht gerade geeignet, um sie zu beruhigen. »Aber warum denn nicht? Es klingt doch alles gar nicht mal so übel.«

»Gar nicht mal so übel?« Sie konnte nicht glauben, dass er das soeben gesagt hatte. Oder wirklich dachte. »Das ist eine waschechte Erpressung! Denk doch mal bitte darüber nach. Rousay. Hoy! Das ist kein kurzer Ausflug, das sind die anderen Inseln! Wenn wir diesen Auftrag nicht unnötig in die Länge ziehen wollen und wirklich nichts Passendes auf Mainland finden, sollten wir auf Tagestrips verzichten, nach denen wir wieder hierher zurückkehren, und gehen stattdessen auf eine mehrtägige Fototour.«

»Und?«

»Und? Willst du etwa mehrere Tage am Stück mit den Brookmyres verbringen? Wie soll denn das gehen?«

Er verschränkte die Hände hinter dem Kopf. »Im Auto ist definitiv genug Platz, wenn wir das Gepäck in den Kofferraum packen. Wenn die zwei mitkommen, finden wir vielleicht leichter eine Unterkunft.«

Liska blieb mitten auf dem Weg von der Küche zur Badezimmertür wie angewurzelt stehen. »Das meinst du doch jetzt nicht ernst.«

»Warum nicht?«

»Weil das nicht funktioniert! Das sind ältere Menschen, beide um die achtzig! Mit denen können wir doch keinen ... keinen Roadtrip machen. Sie halten uns mehr auf als alles andere.«

»Dafür bringen sie die Sache überhaupt erst einmal ins Rollen. Ein möglicher Zeitverlust gleicht sich damit doch wieder aus.«

»Fragst du dich denn gar nicht, warum sie unbedingt mit uns fahren wollen? Wenn sie den anderen Inseln einen Besuch abstatten möchten, können sie das doch auch leichter und ohne Umwege haben.«

»Vielleicht haben sie niemanden, der sie begleitet, und sie wollen es nicht allein machen? Letztlich ist es doch gleichgültig, warum sie mitwollen.«

Liska verbiss sich weitere Begründungen, für die Marius nur wieder Gegenargumente finden würde. Sie konnte einfach nicht begreifen, warum ihn die Idee so begeisterte. Marius verfügte wohl über ein Nervenkostüm, das nicht einmal von einer Horde wutbrüllender Kinder angekratzt werden konnte. Geschweige denn zerstört. Ihr eigenes hing bereits nach der Stippvisite von William und Fiona in Fetzen. Es war nicht gerade höflich von den beiden, ihnen so ein

Ultimatum zu stellen. Als ob sie niemanden kennen würden, der sie im Austausch für einen Kuchen durch die Gegend gondelte! Hatten sie denn keine Familie? Kinder, Enkel? Und was war überhaupt aus der britischen Höflichkeit und der Gastfreundlichkeit der Schotten geworden, die halfen, wann immer sie konnten, ohne eine Gegenleistung zu verlangen? Es hatte den Anschein, als wäre sie ebenso in den Nebeln der Vergangenheit verschwunden wie anderes auch.

Sie musste Marius von dieser fixen Idee abbringen.

Liska atmete mehrmals tief durch. Sie musste rational argumentieren. »Hör zu, Marius. Ich weiß, du hast dir von mir mehr versprochen, aber ich bekomme das hin. Ich finde eine Lösung. Sofort nach dem Duschen gehe ich rüber zu Vicky und rede mit ihr – immerhin hat sie ja schon angeboten, uns zu helfen. Irgendwie. Sie kann uns sicher Namen nennen. Die Leute rufe ich dann an, und schon sind wir wieder einen Schritt weiter.« Sie ging zum Kamin und trat gegen die Abdeckung. Ein Rest geschwärztes Holz zerbröckelte. »Was hältst du davon?« Sie übte ein gewinnendes Lächeln, ehe sie sich umdrehte und ihn ansah. Er wirkte nicht überzeugt. Eher ... mitleidig. Das konnte sie nun überhaupt nicht brauchen! »Also?« Feldwebelton. Bei Mareike funktionierte es hin und wieder, wenn sie nicht so wollte wie Liska.

Marius war offenbar immun. Zunächst starrte er eine ganze Weile auf den Boden, hob dann endlich den Kopf und musterte sie, als könnte sie bei jeder Silbe auf ihn losgehen. »Ich weiß nicht, was du gegen die beiden hast, aber ich habe begriffen, dass du es mir nicht erzählen willst. Das ist okay, und ich habe gesagt, dass wir das hier zusammen hinbekommen. Allerdings gibt es nun eine Möglichkeit, den Auftrag doch noch halbwegs zeitig abzuwickeln, und ich möchte sie gern nutzen. Ich schätze, dass es auch für dich angenehmer ist, wenn du nicht länger als nötig hierbleiben musst. Zumindest hast du mir den Eindruck vermittelt, dass du am liebsten gestern schon wieder nach Deutschland zurückgefahren wärst. Die Reise mit den Brookmyres ist in meinen Augen einfach unsere beste Option – in jeder Hinsicht, und ich würde mich freuen, wenn du die Zähne zusammenbeißt und die Sache mit mir angehst. Wenn du merkst, dass du zwischendurch Ruhe brauchst, ziehst du dich einfach zurück, und ich kümmere mich um die beiden. Gar kein Problem. Ich finde sie nämlich sehr nett.«

Der letzte Satz klang nachdrücklich und erinnerte Liska daran, dass Marius und seine Tante die Auftraggeber waren. Merkte er denn nicht, dass auch er ihr soeben die Pistole auf die Brust gesetzt hatte? Erst Fiona, nun er? Es machte sie wütend. Wieder einmal. War sie jemals so häufig wütend gewesen wie in den vergangenen Tagen?

»Es ist deine Entscheidung. Ich gehe jetzt duschen«, sagte sie und wollte sich am Sofa vorbeizwängen.

Marius war schneller. Seine Finger schlossen sich um ihr Handgelenk, ehe sie begriff, was überhaupt geschah.

Sie blieb wie angewurzelt stehen und starrte ihn an. Er erwiderte ihren Blick und ließ sie dann los, als hätte er einen elektrischen Schlag bekommen. »Entschuldige. Ich ... wollte dich nur davon abhalten wegzulaufen.«

Liska schnaubte, drehte sich um und ging weiter. Die Tür knallte lauter als nötig hinter ihr ins Schloss, und kurz darauf stand sie unter der Dusche und ließ das heiße Wasser auf sich niederprasseln. Allmählich beruhigten sich ihr Atem sowie die wild durcheinanderpeitschenden Gedanken. Noch immer hörte sie Marius' Worte.

Ich wollte dich nur davon abhalten wegzulaufen.

Seine Argumente waren durchaus vernünftig.

Liska schloss die Augen und stellte sich mitten unter den Wasserstrahl. Früher, bei ihrem dritten oder vierten Besuch auf der Insel, waren die Außentemperaturen auf über fünfundzwanzig Grad Celsius geklettert. Die Schotten hatten sich gebärdet, als würden sie mit einer unvorstellbaren Hitzewelle kämpfen, und sämtliche Kinder versammelten sich und suchten die Gärten auf, in denen jemand seine Pflanzen wässerte – nur um wild kreischend unter dem Strahl des Wasserschlauches hindurchzulaufen. William Brookmyre hielt damals nach kurzer Zeit nicht mehr auf die Pflanzen, sondern auf die vor Begeisterung kreischenden Kinder. Nur Liska hatte gefroren und stand nach kürzester Zeit zähneklappernd in einer Ecke, bis Fiona mit einem großen Handtuch aus dem Haus gekommen war und sie darin eingehüllt hatte.

Sie stellte das Wasser ab, wrang ihre Haare aus, trat aus der Kabine und griff nach ihrem Handtuch. Nachdenklich betrachtete sie das beschlagene Fenster, während sie sich abtrocknete. Ihre Wut war ebenso verraucht wie ihr Fluchtinstinkt. Trotzdem blieb es dabei: Ein mehrtägiger Trip mit den beiden Brookmyres im Gepäck würde mit ihren Nerven Pingpong spielen.

Sie wischte mit einer Hand über den Spiegel und betrachtete sich: die blauen Augen mit den hellroten Brauen, die derzeit nur schwer erkennbaren Sommersprossen, der breite Mund. Sie war eindeutig nicht mehr das Mädchen von früher. Natürlich konnte sie es schaffen, wenn sie wollte. Zudem war sie nicht allein. Trotz der kurzen Zeitspanne, in der sie Marius erst kannte, vertraute sie ihm. Wenn er sagte, er würde sich darum kümmern, wenn es Probleme gab, dann würde er es auch tun.

Er würde sie in der Gegenwart halten.

Sie probte ein Lächeln. »Also gut«, murmelte sie. »Du hast gewonnen, Marius Rogall. Du und deine seltsame, wahnsinnige, schrille und abgedrehte Tante von einer Schriftstellerin.« Sie schnitt eine Grimasse und nahm sich ein weiteres Handtuch, um ihre Haare zu frottieren.

Marius saß vor dem Kamin und las, als sie zurück in das Wohnzimmer ging. Er blickte auf, als sie näher trat, überließ es aber ihr, das Gespräch zu eröffnen.

»Also gut, wir machen es. Aber sobald die zwei zu anstrengend werden, lassen wir sie ohne Wenn und Aber an der nächsten Unterkunft zurück. Und dann ist es nicht meine Sache, wie sie wieder nach Hause kommen.« Sie hielt ihm eine Hand entgegen.

Er schüttelte sie nicht, sondern legte wie zuvor, nur viel behutsamer, seine Finger um ihr Handgelenk, den Daumen an ihrem Puls. »Bist du sicher?«

»Du solltest es nicht herausfordern, dass ich es mir anders überlegen könnte.«

»Ich werde mich hüten.« Er sprang auf. »Dann rufe ich die beiden mal an.«

11

*R*ona! Rona, pass auf die Braune auf!« Die Frau mit den kurzen blonden Haaren gestikulierte wild mit einer Hand. Erfolgreich: Ein Mädchen mit aberwitziger Nasenspitze und Zahnlücke raste in Richtung Straße und fing die Ente ein, die es fast bis zum Asphalt geschafft hatte. Das Tier ertrug es mit stoischem Gleichmut und begann sogar sein Gefieder zu putzen, während Rona es zurück zum Steinkreis trug und in die Mitte setzte. Das Mädchen nickte zufrieden, sah sich um und rannte unter lautem Gekreisch zu seinen Spielkameraden, die rund um die Steine Fangen und Verstecken spielten. Unter ihren Blümchengummistiefeln spritzte Matsch hervor, da sie genau dort auf der Stelle hüpfte, wo der Untergrund besonders aufgeweicht war. Hin und wieder versuchte ein Kind, einen grauen Findling emporzuklettern, ehe es von einem kopfschüttelnden Elternteil wieder zu Boden gezogen wurde oder von allein abrutschte.

Liska stand am Rand des Geschehens. Der Ring von Brodgar und die Wiese, auf der die siebenundzwanzig Steine in die Luft ragten, glichen einem Miniatur-Volksfest oder auch einem Feiertagspicknick. Dreizehn Kinder versprühten Hektik und Lärm, beobachtet von fünfzehn Erwachsenen – überwiegend Frauen. Dazwischen watschelten Enten über die Wiese und ließen die Hektik an sich abprallen wie die wenigen Regentropfen, die der Himmel kurz zuvor ausgeschüttet hatte. Zwei schliefen sogar im Windschatten eines Steins und hatten die Schnäbel in das Gefieder geschoben.

In der Ferne wellte sich die Hügellandschaft, davor glitzerte das Wasser des Loch Stenness dunkelblau, verziert von einzelnen Möwen. Der Gegensatz zwischen Landschaftsidylle und wuseliger Hektik hätte nicht größer sein können, und doch passte es auf wundersame Weise zusammen.

Die Brookmyres schritten durch die Szenerie und wirkten wie zwei Felsen in der Brandung, plauderten hier und da, tätschelten Schultern und strahlten in die Runde, als wäre die Stimmung ihr Verdienst.

Streng genommen war sie das auch. Nachdem Marius ihnen eröffnet hatte, dass sie sich auf ihre Idee einließen, waren sie aktiv geworden und hatten sich die Liste der de Vries durchgeben lassen. Eine knappe Stunde später riefen sie im Seaflower an und teilten ihnen mit, dass der Termin für das Foto *Enten bilden eine Herzform in einem Steinkreis* für den Nachmittag angesetzt wäre. Liska hatte nicht genau gewusst, was sie erwarten würde.

Das hier ganz sicher nicht.

Sie verschränkte die Arme und blickte zum Himmel. Er war grau, und von den zehn Grad, die bei ihrer Ankunft geherrscht hatten, war nicht einmal die Hälfte geblieben. Wenn sie Glück hatten, würden die Kinder sich bald ausgetobt haben, und sie konnten die armen Tiere in die gewünschte Herzform in das Innere des Kreises setzen. Eventuell lautete die Strategie auch, die Tiere durch das Dauergekreische und die Hektik müde zu machen, damit sie sich nicht mehr bewegten und der Schnappschuss auf jeden Fall gelang.

Insgeheim hatte sie aufgeatmet, da weder Vicky Marsden noch die kleine Emma mit von der Partie waren. Somit lief sie nicht Gefahr, dass ihre redselige alte Bekannte sie zu anderen Frauen zerrte und zum Mittelpunkt eines Gesprächs machte. Wenn sie doch nur endlich anfangen könnten!

Sie hielt Ausschau nach Marius. Zunächst sah sie ihn nicht, doch dann trat er hinter einem Stein hervor, die Kamera erhoben. Ab und an sagte eine der Frauen etwas zu ihm, und er lachte und wechselte einige Worte mit ihnen. Bei zwei plappernden Damen blieb er stehen und richtete die Kamera auf sie, während sie sich in Pose warfen und stillhielten, bis er einen Daumen hob. Anschließend beugten sie sich über das Display, lachten oder schüttelten die Köpfe.

Es sah so locker aus. Leicht. Marius hatte eindeutig Spaß, und Liska wünschte sich, es ebenfalls genießen zu können. Am liebsten wäre sie zu ihm gegangen, aber das hätte Small Talk bedeutet. Fragen. Also blieb sie als stille Beobachterin am Rand, die freie Fläche und ihren Wagen im Rücken, und behielt vor allem Marius und die Brookmyres, aber auch die anderen Frauen im Auge.

William hatte ebenfalls eine Kamera hervorgekramt und diskutierte mit Marius. Die Frauen, nun der Aufmerksamkeit des jungen und durchaus gutaussehenden Fotografen beraubt, wandten sich wieder Kindern oder Enten zu, plauderten und lachten miteinander. Eine nahm etwas vom Boden und trug es zu den anderen: ein Picknickkorb. Es hatte den Anschein, als würde dieser Termin wirklich in ein Nachmittagsevent ausarten.

Fiona winkte ihr zu. Liska zögerte und hob dann ebenfalls eine Hand.

Neben ihr raschelte es. Eine Brünette mit Gummistiefeln im knalligsten Pink, das Liska jemals gesehen hatte, zog ein abenteuerlich verknotetes Wollknäuel aus einer Plastiktüte. Die Frau neben ihr winkelte die Arme an und streckte die Hände nach oben, woraufhin die Lady in Pink die Wolle herumzuwickeln begann. Dabei unterhielten sie sich weiter und wichen ein Stück zur Seite, als die Kinder neben ihnen mit Erdklumpen um sich warfen. Zwei weitere Frauen hatten Klappstühle aus ihren Autos gezaubert, ließen sich soeben darauf nieder und zückten eine Thermoskanne.

»Das darf doch alles nicht wahr sein«, flüsterte Liska in ihren Schal. Es sah ganz danach aus, als hätte Fiona nicht ihr und Marius, sondern der halben Umgebung einen Gefallen getan, indem sie dem Alltag das Flair des Ungewohnten verlieh und eine spontane Party aus dem Boden stampfte.

Marius schien an dieser Art von Geselligkeit und diesem grauen Steinkreis Gefallen zu finden. Soeben kniete er sich ungeachtet des Schlamms und Drecks auf den Boden und fasste etwas ins Auge, das sie von ihrem Platz aus nicht erkennen konnte. William stand neben ihm, deutete nach vorn und redete auf ihn ein.

Der Anblick rüttelte etwas in Liska wach. Genauso hatte William damals gestikuliert, als ihr Vater auf die aberwitzige Idee gekommen war, ein Holzboot zu kaufen von einem der anderen Touristen, die ein Ferienhaus auf Mainland besaßen. Er hatte von Booten so wenig Ahnung gehabt wie von der Schafzucht, sich aber nicht beirren lassen und auch nicht auf Williams Warnung gehört, mit dem Resultat, dass die *Anemone* bereits bei der Probefahrt gesunken war. Liska hatte sich damals vorgestellt, wie sie am Grund der See lag, während Fische und Meerjungfrauen darüber hinwegschwammen.

Lautes Gelächter holte sie in die Gegenwart zurück. Die Frau mit dem Picknickkorb war mittlerweile zu der Gruppe neben ihr gestoßen, die sich lautstark über die Potenz diverser – selbstverständlich schottischer – Schauspieler unterhielt, und verteilte Sandwiches. Dabei merkte sie an, dass Sean Connery noch immer sämtlichen Sex-Appeal für sich beanspruchte und nichts mehr für andere Leinwandstars übrig blieb. Ihre Stimme war zu laut und zerrte an Liskas Nervenkostüm. Jedes Mal, wenn die Frau Connerys Vornamen rief, zog sie ihn unendlich in die Länge. Dabei blickte sie sich um, als ob sie sich vergewissern wollte, dass es auch jeder mitbekam.

Es funktionierte. Unter großem Gelächter winkte sie schließlich ihren Freundinnen, hob den Kopf ... und visierte Liska an. Energisch ergriff sie ihren Korb und marschierte auf sie zu, neugierig von den anderen beobachtet.

Liska tat ihr Bestes, um weiterhin locker zu wirken, und lächelte die Frau flüchtig an. »Hallo!«

»Du bist Elisabeth Matthies, oder? Die Enkelin von der

Deutschen?« Sie deutete über Liskas Schulter. Ungefähr dort musste das Seaflower liegen.

Himmel, das war schon kein normaler Gesprächston mehr, sondern ein Brüllen. So stark war der Wind hier draußen auch wieder nicht.

»Ja.« Liska betrachtete die Brote, dann wieder die Frau mit den Haaren, die ihr Gesicht wie eine Reitkappe umrahmten. Selten hatte sie jemanden getroffen, der so sehr vor Neugier platzte und sich nicht die geringste Mühe gab, es zu verbergen. Sie kam ihr nicht bekannt vor, aber das musste nichts heißen. Bei ihrem letzten Besuch auf Mainland musste die Brünette um die fünfundzwanzig gewesen sein.

»Du warst früher öfter hier, oder? Mit deinen Eltern, oben an der Heddle?« Sie trat näher und berührte Liska am Arm. Kein Tätscheln, wie sie es von Fiona kannte, sondern etwas erzwungen Vertrautes. Unangenehm und zu nah.

Liska spürte den warmen Atem auf ihren Wangen und trat einen Schritt zurück. Hier war es also, das befürchtete Verhör, geboren aus der Kombination von Neugier und Tratsch. »Wieder richtig«, sagte sie mit einer leichten Warnung in der Stimme. »Tut mir leid, aber ...« Sie vollführte eine Geste, die sehr eindeutig *Ich kenne dich nicht* zum Ausdruck brachte.

Die Frau trat erneut näher, als würde sie mehr als zwei Handbreit zwischen sich und ihrem Gesprächspartner nicht akzeptieren.

»Oh, ich bin Bridget Carson, ich wohne unten am Ortseingang neben Billys Bäckerei. Helfe ihm manchmal aus, wenn zu viel zu tun ist, außerdem behalte ich die Leute genau im Auge. Wenn du irgendwas erfahren willst ... nun, ich weiß Bescheid. Über alles, was auf der Insel passiert.« Bridget boxte Liska vor die Schulter und ließ ihre Hand dort einige Sekunden liegen. Entweder hatte sie eine seltsame Vorstellung von Kommunikation, oder aber es störte sie nicht, wenn ihr Gegenüber sich unwohl fühlte. »Ich kann mich noch an dich erinnern, Elisabeth.« Bridgets Hand wedelte durch die Luft und legte sich wie selbstverständlich wieder auf Liskas Arm. »Du warst oft mit deinen ...«

Liska drückte sie weg, energischer als nötig. »Ich muss Marius helfen.«

Bridget ließ sich nicht beirren. »Sag mal, deine Eltern sind doch damals ...«

»Tut mir leid, aber darüber möchte ich nicht reden.« Die Worte waren heraus, ehe Liska darüber nachdenken konnte, ihr Tonfall war härter und vor allem lauter als sonst. Ihre Zungenspitze kribbelte, und am liebsten hätte sie ausgespuckt. Hastig sah sie sich nach Marius um. »Wir müssen allmählich dieses Foto über die Bühne bringen. Schließlich wartet da noch eine Menge Arbeit auf uns.«

Bridget hob die Augenbrauen, schwieg aber. Ihr war deutlich anzusehen, was sie von Liskas Reaktion hielt. »Sandwich?«, fragte sie knapp und hob den Korb an.

Liska schüttelte den Kopf und überlegte, ob sie sämtliche Karten auf dieser Insel verspielte, wenn sie sich nun umdrehte und ging. Andererseits gab es nichts, was sie lieber getan hätte.

»Bridget! Liebes!« Fiona rettete sie, indem sie wild zu ihnen herüberwinkte. »Hast du noch eines mit Thunfisch? Ich sterbe sonst vor Hunger.«

»Du, Fi? Ein Sandwich zwischen den Mahlzeiten?«, rief Bridget zurück, nun wieder mit übersprudelnder Laune und noch lauterer Stimme, als müsste sie nicht nur den Abstand zu Fiona, sondern den bis zur nächsten Insel überbrücken. »Hat dein William heute Mittag etwa nichts für dich übriggelassen?«

Fionas Antwort bestand aus einem Lächeln. Bridgets fiel

deutlich kühler aus, als sie sich Liska zuwandte. »Dann noch viel Erfolg!« Mit diesen Worten stapfte sie los. Die Frauen neben ihnen hatten ihre lautstarke Unterhaltung beendet und steckten die Köpfe zusammen. Hin und wieder musterten sie Liska verstohlen.

Wunderbar, Mädchen. Alles genau richtig gemacht. Wenn du so wenig wie möglich auffallen willst ... hast du gerade in großem Stil versagt.

Sie schob die Hände in die Jackentaschen und machte sich auf den Weg. Das Problem war nur, dass sie kein Ziel hatte. Sie sah sich nach Marius um, dabei streifte ihr Blick Fiona. Wenn sie sich nicht irrte, zwinkerte die alte Dame ihr zu. In den Händen hielt sie ein Sandwich, das sie kurz betrachtete und hinter Bridgets Rücken dem nächsten Kind in die Hand drückte. Liska unterdrückte ein Lächeln, über das sie beinahe ebenso erstaunt war wie über Fionas Aktion. Die gute Frau Brookmyre wusste offenbar genau, wie sie die Leute zu nehmen hatte und bei jedem das erreichte, was sie wollte.

Wie um sie abzulenken, brach in diesem Moment die Sonne durch die Wolken und legte einen sanften Goldschimmer über die Steine von Brodgar. Schmale Schatten liefen über die Wiese und näherten sich mit ihren Spitzen einander an, als wollten sie einen weiteren Kreis im Inneren des Rings bilden. Einen dunklen Zwilling, der nicht allein existieren konnte, sondern auf das Zusammenspiel von Sonne und echtem Stein angewiesen war.

Ein Raunen ging durch die Reihen, und die Frauen lachten. Einige hoben ihre Gesichter gen Himmel und genossen die Sonne, während Marius und William Seite an Seite standen, die Kameras im Anschlag, als befänden sie sich auf einer Mission.

So war es ja schließlich auch. Liska beobachtete, wie Marius sich zur Seite drehte und dem alten Mann anschließend etwas auf seinem Display zeigte. Plötzlich fühlte sich Liska wie *sein* dunkler Zwilling: nur hier, weil er sie hergebracht hatte, und trotzdem nicht wirklich *da*. Mehr denn je wünschte sie sich, sie könnte zusammen mit der Sonne und den Schatten verschwinden, ohne dass es jemandem auffiel.

Dabei war die Gegend hier draußen wirklich schön. Liska erinnerte sich daran, wie fasziniert sie als Kind gewesen war, wenn das Heidekraut blühte und einen wundervollen Kontrast zum Wasser bildete, das bei bestimmtem Licht tiefblau glitzerte. An jenen seltenen Tagen verwandelten sich die unzähligen Braun- und Goldtöne der Orkneys in ein Gemälde aus Zauberfarben. Diese Magie hatte sie früher überall gefunden. Es hatte so viele Orte gegeben, die das Potential für geheimnisvolle Geschichten über Elfen, Wassergeister und Könige längst vergangener Zeiten bargen. So wie dieser hier.

Liska betrachtete den hohen Stein vor sich, einen von siebenundzwanzig, die zusammen einen von ihrer Position aus perfekt wirkenden Kreis bildeten. Ursprünglich waren es fast mehr als doppelt so viele gewesen, und obwohl sie vergleichsweise schmal waren und das Ergebnis viel zarter wirkte, übertraf der Durchmesser des Rings den des berühmten Stonehenge in England.

Liska trat ein Stück zur Seite, aus den Schatten heraus, und streckte einen Arm, bis Sonne auf ihre Fingerspitzen traf. Die Wärme war wundervoll. Nach kurzem Zögern ließ sie sich weiter vorwärtslocken und scheuchte dabei das Entenpärchen auf. Die Tiere hoben die Köpfe, schnatterten los und watschelten davon.

Zwei Frauen winkten ihr zu, eine hob einen Daumen.

Liska fuhr zusammen, da sie glaubte, ein Fotomotiv gestört zu haben, bis sie begriff, dass die Meute soeben die Tiere in der Mitte der Steine zusammentrieb und nur noch diese beiden Exemplare gefehlt hatten. Wie auf ein Kommando hin änderte sich das Geschrei der Kinder, wurde aufgeregter, befehlender, weniger ausgelassen. Manche standen in der Nähe und beobachteten, wie die Erwachsenen versuchten, die Enten in eine Herzform zu bringen, die weniger Mutigen befanden sich am Rand, hielten die Hände ihrer Eltern und ließen das Spektakel nicht aus den Augen.

Die folgenden Minuten konnte man mit vielen Worten beschreiben: turbulent, chaotisch, laut. Aber auch fröhlich und bunt. Die Kinder hielt es nicht lange auf ihren Plätzen, bis sie ihre Eltern ablösten und sich um die Enten kümmerten – natürlich nicht, ohne dabei in wildes Gekicher auszubrechen. Liska starrte auf Farbblitze in gelben, grünen und pinkfarbenen Stiefeln und mit wetterfesten Jacken, beobachtete wippende Zöpfe und blitzende Augen. Je mehr Lärm, desto ruhiger wurden die Enten. Vielleicht gaben sie auch einfach auf oder waren schlau genug, um zu wissen, dass sie sich dem Unvermeidlichen fügen mussten, um es möglichst schnell hinter sich zu bringen.

»Perfekt! Genau so!« Marius hob einen Daumen, setzte blitzschnell die Kamera an und schoss eine Reihe Fotos, ehe er seine Position veränderte und erneut loslegte. Seine Bewegungen waren trotz der Schnelligkeit sicher, und er war sichtlich begeistert. Wahrscheinlich war er auch einfach nur froh, dass sich in Bezug auf seinen Auftrag endlich etwas tat.

Die Tiere bildeten eine deutliche Herzform am Boden. Liska blinzelte ungläubig und erlaubte sich, einen Funken der Hoffnung zu akzeptieren, die bei dem Anblick über ihre Haut kribbelte. Sie hatten das nächste Foto im Kasten – das erste der seltsamen Wünsche auf der de Vriesschen Liste, bei dem sie mit von der Partie war. Ein Motiv, das Marius allein niemals vor die Linse bekommen hätte.

William hob nun ebenfalls seine Kamera und bezog neben Marius Stellung. Die beiden wechselten einige Worte, dann nickte Marius. Der Alte schoss ein paar Fotos, ging dabei sogar ein Stück in die Knie und richtete sich schließlich vorsichtig wieder auf, wobei er seinen Rücken mit einer Hand stützte. Fiona tätschelte ihm die Schulter und verbarg geschickt, dass sie ihren Mann eigentlich stützte.

Marius ließ die Kamera sinken und sah sich um. Zwei Frauen lächelten ihm zu, eine winkte sogar, und dann ging Liska auf, dass er nach ihr Ausschau hielt. Als er sie entdeckte, hob er einen Daumen.

Ein Großteil der Anwesenden blickte nun zu ihr, unter anderem Fiona, die nun wirklich winkte. Liska spürte, wie sie rot wurde, vor allem, da das stumme Starren länger dauerte als gewöhnlich. Natürlich, jeder bekam endlich Gelegenheit, die seltsame Deutsche, die sich so lange nicht hatte blicken lassen, genau unter die Lupe zu nehmen.

Zwei Frauen kamen auf sie zu, Fiona im Schlepptau.

»Das hat ja wunderbar geklappt«, strahlte Fiona sie an.

Liska räusperte sich. »Sieht ganz so aus.«

Zu ihrem Erstaunen erhielt sie von den beiden anderen je ein Lächeln zur Antwort.

»Hallo«, sagte die Brünette und streckte Liska eine Hand entgegen. »Ich bin Moira. Und das ist ...«

»Sophie«, fiel die Frau mit den hüftlangen blonden Haaren ein. »Eigentlich aus Schweden, aber ab und zu besuche ich meine alte Studienkollegin hier oben im Nichts.«

Moira stieß sie in die Seite, und beide kicherten. Liska kannte keine von beiden.

»Hallo.« Während sie überlegte, was sie sonst noch sagen sollte, nahm Fiona das Zepter an sich.

»Die zwei fahren mit uns nach Kirkwall. Marius ist so

begeistert von der Kathedrale, er möchte das Foto mit der Handtasche gern dort machen.«

Liska hob die Augenbrauen. »Jetzt gleich?«

Moira strich sich die dunklen Haare hinter die Ohren. »Ja, warum nicht? Wir haben Zeit. Und dein Freund hat sich ja wohl gerade warmgelaufen, was seinen Job betrifft.«

»Er ist ...« Liska kam nicht mehr dazu, sie zu korrigieren, da Marius sich in diesem Moment zu ihnen gesellte. »Das hat wunderbar funktioniert. Vielen Dank für die Hilfe, Fiona! Ich finde es noch immer unglaublich, wie du es geschafft hast, all diese Leute hier zu versammeln.« Er deutete eine Verbeugung an, und sie kicherte. Dann trat er an Liskas Seite und hielt ihr seine Kamera entgegen.

»Sieh mal. Ich denke, das können wir nehmen.«

»Gut geworden.« Sei meinte es ehrlich.

»Freut mich, dass es dir gefällt«, sagte er mit einem so verhaltenen Grinsen, dass es Liska nur auffiel, weil sie nah bei ihm stand. »Dann würde ich vorschlagen, dass wir losfahren und das nächste Motiv abhaken.«

Liska runzelte die Stirn. »Du willst so nach Kirkwall?«

Er sah an sich hinab, ebenso Fiona, Moira und Sophie. Seine Hose war vom Saum bis über die Knie mit Schlamm bedeckt, der noch feucht glänzte. Marius hatte sich auf den Boden gekniet, um den perfekten Winkel zu finden.

»Das hatte ich vor, ja. Ist das ein Problem?« Für einen Moment sah er wirklich aus, als würde er überlegen, ob schlammverschmierte Klamotten in Schottland strafbar waren. Fiona schlug eine Hand vor den Mund, sah aber amüsiert statt entsetzt aus.

Sophie dagegen fasste Marius an der Schulter und schob ihn in Richtung Straße, auf die parkenden Autos zu. »Absolut nicht. Schließlich musst ja nicht du auf das Bild, sondern wir.

Also los! Wenn wir uns beeilen, hast du hinterher genügend Zeit, um dich für den Pub hübsch zu machen.«

Sie liefen los, während Fiona sich umdrehte und William heranwinkte. Blieb Moira, die einen Daumen in Liskas Richtung hob und sich anschickte, den beiden zu folgen.

»Wartet«, stieß Liska hervor. »In den Pub?«

Gelächter antwortete ihr, und sie zuckte die Achseln. Warum eigentlich nicht?

12

Obwohl es erst kurz nach sechs war, herrschte ausgelassene Stimmung im *Ballygrant Inn*. Der Pub war klein und gut gefüllt mit Menschen, Tischen, einigen Hunden und fünf Angelruten, die jemand vorübergehend neben dem Eingang abgestellt hatte. Der Fernseher über der Theke hatte bereits bessere Zeiten gesehen, war auf »lautlos« gestellt und zeigte einen Boxkampf, den lediglich zwei Männer vorn an der Bar aufmerksam verfolgten. Ein Kerl mit Akkordeon stand in einer Ecke und spielte langsame, aber laute Lieder. Hin und wieder wurde er von jemandem angerempelt, wobei das Instrument jedes Mal aufjaulte. Der Musiker nahm es nicht krumm, lachte und scherzte und spielte weiter, als hätte es niemals eine Störung gegeben. Es roch nach Alkohol und verhalten nach Rauch, doch noch viel mehr nach Salz und Seetang. Liska vermutete, dass sich dieses Verhältnis im Laufe des Abends ins Gegenteil verkehren würde.

Marius hatte einen Platz auf einer Eckbank ergattert und sein Equipment sicherheitshalber unter dem Tisch verstaut.

Sie waren kurz zum *Seaflower* gefahren, wo sie sich einen Kaffee gegönnt hatte, um sich aufzuwärmen, und er sich umgezogen hatte.

Er zog etwas aus seiner Tasche und hantierte an seiner Kamera herum. Ihm gegenüber saß Fiona und beobachtete ihn interessiert. William hatte sich in Richtung Bar aufgemacht, um Getränke zu besorgen, war jedoch nach jedem zweiten Schritt aufgehalten und in ein Gespräch verwickelt worden. Derzeit stand er neben einem Mann mit riesigem Bauch, der sich permanent eine Hand an das Ohr hielt. Wenn er in diesem Tempo weitermachte, war der Tag vorbei, ehe William auch nur »ein Pint« sagen konnte.

Auch Moira und Sophie waren im Getümmel an der Theke verschwunden. Hin und wieder tauchte eine der anderen Frauen in der Menge auf, die mit am Steinkreis gewesen waren. Zum Glück weit und breit keine Spur von Bridget.

Wider Erwarten fühlte sich Liska wohl. Im *Ballygrant Inn* wurde sie zu einem von vielen Besuchern, die zum Small Talk und für das eine oder andere Bier vorbeigekommen waren.

Hinter ihr öffnete sich die Tür und ließ kühle Luft sowie zwei weitere Gäste herein. Ehe es zu eng wurde, trat sie zur Seite und versuchte, sich einen Weg zu dem Tisch zu bahnen, wo Fiona und Marius saßen. Von der anderen Seite näherte sich William, zu Liskas Erstaunen nicht mit Getränken bestückt, sondern mit einer Fahne: ein weißes Diagonalkreuz auf blauem Untergrund. Die schottische Flagge für das Motiv *Alte Frau schwenkt Schottlandfahne im Pub*. Nun schwenkte William das gute Stück, und eine Dreiergruppe Frauen in einer Ecke brach in Gelächter aus. Erst als sich eine von ihnen erhob und William folgte, stellte Liska fest, dass es sich bei den anderen beiden um Tochter und Enkelin handeln musste. Sie alle hatten dieselben schmalen Gesichter mit hoher

Stirn und einen Körperbau, der Fionas in Sachen Zerbrechlichkeit Konkurrenz machte.

Die Frau ließ sich neben Fiona auf die Bank fallen und wechselte einige Worte, ehe sie Marius eine Hand reichte. Es sah aus, als verbeugte er sich, und Liska lächelte. Er wusste genau, wie er Leute dazu brachte, für ihn zu posieren.

Er sagte etwas, woraufhin Fiona und die andere Frau lachten, und sah sich um, wohl auf der Suche nach dem besten Platz, um das Foto zu schießen. Sein Blick kreuzte Liskas.

»Hey!« Er winkte sie zu sich heran. »Ich brauche deine Hilfe.«

»Meine?« Unsicher starrte Liska auf die Kamera in seinen Händen. Soweit sie sich erinnerte, brauchte er für das Bild eine alte Frau.

»Ja. Ich würde Mrs Mawhiney gern stehend auf der Bank fotografieren.«

»Damit ich niemandem den Kopf einschlage, wenn ich die Flagge schwenke«, ergänzte die Frau mit dem grauen Zopf und strahlte Liska an. »Du gehörst dazu?« Sie deutete in Marius und Fionas Richtung. Ihr Akzent war so stark ausgeprägt, dass Liska sie nur verstand, da sie die Worte in Gedanken wiederholte und so die Bedeutung herausfiltern konnte.

Liska streckte ihr eine Hand entgegen. »Ganz genau. Dann kommen Sie mal.«

Frau Mawhiney stand auf, griff zu und kletterte auf die Sitzfläche. Sie war kräftiger, als sie aussah, und noch ehe sie mit beiden Füßen oben stand, setzte irgendwo hinter Liska zunächst Gejohle ein, dann begann jemand zu klatschen. Andere fielen ein, und der Mann mit dem Akkordeon spielte schneller. Marius' rüstiges Fotomodell begann zu tanzen, und Liska hatte ihre liebe Mühe, darauf zu achten, dass sie nicht abrutschte oder stürzte. Sie wechselte einen Blick mit Marius, der das Ganze mit einem begeisterten Funkeln in den

Augen beobachtete. Dann hob er die Kamera und schoss das erste Foto.

Kurz darauf hatte er Mrs Mawhiney dazu gebracht, die Fahne mindestens zwanzigmal zu schwenken, und sie dabei unzählige Male neu ausgerichtet. Mittlerweile sah ihnen die Hälfte der Pubbesucher zu und applaudierte nach jeder Pose, die andere Hälfte hatte sich wieder ihren Gesprächen und dem Geschehen an der Theke zugewandt. Zwei der Frauen, die Marius am Steinkreis schöne Augen gemacht hatten, standen mit in die Hüften gestemmten Händen daneben und wirkten, als hätten sie niemals zuvor etwas so Aufregendes gesehen.

Marius bemerkte sie nicht einmal.

Nach gut zwanzig Minuten entließ er Mrs Mawhiney, die lautstark verkündete, »da oben auf der Bank« beinahe verdurstet zu sein, und damit die gesamte Thekenfront zum Lachen brachte. Innerhalb weniger Sekunden wurde ein Glas zu ihr durchgereicht, das sie in einem Zug leerte. Dann verabschiedete sie sich von Marius und Liska, plauderte kurz mit den Brookmyres und ging zurück zu ihrem Tisch.

»Kurioses Foto Nummer vier«, sagte Marius. »Wir liegen nicht schlecht im Rennen, oder?«

Liska nickte und ließ sich neben ihn auf die Bank fallen. Die Arbeit war vorüber, aber sie wollte den Pub jetzt gar nicht verlassen – vielleicht nach ein oder zwei Getränken.

William war zu Marius getreten und legte ihm eine Hand auf die Schulter, während er ihm etwas ins Ohr brüllte. Trotz der Entfernung hörte sogar Liska es klar und deutlich, und sie bewunderte Marius dafür, dass er nicht einmal zusammenzuckte.

»Können wir auch eines mit meiner Fiona machen?«

Marius' Antwort war nicht zu hören, aber seine Gesten

dagegen eindeutig. Kurz darauf stieg Fiona umständlich und viel vorsichtiger als Mrs Mawhiney auf die Bank, sah sich vorsichtig um, legte beide Hände an die Wangen und kicherte. Es war nicht auszumachen, ob ihr die Situation peinlich war oder sie sich darüber freute, auch für ihn Land die Fahne schwingen und den Beweis später zu Hause aufhängen zu können. Wahrscheinlich beides.

»Die Flagge«, rief Marius und reichte sie ihr. Sie streckte eine Hand danach aus, die andere nach William, der sie stützte und dabei stolz in die Runde strahlte. Liska musste zugeben, dass die zwei ein schönes Paar waren. Es war rührend, wie sie stets aufeinander achtgaben. Sie stand ebenfalls auf, um notfalls einspringen zu können, falls Fiona stürzte und William sie nicht halten konnte. Doch alles ging glatt, die Fahne wurde noch einige Male zittrig durch die Luft geschwenkt, bis Fiona den Kopf schüttelte.

»Noch einmal schaffe ich das nicht, mein Arm ist schon ganz taub, und wenn das so weitergeht, fällt mir morgen früh noch der Wasserkessel aus der Hand.«

William half seiner Frau herunter, nachdem er Marius mit einem Blick durch seine riesige Brille verdeutlicht hatte, dass er dazu keine Hilfe benötigte. Zum ersten Mal begriff Liska, welch stolze Leute die Brookmyres waren. So war es bereits früher gewesen: Stets hatten sie ihre Hilfe angeboten, aber niemals selbst um etwas gebeten.

»Sie würden wahrscheinlich eher Whisky mit Cola mischen, als zuzugeben, dass sie etwas nicht allein schaffen«, hatte Liskas Oma einmal gesagt.

Nachdenklich musterte Liska die beiden. Ob es sie viel Überwindung gekostet hatte, Marius und sie im Gegenzug für ihre Hilfe zu bitten, mit auf die Tour gehen zu können?

»Liska?« Marius stieß sie an, und die restlichen Fragen lösten sich in Luft auf, als hätten sie nur darauf gewartet, da die Antworten nicht für Liska bestimmt waren. »Ist alles okay? Du träumst mit offenen Augen.«

»Ich? Nein, Unsinn.« Sie bemerkte, dass auch William und Fiona sie anblickten. »Ich hole mir schnell etwas zu trinken.«

»Lass nur, ich gehe.« Marius stand auf, ehe sie reagieren konnte. »Wir haben uns ein Glas verdient. Das war eine gute Ausbeute heute. Wenn es in dem Tempo weitergeht, wird meine Tante ziemlich zufrieden sein. Also, was darf es sein, Frau Matthies?«

»Ein Cider. Die Sorte ist mir egal«, fügte sie hinzu und erntete hochgezogene Augenbrauen bei Fiona und ein leichtes Kopfschütteln bei William. Kaum war Marius in der Menge vor der Theke verschwunden, erbebte die Sitzbank, und etwas presste sich gegen Liskas Bein. Verwundert drehte sie sich zur Seite.

Dort saß Vicky Marsden, vormals Elliott, stellte ein Bierglas vor sich ab, ruckelte sich in eine gemütliche Position und strahlte sie an. Sie trug noch immer ihren Wollpulli, dazu eine Jeans, die schon bessere Zeiten gesehen hatte, und fügte sich perfekt in die Kulisse ein. Die Bewohner Mainlands schienen Wert aufs Feiern zu legen, aber nichts davon zu halten, sich für den Abend außer Haus schick zu machen. Das einzig Auffällige an Vicky war ihr Haar, das sie nun offen trug. Die glänzenden Locken fielen ihr üppig über die Schultern.

»Liska! Kaum bist du mal wieder in Schottland, schon hängst du im Pub rum.« Sie stieß sie mit dem Ellenbogen an. »Scherz beiseite. Wie läuft eure Mission? Ich habe von dem Fotoshooting am Brodgar gehört. Enten in Herzform!« Sie lachte. »Das ist so irre. Warum hast du gestern nichts gesagt? Ich hätte euch sicher helfen können. Stehen noch mehr solcher spannenden Motive an?«

Während Liska überlegte, was sie sagen sollte, streifte ihr Blick die Brookmyres. Vicky hatte nicht gerade leise geredet, und so wie es aussah, hatten die zwei jedes Wort verstanden. Lügen kam daher nicht in Frage.

Sie schielte in Richtung Theke, doch von Marius keine Spur. »Vicky, hey!« Das war ein guter Anfang. Eine Frage wäre zudem nicht verkehrt, um die Aufmerksamkeit von sich wegzulenken. »Wo steckt Emma? Hast du kinderfrei?«

»Babysitter.« Vickys Blick verriet nur zu genau, dass sie so lange wie nötig auf die Antwort warten würde. Es hatte ein Großereignis auf der Insel gegeben, und sie hatte, obwohl sie quasi die Nachbarin war, nichts davon gewusst. Das würde ihr nicht noch einmal passieren.

Liska gab sich geschlagen. »Es gibt tatsächlich noch einige schräge Motive, die wir fotografieren müssen. Zum Glück haben wir aber tatkräftige Hilfe.« Sie nickte in Richtung der Brookmyres.

Vicky strahlte und winkte den beiden zu, als säße sie ihnen nicht gegenüber, sondern drei Tische weiter. »Dann kann ja nichts schiefgehen. Habt ihr schon einen Schlachtplan, Fi?«

Fiona beugte sich vor und tätschelte Vickys Hand. »Den haben wir, den haben wir durchaus.« Sie klang amüsiert und auch ein wenig stolz. »Das wird einiges an Arbeit. Ein richtiges kleines Abenteuer.«

»Das müsst ihr mir bei Gelegenheit genauer erzählen«, sagte Vicky und sah von Fiona zu Liska. Die nickte und hoffte, damit aus dem Schneider zu sein. Wenn sie nun die Liste der Motive erläuterte, hatte sie am Folgetag womöglich nicht nur die Brookmyres am Hals, sondern auch Vicky samt Tochter. Vor ihrem geistigen Auge sah sie sich bereits mit einer Wagenkolonne voller Einheimischer quer über die Inseln fahren.

»Heute sind wir auf jeden Fall fertig«, sagte sie, als Vicky sie weiterhin anstarrte und auf eine Antwort wartete.

Marius verschaffte ihr eine Pause, indem er wie ein Magier aus der Menge auftauchte, die Gläser abstellte und ihnen gegenüber Platz nahm. »Vicky, hallo! Wo hast du deine Tochter gelassen?«

Vicky sah auf die Uhr. »Bei einer Babysitterin, die uns soeben wahrscheinlich den halben Kühlschrank ausräumt. Ich glaube ja, dass Teenager nur daher so gern auf Kinder aufpassen, weil sie für zwei essen und bei den für Erwachsene ausgelegten Mahlzeiten bei sich zu Hause nicht satt werden. Na ja, eine Stunde hab ich noch, bis dahin wird sie mit etwas Glück zumindest die Tiefkühltruhe verschonen. Und ihr? Liska hat mir schon erzählt, dass ihr euer schräges Werk für heute beendet habt.« Sie deutete auf die Fototasche.

Er nahm einen Schluck Bier. »Ja, dank unserer Helfer.« Er deutete eine Verbeugung den Brookmyres gegenüber an. Fiona strahlte, Williams Nicken wirkte fast militärisch. Beide betrachteten das Treiben im Pub, als säßen sie vor einem Gemälde. Einträchtig und zufrieden, eine Verständigung, die keine Worte benötigte.

Vicky beugte sich vor. »Und was kommt als Nächstes? Liska reitet in sexy Klamotten durch den Ort?« Sie lachte und winkte ab. »Nicht bei dem Wetter, ich weiß. Du warst schon immer eine Frostbeule.«

Okay, Vicky war an dem Punkt angelangt, an dem sie Geschichten von früher hervorkramte. Das musste verhindert werden.

»Selbst wenn ich sexy Klamotten dabeihätte – ich kann nicht reiten. Nein, wir brauchen eher so etwas wie einen roten Luftballon vor einer Küstenlinie oder Männer im Kilt.« Das war unverfänglich. Neutral. Gut.

Vicky hob das Kinn, als würde sie die Aussage erst einmal sacken lassen. »Ach ja, immer und überall Männer im Kilt. Davon bekommen die Frauen bei euch nicht genug, oder? Ich nehme an, die Kerle dürfen keinen Bierbauch haben? Sonst könnte ich meinen Onkel fragen.«

Marius tat so, als würde er ernsthaft über diese Frage nachdenken. »Ich bin sehr sicher, dass besagte Männer jung und gut gebaut sein sollen. Tut mir leid.«

»Zu dumm.« Vicky leerte ihr Glas. »Apropos Kilt. Habt ihr noch diese Tierfiguren in Clanfarben in eurem Haus?«

Liska nickte.

Vicky legte zwei Finger an ihre Schläfe und sah plötzlich nachdenklich aus. »Ich weiß noch, wie ich unbedingt diese Katze haben wollte. Immer, wenn ich bei euch zu Besuch war, hab ich sie vom Regal geholt, weil ich sie so niedlich fand. Deine Mutter hat mir damals versprochen, mir auch eine zu besorgen.«

In Liskas Hinterkopf summte eine Warnung. »Was ist das eigentlich für eine Sorte?« Sie deutete auf ihr Glas.

Marius zuckte die Schultern. »Er hat mir eine Reihe von Namen an den Kopf geworfen, und ich hab einfach die erste Sorte genommen.«

»Ich habe meine Eltern damals ziemlich genervt«, sagte Vicky. »Weil ich auch so eine Katze haben wollte, aber die haben deine Leute ja irgendwo auf dem Festland gekauft. Immer, wenn ihr von der Fähre gekommen seid, war ich total aufgeregt. Jetzt kann ich es dir ja verraten: Ich hab mich nicht nur auf dich gefreut, sondern auch auf die Katze. Weil ihr nämlich vorher durch halb Schottland gefahren seid, wo ich als Kind niemals hingekommen bin. Ich habe mir immer vorgestellt, dass es da riesengroße Souvenirläden voller Keramiktiere gibt.«

Liska hielt ihr Glas mit beiden Händen fest. »Keine Ahnung, wo wir die gekauft haben. Aber Deko verkauft sich immer gut. Hab ich dir schon erzählt, dass ich einen Laden habe?« Ein hervorragender Themenwechsel.

Vickys Augen wurden groß und glänzten noch mehr als zuvor. Das Braun leuchtete geradezu auf, als hätte jemand eine Kerze dahinter entzündet. »Keramikfiguren?«

»Blumen. Und Tee.«

Es war die falsche Antwort, das wusste sie, als das Leuchten schier explodierte. Vicky hatte sich dafür entschieden, in den Erinnerungen an frühere Zeiten zu schwelgen, und sie war einer der hartnäckigsten Menschen, die Liska kannte. Sie versuchte, sich abzulenken, lauschte dem Akkordeonspieler, betrachtete den Mann mit dem wettergegerbten Gesicht am Nebentisch und verglich ihn unwillkürlich mit William Brookmyre. Die Luft war stickiger geworden, führte nun neben Salz, Rauch und Alkohol auch Schweiß und einen Hauch Schaf im Repertoire.

Obwohl sie sich auf all das konzentrierte, brach Vickys laute Stimme zu ihr durch. »Das mit den Blumen hast du von deiner Mutter, oder? Sie hat ja jedes Frühjahr erst einmal euren Garten auf Vordermann gebracht.«

Liska antwortete nicht. Etwas geschah mit ihren Wangen, aber sie konnte nicht sagen, ob sie heiß oder eiskalt wurden. Rot oder weiß. Sie spürte, dass Marius sie ansah, und am liebsten hätte sie seinen Blick erwidert und auf ein Zwinkern oder dieses Grinsen gehofft, das ihr sagte, dass alles in Ordnung war.

Doch sie konnte nicht. Stattdessen starrte sie auf ihre Finger, die sich weiß gegen das kalte Glas pressten.

Vicky schien es nicht zu bemerken.

»Weißt du Liska«, sagte sie, nun mit leiserer Stimme,

doch noch immer deutlich genug. »Meine Eltern haben mir erst gar nichts von dem Unfall gesagt, obwohl ich nicht verstanden habe, warum du auf einmal nicht mehr gekommen bist in den Ferien. Und als ich es dann erfahren habe, bin ich los und habe Blumen an den Straßenrand gelegt. Also an die Unfallstelle. Man konnte ja noch ganz deutlich sehen, wo sie verunglückt sind.«

Gesang und Akkordeon verwandelten sich in ein Rauschen. Liska schüttelte den Kopf, aber es hörte nicht auf. Ihr Herz schlug schneller und pumpte Bittergeschmack auf ihre Zunge. Vickys Hand legte sich auf ihren Arm und fühlte sich wie ein Fremdkörper an. »Ich muss manchmal immer noch an sie denken, wenn ich in die Stadt fahre. Und es tut mir so leid für dich. Das klingt nun sicher blöd, aber immerhin wissen wir, dass sie schnell gestorben ...«

Mit einem Mal schien alles wie Feuer zu brennen – die Berührung, die Bank unter ihren Schenkeln, selbst die Luft. Liska riss ihren Arm zurück und stieß dabei das Glas um. Cider schoss über den Tisch, das Glas rollte zu Boden und zersprang. Im selben Moment war Liska aufgesprungen.

Marius, Vicky und die Brookmyres starrten sie an, jeder einen anderen Ausdruck im Gesicht.

Liska konzentrierte sich auf die Funktionen, die ihr Körper sonst von allein ausführte: blinzeln, schlucken, sich bewegen. Ihre Gedanken überschlugen sich. Sie hätte es wissen müssen. Hatte sich sicher gefühlt und von der ausgelassenen Stimmung hier drinnen täuschen lassen.

Ehe sie sich dazu durchringen konnte, umzudrehen und nach draußen zu stürzen – schon wieder! Seitdem sie auf der Insel war, bestanden ihre Tage zur Hälfte aus Flucht –, war Marius aufgestanden und hatte sich an den Brookmyres vorbeigeschoben.

»Entschuldigt uns.« Er fasste Liska am Arm, drehte sie um und schob sie vorwärts, durch die Menschen hindurch, vorbei an den Stehtischen und den beiden Frauen, die ihm mit einer Mischung aus Erstaunen und Interesse entgegensahen. Es ging alles so schnell, dass ihr keine Zeit blieb, um zu reagieren. Marius öffnete die Tür, und dann waren sie auch schon draußen.

Die Dämmerung überzog die Landschaft mit fahlem Blau und dämpfte die Geräusche. Etwas legte sich auf Liskas Schultern und wärmte sie. Marius' Jacke. Sie hüllte sich darin ein, wobei sie sich am liebsten versteckt hätte.

Marius schob sie weiter, vom Eingang weg. Vom Pub führte ein Schotterweg auf einen winzigen Parkplatz, der neben dem Gebäude von Bäumen sowie einer Hecke eingefasst und halbwegs vor dem Wind geschützt wurde. Erst hier drehte er sie um, bis er ihr ins Gesicht blicken konnte.

Liska zog die Jacke enger zusammen und wappnete sich für weitere Fragen. Doch er schwieg und wartete. Sie hatte keine Ahnung, worauf. Dass sie mit der Sprache herausrückte und ihm alles erzählte, obwohl es ihn nichts anging? Die Vorstellung machte sie wütend – das erste Gefühl, das die Taubheit in ihrem Inneren durchbrach und glühend rote Fäden hineinwebte. Liska hielt sich an dieser Wut fest. Alles war besser als Trauer. Es war anstrengend, vor allem, da Marius noch immer schwieg.

Tief in ihr brodelte es und dehnte sich aus, drückte von innen gegen ihre Kehle, und schließlich hielt sie es nicht mehr aus. »Ja, meine Eltern sind umgekommen, hier auf dieser beschissenen Insel!« Ihre Stimme gellte über den Parkplatz und verschwand irgendwo in der Ferne. Es würde sich sowieso in Windeseile herumgesprochen haben, was soeben im Pub vorgefallen war.

»Und ehe du es von den Leuten da drinnen erfährst ...« Sie deutete auf den Pub. »Es war ein Autounfall. Ich war noch ein Kind und habe im Seaflower darauf gewartet, dass sie aus Kirkwall zurückkommen. Doch sie sind nicht gekommen. Darum wollte ich nichts mehr von Schottland wissen! Ich wollte nicht herkommen, und ich wollte auch sicher keine Fremdenführerin spielen, aber das verdammte Haus fällt ja in sich zusammen, wenn es so weitergeht, und meine Oma braucht Geld dafür. Das sie nicht hat. Und jetzt bin ich hier und muss mir diese Geschichten anhören, von denen ...«
Mit jedem Wort fiel es ihr schwerer weiterzureden. Plötzlich wusste sie nicht mehr, was sie sagen oder denken sollte, und zu ihrer eigenen Verwirrung spürte sie, wie Tränen über ihre Wangen strömten. Sie brannten, und Liska wischte sie weg, so fahrig, dass es schmerzte. Vergeblich, es kamen neue nach. Viel zu viele. Sie hielt inne, eine Hand erhoben, und versuchte zu entscheiden, was sie tun sollte. Doch sie fand keine Antwort, und obwohl sie ahnte, dass sie hier nicht bleiben konnte, wusste sie nicht, wo sie sonst hingehen sollte.

Etwas bewegte sich vor ihr, berührte sie, und im nächsten Moment zog Marius sie in seine Arme. Er wollte sie beruhigen, und es fühlte sich an, als schnürte er ihr die Luft ab, schloss das Ventil, durch das Wut und Schmerz nach draußen strömen konnten. Liska wollte, dass er sie losließ, und versuchte, ihre Hände zwischen sich und ihn zu bringen, schrie ihn an, verfluchte die Insel, Schottland und sein Wetter und den Fahrer des Lieferwagens, der damals bei Regen viel zu schnell gefahren war.

Marius ließ sie nicht los. Noch immer sagte er nichts, und als sie Luft holte, kam er ihr einen winzigen Schritt entgegen. Ihre Wange berührte seinen Pullover, sie spürte das Kratzen der Wolle und wollte ihn wegschieben, doch sie fand nicht mehr die Kraft dazu. Sie konnte nichts anderes mehr tun, als sich an Marius' Schulter zu lehnen und zu weinen, während er sie festhielt und noch immer so vorsichtig über ihr Haar strich, als könnte sie bei einer stärkeren Bewegung zerbrechen.

Diese verdammten Tränen! Liska schloss die Augen. Wenn der Schmerz noch immer so groß war, würde er dann überhaupt irgendwann verschwinden? Hatte sie eine Chance, das Thema eines Tages abzuschließen? Nicht zu vergessen, das würde sie nie, und das wollte sie auch nicht.

Der Regen. Der LKW. Ihre Oma, die sie so ... starr angesehen hatte, als sie bestätigte, dass ihre Eltern nicht nach Hause kommen würden. Nicht an jenem Tag. Nie wieder.

Nein, sie durfte nicht an diese Bilder denken. Sie waren Teil ihrer Vergangenheit. Die Gegenwart bestand aus kaltem Wind, einem Parkplatz und Marius' Anwesenheit. Sie ließ Liska wieder ruhiger atmen. Vielleicht war es auch seine Umarmung oder die Tatsache, dass sein Herzschlag ruhig und beständig ging und es guttat, diesem Rhythmus zu lauschen.

Liska fuhr sich mit der Zunge über die Lippen. Obwohl Abertausende Tränen darübergeflossen sein mussten, fühlten sie sich spröde an. »Dein Pulli kratzt«, stieß sie hervor.

Marius zitterte. Ein leiser Ton war zu hören, und Liska begriff, dass sie sich getäuscht hatte. Er zitterte nicht, er lachte. Es zerrte sie weiter von dem Loch weg, in das Vicky sie mit ihrer dummen Fragerei beinahe gestoßen hätte.

Liska schloss die Augen und atmete. Ein. Aus. Es dauerte, bis die Stimmen in ihrem Kopf sich beruhigten, doch nach einer Weile wurden sie friedlicher.

Marius hörte auf, ihr über den Kopf zu streichen. »Na los. Gehen wir nach Hause.« Seine Stimme war warm, das Lachen funkelte verhalten darin.

Sie hob den Kopf. »Und die anderen im Pub?«

Sie spürte sein Schulterzucken, da er sie noch nicht losgelassen hatte. »Lass die mal feiern. Wir sind hier zu Gast, und damit können wir entscheiden, wann wir Teil des Ganzen sein wollen. Und wann nicht.«

Er setzte sich langsam in Bewegung und zog sie mit sich, und Liska stellte fest, dass sie ihm genug vertraute, um ihre Augen wieder zu schließen.

13

Marius legte ein weiteres Scheit in den Kamin und sah zu, wie Funken in die Luft stoben. Das Holz knackte, dann züngelten die Flammen höher, und die Wärme nahm zu.

Er wischte sich die Hände an der Jeans ab, stand auf und drehte sich um. Liska lag auf dem Sofa, die Decke bis zum Kinn hochgezogen, und schlief. Auf ihren Wangen leuchteten rote Flecken, ansonsten war sie so weiß, als wäre sie tagelang durch die Kälte gelaufen. Zart wie Seidenpapier. Dabei war sie für eine Frau nicht klein und auch nicht so schmal, dass er das Gefühl hatte, ihr permanent helfen und den Ritter spielen zu müssen – ganz abgesehen davon, dass sie sich dagegen wahrscheinlich energisch gewehrt hätte auf ihre oft so eigensinnige Art, die sie an den Tag legte, wenn ihr etwas nicht passte.

Wobei er mittlerweile wusste, dass die echte Elisabeth mehr Gesichter besaß. Eines hatte er zuvor auf dem Parkplatz kennengelernt.

Sie hatte sich Mühe gegeben, ihn nicht merken zu lassen, wie müde sie war. Dabei taumelte sie auf dem Weg zum Wagen und ließ sich wortlos in den Beifahrersitz fallen. Ihr Stolz und die Bemühungen, keine Schwäche zu zeigen, hatten etwas in ihm berührt. Ob sie ahnte, wie sehr sie darin den Leuten auf den Orkneys ähnelte? Auf dem Weg zum Ferienhaus redete sie nicht, sondern schlief ein. Es hatte ihm leidgetan, sie nach der Ankunft wecken zu müssen, doch er hatte keine Ahnung gehabt, wo sie den Schlüssel aufbewahrte.

Endlich kam das Feuer richtig in Gang. Bis auf den Kamin und die Lampe in der Diele war es im Haus dunkel. Liskas gleichmäßige Atemzüge mischten sich in das Prasseln der Flammen, und hätte sie ihm nicht ungewollt verraten, was damals auf der Insel geschehen war, wäre die Stimmung friedlich gewesen.

So aber musste er eine Entscheidung treffen, und das machte ihn unruhig. Er konnte nicht von ihr verlangen, dieses Spiel weiterzuspielen und mit ihm quer durch die Gegend zu fahren, in der ihre Eltern gestorben waren. Bei der Vorstellung kochte sein schlechtes Gewissen hoch, obwohl er wusste, dass es unsinnig war. Er hatte nichts davon gewusst, es nicht einmal ahnen können. Zwar tappte er im Dunkeln, was Einzelheiten anging, aber das war nun gleichgültig. Wichtig war lediglich, dass es geschehen war – und dass Liska noch nicht damit abgeschlossen hatte.

Marius' Gedanken schweiften ab, und er musste an seinen Vater denken. An diese schmalen, aber doch so warmen Augen, die sich zu Schlitzen verengt hatten, wenn Peter Rogall etwas näher betrachtete. Es war oft nicht mehr leicht, sich an Einzelheiten in diesem Gesicht zu erinnern, doch das Profil mit der geraden, etwas zu langen Nase und dem energischen Kinn stand ihm noch genau vor Augen. Auf den gemeinsamen Fototouren hatte er Hasen, seltene Blumen oder Vögel oft übersehen, da es ihm wichtiger gewesen war, seinen Vater zu beobachten. Ihn nachzuahmen und zu hoffen, eines Tages ebenso ernst, zielstrebig und wissend zu sein. So, wie man es nun einmal bei Vorbildern machte.

Damals hatte er die Frage nicht hören wollen oder sie verdrängt, aber nun wusste er, dass er es sich schon als kleiner Junge wieder und wieder gefragt hatte: War er seinem Vater weniger wichtig gewesen als die Welt vor der Linse?

Die Konturen im Cottage kehrten zurück, und Marius zog die Wolldecke ein Stück über Liskas Füße. Seine Gedanken wurde er nur schwer los. Würde er mit Liska tauschen wollen? Gab es einen Unterschied, ob sich jemand aus dem Leben einer anderen Person oder generell vom Leben verabschiedet hatte? War eine Option weniger schmerzhaft – und wenn ja, welche?

Immerhin hatte er nun eine Erklärung für ihr Verhalten. Sie musste geahnt haben, dass so etwas wie im Pub früher oder später passieren würde. Aber jetzt war die Katze aus dem Sack, und das bedeutete, dass er umplanen musste. Er, nicht Tante Magdalena. Die Brookmyres waren sicher weiterhin mit von der Partie, und Liska konnte, wenn sie wollte, endlich zurück nach Deutschland fahren.

Marius lehnte sich gegen die Wand. Im Flammenschein erinnerte Liskas Haarfarbe an Lava. Ja, es wäre besser, wenn er die restliche Liste ohne sie abarbeitete. Für sie beide. Sobald sie am nächsten Tag fit war, würde er mit ihr reden. Weder ihre Oma noch Tante Magdalena mussten etwas davon erfahren, wobei er argwöhnte, dass Erstere von den Insulanern informiert werden würde. Wenn nicht von Liska selbst.

Aber das war nicht seine Sache. Er hatte einen Ausweg aus dieser verworrenen Situation gefunden, würde ihr davon erzählen und damit die Entscheidung für sie beide treffen. So einfach, so gut.

Ein Klopfen riss ihn aus seinen Gedanken. Jemand stand draußen vor dem Fenster und verzichtete darauf, die Türklingel zu benutzen.

Marius schlich in die Diele und öffnete vorsichtig die Tür. Er hatte mit den Brookmyres gerechnet, doch zu seinem Erstaunen stand Vicky Marsden vor ihm. Zum ersten Mal, seitdem er sie kannte, war die übersprudelnde Fröhlichkeit verschwunden.

»Hey«, flüsterte sie. »Ist Liska da?«

Er bedeutete ihr zu warten, schlüpfte in seine Schuhe, schnappte sich seine Jacke, und trat zu ihr nach draußen. »Sie schläft«, sagte er und zog die Tür ins Schloss. »Ihr geht es nicht sehr gut, ich würde sie ungern wecken.«

»Um Himmels willen, nein.« Vicky sah ernsthaft entsetzt und sehr, sehr schuldbewusst aus. »Weißt du, meine Kerle haben mir immer gesagt, dass ich ein Trampel bin. Alle! Und glaub mir, immer wenn Emma jemanden beim Spielen besonders grob anfasst oder zu Leuten etwas sagt, das sie besser für sich behalten sollte, denke ich, auweia, das hat sie von mir. Von wem sonst? Ich will nicht, dass meine Tochter ein Trampel wird. Ich achte bei ihr sehr genau darauf und bremse sie oft aus. Bei mir habe ich das wohl noch nicht perfektioniert. Aber ich habe auch ehrlich nicht gewusst, dass Liska das so schlecht verarbeitet hat. Das mit ihren Eltern meine ich. Und … na ja.« Sie machte eine unbeholfene Geste. »Ich wollte mich entschuldigen dafür, dass ich so drauflosgeplappert habe. Denkst du, ich kann das morgen tun, ohne dass sie mich anbrüllt?«

Er dachte darüber nach. »Kann ich leider nicht sagen, Vicky. Dazu kenne ich sie nicht gut genug.«

»Oh!« Sie wirkte erstaunt. »Ich versuche es einfach noch mal. Also morgen, meine ich.« Sie zögerte, als würde sie auf seine Erlaubnis warten, um zu gehen. »Ich ... hat sie dir erzählt, was genau passiert ist? Damals, meine ich.«

»Nur, dass ihre Eltern bei einem Unfall gestorben sind. Aber es geht mich auch nichts an, und wenn sie es dabei belassen will, dann ist das ihre Sache.«

»Natürlich, natürlich.« Vicky sah aus, als hätte er sie in vollem Lauf gestoppt, und Marius ahnte, dass sie soeben kurz davor gewesen war, ihm die ganze Geschichte zu erzählen – oder das, was der Dorftratsch der vergangenen Jahre daraus gemacht hatte. Es fühlte sich falsch an. Dies war Liskas Geschichte, und sie sollte entscheiden, wer wann davon erfuhr und wer nicht.

Auf einmal war er selbst erschöpft. »Komm am besten wirklich morgen vorbei. Nicht allzu früh. Ich vermute, dass sie nun Ruhe braucht.«

»Natürlich«, wiederholte Vicky. »Dann ... na ja, dann bis morgen!«

»Bis morgen.«

Kurz darauf verschwand sie in der Dunkelheit, die Hände in die Taschen ihrer Regenjacke geschoben, und Marius ging zurück ins Haus.

Liska schlief noch immer tief und fest. Sie hatte sich zusammengerollt und die Decke umklammert. Marius wollte sie nicht wecken, doch wenn sie die Nacht auf dem Sofa verbrachte, würde sie sich am nächsten Tag noch schlechter fühlen. Das Ding war zwar gemütlich, aber für jeden Menschen über eins sechzig zu kurz.

So vorsichtig wie möglich beugte er sich hinab und schob die Arme in Zeitlupe unter ihren Körper. Sie bewegte sich und murmelte etwas, wachte jedoch nicht auf. Er hielt den Atem an, und endlich konnte er die Arme anspannen und Liska samt Decke hochheben.

Als hätte sie nur darauf gewartet, dass sich jemand in ihre Nähe begab, zog sie Arme und Beine noch mehr an und verwandelte sich in eine menschliche Kugel, die tief und gleichmäßig atmete. Der warme Hauch streifte Marius' Hals.

Er unterdrückte ein Lächeln und setzte sich langsam in Bewegung. Liska murmelte etwas Unverständliches, und er beschränkte sich zur Antwort auf ein leises und, wie er hoffte, beruhigendes Brummen. Er war nur froh darüber, dass sie nicht aufgewacht war. Trotz allem wäre es eine seltsame Situation, und er war nicht ganz sicher, wie sie reagieren würde, wenn sie sich auf seinen Armen wiederfand.

Doch er hatte Glück, drückte die Tür zu ihrem Schlafzimmer mit einem Fuß auf und war froh, dass der nicht mehr volle Mond das Zimmer ausreichend beleuchtete, und er erkannte, dass sich zwischen ihm und dem Bett nichts befand, über das er stolpern konnte. Nachher handelte er sich noch eine Ohrfeige ein, wenn Liska aus ihrem Schlaf gerissen wurde, weil sie mit Schwung auf einem Bett und er auf ihr landete.

Doch nichts dergleichen geschah. Er legte sie vorsichtig samt der Decke ab, und sie drehte sich augenblicklich auf die Seite, gab einen tiefen Seufzer von sich und rührte sich nicht mehr. Ein Streifen Mondlicht fiel durch das Fenster und beleuchtete sie schwach, doch es genügte, um die Falten auf ihrer Stirn hervorzuheben. Selbst jetzt, im Schlaf, verschwanden sie nicht, und Marius konnte nur hoffen, dass ihre Träume schöner waren als ihre Erinnerungen.

Er zog behutsam die Decke zurecht und schlich mit einem letzten Blick auf sie aus dem Zimmer. Während er die Tür schloss, formten seine Lippen ein lautloses *Gute Nacht*.

Mit einem seltsamen Gefühl in der Magengegend schoss Liska in die Höhe und sah sich um. Die Bettdecke hatte sich um ihre Beine gewickelt. Noch immer leicht verwirrt, befreite sie sich. Sie hatte geträumt, nichts Schönes, aber bereits jetzt waren die Bilder beinahe vollständig verblasst. Die restliche Benommenheit wich allmählich von ihr.

Sie gönnte sich noch einige Minuten, bis ihr Herz wieder halbwegs normal schlug, dann stand sie auf, ging ins Bad und wusch sich.

Während sie sich anzog und anschließend die Zähne putzte, dachte sie an den vergangenen Abend. An den Parkplatz und alles, was sie Marius an den Kopf geknallt hatte.

Na wunderbar!

Nun kannte er nicht nur Einzelheiten, sondern würde auch noch einmal über ihr berufliches Arrangement nachdenken – wenn er das nicht bereits getan hatte. Liska seufzte. Es war ihr unangenehm, vor Marius geweint zu haben. Das fiel ihr sogar vor Freunden schwer, und sie beide waren weit davon entfernt, welche zu sein. Schließlich kannten sie sich kaum. Was auch bedeutete, dass ihn die Details nichts angingen, die sie ihm gestern an den Kopf geworfen hatte.

Verdammte Vicky!

Und dann war da noch die Umarmung. Liska drängte das Bild energisch beiseite. Daran wollte sie nun ganz gewiss nicht denken, die war ihr noch peinlicher als ihre Tränen. Gleichzeitig ... hatte sie durchatmen können. Oder etwa nicht?

Sie trat an das Fenster und starrte hinaus, während sie sich fragte, was Marius wohl darüber dachte. Ob er bereits wach war? Vielleicht war er auch schon mit der Kamera unterwegs und schenkte ihr so einen Aufschub.

Einen Aufschub wovon?

Sei nicht albern. Oder feige.

Sie konnte sich schlecht in diesem Zimmer verstecken, nur weil ihr der vergangene Abend unangenehm war.

Trotzdem gönnte sie sich noch etwas Zeit, um die blasse Landschaft zu beobachten. Der Morgennebel klebte am Boden, so schwach, dass er sich verflüchtigen würde, sobald es richtig hell wurde. Der Himmel war wolkenverhangen, doch es regnete nicht. Die wenigen Bäume standen kerzengerade. In der Ferne machte sie dunkle Bewegungen aus, unterbrochen von feinen Lichtpunkten: Autos, die auf Kirkwall oder den Hafen zuhielten. Die Menschen dort hatten den Tag bereits begonnen, und sie sollte das auch tun.

Liska ging zur Tür, riss sie auf und trat so energisch in das Wohnzimmer, dass Marius erstaunt aufsah. Er lag auf dem Sofa und hielt einen Reiseführer in der Hand. Seinen Pullover hatte er gegen ein Modell in Schwarzgrau ausgetauscht, die Haare hingen ihm feucht in die Stirn. Aus einer Tasse auf dem Tisch dampfte es. Kaffeeduft machte die Luft weicher. Es hätte keinen größeren Kontrast zu der Atmosphäre im Schlafzimmer geben können. Kühl und warm. Flüchten und ankommen.

Vielleicht lag es auch an seiner Gesellschaft.

»Guten Morgen«, brachte Liska hervor.

Er ließ das Buch sinken. »Guten Morgen. Kaffee?«

Immerhin kein *Wie geht es dir?* Liska war ihm dafür äußerst dankbar. »Bleib liegen, ich nehme mir welchen.«

»Er ist noch frisch. Ich hänge hier auch erst seit zehn Minuten herum.«

Sie ging zur Küchenzeile, goss sich eine Tasse ein und genoss das Aroma. Es war seltsam, den vergangenen Abend nicht anzusprechen, und es hing wie eine Wolke zwischen ihnen, doch noch war sie nicht bereit dazu. Vielleicht später. »Und, gibt es schon Pläne für heute?« Sie bemühte sich um einen neutralen Tonfall.

Er antwortete nicht sofort. Antwort genug. Er wollte sie schonen.

Liska blies energischer als nötig über ihren Kaffee und setzte sich auf die Sofalehne. Heiße Flüssigkeit schwappte auf ihren Handrücken. Sie gab vor, es nicht zu bemerken, obwohl es brannte.

Marius legte das Buch beiseite und zog die Beine an, um ihr Platz zu machen. »Keine konkreten Pläne. Aber die Brookmyres wollten sich irgendwann im Laufe des Tages melden, um die weitere Vorgehensweise zu besprechen. Fiona sagte gestern, dass sie an einem Plan arbeitet, und klang dabei wie eine Geheimagentin.«

»Vielleicht ist das der Grund, warum sie unbedingt mitwollen. Noch einmal ein Abenteuer erleben. Besser, wir besorgen ihnen eine DVD. Einen Actionfilm. Den können sie gemütlich auf dem Sofa ansehen.«

»Das würde nicht funktionieren.«

»Warum?«

Marius hielt ihren Blick. »Sie besitzen keinen Player, nicht einmal einen Fernseher. Nur ein altes Radio, wenn ich es richtig gesehen habe. Ein Theaterstück über einen Geheimagenten wäre da wahrscheinlich eine bessere Idee, aber ich habe keine Ahnung, ob es hier ein Theater gibt.«

»In Kirkwall gibt es ein Kino, soweit ich weiß. Sie bieten dort auch Sportkurse und Ähnliches an.«

»Pragmatisch, diese Schotten.« Das sanfte Vibrieren in seiner Stimme war zurück, diese Vorvorstufe vor dem Lachen. Dieses Mal erreichte es Liska und löste ein Kribbeln in ihr aus. Nicht so stark, dass es für ein Lächeln reichte, aber es vertrieb einen weiteren Teil der Anspannung.

»Sei froh, dass es so etwas überhaupt gibt. Auf anderen Inseln schlagen sie sich mit mobilem Kino herum.«

»Laienschauspieler in Kilts, die pantomimisch die neuesten Kinohits nachstellen?«

Er hatte es geschafft, nun zuckten ihre Mundwinkel doch. »Wohl eher ein LKW, der bestuhlt und zum Kino umfunktioniert werden kann.«

»Faszinierend. Vielleicht möchten die zwei deshalb mit? Weil sie hoffen, auf einer der anderen Inseln in den Genuss eines Kino-LKWs zu kommen? Möglicherweise laufen dort andere Filme als hier.«

Liska nahm einen Schluck Kaffee und stellte erleichtert fest, dass der Druck von ihren Schultern verschwunden war. Mehr noch, sie fühlte sich wohl in Marius' Gegenwart. Er schaffte es, die dunklen Gedanken von ihr fernzuhalten und die Mauer zwischen ihnen zu vertreiben. Wäre da nicht dieser verdammte Auftrag, hätte sie es durchaus genossen, den Tag mit ihm zu verbringen. Teils, um sich weiter von ihm aufheitern zu lassen, aber auch, weil sie sich fragte, was er von der ganzen Sache hielt. Was er dachte. Wer er war außer dem Neffen, der seltsame Fotos für seine Tante schoss.

Er sah sie an und legte den Kopf schräg. »Habe ich etwas Schlimmes gesagt? Oder woran denkst du gerade?«

»Frühstück«, brachte sie das Erste hervor, was ihr in den Sinn kam. »Hast du schon etwas gegessen?«

»Nein. Ich wollte warten, bis du wach bist, und dann vorschlagen, zu diesem Bäcker …«

Es klopfte an das Wohnzimmerfenster.

Liska tauschte einen Blick mit Marius. Der stand auf. »Ich gehe schon. Die beiden scheinen aus dem Bett gefallen zu sein.«

»Oder sie quellen über vor Ideen«, murmelte Liska.

Sie umklammerte ihre Tasse fester, als sie Stimmen hörte. Zu ihrer Überraschung trat Vicky ins Zimmer, einen länglichen, von Jute umhüllten Gegenstand in den Händen. Sie blieb stehen, als sie Liska sah.

»Hallo«, sagte sie. Es klang wie eine Frage.

Marius tauchte hinter ihr auf und sah aus, als würde er Liska am liebsten ein Zeichen geben, ruhig zu bleiben. Was befürchtete er, dass sie Vicky den heißen Kaffee ins Gesicht schütten würde, um sie anschließend mit Gewalt hinauszuwerfen? Wobei der Gedanke durchaus seinen Reiz hatte.

»Hallo«, entgegnete sie und wusste nicht weiter. *Schön, dich zu sehen* wäre eindeutig gelogen.

Vicky hob das Ding in ihrer Hand. »Ich wollte mich entschuldigen. Wegen gestern. Das war eine ziemlich blöde Aktion von mir, aber du kennst mich, ich rede einfach zu viel. Also hab ich überlegt, was ich tun könnte, um dir eine Freude zu machen, und habe euch ein Brot gebacken. Und noch gewartet, nachdem es fertig war, weil ich ja nicht allzu früh kommen sollte.« Sie sah Marius vielsagend an, zog den Jutebeutel von dem Etwas und präsentierte einen Laib mit dunkler Kruste. Das Aroma von Frischgebackenem breitete sich aus. »Es ist Dinkelmehl drin. Ich war heute früh schon einkaufen, schließlich sind Ferien, und ich habe eh nicht viel zu tun. Ich bin ja Lehrerin, aber ich weiß gar nicht, ob ich dir das erzählt habe. Und da Emma bei Freunden übernachtet hat, musste ich mich nicht einmal um sie kümmern, und ich habe überlegt, wie ich mich bei dir entschuldigen könnte, und dachte, es gibt wahrscheinlich kaum jemanden, der kein Brot mag. Außerdem seid ihr zu zweit, da ist die Trefferquote noch ein wenig höher. Also ich meine … eventuell mag einer von euch kein Dinkelbrot, aber beide wäre höchst unwahrscheinlich. Möhrenraspeln sind auch drin und Kürbiskerne.«

Eine Dampfwalze am Morgen hätte nicht effektiver sein können. Ein wenig perplex starrte Liska auf das Brot in Vickys Händen und versuchte, die Informationsflut zu verarbeiten.

Niemand bewegte sich, und ihr war bewusst, dass zwei

Augenpaare so intensiv auf sie gerichtet waren, als wäre sie der Star einer Fernsehshow. Sie hob den Kopf. Marius zog eine Grimasse hinter Vickys Rücken, vollführte eine Geste, als würde er sie erstechen wollen und bewegte dabei einen Zeigefinger hin und her.
Töte sie nicht.
Ob gewollt oder ungewollt, der Anblick war auf eine Weise komisch.
Liska sah zu Vicky und nickte in Richtung Küche. »Ähm ... danke! Leg es einfach dorthin.«
»Perfektes Timing, wir haben nämlich noch nicht gefrühstückt«, fügte Marius in einem Tonfall an, der sowohl Kompliment als auch der dezente Hinweis an Vicky war, es sich nicht allzu gemütlich zu machen, da die Hausbewohner noch nicht einmal zur Morgenroutine übergegangen waren. Einmal mehr war Liska ihm dankbar.
Vicky war zwar eine Plaudertasche, aber nicht dumm. »Keine Sorge, ich wollte mich nicht bei euch einnisten. Das hätte ich höchstens versucht, wenn du in Shorts herumgelaufen wärst«, sagte sie und hob demonstrativ die Augenbrauen in Marius' Richtung.
»Sorry«, entgegnete der, klang aber ganz und gar nicht bedauernd.
»Schon okay, ich werde darüber wegkommen. Irgendwann heute Nachmittag, mit einer großen Tafel Schokolade. Aber was nun wichtiger ist: Ist bei dir alles in Ordnung, Liska?« Ihre Haselnussaugen leuchteten, und sie zog ihre Nase kraus. »Ich hab kaum schlafen können, weil ich erst geschnallt habe, was ich angerichtet habe, als du aus dem Pub gestürmt bist. Manchmal bin ich so sehr mit Reden beschäftigt, dass ich nicht mitbekomme, dass mein Gegenüber nicht reden möchte. Dann muss man mir das sagen, gern auch rabiat, ich nehm

das nicht übel. Aber trotzdem war es nicht okay, dich ... na ja, darauf anzusprechen.« Sie verzog den Mund.

Man konnte von Vicky denken, was man wollte, aber sie schien ihr Verhalten aufrichtig zu bereuen.

Liska nickte vorsichtig. »Es geht mir besser. Danke.«

Vicky wagte ein Lächeln. »Ich war eine Idiotin, dabei hatte ich noch nicht einmal was getrunken. Tut mir wirklich leid.«

Liska zögerte. Sie hatte geglaubt, einfach nur froh zu sein, wenn Vicky wieder aus dem Haus war und gesagt hatte, was sie unbedingt loswerden wollte und wobei sie sowieso niemand aufhalten könnte. Doch nun merkte sie, dass die Worte etwas in ihr bewirkten. Etwas leichter machten. Noch war sie nicht bereit, sich näher damit zu befassen, aber das musste sie auch nicht. Es fühlte sich nicht schlecht an, und das war alles, was zählte.

»Okay, Vicky. Danke.« Vorsichtig erwiderte sie das Lächeln.

Vicky nickte, atmete aus, nickte noch mal. »Wunderbar. Dann lasse ich euch mal in Ruhe frühstücken. Oder gibt es noch etwas Gutes, das ich euch tun kann?«

Liska wechselte einen Blick mit Marius. »Ja, da wäre wirklich noch etwas.« Die Idee war ihr soeben erst gekommen. »Du kannst uns nicht zufällig eine Katze leihen?«

14

*G*enügt es denn nicht, wenn sie neben dem Stein hockt und sich putzt?«

»Nein, sie muss sich anschmiegen.«

»Dann setz ich mich einfach dazu und kraul sie am Kinn, dann kuschelt sie immer sehr schnell.«

»An den Stein! Sie muss sich an den Stein schmiegen.«

»Was?« Vicky stand auf und wischte sich Dreck und Gras von der Hose. Die schwarze Katze mit dem weißen Latz und dem weißen Punkt am linken Ohr, nun des kraulenden Menschen beraubt, sah ihr entrüstet nach. »Warum denn das?«

Liska verzog das Gesicht. »Weil Marius' Tante als Wunsch für das Motiv *Katze schmiegt sich an piktischen Symbolstein* angegeben hat und wir das haargenau so ablichten müssen. Ich weiß nicht einmal, ob ein Mensch mit drauf sein darf. Oder ob der Stein piktisch ist. Das ist wahrscheinlich Interpretationssache oder eben schriftstellerische Freiheit. Was denkst du?«

Sie wandte sich Marius zu, der noch immer die Symbole auf dem Stein betrachtete und aus verschiedenen Winkeln fotografierte. »Ich glaube nicht, dass ein Mensch drauf sein sollte«, murmelte er, ließ sich aber nicht ablenken.

Vicky trat neben Liska und sah beinahe mitleidig aus. »Zerstöre ich viele romantische Vorstellungen, wenn ich dir nun sage, dass der Stein eine Nachbildung ist? Das Original steht im Royal Scottish Museum in Edinburgh.«

»Das ist zu verschmerzen. Die Nachbildung ist gut, und vor dem Hintergrund sowie bei diesem Licht sieht es einfach faszinierend aus.« Er fuhr über die Steinritzungen: Symbole, zwei Tiere sowie mit Schilden und Speeren bewaffnete Männer.

Es stimmte. Die Sonne hatte sich pünktlich bei ihrer Ankunft am Brough of Birsay blicken lassen und tauchte die weite, von Steinen gesprenkelte Grasfläche in ein selten warmes Gelb. Es herrschte Ebbe. Die Gezeiteninsel im Nordwesten von Mainland war daher zu Fuß erreichbar, während sie den Wagen auf dem Parkplatz beim Dammweg zurücklassen mussten. Birsay war unbewohnt, die einzigen Gebäude waren das Besucherzentrum und ein Leuchtturm, der es nicht gewagt hatte, weit in den Himmel zu wachsen.

Liska überlegte, ob er für das Motiv *Leuchtturm an den Klippen in der Morgenröte* geeignet wäre – an manchen Stellen war die kleine Insel durchaus zerklüftet und bot die passende Kulisse. Sie hoffte, dass das Wetter ihnen früher oder später einen schönen Morgen schenken würde.

Der Symbolstein stand inmitten von Überresten einer alten Siedlung. Viele Mauerfragmente waren nur wenige Handbreit hoch, die Grundrisse der einstigen Bauten jedoch gut zu erkennen. Ausführliche Beschilderungen verrieten mehr über die Gebäude.

Liska sah sich um. Hinter ihr stieg das Gelände an, auf halber Höhe wurde es von einem dünnen weißen Zaun begrenzt. Auf der anderen Seite lagen im Hintergrund das Meer und Mainland mit Wohnhäusern an der Küstenlinie. Blau, Grün und Braun fügten sich zu Leben und Bewegung zusammen, was trotz des Kontrasts perfekt zu den Ruinen passte. Die Vorstellung, dass sie nach all der Zeit nicht nur ihren Platz auf Birsay hatten, sondern auch noch immer zahlreiche Besucher anlockten, gefiel Liska.

Momentan war außer ihnen niemand hier. Es verlieh dem Ort etwas Besonderes, sogar etwas Mystisches, wenn der

Wind stärker wurde und irgendetwas zu flüstern schien, das nur in der Fantasie existierte.

Die Katze mit dem weißen Latz war dagegen höchst real und machte sich in diesem Moment aus dem Staub. Innerhalb eines Atemzugs verwandelte sich das sich unschuldig putzende Tier in einen schwarzen Blitz, der auf das Wasser zuhielt.

»Möwen, verdammt!«, brüllte Vicky und setzte ihr nach.

Liska entschied sich dafür, das Tier nicht zu verstören, indem sie es von zwei Seiten einkesselten, lehnte sich an den Stein und hob ihr Gesicht der Sonne entgegen. Erst nach einer Weile verstummten das Klacken der Kamera sowie das Rascheln, wenn Marius sich bewegte.

Sie genoss noch einen Atemzug lang die schwachen Strahlen auf ihrer Haut und die angenehme Wärme des Steins in ihrem Rücken, ehe sie Marius anblickte. »Ich steh im Weg, nicht wahr? Tut mir leid, es war nur gerade so ein schöner Moment. Wahrscheinlich, weil hier zum ersten Mal Stille herrscht, da Vicky losgezogen ist, um die Möwenpopulation der Insel zu retten.« Sie wollte zur Seite treten, doch Marius bedeutete ihr, stehen zu bleiben.

Liska gehorchte verwundert. »Was ist los?«

Er betrachtete sie stumm, so lange, bis sie den Wunsch verspürte, ihre Hände hinter dem Rücken zu verschränken. »Darf ich dich fotografieren?«

Er sagte es leise, fast verschwörerisch. Vielleicht war das der Grund dafür, dass Liska nicht wusste, was sie antworten sollte. Gegen ein Foto war nichts einzuwenden, auch wenn sie niemand war, den es vor die Linse zog. Doch das hier fühlte sich ... ungewohnt an. Als hätte Marius etwas ganz anderes gemeint, als er sie gefragt hatte.

Sie blinzelte. »Natürlich. Aber nur, wenn es nicht für die Sammlung deiner Tante bestimmt ist.«

»Nein, auf keinen Fall. Es ist nur ... das Licht, deine Haare, wie du dort stehst ... es passt einfach alles.«

Passte wofür?

Er stand auf, betrachtete sie noch einen Moment und setzte einen Schritt zur Seite, dann noch einen.

Liska nagte an ihrer Lippe. »Was soll ich tun?«

»Nichts. Bleib einfach so.« Er hob die Kamera, schoss das erste Foto und betrachtete das Ergebnis, ehe er einen weiteren Schritt zur Seite setzte. Dabei ließ er sie nicht aus den Augen.

Es verunsicherte sie. Wäre es nicht Marius, hätte er sie an ein Raubtier erinnert. Der Wind wehte ihr eine Haarsträhne ins Gesicht, und sie strich sie hastig beiseite.

Marius schoss ein weiteres Foto und ließ die Kamera sinken. »Perfekt.«

Perfekt?

Sie schalt sich eine Idiotin. Natürlich redete er vom Motiv. Der Bildkomposition. Von irgendwelchen Winkeln, Farben, Formen, Belichtungen und anderen Fotografendingen, die zufällig etwas bildeten, das ihm gefiel. Davon, wie die vom Wind getriebene Haarsträhne gerade für den goldenen Schnitt – oder was auch immer Fotografen wichtig war – gesorgt hatte. »Darf ich mich wieder bewegen?«

»Ja, sicher.« Er starrte auf das Display, dann wieder zu ihr. »Danke.«

Da war er wieder, dieser seltsame Moment, in dem sie sich anders fühlte als in den vergangenen Tagen. Jemand tauschte die reservierte Liska, die Schottland so schnell wie möglich verlassen wollte, gegen jemanden aus, der sich wohlfühlte – hier, in dieser Gegend, dieser Situation, dieser Gesellschaft. Es verwirrte sie.

Sie musste weitermachen, als wäre nichts gewesen. Und

im Moment bedeutete das, Vickys Katze irgendwie an den Stein zu bekommen. Warum aber war es so schwer, sich auf die Sache zu konzentrieren, wegen der sie hierhergekommen waren? Sie deutete auf die Kamera. »Darf ich ...?«

»Ich hab sie!« Vickys Geschrei kam so überraschend, dass sie einen Schritt zur Seite machte und sich den Handrücken am Stein aufriss. Fluchend rieb sie über die schmerzende Stelle.

Ein Miauen mischte sich in die Rufe, dann platzten Frau samt Tier in die friedliche Stimmung. Vickys Jeans war bis zu den Knien nass, die Katze dagegen völlig. Sie hing reglos in Vickys Händen, die Hinterpfoten baumelten herab, so spindeldürr wie das ganze Tier. Alles in allem wirkte es ... missmutig und resigniert.

Vickys Keuchen wurde lauter, dann blieb sie stehen. »Mim war schon im Wasser, aber ich hab sie noch erwischt. Das macht sie immer, Möwen jagen, da kennt sie nichts. Ich hätte einfach dran denken müssen. Zu Hause im Teich ist das ja kein Problem, da kann sie nicht wirklich untergehen, aber hier in der Strömung ...«

Sie setzte Mim auf den Boden. Das Tier schwankte, rührte sich abgesehen davon aber nicht mehr.

»Hat sie einen Schock?«, fragte Liska.

Vicky winkte ab. »Iwo, die ist nur beleidigt, weil ich sie von ihrer Beute weggebracht hab. Gib ihr ein paar Minuten, dann fängt sie sich wieder. Hiermit geht das noch schneller.« Sie wühlte in ihrer Hosentasche, hockte sich neben Mim und bot ihr einige Stücke Trockenfutter an. Die Katze ignorierte sie und wandte sich ab, nur um das Futter kurz darauf gnädig anzunehmen.

Vicky tätschelte ihr den Kopf. »Na. Geht doch. Also.« Sie sah hoch. »Ist eine nasse Katze als Modell erlaubt?«

Marius zuckte die Schultern, der Ausdruck auf seinem Gesicht schwankte zwischen Belustigung und Ratlosigkeit. »Ich denke nicht, dass es Sinn macht, zu warten, bis sie luftgetrocknet ist.« Er deutete nach Osten, wo der Himmel sich verdüstert hatte. Eine Front aus Dunkelblau und Schwarz trieb über das Wasser auf sie zu. Aus der Ferne ein interessanter Anblick, aber Liska wollte weit weg sein, ehe das Unwetter die Küste erreichte. Der Wind war hier draußen bereits kalt genug. Sie hatte wenig Verlangen danach, auch noch bis auf die Haut durchnässt zu werden.

Vicky musterte die Wolken mit Todesverachtung, zog ihren Schal vom Hals und rubbelte Mim so energisch trocken, dass die Katze bebte. »Das bekommen wir noch hin. So, fast schon wieder trocken.« Sie zog den Schal zurück und betrachtete voller Stolz ihr Werk. Mim sah aus, als wäre sie von sämtlichen Seiten gleichzeitig geföhnt worden, streckte eine Vorderpfote aus und ließ sich auf die Seite fallen.

»Wohl doch ein Schock«, murmelte Liska. Ihr tat die Katze leid. Vickys Energie konnte anstrengend sein, selbst nach kurzer Zeit. Das Tier musste sie dagegen den ganzen Tag ertragen, wenn es sich nicht gerade aus dem Haus flüchtete.

»Ach, macht euch keine Sorgen. Sie will nur gekrault werden, nicht wahr?« Vicky rieb dem Tier über die Stirn, woraufhin es ihr seinen Kopf entgegenstreckte. »Aber erst die Arbeit, meine Liebe. Los, hopp! Auf mit dir!« Sie griff in die Hosentasche, zog ein weiteres Stück Trockenfutter hervor, sah sich um und tauchte es in eine der Pfützen. Anschließend verrieb sie es zwischen den Fingern und verteilte es auf dem Stein.

Liska beobachtete sie erstaunt und blickte sich hastig um. Katzenfutter an irgendwelchen Symbolsteinen war sicher nicht gern gesehen, selbst wenn es sich bei besagten Steinen nicht um Originale handelte. Es war jedoch niemand in der Nähe, der sie tadeln konnte. Kein Wunder bei dem Wetter.

Vickys Taktik funktionierte: Mim stakste zum Stein, schnupperte daran und begann zunächst zaghaft und dann immer energischer, ihn abzulecken.

»Ha!«, rief Vicky so laut, dass Liska zusammenzuckte. »Ich wusste es. Passt das so?«

Marius sah durch den Sucher. »Nicht schlecht, Miss Marsden. Von hier sieht das sehr gut aus.« Er kniete sich hin und legte los. Ein Foto, zwei, dann zählte Liska nicht mehr mit.

Während Mim um ihr Futter kämpfte und er es für die Ewigkeit festhielt, trat Vicky neben sie und legte ihr wie selbstverständlich einen Arm um die Schultern. Ihre Körperwärme drang durch Liskas Jacke, zudem hielt sie einen Teil des Winds von ihr ab.

»Netter Hintern«, flüsterte Vicky und hob das Kinn in Marius' Richtung.

Vielleicht war es die Katze, für die es in diesem Moment nichts Kostbareres gab als den Stein, vielleicht auch die Situation an sich oder die Tatsache, dass Vicky an dem letzten Stück Katzenfutter an ihrer Hand roch, ein Stück abbiss und es in hohem Bogen wieder ausspuckte. Letztlich spielte es keine Rolle. Wichtig war nur, dass sie kichern musste, und es fühlte sich echt und befreiend an. Vor allem, da Vicky schlicht und ergreifend recht hatte.

Der Regen prasselte wie ein wahres Inferno auf das Auto, als die Scheinwerfer das Seaflower streiften. Hinter dem Vorhang aus Wasser und Wind war das Haus nur undeutlich zu erkennen. Liska hoffte inständig, dass es das Unwetter überstehen und nicht weitere Dachziegel verlieren würde. Sie zog sich ihre Jacke über den Kopf und stürzte zur Tür, kaum dass Marius geparkt hatte. In wenigen Sekunden war sie bis auf die Haut durchnässt. In der Diele schüttelte sie sich und machte Platz, als Marius neben ihr auftauchte und ihr die Kameratasche reichte. »Hier, ich bin sofort wieder da.«

»Was hast du vor?« Verwundert sah sie zu, wie er noch einmal nach draußen rannte. Kurz darauf war er zurück, etwas Helles in den Händen.

So schnell sie konnte, zog Liska Schuhe und Jacke aus.

Im Wohnzimmer stellte sie den Heizlüfter an, um die Zeit zu überbrücken, bis Heizung oder Kamin den Raum erwärmten. Sie hielt ihre Füße davor und wackelte mit den Zehen, dann drehte sie sich um. »Was hast du da?«

Marius war ebenfalls aus den Schuhen geschlüpft und schüttelte sich. In den Händen hielt er ein Stück Papier in einer Plastikhülle. Er zog es heraus, faltete es auseinander und las. Erstaunt zog er die Augenbrauen hoch. Endlich reichte er es Liska. »Ich habe es aus dem Augenwinkel gesehen, es ragte aus dem Briefkasten. Von den Brookmyres.«

Sie mussten es absichtlich nicht ganz in den Kasten geschoben haben, damit es auf jeden Fall noch heute entdeckt wurde. »Warum rufen sie nicht einfach an?«, murmelte Liska, nahm die Nachricht an sich und begann zu lesen. »Sie schreiben, sie haben für alle Motive eine Lösung gefunden, aber für manche würde wohl eine kleine Reise anstehen.«

Ratlos hob sie den Kopf.

Marius deutete auf ihre Hände. »Dreh es um!«

Sie gehorchte. Auf der Rückseite befand sich eine Liste. Kurz, aber mit jeder Zeile wuchs der Drang, sie sofort wegzulegen. »Ach du meine ...«

»Ich habe mir schon gedacht, dass du das sagen würdest.« Marius klang zu ihrer Empörung nicht annähernd so geschockt wie sie.

Liska bedachte ihn mit dem vorwurfvollsten Blick, zu dem sie in der Lage war, und schlug einen Fingernagel gegen das Papier. »Den Leuchtturm sollen wir auf Westray ablichten. Die Kerle im Kilt auf Hoy. Den Luftballon mit Küstenblick auf Shapinsay, die aufeinander herumkletternden Schafe auf Rousay.« Sie ließ die Hand sinken. »Die Liste ist noch aberwitziger als die von deiner Tante. Was bitte soll das? Wenn wir der Brookmyre'schen Route folgen, führt uns das im Zickzack von einer Insel auf die andere. Es gibt überall auf den Orkneys Schafe, da müssen wir sicher nicht extra bis Rousay schippern.«

Er verschränkte die Arme vor der Brust, lehnte sich an das Sofa und sah sie amüsiert an.

Liska hätte sich am liebsten geschüttelt ... oder besser noch ihn. »Sei doch mal ehrlich, Marius. Das ist nicht die schnellste oder einfachste Art, um unsere Liste abzuarbeiten. Das ist nichts anderes als die Möglichkeit, den Brookmyres eine kleine Urlaubsrundfahrt zu bieten. Wahrscheinlich sind da sämtliche Orte drauf, die sie in diesem Jahr noch sehen wollen.« Sie hielt das Papier in die Höhe.

»Ja, vielleicht.«

Liska argwöhnte, dass er das alles als Abenteuer betrachtete. Dies war sein erster Besuch auf den Orkneys, und er fand es nicht verkehrt, so viel wie möglich zu entdecken, wenn sich die Gelegenheit dazu bot.

Liska hatte keine Lust auf diese Art von Sightseeing. Die anderen Inseln interessierten sie noch weniger als die, auf der sie derzeit festsaß. Mainland bot ihr genug Provinz. Was sie nun gar nicht brauchen konnte, waren noch kleinere Orte mit noch kauzigeren Menschen.

Als sie klein war, hatte Mainland mit seinen knapp fünfhundert Quadratkilometern als größte Insel des Archipels mehr als genug Raum geboten für Abenteuer. Sie hatte es während ihrer Sommerbesuche als Kind nicht einmal geschafft, diese Gegend vollständig zu erobern, da waren andere Inseln so unendlich weit weg gewesen. Nur selten hatte sie am Ufer gestanden und sich gefragt, wie lange man schwimmen musste, um das nächste Stück Land zu erreichen.

Einmal hatten ihre Eltern sie mitgenommen auf einen Ausflug nach Hoy. Liska erinnerte sich an eine hohe Felsnadel im Meer, den Old Man, eine Fahrt durch das für sie extrem langweilige Landesinnere sowie einen Besuch in einem Vogelschutzgebiet, wo ihr ein netter Mann in grüner Regenkleidung eine Anstecknadel in Form einer Weißwangengans schenkte. Die Nadel hatte sie Jahre später verloren, kurz nach der Erinnerung an Hoy. Die kehrte nun allmählich zurück und lud nicht gerade dazu ein, dort ein Fotoshooting mit gutgebauten Schotten im Kilt zu absolvieren.

»Ich weiß ja nicht, was du erwartest«, sagte sie. »Aber glaub mir, auf den anderen Inseln ist noch weniger los als hier. Die meisten Sehenswürdigkeiten befinden sich auf Mainland, und du wirst außerhalb nichts Besonderes entdecken. Zumindest nichts, was du auch nicht hier haben kannst. Es sei denn, du möchtest endlose Weiten fotografieren, aber ich kann mich nicht erinnern, dass so etwas auf der Liste deiner Tante steht.«

»Ha! Du kennst dich also doch aus?«

Sie nahm ein Kissen und traf ihn am Bauch. »Nein, aber ich habe ein Erinnerungsvermögen, das Eigenschaften wie *langweilig* oder *spannend* gespeichert hat. Wenn du dem nicht traust, gibt es in diesem Haus Reiseführer.«

Er strich sich die Haare zurück. »Ach komm schon, Liska. Gönnen wir es ihnen. Es ist für uns ja nicht viel Aufwand. Gut, wir müssen einen Tagesplan erstellen und zusehen, wie wir von einer Insel auf die andere kommen, aber zumindest ist es kein finanzielles Problem. Meine Tante wird für alles, ohne mit der Wimper zu zucken, zahlen, da kenne ich sie.«

Liska lauschte auf den Klang seiner Worte, ehe sie daran dachte, dass auch die Bedeutung wichtig war. *Verdammt!* Seit wann schaffte Marius es, sie so sehr in seinen Bann zu ziehen?

Sie schnaubte und deutete auf seine Socken. »Willst du die nicht wechseln? Sie sind nass. Deine Fußabdrücke glänzen immer noch auf dem Boden.«

Er schmunzelte und ignorierte seine Socken ebenso wie ihr Argument. Eine Weile sah er sie einfach nur an, und Liska wusste nicht, ob es ihr gefiel oder unangenehm war, weil es sie unruhig machte. Endlich legte er das Kissen beiseite und trat auf sie zu. »Ich denke, wir sollten es wagen. Für die beiden ist es ein großes Abenteuer.« Er zögerte. »Und für mich auch.«

Er trug nicht dazu bei, ihre Unsicherheit zu beseitigen. Liska sah ihn an, dann noch einmal seine Wollsocken. Sie zählte die Fusseln darauf und stellte fest, dass die guten Stücke nicht nagelneu sein konnten. Vorsichtig holte sie Luft, erahnte eine Spur Pfefferminz und, wie überall und an jedem Menschen, der sich in der Nähe der See aufgehalten hatte, einen Hauch Salz und Frische.

»Na gut«, sagte sie widerstrebend. »Scheint, als wäre ich überstimmt.«

»Okay.« Er sah zufrieden und erleichtert aus. »Okay«, wiederholte er. »Ich freue mich darauf. Wirklich, Liska.« Er berührte sie flüchtig an der Schulter. Dann wandte er sich um, schnappte sich die Fototasche und ging in das Gästezimmer.

Liska starrte ihm hinterher. Gedankenverloren legte sie

eine Hand auf die Stelle, an der er sie zuvor berührt hatte. Dabei schob sie den Gedanken beiseite, dass sie dem drohenden Abenteuer doch nicht so abgeneigt war, wie sie geglaubt hatte.

15

Das Motorgeräusch wirkte zu laut und schwer für das niedrige Haus und die Landschaft aus wogendem Gras und bunten Blumen drum herum. Die Brookmyres hatten ihnen zugerufen, dass sie rasch einsteigen würden, um augenblicklich weiterzufahren. Nun standen die beiden seit einer gefühlten Ewigkeit am geöffneten Fahrerfenster.

»William ist die alten Bücher durchgegangen«, sagte Fiona und hielt sich mit beiden Händen fest. Bei jeder stärkeren Windböe schwankte sie, und William stützte seine Frau mit der ihm so eigenen Hoheitlichkeit, die durch seine mal waagrecht zu einer Seite, mal senkrecht nach oben stehenden Haare skurril wirkte.

Liska saß auf dem Beifahrersitz, verstand bei dem Wind nur die Hälfte und fragte sich, warum Fiona das alles nicht von der Rückbank aus erzählte. Oder von welchen Büchern die Rede war. Es hatte etwas mit einem der de Vries'schen Fotowünsche zu tun, so viel stand schon einmal fest.

Sie lehnte sich in Marius' Richtung. »Sie sollen einsteigen. Wir können das alles im Wagen besprechen. Das ist doch auch für die zwei sicher angenehmer, als draußen im Wind zu stehen.«

Er nickte, sein warmer Atem streifte ihre Wange.

So nah.

Liska bekam eine Gänsehaut und schob es auf den Temperaturunterschied – schließlich verflüchtigte sich die warme Luft aus dem Wageninneren dank der Brookmyres soeben in den schottischen Himmel.

»Steigt doch ein.« Marius deutete mit einem Daumen hinter sich.

Fiona lächelte breit und nickte mehrmals, was ihren Körper schwanken ließ. Sie erinnerte Liska an das Dünengras, das vom Wind in alle Richtungen gebogen wurde, aber trotzdem seinen Standort hielt. Störrisch und biegsam zugleich. Vielleicht auch, weil ihr Mann unerschütterlich neben ihr stand und ihr Windschatten spendete. Wenn Fiona das Gras darstellte, so war William die Erde.

Liskas Blick wanderte zu seiner Hand mit den hervortretenden Adern. Sie fragte sich, was geschehen würde, wenn diese Hand nicht mehr da wäre. Kurz hatte sie die surreale Vorstellung einer Fiona, die wie ein Luftballon gen Himmel schwebte.

»Auf jeden Fall konnte er so all seine Freunde durchgehen«, rief Fiona und steckte ihren Kopf ein Stück weiter in den Wagen.

Liska fröstelte. Sie fand das Ganze furchtbar umständlich. Eventuell waren die beiden nicht gewohnt, in ein fremdes Auto zu steigen, solange ihnen niemand die Tür aufhielt? Vielleicht hatten sie es hier schlicht und einfach mit der schottischen Höflichkeit zu tun.

»Ich mach das schon«, sagte sie und stieg aus. Sie umrundete den Wagen, öffnete die hintere Tür und bedeutete den Brookmyres mit einer Geste, einzusteigen.

Fiona sah zu ihr auf, tätschelte ihre Hand und schickte sich endlich an, genau das zu tun.

William schloss die Tür hinter ihr. Kurz darauf schmiegte sich auch Liska wieder in ihren Sitz und bedauerte, keine Sitzheizung zu haben.

»Also dann schnell wie der Wind nach Stromness«, rief Fiona.

Liska sah sich um. »Was machen wir in Stromness?«

»Hamish Aird«, sagte William. Drei Silben so dunkel und hart wie Treibholz an der Küste. Vermutlich hielt er es für überflüssig, zu wiederholen, was Fiona zuvor erzählt hatte.

Liska ahnte, dass sie nicht mehr aus ihm herausbekommen würde, und wandte sich an Marius.

Der zwinkerte ihr zu und wendete den Wagen. »Mister Aird ist ein alter Freund von William und Fiona. Sie sind ihr Adressbuch durchgegangen und haben überlegt, wer für unsere Fotos in Frage käme. So wie es aussieht, besitzt Mister Aird eine Tätowierung. Den Schriftzug *Scotland my home* über der Landesflagge.«

»So ist es«, sagte Fiona und hielt sich dabei mit beiden Händen am Vordersitz fest. »Und der Sohn von Greta und Sean hat ein Motorrad. Wir treffen uns alle in Stromness.«

Liska ging in Gedanken die Notiz der Brookmyres durch. Stimmt, der *Biker mit »Scotland«-Tattoo* sollte im Hafen von Stromness posieren.

»Hoffentlich hat er sein Tattoo nicht an einer schwer zugänglichen Stelle«, flüsterte sie Marius zu. »Ich habe keine Lust, neben einem halbnackten Mann am Hafen zu stehen.«

Er hob einen Mundwinkel. »Ich verspreche dir, mich nicht zu beschweren, wenn du verschwindest, falls der Kerl zu strippen beginnt.«

»Abgemacht?« Sie hielt ihm eine Hand hin.

Er schlug ein. »Abgemacht.« Der Händedruck dauerte etwas länger als gewöhnlich und war doch zu schnell vorbei.

Seine Finger waren warm. Nicht so warm wie die Heizungsluft, und doch vertrieben sie den größten Teil der Kälte aus Liskas Körper.

Eine knappe halbe Stunde später erreichten sie die zweitgrößte Siedlung Mainlands. Stromness schmiegte sich an die Ostseite der Insel, als wäre es lieber im Wasser als an Land. Liska erinnerte sich, dass der Anblick des kleinen Ortes mit den blau-weißen Fischerbooten bei Sonne durchaus idyllisch sein konnte. Sobald sich am Himmel jedoch eine Barriere vor die Sonne schob, wirkte es trostlos. Schuld waren vor allem die Häuser, die kaum eine andere Farbe als Grau kannten. Als wollte man nicht nur in Stille und Abgeschiedenheit leben, sondern sich auch im Schutz der Gleichförmigkeit unsichtbar machen.

Liska sank tiefer in ihren Sitz. Bei Regen oder in der Dämmerung gab es sicher kaum Orte, die weniger gastfreundlich waren.

Die Brookmyres benahmen sich, als wäre Stromness mindestens Las Vegas. Fionas Gezwitscher wurde hier und dort von Williams Gebrumm unterbrochen, und sie tippte immer wieder so fest gegen die Fensterscheibe, dass Liska befürchtete, sie würde sich den Finger brechen. Hin und wieder tätschelte sie zudem Marius' Schulter, um seine Aufmerksamkeit auf irgendetwas zu lenken. Er nahm es mit stoischem Gleichmut hin, ohne sich beim Fahren stören zu lassen.

»Stromness liegt an der Mündung zur Bucht mit dem schönen Namen Scapa Flow. Die Bucht selbst wird von Inseln eingerahmt, wie ein Gemälde. Wenn man es auf einer Karte betrachtet, sieht das sehr hübsch aus«, sagte Fiona.

»Fünf Inseln«, ergänzte William. »Der Name hat seinen Ursprung von den Wikingern. Skalpafloi.«

»Im Stadtzentrum gibt es sogar ein Museum und ein Kunstcenter«, sagte Fiona. »Es ist wirklich sehr nett, eine Bekannte stellt dort hin und wieder aus. Sie malt schon seit über sechzig Jahren.«

»Das Gebäude ist denkmalgeschützt«, sagte William.

Wegen der Farbe der Häuser nenne man den Ort auch »die graue Stadt am Meer« – Fiona.

Schiefer-, tauben- sowie schornsteingrau – William.

»Kennt ihr Husum in Norddeutschland? Das ist unsere graue Stadt am Meer«, sagte Marius und brachte die beiden für wenige Sekunden zum Verstummen.

Liska atmete auf. Unwillkürlich hatte sie versucht, sich alles zu merken. Dabei musste sie das gar nicht mehr tun. Ab sofort war sie ebenso Touristin wie Marius, immerhin hatten sie gleich zwei alteingesessene Reiseführer an der Seite. Sie durfte also ebenfalls aus dem Fenster sehen oder Fragen stellen.

»Da vorn links abbiegen«, sagte William, und kurz darauf kam zum ersten Mal der Hafen in ihr Blickfeld.

Grau, grau, grau, dachte Liska. Das Meer, die Häuser, der Himmel. Einzig Boote und Möwen machten eine Ausnahme und malten weiße und blaue Tupfer hinein. Nach kräftigen, warmen Farben hielt man vergeblich Ausschau, nur in einem Vorgarten flatterte ein knallrotes Handtuch auf einer Wäscheleine. Liska stellte fest, dass der Stein daneben heller war als die anderen. William hatte keinen Altmännerunsinn geredet: Die Farben der Gebäude unterschieden sich wirklich voneinander. Es gab Nuancen von hell und beinahe freundlich bis hin zu düsterem Grau, das durch die grobe Fassade einmal mehr betont wurde. Vor manchen Häusern an der Wasserfront lagen kleine, von Steinmauern geschützte Gärten, hin und wieder war ein Bootsanleger zu sehen.

William lotste sie zu einem Parkplatz neben dem Hafen. Zur Rechten erhob sich ein sanfter Hügel, wo sich die Zahl der Häuser ausdünnte, links schwankte eine Fähre auf dem Wasser. Es war nicht stürmisch, aber der Wind ging im Hafen stärker und schmückte es mit weißen Kronen.

Weit und breit war niemand zu sehen, der den Eindruck machte, auf jemanden zu warten. Die Brookmyres störten sich nicht daran und stiegen aus, kaum dass Marius geparkt hatte.

Liska zog ihren Schal ein Stück höher, schloss ihre Jacke und stellte den Kragen hoch. »Na dann mal los. Auch wenn es da draußen recht ungemütlich aussieht.«

Marius folgte ihrem Beispiel. »Je schneller wir loslegen, desto schneller sind wir fertig. Und sieh es so: Du musst dich immerhin nicht entblößen, um ein Tattoo zu zeigen.«

»Das wäre vor allem problematisch, da ich keines habe.«

»Hast du nicht?«

»Nein. Du etwa?«

Er lächelte, schwieg und stieg aus.

Mit einem Hauch Entrüstung sah sie ihm nach und zog ihre Handschuhe über. Dabei hielt sie Ausschau nach einem Halbstarken auf seinem Motorrad. Vergeblich. Vor allem, da Bilder von Tätowierungen auf braungebrannter Haut durch ihren Kopf zogen und ihre Aufmerksamkeit immer wieder auf Marius lenkten. Energisch starrte sie auf das Wasser.

So weit bringst du mich nicht, Marius Rogall!

Sie öffnete die Tür und stieg aus. Der Wind war stärker als erwartet, zerrte an ihren Haaren und wehte sie ihr ins Gesicht. Sie zog die Mütze aus ihrer Jackentasche und setzte sie auf, ehe sie sich zu den anderen gesellte.

Viel Betrieb herrschte nicht im Hafen. Drei Männer standen auf einem Boot und wuchteten Kisten an Deck, ein weiteres Boot fuhr soeben ein. Aus dem Lagergebäude mit den blaugestrichenen Toren holperte ein LKW. Ein leerer Trinkbecher und etwas Undefinierbares rollten über den Boden. Zwei Möwen landeten und pickten danach. Liska hoffte, dass die Tiere ihre gelb-rote Mütze nicht mit etwas Fressbarem verwechselten. Als Kind hatte sie einmal gesehen, was ein Möwenschnabel anrichten konnte: Auf der Fähre nach Mainland hatte ein Tourist die Vögel gefüttert, indem er Toastbrotstücke in die Luft hielt. Ein besonders gieriges Exemplar war im Sturzflug herabgesegelt und hatte sich nicht nur das Brot, sondern auch einen Teil der Fingerkuppe des Mannes geschnappt. Jetzt erinnerte sie sich wieder an seinen Schrei und an das Blut, das ihm über die Handfläche gelaufen war.

Eine Möwe breitete ihre Flügel aus und stakste laut krächzend auf sie zu. Der Anblick war imposant. Liska vergaß immer wieder, wie groß Möwen sein konnten. Sie wirkten idyllisch, solange sie in der Luft blieben. Kein Postkartenmotiv der Welt, das einen Hafen zeigte, kam ohne Möwen aus, wenn es wirklich etwas hermachen wollte. An Land aber verwandelten sich die Biester in das, was sie eigentlich waren: Raubtiere, die mit ihrem Waffenschnabel auf alles einhackten, was schwächer oder langsamer war als sie.

Liska war froh, als das Tier abdrehte und auf das Wasser zustakste. »Ich sehe niemanden außer Hafenarbeitern. Zumindest kein Motorrad weit und breit.«

Kaum hatte der Wind ihr auch die letzte Silbe von den Lippen gerissen, hörte sie das charakteristische Knattern eines Motors. Kurz darauf bewegte sich etwas an der Einfahrt zum Hafenbecken: ein imposantes Motorrad, behaftet mit viel Chrom und einem Auspuff, der die Hauptrolle in jedem Roadmovie hätte spielen können. Der Fahrer, gekleidet in

Leder und mit einem dunklen Helm ausgestattet, hob eine Hand.

Fiona trat zu Liska und hakte sich bei ihr unter. »Das ist Sean.«

»Das habe ich mir schon gedacht«, sagte Liska und überlegte, woher die Brookmyres den Kerl wohl kannten. Dabei lag die Antwort nahe: Sie alle lebten auf Mainland. So einfach war die Sache.

Die Möwen wurden durch das Geknatter verscheucht, erhoben sich in die Luft und kreisten über ihren Köpfen, ehe sie sich in Richtung Wasser aufmachten. Immerhin etwas.

Die Maschine verstummte, der Fahrer stieg ab und zog den Helm vom Kopf. Unwillkürlich wartete Liska darauf, dass er seine Rockermähne schüttelte ... bis ihr auffiel, dass es nichts zu schütteln gab. Und das nicht, weil der Biker sein Haupthaar abrasiert hatte, sondern weil es ihm zum Teil bereits ausgefallen war. Der dunkle Kranz am Oberkopf war kurz, dafür war der Kinnbart etwas länger geraten.

Liska blinzelte. Der erwartete Halbstarke entpuppte sich als gestandener Mann, der die fünfzig bereits überschritten hatte. Sie konnte ihn sich besser vor einer Schulklasse im Chemieunterricht als auf seiner Maschine vorstellen.

Sie blinzelte noch einmal. Der Bart irritierte sie, darauf konnte sie sich keinen Reim machen.

Fiona trat auf den Mann zu, der ihre ausgestreckten Hände schüttelte und sich von ihr die Wange tätscheln ließ. Anschließend begrüßte er William, dann blickte er auf. Sein Blick streifte Marius, um an Liska hängenzubleiben. Ein breites Lächeln erschien auf seinem Gesicht. »Elisabeth, es ist so schön, dich endlich mal wiederzusehen.« Er stutzte, als sie nicht reagierte. »Erkennst du mich?«

Liska sah von ihm zu den Brookmyres, erntete aber nur

erwartungsvolle Blicke. Es war, als hätte der Mann mit seiner Frage die Welt angehalten, und es läge an ihr, sie wieder in Gang zu setzen.

Wie hieß er noch einmal? Sean, das sagte ihr absolut nichts, aber sie war vor allem irritiert, weil sie mit einem jungen Mann gerechnet hatte. *Der Sohn von Freunden*, hatten die Brookmyres gesagt, und sie hatte automatisch an jemanden gedacht, der seine Teenagerzeit noch nicht allzu lang hinter sich gelassen hatte. Was natürlich Unsinn war. Es lag nahe, dass die Freunde der Brookmyres ebenso alt waren wie sie selbst. Liska betrachtete die Kerben neben den Mundwinkeln, die senkrechten Linien zwischen den Brauen, die ihn trotz allem nicht grimmig wirken ließen. Vom Alter her könnte er ihr Vater sein.

Der Gedanke zündete einen Funken, der rasch aufglomm und schließlich ein Bild in ihrem Kopf erhellte. Nun begriff sie auch, warum ihr sein Bart so unpassend erschien: Sie kannte ihn nur glatt rasiert – und um einige Jahre jünger. Aber jetzt, da sie es einmal bemerkt hatte, war es unverkennbar.

»Mister Johnson?«

Sein Lächeln verstärkte sich. »Haargenau der. Es freut mich, dich wiederzusehen! Du siehst atemberaubend aus, wenn ich das mal so sagen darf.« Er musterte sie, als würde er sich jeden Zentimeter von ihr einprägen wollen.

Liska schwieg. Sie konnte in der Wetterjacke aus dem Seaflower und der Mütze, die ihr wie eine zweite Haut am Kopf klebte, nicht *atemberaubend* aussehen. Stattdessen ergriff sie seine ausgestreckte Hand und schüttelte sie, während ihr bewusst wurde, dass sie seinen Vornamen bislang nicht gekannt hatte.

Die Johnsons waren gute Freunde ihrer Eltern gewesen. Sie hatten selbst keine Kinder, sich aber trotzdem – oder vielleicht gerade deshalb? – stets gern mit denen anderer Leute beschäftigt oder unterhalten. Manchmal hatte Frau Johnson Liskas Mutter Gesellschaft geleistet, während sie auf ihre Tochter aufpasste, und die Männer waren in den Pub gegangen. Oder umgekehrt. Liska hatte die Johnsons gemocht. Sie hatten sie immer nach ihrer Meinung gefragt. Und wenn sie als Kind versucht hatte, sich gegen den Willen der Erwachsenen zu stemmen, hatte Mister Johnson ihren Widerstand häufig mit seinem Lächeln zum Schmelzen gebracht.

So wie jetzt. Sie konnte nicht anders, als es zu erwidern.

Wärme sickerte durch die Jacke an eine Stelle auf ihrem Rücken. Zuerst war sie erstaunt, begriff aber dann, dass Marius eine Hand dorthin gelegt hatte. Leicht nur, um sie zu stützen, nicht, um sie festzuhalten. Sie lehnte sich dagegen. Es fühlte sich gut an, und wären sie allein gewesen, hätte sie das Lächeln, das noch immer auf ihren Lippen lag, ihm geschenkt.

Sean Johnson sagte etwas, und sie riss sich zusammen. »Entschuldigung?«

»Ich sagte, gehen wir doch in das Café, bis Hamish auftaucht«, erklärte er, als hätte sie ihn nicht viel zu lange stumm angestarrt. »Greta hilft dort aus. Ich bin sicher, sie lädt uns auf einen Tee ein.«

Wenig später erklang ein Windspiel, als sie die Holztür zum Seagull Café öffneten und in das warme Innere traten. »Einen Moment, ich bin sofort da«, rief eine Frauenstimme aus dem Bereich hinter der Theke.

Liska schüttelte sich, wie um die Gänsehaut loszuwerden, die ihr der Wind trotz fester Kleidung beschert hatte. Die Temperatur im Café war in der Tat einladend. Die Glasfront funktionierte wie ein Wintergarten und bündelte jeden Sonnenstrahl. Helle Holzbänke waren mit Kissen in sämtlichen

Farben bestückt, von denen keines dem anderen glich. Bis auf ein Pärchen in der Ecke war das Café leer.

Liska öffnete ihre Jacke und schnupperte – es roch nach Frischgebackenem, und obwohl sie keinen Hunger verspürte, hätte sie nichts gegen ein Stück Kuchen einzuwenden gehabt. Einfach nur, um das Gefühl der Geborgenheit zu vervollkommnen.

Sean Johnson deutete auf den größten Tisch. »Ladys, meine Herren.« Fiona kicherte und ließ sich von William zu ihrem Platz geleiten, den er vorsorglich mit einer Hand abwischte, obwohl die Einrichtung tadellos sauber aussah. Liska setzte sich mit dem Rücken zur Wand, damit sie nach draußen sehen konnte. Von hier wirkten die schaukelnden Boote fast idyllisch. Möwen schwebten durch die Lüfte, hin und wieder ließ sich eine zu Boden sinken.

An den Wänden hingen gerahmte Fotografien des Hafens sowie Bilder mit Meeresmotiven: Muscheln, Seesterne, Fische. Unter einem gezeichneten Wal stand in bunten Buchstaben: *Am schönsten ist das Leben am Strand.* Hier waren sie, die kräftigen Töne: Rot und Gelb, Orange und Violett, als hätten sie sich vor der Welt dort draußen versteckt.

Marius nahm Liska gegenüber Platz, Mister Johnson zwischen ihm und William. Die Männer auf der einen, die Frauen auf der anderen Seite des Tisches. Marius beugte sich vor, um seine Kameratasche abzustellen. Umständlicher als sonst. Er schob sie hin und her, drehte sie und schien Probleme zu haben, ausreichend Raum für Tasche und Fuß zu finden.

Liska beugte sich vor, um ihm zu helfen. »Ich kann sie nehmen. Neben mir ist noch Platz.«

Seine Augen blitzten nah vor ihren auf. »Ich wollte dich nur fragen, ob alles okay ist«, flüsterte er. »Wenn es dir zu viel wird, sag es mir. Ich schleuse dich dann hier raus.«

Sie berührte seine Hand. »Danke! Aber es ist nicht schlimm.«

Das war die Wahrheit, obwohl es nahelag, dass Sean Johnson früher oder später alte Zeiten zur Sprache bringen würde. Anders als vorher war Liska deswegen nicht unruhig. Vielleicht, weil Marius alles wusste. Sie war nicht allein.

Ihre Finger lagen noch immer auf seinem Handrücken, und sie zog sie langsam zurück. Im letzten Moment drehte er seine Hand, so dass ihre Fingerkuppen die seinen streiften.

»So, was kann ich denn ... oh, Sean, du bist ja schnell ... ach du mein Herrgott, ist das etwa die kleine Liska Matthies?« Eine rundliche Frau war hinter der Theke hervorgetreten, versank in ihrer Schürze und legte Block und Stift auf dem Tisch ab. Sie strahlte so sehr, dass ihre roten Wangen an Äpfel erinnerten, stand nach zwei raschen Schritten neben Liska und breitete die Arme aus. Ganz wie früher.

Greta Johnson hatte sich bis auf ein paar Falten und Pfunde kaum verändert, und wie sie darauf wartete, dass Liska sich in ihre Arme schmiegte, war so typisch für sie, dass es Liska wie gestern erschien, dass Greta es das letzte Mal getan hatte. Nicht aufdringlich, sondern ... natürlich. Ohne nachzudenken, stand sie auf und fühlte sich etwas unbeholfen, weil sie Greta mittlerweile um mehr als einen Kopf überragte. Im nächsten Moment fand sie sich schon mit dem Kinn auf der Schulter der Frau wieder.

Greta klopfte ihr auf den Rücken und plapperte aufgeregt drauflos, wobei ihr Akzent immer stärker wurde, bis Liska kaum noch ein Wort verstand: dass sie mit ihrer Haarfarbe noch immer unter tausend anderen zu erkennen sei; dass sie ein so ansteckendes Lächeln besäße; und dass sie sich viel zu viel Zeit gelassen habe, um endlich wieder vorbeizuschauen.

»Hallo, Greta«, murmelte sie und bemerkte, dass Marius

sie ... ja, wachsam betrachtete. Er sah aus, als wäre er bereit, aufzuspringen und sie aus dieser Umarmung zu befreien, die sich jedoch gut anfühlte. Etwas unbeholfen, ungewohnt, aber gut.

Mach dir keine Sorgen.

Sean Johnson vermochte seine Frau schließlich davon zu überzeugen, sie loszulassen und ihnen allen erst einmal einen Tee zu bringen, damit sie sich aufwärmen konnten. Greta hörte nur mit halbem Ohr hin, zupfte an Liskas Kleidung und ihrem Haar und seufzte dabei aus tiefstem Herzen. Zwischendurch schaffte sie es, die Brookmyres zu begrüßen, Marius die Hand zu schütteln und mit ihm über die Fotos für seine Tante zu plaudern, von denen ihr Mann ihr bereits erzählt hatte. Sie verschwand, ohne zu verstummen, im hinteren Bereich des Cafés, um kurz darauf mit einem Tablett voller Kannen, Tassen, Teezubehör und Kuchen wieder aufzutauchen.

»Der geht zur Feier des Tages aufs Haus«, verkündete sie, goss eine Tasse ein und schob sie Liska zu.

Schon wieder kein Kaffee. Aber Greta war so rührend bemüht, dass Liska den Tee nicht ablehnen wollte. Dafür war der Kuchen umso besser, noch warm und mit dicken Schokoladen- und Nussstücken durchzogen.

Greta setzte sich neben Liska auf die Bank. »Also? Wann geht es los mit eurem Fototermin?«

»Sobald Hamish auftaucht«, sagte ihr Mann, und sie winkte ab. »Der ist sein Lebtag noch nicht pünktlich gewesen. Fiona, noch Tee? Wahrscheinlich rasiert er sich noch für die Fotos. Ich bin ja mal gespannt, ob das was wird; nicht, dass er mit dem Motorrad ... Liska, noch ein Stück? Nimm ruhig! Und Sie auch, Herr ...?«

»Nur Marius.« Seine Ruhe hätte keinen größeren Kontrast

zu Greta darstellen können, die sich nun an die Brust fasste und tief Luft holte. »Himmel, ich weiß, ich rede zu viel und zu schnell, aber ... Mensch Mädchen, dass ich dich heute sehe! Ich freu mich so!« Sie strahlte Liska an.

Es war so einfach zurückzustrahlen. Sich ein zweites Stück Kuchen zu nehmen, an die Wand zu lehnen und die Runde zu genießen, ehe sie sich wieder Wind und Möwen stellen mussten.

Fiona setzte ihre Tasse ab. »Was macht das Fest, Greta?«

»Alles verläuft nach Plan, meine Liebe. Ich organisiere mit Anne und Maisie ein Wikingerfest für Kinder. In zwei Wochen geht es los. Unser Ort war mal eine Wikingersiedlung«, sagte sie zu Marius. »Es heißt, dass ein Mann namens Harald Maddadson vor vielen Hundert Jahren hier Zuflucht gefunden hat.« Sie sah in die Runde. »Gestern hat Maisie eine ganze Ladung Plastikäxte und Schilder besorgt ... Liska, kannst du dich noch an das Wikingerkostüm erinnern, das deine Mutter und ich dir genäht haben?«

Liska musste nicht lange nachdenken. »Es war viel zu groß, und ich bin andauernd über die Hosenbeine gestolpert. Aber ich wollte kein Kleid.« Sie hatte ein Wikingermann sein wollen, der mit seinem Boot die große, weite Welt erkundete.

Erst als sie einen Schluck Tee nahm, bemerkte sie die Stille am Tisch. Keine echte Stille, denn Greta lachte, ihr Mann schmunzelte, aber Marius und die Brookmyres bewegten sich nicht mehr – oder vielmehr äußerst verhalten. Eine seltsame Spannung lag in der Luft, und Liska begriff, dass die drei befürchteten, Greta hätte sich soeben auf vermintes Territorium gewagt.

Verwundert hielt sie inne, konzentrierte sich auf ihren Bauch und suchte nach diesem ganz speziellen Druck, diesem Ziehen, der inneren Stimme, die ihr zuraunte, schnell zu flüchten. Doch sie fand nichts. Im Gegenteil, auf einmal wünschte sie sich, Greta Johnson würde mehr von ihrer Kindheit erzählen und Details hinzufügen, die sie selbst entweder vergessen hatte oder nicht kannte. Es schmerzte, ja, aber nicht so sehr, dass sie die Puzzlestücke dafür aufgegeben hätte. Jedes einzelne war eine kleine Kostbarkeit, und plötzlich wollte sie so viele wie möglich aufsammeln.

Marius ließ Liska nicht aus den Augen, während er locker mit den anderen plauderte. Allmählich begriff er, wie sie sich fühlte, wenn sie befürchtete, auf den Orkneys von einer Erinnerungsfalle in die andere zu geraten. Sie wollte nicht über ihre Vergangenheit reden, und das war ihr gutes Recht. Er selbst hatte kaum Probleme, über seinen Vater zu sprechen. Womöglich lag das, zumindest teilweise, an seiner Das-Glas-ist-halb-voll-Mentalität – so nannten es seine Freunde. Diese Haltung hatte er von seiner Mutter gelernt. Sie hatte stets betont, dass jede Situation etwas Positives habe, wenn man nur danach suchte. Er hatte das so sehr verinnerlicht, dass er sich manchmal dabei erwischte, sich selbst zu täuschen, um über etwas hinwegzusehen, das ihm nicht gefiel. Die Grenze zur Verdrängung lag nahe, doch er empfand es als anstrengend, darauf zu achten, wo sie begann. Viel einfacher war es, dunkle Wolken wegzulächeln. Auch anderen gegenüber.

Liska war in diesem Punkt anders als er. Zwar verdrängte sie auch, aber sie wusste genau, wo ihre Grenzen lagen, und wies andere sehr bestimmt darauf hin. Er dagegen verheimlichte, dass es verbotenes Territorium oder gar eine Grenze gab. Vielleicht verstand er sie deshalb so gut: Er durchschaute ihre Fassade aus Ablehnung und Eigenbrötlerei und fühlte sich mit ihr verbunden, trotz oder vielleicht wegen dieser Mauer. Zumindest wäre das eine Erklärung, warum seine Gedanken immer öfter um Elisabeth Matthies kreisten – abgesehen davon, dass niemand auf der Welt so schön lächelte wie sie.

Einem Impuls folgend suchte er unter dem Tisch nach ihrer Hand. Ihre Finger berührten sich wie schon einmal zuvor, und sie sah ihn erstaunt mit diesem Blick an, der ihn immer wieder aufs Neue fesselte.

Kurz zögerte sie, dann verflocht sie ihre Finger mit seinen. Obwohl sein Arm vor Anstrengung pochte, bewegte Marius sich nicht. Liskas Berührung und das warme Gefühl, das sich in seinem Körper ausbreitete, machten es ihm schwer, sich auf etwas anderes zu konzentrieren. Seitdem er sie am Pub in die Arme genommen hatte, bekam er diese unglaublich blauen Augen ebenso wenig aus dem Kopf wie den Duft ihrer Haare. Zitrone und Lavendel. Eigensinnig, aber nicht aufdringlich.

In Liskas Blick schimmerte Wärme, dann sah sie wieder zu Greta Johnson.

Die deutete etwas über dem Boden an. »So groß warst du damals, Mädchen. Allerhöchstens. Es hat dir nicht gepasst, dass die Jungs von Gregory Kellenburns Hof alle größer waren. Deine Mutter hat vorgeschlagen, dir einen Wikingerhelm mit langen Hörnern zu nähen, aus Stoff, und ich habe euch erzählt, dass die Wikinger gar keine Hörnerhelme hatten! Das wolltest du mir einfach nicht glauben.« Sie lachte so sehr, dass ihr Bauch wackelte.

Der Druck an Marius' Fingern wurde einen Hauch stärker. Liska hielt sich an ihm fest, und er legte einen Daumen auf ihren Handrücken. So locker, dass sie sich jederzeit zurückziehen konnte, doch stark genug, um ihr zu zeigen, dass sie nicht allein war.

Wenn er sich nicht täuschte, lockerten sich ihre Schultern.

Sie räusperte sich. »Ich wusste noch, dass wir über den Helm für mein Kostüm geredet haben, aber nicht mehr, warum. War das wirklich nur wegen Tim und Gavin Kellenburn?«

Greta nickte so sehr, dass die Bank wackelte. »Sie haben dir einmal weismachen wollen, dass größere Menschen schlauer seien, und seitdem bist du immer auf Zehenspitzen gelaufen, wenn du sie gesehen hast.«

Liska starrte auf den Tisch. Dann hob sie den Kopf. »Stimmt.« Sie gab einen Laut von sich, der irgendwo zwischen Lachen und Schnauben lag. »Das hatte ich vollkommen vergessen. Gibt es die beiden noch?«

»Gavin wohnt noch immer hier, der verdient sein Geld als Installateur. Tim hat eine Französin geheiratet und ist ihr in ihre Heimat gefolgt. Sie überragt ihn übrigens um einen halben Kopf.«

»Wohnen die beiden in Paris?«, fragte Fiona.

Greta schürzte die Lippen. »Nein, in der Bretagne.«

»Dort soll es wirklich schön sein.« Fiona nahm ihre Tasse und schlürfte den Rest Tee.

Das Gespräch wandte sich Tims Frau und Frankreich im Allgemeinen zu. Liska und ihr Wikingerkostüm waren von einem Moment auf den anderen vergessen.

Sie drückte Marius' Hand, ehe sie ihre zurückzog. Ihre Lippen formten ein stummes *Danke*.

Das Windspiel an der Tür ertönte wieder.

Ein Mann trat ein, grauhaarig und vor allem -bärtig, schüttelte sich und grinste breit in die Runde. »Bin ein wenig spät, nicht wahr?« Seine Zahnreihen wiesen Lücken auf, sein Gesicht erinnerte an rotes Leder. Er trug einen abgewetzten Parka, eine Cordhose und Gummistiefel und hätte durchaus einer der Fischer sein können. Ein sehr alter Fischer.

Seine Frage löste einen Schwall Reaktionen aus: Fiona

lachte, Greta rief etwas von Manieren und Umwegen, die über den einen oder anderen Pub geführt hatten, ihr Mann fragte nach, ob der Zapfhahn im Ferry Inn noch immer defekt sei, und William hob grüßend eine Hand – seine Form der Begeisterung.

Der Mann trat zu ihnen an den Tisch und klopfte mit einer Faust darauf. »Hallo, zusammen!« Er sah erst Marius, dann Liska an. »Ich nehme an, ihr zwei seid die Fotografen, denen ich mich heute stellen muss?«

Marius ging auf, dass es sich um ihr Fotomodell handelte, und er riss sich zusammen, um nicht zu lachen. Das hatte seine Tante sich sicher nicht vorgestellt, als sie sich einen Biker am Hafen von Stromness wünschte.

»Ja, das sind wir«, sagte er. »Das ist Liska, ich bin Marius. Schön, Sie kennenzulernen.«

Hamish nahm Liskas Hand, deutete einen Kuss und eine Verbeugung an und begrüßte Marius anschließend mit einem Schulterschlag, den er sicher noch einige Tage lang spüren würde. »Also, legen wir sofort los? Eine Lederkluft habe ich leider nicht mehr«, dröhnte er dann. »Schon vor Jahren verkauft. Aber wenn du mir deine Jacke leihst, Sean?«

»Kein Problem«, sagte der. »Müsste deine Größe sein.«

Hamish drehte sich zu Marius und Liska um. »Na rückt mal raus mit der Sprache! Was genau soll ich tun?«

Marius stand auf und angelte nach seiner Tasche. »Im Grunde nur auf einem Motorrad sitzen und Ihre Tätowierung zeigen. Ist es ... also, ist das möglich? Ich meine ... also, wo befindet die sich denn?«

Liska presste eine Hand vor den Mund und senkte den Kopf, um ein Lachen zu unterdrücken. Die anderen starrten Hamish einfach nur an.

Der Alte zeigte erneut seine Zahnlücken. Er zog seine Jacke

aus, legte sie über eine Sitzbank und begann sein Hemd aufzuknöpfen.

Liska gab einen erstickten Laut von sich. Marius bemühte sich, nicht in ihre Richtung zu blicken, da er befürchtete, einer von ihnen würde sonst losprusten – und er wollte den Mann nicht beleidigen, der sich bereit erklärt hatte, ihnen zu helfen. Aber die Situation war mehr als skurril: Hier saßen sie in einem öffentlichen Café, während ein wahrscheinlich über Achtzigjähriger sich ungerührt entblößte, um ihnen seine Tätowierung zu zeigen.

»Wenn ich das Hemd weglasse und Seans Jacke offen trage, müsste man es eigentlich ganz gut sehen«, ächzte Hamish. Dann hatte er es geschafft, zog den Bauch ein, spannte die Arme wie ein Bodybuilder und streckte ihnen seine Brust entgegen. »Ich hab ein bisschen rasiert, dann sieht man es besser.«

Marius beugte sich vor, konnte aber bis auf ein Loch in Hamishs imposanter Brustbehaarung nichts erkennen außer Hautfalten, die der Schwerkraft folgten. Obwohl ... wenn er genauer hinblickte, waren auf der hellen Haut Farben zu sehen. Kein Grau oder Weiß, sondern verwaschenes Grün oder Blau. Oder Grau? Eindeutig eine Tätowierung, doch das Motiv hatte sich zusammen mit der Haut der fortschreitenden Zeit gebeugt und war nicht mehr zu erkennen.

Jemand räusperte sich. Liska.

Okay, sie hatten ganz eindeutig ein Problem. Marius zerbrach sich den Kopf darüber, fand jedoch zumindest auf Anhieb keine Lösung. So wie es aussah, mussten sie sich wohl nach einem anderen Modell umsehen.

Greta nahm ihm die Entscheidung ab. Sie trat neben Hamish und beugte den Kopf, bis ihre Nase beinahe seine Brust berührte. »Was soll es noch einmal sein? Ich erkenn da beim besten Willen nichts, Hamish. Sieht aus, als hätte jemand sein Handwerk nicht verstanden. Wo hast du das denn bitte machen lassen, etwa auf dem Festland?«

Ihre Worte sorgten für allgemeines Gelächter.

Hamish lachte am lautesten. »Schlimmer noch. Unten in London.« Er tippte auf seine Haut, als würde das alles erklären. »Vor genau achtundfünfzig Jahren. Hat damals ganz schön blöde geguckt, der Kerl. War wohl in seiner Ehre gekränkt, weil er ausnahmsweise was Vernünftiges stechen musste. Ha!«

Hinter Marius setzte zustimmendes Gemurmel ein. Hamish zog seine Haut mit beiden Händen auseinander, und wirklich kam wie durch ein Wunder die blau-weiße Flagge zum Vorschein. Der Schriftzug *Scotland my home* war zwar krakelig und verzerrt, da Hamish seine Haut nicht gleichmäßig spannte, aber lesbar.

»Na Junge?« Hamish grinste ihn an und wölbte seine Brust ein wenig mehr. »Damit lässt sich doch was anfangen.«

16

*D*as war definitiv eine der seltsamsten Begegnungen in meinem Leben«, sagte Liska, kuschelte sich auf das Sofa im Seaflower und betrachtete mit dem Zoom Details auf der Kamera. »Deine Tante wird sich freuen.«

Das Foto zeigte Hamish. Er saß auf Sean Johnsons Motorrad, im Hintergrund sah man den Fährhafen von Stromness. Marius hatte den alten Mann in Position gebracht. Er thronte auf der Maschine, die Lederjacke über der nackten Brust geöffnet, das Gesicht zur Seite gedreht, als würde er etwas hören, das nur für ihn bestimmt war.

Liska vergrößerte das Bild weiter, und da war es: Auf der stellenweise rasierten Brust prangte Landesflagge samt Schriftzug. Greta Johnson hatte die umliegende Haut mit Klebestreifen gespannt, aber die waren nur zu sehen, wenn man wusste, wonach man Ausschau halten musste. Liska fror beim bloßen Anblick, doch Hamish hatte ihr versichert, dass der Wind einem echten Schotten nichts ausmachte – vor allem, da er auf den Orkneys aufgewachsen war: »Unsere Eltern sind unsere Eltern, aber Sturm und Meer unsere Paten«, hatte er gegrinst und sich nach der Fotosession in Begleitung von Sean in den nächsten Pub begeben. Die Brookmyres hatte es dagegen in ihr Haus gezogen. Marius und Liska hatten sie dort abgesetzt und sich für den kommenden Tag verabredet, um *die nächsten Motive zu jagen*, wie Fiona es ausdrückte.

Greta hatte Liska nur ungern gehen lassen und ihr ein großes Stück Kuchen eingepackt. Davon, dass sie mit den Brookmyres einen Ausflug zu einigen der anderen Inseln unternehmen wollte, war sie mehr als entzückt und bedauerte, das Café betreuen zu müssen und nicht mitkommen zu können.

Irgendwie bedauerte Liska es auch. Sie hatte Greta schon immer gemocht, und daran hatte sich auch nach all den Jahren nichts geändert.

»Foto Nummer sechs, Biker mit seiner Maschine im Hafen von Stromness«, sagte sie und gab Marius die Kamera zurück. »Das wäre geschafft.«

Er nahm sie und reichte Liska im Gegenzug ein Glas Wein. »Morgen stehen weniger abenteuerliche Aktionen an.« Er warf einen Blick auf die Liste der Brookmyres. »Wir machen eine Sightseeingtour für den letzten Punkt auf der Liste: Orkney-Sehenswürdigkeiten, zum Beispiel Rundkirche von Orphir oder Maes Howe. Anschließend geht es nach Skara Brae für das Motiv *Küssendes Paar*. Da haben die beiden sicher bereits Bekannte aufgetan.«

Liska nippte am Glas. »Zur Not posieren sie einfach selbst.«

Er hob die Brauen. »Wenn das so weitergeht, glauben alle Menschen in Deutschland, dass die Rentnerzahl auf den Orkneys ungewöhnlich hoch ist.«

Liska zuckte die Schultern. »Sollen sie.«

Marius legte die Kamera auf den Tisch, schnappte sich sein Glas Wein und lehnte sich ebenfalls zurück. Eine Weile war nichts zu hören bis auf das Prasseln der Flammen im Kamin. Hin und wieder knackte Holz.

Liska schloss die Augen. So ließ es sich aushalten. Ihre Gedanken wanderten zum Seagull Café, zu der gemütlichen Atmosphäre, dem Treffen mit den Johnsons ... und dem Moment, als Marius ihre Hand unter dem Tisch genommen hatte.

Sie öffnete die Augen einen Spaltbreit und musterte ihn. Er trug Jeans und ein schwarzes Shirt irgendeiner Outdoor-Marke, die sie nicht erkennen konnte. Die langen Beine hatte er von sich gestreckt, seine Füße steckten in Wollsocken. Der Flammenschein tanzte auf seiner Haut und zeichnete die Linie seines Kinns weicher. Dort schimmerte es rötlich, ein Zeichen dafür, dass er sich heute noch nicht rasiert hatte.

»Tut mir leid, das mit den Johnsons«, sagte er.

Liska wusste nicht, ob er ihren Blick bemerkt hatte, doch sie schaffte es nicht wegzusehen. »Das muss es nicht«, sagte sie, lauschte ihren Worten hinterher und merkte, dass sie ehrlich gemeint waren. »Hätte ich vorher gewusst, dass wir mit den Johnsons verabredet sind, wäre ich wahrscheinlich nicht mitgekommen.« Sie zog eine Grimasse. »Aber ich habe mich gefreut, die zwei wiederzusehen. Sie haben früher viel mit meinen Eltern unternommen, mal die Männer zusammen, mal die Frauen, mal wir alle.« Sie drehte den Kopf und betrachtete die Flammen, spürte die Wärme auf den Wangen und war sich nicht sicher, ob sie vom Feuer kam. »Ich mochte Greta und ihren Mann sehr. Seltsam, bis heute wusste ich nicht, dass er Sean heißt. Für mich waren sie immer Mr und Mrs Johnson. Ich weiß noch, wie meine Mutter und Greta sich zusammen fertiggemacht haben, um auszugehen. Sie haben gekichert wie zwei Teenager.« Sie setzte das Glas an und kippte den Rest in einem Zug hinunter.

»Du brauchst mir das nicht zu erzählen, wenn du nicht willst«, sagte Marius so leise, dass seine Worte im Knistern der Flammen untergegangen wären, hätte Liska nicht auf seine Lippen gesehen.

Sie schnappte sich ein Kissen und schlang ihre Arme darum. »Nein, es ist okay.« Sie überlegte. »Vielleicht ist es an der Zeit, dass ich es jemandem erzähle. Und du bist irgendwie mitten hineingeraten, ohne zu wissen, worin eigentlich. Das tut mir leid, das war nicht geplant.«

Dieses Mal schwieg er. Das machte es ihr leichter weiterzuerzählen. »Es ist schwer vorstellbar, aber ich bin früher wirklich gern hergekommen. Meine Eltern haben Schottland geliebt. Sie haben eine Event-Agentur betrieben und hatten eigentlich niemals Feierabend. Zumindest nicht in Gedanken. Es gab immer irgendetwas, über das sie grübelten oder das sie geplant haben. Sobald sie auf die Fähre oder in das Flugzeug nach Schottland stiegen, haben sie all das bewusst zurückgelassen. Der Stress passt nicht auf die Orkneys, haben sie immer gesagt. Weil es dort keine Enge gibt. Keine Begrenzung. Man kann bis zum Horizont sehen, ohne dass das Auge abgelenkt wird. Es gibt weder große Häuseransammlungen noch Hochhäuser oder Verkehrschaos. Sie haben oft am Ufer gestanden und einfach nur auf das Wasser gestarrt. Zugesehen, wie die Sonne untergeht. Als sie mich zum ersten Mal hierher mitgenommen haben, habe ich mich gelangweilt. Aber dann habe ich mir vorgestellt, dass die Sonne aus unserer Welt in eine andere wandert, in ein verzaubertes Königreich unter dem Meer. Und dass dort eine Prinzessin lebt, die langes blondes Haar hat. Ich war traurig, weil ich kein blondes Haar hatte, und meine Mutter hat mir gesagt, dass meines die Farbe der Sonne am Horizont habe und dass das viel schöner sei.« Sie lächelte bei dem Gedanken daran. Mittlerweile wusste sie nicht mehr, für wen sie das gerade erzählte. Mit jedem Wort wurden die Bilder in ihrem Kopf lebendiger, als würden die Erinnerungen konkreter werden, indem sie sie aussprach.

Wie immer, wenn sie an ihre Eltern dachte, kam es ihr vor, als würde sie auf dünnem Eis stehen. Nur war die Angst, es könnte brechen, nicht so groß wie sonst. Viel wichtiger war nun, das Glitzern zu bestaunen. Schön und gefährlich zugleich. So wie die Geschichte, die sie aus ihrem Gedächtnis hervorkramte.

»Wir waren oft am Strand. Allein oder mit meiner Oma oder den Johnsons. Manchmal auch mit den Brookmyres. Fiona hatte immer Haferkekse dabei. Mainland wurde zu meinem eigenen kleinen Königreich, und ich war die Prinzessin mit dem Sonnenhaar. Wenn wir zurück nach Deutschland gefahren sind, habe ich so lange zurückgestarrt, bis ich die Insel mit all meinen Untertanen nicht mehr erkennen konnte.« Sie bemerkte, dass ihr Weinglas leer war. In ihrem Hals bildete sich der altbekannte Kloß, und sie schluckte ihn energisch runter. »Manchmal war meine Oma für ein paar Tage mit uns im Seaflower. Das kam selten vor, da es mit uns allen darin etwas eng wurde. Aber ich liebte es, weil es immer jemanden gab, der Zeit für mich hatte. An einem Abend regnete es sehr stark, und meine Eltern wollten noch einmal nach Kirkwall.« Der Jeansstoff auf ihren Oberschenkeln war abgewetzt, das hatte sie bisher gar nicht bemerkt. Sie strich mit einer Hand darüber. Spürte es kaum. »Meine Oma hat mich ins Bett gebracht. Mitten in der Nacht haben die Brookmyres mich geweckt und mir gesagt, dass meine Eltern nicht mehr nach Hause kommen. Meine Oma saß hier, auf dem Sofa. Sie hat so ... starr ausgesehen. Ein wenig wie eine Puppe, und das hat mir Angst gemacht. Heute weiß ich, dass sie sich zusammengerissen hat, um für mich stark zu sein. Sie wollte nicht vor mir weinen, um mich nicht noch mehr zu verschrecken.« Der Kloß wurde größer, und Liska schluckte. Noch einmal. Es funktionierte. »Sie hatten einen Unfall auf halber Strecke zum Ort. Ein Lieferwagen ist ihnen entgegengekommen, viel zu schnell. Er hat sie zu spät gesehen bei dem Wetter und wollte ihnen ausweichen, aber ...« Der Kloß löste sich auf, und Liska wünschte sich, er wäre geblieben. Denn nun ließ er die Tränen durch, die sich irgendwo dahinter gesammelt hatten. Auf einmal verschwand alles: der Jeansstoff ebenso wie das Glas, ihre Hand, der Raum und alles, was sich darin befand. Dieses Mal versuchte Liska nicht, die Tränen zurückzuhalten, dafür brannten sie zu sehr.

Etwas raschelte, dann bewegte sich die Welt eine Winzigkeit. Eine Berührung an ihrer Hand, Marius nahm ihr das Glas aus den Fingern. Auf einmal spürte sie Wärme an ihrer linken Schulter, dann zog er sie an sich. Liska wehrte sich zaghaft, gab dann nach und lehnte den Kopf an seine Brust. Seine Umarmung fühlte sich gut an. Geborgen. Sie hatte diesen Teil der Vergangenheit so lange verdrängt, dass sie geglaubt hatte, nie darüber reden zu können. Nun stellte sie fest, dass es schwierig war.

Aber möglich.

Marius hielt sie einfach nur fest und bewegte sich ebenso wenig wie sie. Lediglich sein Herz pochte gleichmäßig. Liska konzentrierte sich darauf und lauschte auf ihr eigenes. Nicht genau derselbe Takt, aber verdammt nah dran.

Als das Brennen hinter den Lidern nachließ, öffnete sie die Augen und blinzelte, bis sie klar sah. Sie fühlte sich, als hätte sie einen Marathon absolviert und sich anschließend eine Schlägerei mit sämtlichen Teilnehmern geliefert. Wenn es nach ihr gegangen wäre, hätte sie bis zum nächsten Morgen so mit Marius dagesessen.

Wenn seine Nähe sie nicht so verlegen gemacht hätte. Sie räusperte sich und starrte in die Glut des Kamins. »Manchmal beneide ich Menschen, die ihre Eltern noch haben. Ziemlich dämlich von mir, oder?«

Holz knackte. »Nein«, sagte Marius nach einer Weile. »Ich kenne das Gefühl. Ansatzweise.«

»Warum?« Es tat erstaunlich gut, sich auf ihn und nicht das Brennen zu konzentrieren.

»Ich habe meinen Vater nicht mehr gesehen, seitdem ich neun war.«

»Ist er ...?«

»Nein, er hat uns verlassen. Von einem Tag auf den anderen. Er war Hobbyfotograf und hat mich oft auf seine Touren mitgenommen. Von ihm habe ich meine erste Kamera bekommen. Früher habe ich gedacht, er macht das, weil ich ihm wichtig bin.« Ein düsterer Unterton mischte sich in seine Stimme.

»Und was denkst du heute?«

»Heute bin ich ziemlich sicher, dass ich sein Vorwand war, um nicht so oft zu Hause zu sein. Um zu gehen. Irgendwann war ich wohl nicht mehr stark genug, um ihn zurückkommen zu lassen.« Er hob die Schultern, ließ sie aber nicht mehr fallen.

Liska ließ ihre Hand über seinen Arm gleiten, wieder und wieder. Es dauerte lange, bis er sich entspannte, aber endlich legte er eine Wange an ihr Haar und murmelte etwas, das sie nicht verstand. Es war ihr gleichgültig. Sie brauchte jetzt keine Worte.

Am nächsten Morgen stand Liska noch vor Sonnenaufgang am Fenster, starrte hinaus und überlegte, ob Schottland sich seit dem vergangenen Abend verändert hatte. Zwar präsentierte sich das Wetter noch immer als alter Griesgram, aber sie ertrug es besser.

Die sanft gewellte Landschaft mit den vereinzelten Häusern und die allgegenwärtige See waren so anders als ihr Zuhause in Deutschland mit seinen Häuserschluchten und dem Verkehr, der bereits morgens lärmte, wenn sie noch im Bett lag. Hier konnte sie minutenlang aus dem Fenster starren, ohne überhaupt ein Auto zu sehen. Dafür hatte ein Bauer seine Schafherde auf die gegenüberliegende Wiese getrieben. Die weißen Flecken schwebten in der Dämmerung wie Schneeflocken hin und her. Abgesehen vom Wind war es vollkommen still.

Liska hatte sich eine Wolldecke umgeschlungen und stellte sich vor, das Meer zu hören. Auch vom Seaflower aus konnte sie weit sehen, bis auf die graublaue Wasserfläche, ohne dass ihr Blick abgelenkt wurde. Allmählich verfärbte sich der Himmel.

Sie entschied sich dafür, es als Zeichen zu nehmen, suchte ihre Sachen zusammen und schlich in das Badezimmer. Die Chance, dass Marius noch schlief, war angesichts der frühen Stunde groß, und sie wollte ihn nicht wecken. Sie duschte, putzte sich die Zähne und schlüpfte in frische Sachen. Während sie ihre Haare zu einem Zopf flocht, dachte sie an Marius und den vergangenen Abend.

Zum ersten Mal in ihrem Leben hatte sie freiwillig darüber geredet, was damals geschehen war. Jetzt kam es ihr vor, als hätte sie etwas Gefährliches getan, etwas Wahnwitziges, wie einen Bungeesprung oder einen Balanceakt in großer Höhe. War es wirklich das Geständnis, das sie im Nachhinein so verwirrte, oder lag es an Marius?

Ja, sie mochte ihn. Seine Gesellschaft, seine Gedanken und dass er ihr von seinem Vater erzählt hatte. Der sonst stets gutgelaunte Marius hatte sich für wenige Minuten zurückgezogen und nachdenklicher geklungen, auf eine Art, die verriet, dass er über jeden Satz nachdachte. Es beschäftigte ihn noch immer.

Lag ihr deshalb so viel an ihm? Weil sie spürte, dass er sie verstand? Weil er das ungute Gefühl in ihrem Magen nicht beseitigte, aber in etwas verwandelte, das anders war?

Oder weil er wusste, wie es war, jemanden zu verlieren?

Sie trat im selben Moment aus dem Bad, als Marius sein Zimmer verließ: barfuß, verschlafen, die Haare ein einziges Chaos. »Hey!«

»Hey!« Sie wusste nicht, was sie sonst sagen sollte. Sein Shirt erreichte nur knapp den Saum seiner Shorts und ließ einen Streifen Haut aufblitzen. Auf einmal war das seltsame Gefühl vom Vorabend wieder da, begleitet von einem Anflug von Verlegenheit sowie der Tatsache, dass sie allein bei dem Anblick seiner nackten Arme und Beine eine Gänsehaut bekam. Und sich danach sehnte ... »Das Bad gehört dir. Ich mach uns Kaffee«, sagte sie hastig.

Er nickte. »Wie hast du geschlafen?«

Es war keine Floskel, das verriet sein Tonfall. Auf einmal

war sie ihm so dankbar für alles, dass sie ihn am liebsten noch einmal umarmt hätte. »Ich bin okay.«

»Gut.« Er lächelte sie an und verschwand im Bad.

Liskas Haare hatten keine Chance zu trocknen. Der Tag machte sich einen Scherz daraus, Sonnen- und Regenphasen in kurzen Abständen miteinander abzuwechseln. Zudem war der Wind kurz nach Mittag so stark geworden, dass kein Regenschirm der Welt ihm standhalten konnte – und auch nicht jede Kapuze.

Die Brookmyres hatten Liska und Marius quer über die Insel gescheucht. Fiona nannte es die *Tour an seo*, da *an seo* im Gälischen etwas bezeichnete, das sich *hier*, also ganz in der Nähe, befand. Sie fuhren nur kurze Strecken, dafür verbrachten Marius und William gefühlt Stunden an den Motiven.

William hatte seine alte Kamera herausgekramt, und Marius freute sich über den Kollegen an seiner Seite. Wenn Wind oder Regen zu stark wurden, blieben Liska und Fiona im Wagen und beobachteten, wie die beiden diskutierten und fachsimpelten, hin und wieder die Kameras tauschten und sich das zuletzt geschossene Foto zeigten.

Mainland war ein regelrechtes Sightseeing-Paradies, was man der auf den ersten Blick kargen Insel gar nicht zutraute. Allein die Zahl der archäologischen Stätten war beeindruckend.

Fiona und William hatten sie zunächst ganz in den Norden der Insel zu den Ruinen der Kirche von Orphir geführt – »der einzige Beleg in ganz Schottland für eine mittelalterliche Rundkirche«, hatte William ihnen streng mitgeteilt, als wäre es ein Unding, dies nicht zu wissen. Anschließend ging es an die Küste westlich von Stromness, um Robbenkolonien zu beobachten. William hatte ein Fernglas dabei, und als Liska die grauen Körper der Tiere weit draußen auf einer Sandbank erkannte, spürte sie eine seltene Aufregung. Sie freute sich über jede Bewegung der Tiere, und als eine Robbe sich ohne Ankündigung ins Wasser rollen ließ, hätte sie fast vor Begeisterung aufgeschrien. Es hatte eine Zeit gegeben, in der sie oft verzaubert worden war, und heute war es, als würde man ihr einen flüchtigen Blick darauf gewähren.

Viel zu bald ging es weiter zu den Knowes o' Trotty, einem Gräberfeld aus der Bronzezeit. Liska runzelte die Stirn, als sie aus dem Wagen stieg.

Aber hier gibt es doch nichts.

In der Tat war wirklich nichts zu sehen außer einer gewellten Grasfläche. Bei diesen Erhebungen, erklärte William, handelte es sich um sechzehn Grabhügel, die bis ins Jahr zweitausend vor Christus datiert wurden.

Als Kind hatte sie sich vorgestellt, dass in Hügeln wie diesen Feen wohnten. Wenn sie ganz stillstand und lauschte, hatte sie geglaubt, feine Töne im Wind zu hören: Musik des Elfenvolkes, das unter der Erde sang und tanzte.

Jetzt waren die Feen und ihr Reich so weit entfernt wie von den meisten Erwachsenen dieser Welt. Trotzdem trat Liska einige Schritte zur Seite, weg von Williams tiefer Stimme, schloss die Augen und lauschte.

»Liska?«

Sie erschrak und riss die Augen wieder auf. Vor ihr stand Fiona und hielt ihr eine Tüte Pfefferminzdrops hin.

»Geht es dir gut? Ich habe gedacht, du wirst ohnmächtig, und schnell die starken Bonbons gesucht. Es soll Menschen geben, die vertragen den Wind nicht und kippen um. Nicht, weil er so stark ist, sondern weil er etwas mit ihren Ohren anstellt. Das hat mit dem Gleichgewichtssinn zu tun.« Sie sah sie an, als erwartete sie ein Geständnis, dass etwas mit ihrem Gleichgewichtssinn nicht stimmte.

Liska dachte sich, dass es eher Fiona war, die der Wind umwehen könnte, und zwar haargenau, weil er zu stark und sie einfach zu zierlich war. Sie nahm sich ein Bonbon. »Danke. Und nein, mir geht es gut. Ich habe dem Wind gelauscht.«

Fiona lächelte verschwörerisch. »Sind es noch immer die Elfen?«

Liska brachte es nicht übers Herz, Fiona zu sagen, dass sie mit fünfundzwanzig Jahren ebenso wenig an Elfen glaubte wie daran, dass Vicky Marsden im Wachzustand länger als eine halbe Stunde schweigen könnte, doch sie sprach es nicht aus. Vielleicht glaubte Fiona ja an das Zaubervolk unter den Hügeln.

Also beschränkte sie sich auf das Wesentliche. »Stimmt, ich habe dir damals davon erzählt. In eurer Küche.«

Fiona sah sie mit diesem Lächeln an, das Leute aufsetzten, die etwas ganz Bestimmtes mitteilen, aber nicht in Worte fassen wollten. Dann tätschelte sie Liskas Schulter. »Erinnerungen kommen oft als Paket, weißt du? Nicht immer gefällt einem alles, was darin ist. Aber letztlich ist doch jedes Paket ein Geschenk.« Sie ließ die Hand noch einen Atemzug lang liegen, lächelte und machte sich auf den Weg zu William.

Liska sah der schmalen Gestalt hinterher. Wenn sie sich nicht täuschte, hatte eine Spur Traurigkeit in Fionas Stimme gelegen.

Das Mittagessen nahmen sie bei Bekannten der Brookmyres ein, die eine Mischung aus Café, Souvenirladen und Bücherei führten. Das Holzschild mit dem Schriftzug *Agatha's* baumelte an einem Steinhaus im Wind. Einst mussten die Wände weiß getüncht gewesen sein. Die Fensterrahmen waren in hellem Blau gestrichen, bildeten einen hübschen Kontrast zur Fassade und harmonierten mit den Orchideen auf den Fensterbänken.

Agatha Macrae war eine durchtrainierte Frau, etwas jünger als William und Fiona, und servierte ihnen ihre Mahlzeit mit schwungvollen Gesten. Liska war heilfroh, dem Regen entkommen zu sein – vor allem, da sich Agatha als jemand entpuppte, für den Neugier ein Fremdwort war – und genoss Pie und Cider. Die Brookmyres tranken Tee zum Essen.

Liska fiel auf, wie erschöpft William aussah. Seine Hand zitterte, wenn er Tasse oder Gabel zum Mund führte. Auf ihre Nachfrage hin versicherte ihr Fiona, dass sie es nicht mehr gewohnt waren, so lang unterwegs zu sein, und nach der kleinen Pause wieder alles in bester Ordnung sein würde.

Liska war alles andere als beruhigt. Wenn die beiden bereits auf Mainland schwächelten, wie würde es erst werden, wenn sie zu den anderen Inseln aufbrachen? Sie musste am Abend mit Marius darüber reden.

Nach dem Essen fuhren sie zur Westküste. An der Skaill Bay lag das nächste Fotomotiv auf der de Vries'schen Liste: die jungsteinzeitliche Siedlung Skara Brae. Als eine der Hauptattraktionen der Orkney-Inseln war sie laut William bei jedem Wetter gut besucht, was die Chancen, ein küssendes Paar zu finden, steigerte.

»Notfalls fragt Liska jemanden«, sagte Marius und warf ihr einen Seitenblick zu. Er hatte eindeutig Mühe, sein Lachen zu unterdrücken.

Sie schlug ihm gegen die Schulter, musste aber trotz allem grinsen. Immerhin hatte der Zwischenfall in Kirkwall ihnen die Brookmyres beschert. Die hatten zwar einen umständlichen Weg gewählt, um ans Ziel zu gelangen, doch letztlich zählte, dass sie überhaupt ankamen.

Sie parkten, wappneten sich mit Schals, Handschuhen und Mützen, da der Wind in der Bucht besonders kalt war, und machten sich auf den Weg. William und Fiona liefen voraus, und Liska nahm sich vor, William im Auge zu behalten. Niemandem nützte es etwas, wenn er sich übernahm.

Der Mann an der Kasse passte perfekt zu Skara Brae mit seinem Vollbart und den dichten Augenbrauen. Er plauderte mit William und Fiona, wobei seine Stimme in einem Bariton dröhnte, als würde er die zwei lieber anfallen. Dann hob er den Kopf und winkte Liska heran.

Überrascht trat sie vor und überlegte, woher sie ihn kennen könnte.

»Die Tochter von Klaus und Frieda, das ist ja mal eine Überraschung.« Er klang ganz und gar nicht überrascht.

»Guten Tag«, sagte sie und ließ es wie eine Frage klingen.

Er lachte und erzeugte in Liskas Kopf Bilder von Felsbrocken, die einen Berg hinabrollten. »Mein Name sagt dir sicher nichts.« Er deutete auf das Schild an seiner Brust: Ed Meacham. »Ich hab euch früher ab und zu Eier und Milch geliefert. Weiß ich noch genau, weil das Seaflower vor deiner Familie dem Onkel eines Freundes gehört hat. Willkommen zurück! Deine Oma sehe ich noch ab und zu.«

Liska brauchte eine Weile, bis der Groschen fiel. Ja, es hatte einen Lieferanten gegeben – ihre Mutter hatte viel Wert auf frische Lebensmittel gelegt. Sie versuchte, sich Ed Meacham als jüngeren Mann vorzustellen, und erinnerte sich, dass der Lieferant damals sehr volles, langes Haar besessen hatte. Als Kind hatte sie geglaubt, dass er ein Riese war.

»Hallo!« Sie streckte ihm eine Hand entgegen. »Kann es sein, dass Sie früher einen Pferdeschwanz getragen haben?«

Ein zweites Mal raste die imaginäre Gerölllawine den Berg hinab. »Wie ein junges Mädchen«, sagte er. »Heute würde meine Frau mir eins über den Kopf ziehen, wenn ich weiterhin wie ein Hippie herumliefe. Was habt ihr da drinnen vor?« Er deutete auf Marius' Tasche. »Wenn ihr Steine wegtragen wollt, kann ich euch gleich sagen, dass es Ärger gibt.«

William schnaubte und gab zu verstehen, dass er einen solchen Frevel auf seiner Insel niemals zulassen würde.

Liska schüttelte den Kopf. »Wir sind hier, um Fotos zu machen. Marius und ich haben einen speziellen Auftrag für eine Motivliste, unter anderem Skara Brae.« Ed und seine nur oberflächlich grummelige Art gefielen ihr. Sie mochte sogar seinen starken Akzent. Zudem freute sie sich darauf, zwischen alten Steinen herumzulaufen und mehr über Skara Brae zu erfahren. Seitdem sie nicht mehr die Reiseführerin mimen musste, fühlte sie sich selbst wie eine Touristin, die diese Insel nach und nach entdeckte.

Wiederentdeckte.

Ed schien mit ihrer Antwort zufrieden. »Es würde mich auch wundern, wenn ihr Fotos von der Insel machen sollt und Skara Brae wär nicht dabei. Hier.« Er drückte ihr eine Broschüre in die Hand. »Ich brauche euch nicht viel zu erzählen, ihr habt einen der besten Fremdenführer, den ich kenne.« Er deutete auf William, der huldvoll nickte. »Na dann viel Spaß!«

Liska zögerte. »Vielen Dank, was macht …?«

Seine Augenbrauen zogen sich ein Stück zusammen. »Rein, ehe ich es mir anders überlege. Und willkommen zurück! Wurde ja auch Zeit, dass du vernünftig wirst, Mädchen. Diese Deutschen wissen, was gut ist, auch wenn sie manchmal etwas länger brauchen«, wandte er sich an die Brookmyres, und Fiona lachte.

Liska bedankte sich und huschte an der Kasse vorbei. Marius schloss zu ihr auf und deutete über seine Schulter. »Gibt es noch andere Inseln, auf denen du dich länger nicht hast blicken lassen? Ich könnte mich an diesen Freifahrtschein gewöhnen.«

Liska zwinkerte ihm zu, verließ das Besucherzentrum und trat auf den schmalen Weg, der zu der Siedlung führte. Er war zu beiden Seiten von Grasflächen gesäumt. Eine Steintafel zur Linken erweckte Liskas Aufmerksamkeit, und sie trat näher. »Erster Mensch auf dem Mond, 1969. Was hat das mit Skara Brae zu tun, William?«

»Die Informationstafeln listen zeitliche Ereignisse auf, die immer weiter in der Vergangenheit liegen, bis man schließlich die Siedlung erreicht. Die wird auf die Zeit zwischen 3100 und 2500 vor Christus datiert.« Einmal mehr hätte William einen Lehrer abgeben können. Einen strengen Lehrer, der ihnen zwischen den Zeilen mitteilte, dass sie das eigentlich hätten wissen müssen.

Fiona hakte sich bei ihrem Mann unter. »Ist das nicht eine schöne Idee? So begibt sich jeder, der diesen Weg entlanggeht, auf eine kleine Zeitreise. Wollen wir?«

»Wir wollen«, sagte Liska. »Ich glaube, ich habe auch dort hinten bereits ein Pärchen entdeckt. Und wenn es sich nicht küssen mag, nehmen wir eben euch beide.«

Fiona und William tauschten einen Blick und liefen mit gleichmäßigen Schritten los.

Liska passte ihr Tempo an. Der Regen einigte sich auf einen Kompromiss und fiel in wenigen, feinen Tropfen, der Himmel war von einem so hellen Blau, dass es nahezu farblos wirkte. Zur Rechten brandete die See gegen das Land und schickte weiße Kronen in die Luft, die jedes Mal so schnell wieder verschwanden, als hätte es sie nie gegeben. Mit jedem Schritt wurde der Wind stärker. William hinkte mehr als zuvor, der Tag schien ihn anzustrengen. Doch letztlich hatten er und Fiona die Route geplant und wussten am besten, was sie sich zumuten konnten.

Liska nahm sich Zeit, jede Steintafel zu lesen, und stand schließlich vor der letzten: *Skara Brae, 3100 BC.* Ihre Neugier auf die alte Siedlung wuchs. Zwar würde sie sich niemals so sehr für Archäologie interessieren wie ihr Vater, aber dieser Ort strahlte eine eigentümliche Faszination aus. Ebenso die Tatsache, dass bereits vor mehreren Jahrtausenden Menschen hier gelebt und dieselbe Küste, dasselbe Land betrachtet hatten wie sie. Auf den ersten Blick wirkte es karg und kalt, aber wenn man genauer hinsah, entdeckte man diesen ganz speziellen Zauber.

Liska zupfte an ihren fingerlosen Handschuhen und bemerkte, dass Marius sie beobachtete. Nicht mit dem üblichen Fotografenblick, sondern ... ja, so, als würde er ihn ebenfalls spüren, diesen Zauber Nordschottlands. Liskas Wangen erwärmten sich, doch weder war es ihr unangenehm, noch wollte sie wegsehen. Als das Funkeln in seinen Augen zunahm, fühlte sich der Wind nicht mehr so kalt an.

Kurz darauf hakte sich Fiona bei ihr unter, während sich William und Marius auf die Suche nach passenden Fotomotiven machten. Zusammen schlenderten sie zwischen den Resten der Steinhäuser umher, bestaunten die Regelmäßigkeiten im Aufbau der Siedlung sowie der Häuser, die Größen der Grundflächen und dass noch ein Teil der Inneneinrichtung erkennbar war.

»Fast wie eine Reihenhaussiedlung«, sagte Fiona.

Liska blieb an einer Kante stehen, von der aus die Steinmauern mehrere Handbreit nach unten führten. Wenn sie richtig zählte, waren acht Gebäude freigelegt worden. »Ich habe mir das nicht so groß vorgestellt.«

Fiona beugte sich so weit vor, dass Liska sie aus Reflex

festhielt, damit sie nicht kopfüber in die tieferliegenden Mauerreste stürzte. »Das alles wurde nach einem besonders starken Sturm entdeckt, weil der die Dünen abgetragen hat. William kann dir mehr drüber erzählen als ich, der hat noch viele Jahreszahlen im Kopf.« Sie tippte mit einem Zeigefinger an ihre Mütze.

Liska musterte das Gelände. Außer ihnen waren noch vier andere Besucher vor Ort: zwei junge Männer, die definitiv verschiedenen Generationen angehörten und sich ziemlich ähnlich sahen, höchstwahrscheinlich Vater und Sohn. Auf der anderen Seite des Geländes turnte ein kleines Mädchen an der Hand seiner Mutter über einen Grasstreifen. Kein Pärchen in Sicht.

Marius und William erklommen einen der höher gelegenen Grashügel, starrten durch die Sucher ihrer Kameras und begannen zu diskutieren.

Liska musste daran denken, was Marius ihr von seinem Vater erzählt hatte, und schmunzelte, froh, dass sich zwei Gleichgesinnte gefunden hatten. »Was meinst du, Fiona, wollen wir den Herren Gesellschaft leisten?«

Strahlen, Nicken, Tätscheln. »Natürlich Kindchen, natürlich.«

Vorsorglich brachte Liska sich zwischen Fiona und die Küstenseite und hielt den Großteil des Windes von ihr ab. Heute war es deutlich kälter als an den Tagen zuvor, sogar Marius hatte sich den Schal bis zum Kinn gezogen.

»Und?« Sie sah sich um. »Kein Paar weit und breit. Bei dem Wind wundert mich das nicht. William, möchtest du mit Fiona lieber drinnen warten?« Sie deutete Richtung Besucherzentrum.

Er bedachte sie mit einem Blick, der ihr mitteilte, dass das Wetter seiner Heimat ihn niemals dazu bringen würde, irgendwohin zu flüchten, und legte einen Arm um seine Frau. »Nun, allmählich wird es sicher für alle anstrengend«, sagte er. »Wir sollten rasch unsere Aufgabe erledigen und aufbrechen. Das Sturmnachtgrau gefällt mir nicht.« Er deutete zum Wasser. Am Himmel rollte eine dunkle Wolkenfront heran.

»Ohne Liebespaar ist das mit der Aufgabe leider nicht so einfach. Wir können ja alle drinnen warten und die Besucher im Auge behalten.« Liska klang nicht gerade überzeugt von ihrem Vorschlag. Wenn sie Pech hatten, konnte das Stunden dauern. Marius' Tante wollte kein achtzigjähriges Paar auf dem Foto haben, das hatte sie ihm zwischenzeitlich per Textnachricht mitgeteilt. Aber als Notlösung, wenn es wirklich gar nicht anders ging, würden die Brookmyres doch sicher als Fotomodelle herhalten können?

Marius schüttelte kaum merklich den Kopf. »Geht ihr ruhig, ich wollte eh noch ein paar Aufnahmen machen. Vielleicht findet sich bis dahin jemand.«

Erste Regentropfen begleiteten seine Worte, die Schlechtwetterfront schickte ihre Ausläufer voraus. William sah in die Runde, dann hob er seine Kamera. »Unsinn, wir machen das Foto jetzt und fahren dann nach Hause. Meine Fiona ist müde, und ich könnte auch einen starken Tee vertragen.« Sein Tonfall ließ keine Widerrede zu. Er deutete erst auf Marius, dann auf Liska. »Ihr zwei, aufstellen! Am besten dort links, dann habe ich die gesamte Grabungsstelle mit im Bild.«

Liska wollte etwas sagen, bekam jedoch nur ein fragendes Geräusch heraus. Damit hatte sie nicht gerechnet. Daran hatte sie nicht einmal gedacht. William und Fiona wären als Paar in Frage gekommen, aber sie und Marius? Trotz der Kälte wurde ihr warm, der Bereich zwischen Bauch und Brust schien regelrecht zu glühen. Ein seltsamer Kontrast zu den trotz dicker Socken kalten Füßen und den Fingerspitzen, die in den Handschuhen kribbelten. »Ich ...«

»Na los, Mädchen!« Der Stahl in Williams Stimme hätte jeden Wrestler in die Knie gezwungen, doch es war der Anblick der deutlich frierenden Fiona, der Liska nachgeben ließ. Die Vorstellung, Marius zu küssen, und sei es nur für ein Foto, verunsicherte sie. Zum einen wäre sie jetzt am liebsten geflüchtet, zum anderen war da diese Aufregung, die ihr zuflüsterte, es einfach zu tun. Schließlich mussten sich ihre Lippen ja nur für einen winzigen Moment berühren. Ein gestelltes Bild lang.

»Okay, es ist ja nur für das Foto«, sagte Liska laut. »Bringen wir es hinter uns.«

Kaum waren sie heraus, hätte sie die Worte am liebsten wieder zurückgenommen. Es hatte geklungen, als läge eine unangenehme Aufgabe vor ihr oder als wäre Marius ein abstoßender Mensch und kein ... Sie zögerte.

Kein attraktiver Mann, den sie gern küssen würde.

Um Himmels willen, Liska!

Sie schaffte ein Lächeln, von dem sie hoffte, dass es unbeschwert war. Es fühlte sich an, als hätte jemand ihre Lippen eingefroren. Marius nickte und stellte sich in Position vor die Grabungsstelle. Er konzentrierte sich auf William, folgte dessen Anweisungen und machte zwei Vorschläge zur Korrektur, ehe beide mit der Position zufrieden waren. Er sah Liska nicht an, und sie fragte sich, ob er die Vorstellung, sie zu küssen, unangenehm fand. Nicht verlegen-unangenehm, sondern unangenehm-unangenehm. Nein, an so etwas sollte sie nicht denken!

»Liska.« William deutete auf die Stelle neben Marius. »Bitte seitlich zur Kamera.« Sie stellte sich auf, ließ sich von William näher an Marius positionieren und hob den Kopf.

Er tat es ihr nach. Sie konnte seinen Gesichtsausdruck nicht deuten. Waren das Zweifel in seinen Augen?

»Bringen wir es hinter uns«, sagte sie und lachte. Himmel, so gekünstelt hatte sie noch nie geklungen.

Er nickte lediglich.

Sie verlagerte das Gewicht auf den anderen Fuß und starrte auf die Stoppeln an seinem Kinn. »Wie wollen wir es machen? À la Hollywood? Weißt du, wo sie sich nicht wirklich küssen, dafür aber eine Stelle neben dem Mund, und dann drehen sie die Köpfe oder verdecken es mit einer Hand oder einer Schulter?«

»Liska, bitte nicht so herumzappeln. Ich bin bereit, ihr könnt beginnen«, rief William.

Sie räusperte sich. »Oder einfach nur posieren? Also die Lippen aufeinanderlegen, stillstehen und warten, bis William Bescheid gibt, dass er das Foto im Kasten hat? Das ist wahrscheinlich die einfachste Methode. Oder?«

Marius hob lediglich die Augenbrauen. Dann sah er zur Kamera, fasste Liska an den Schultern und drehte sie eine Winzigkeit. Nach einem Schritt vorwärts blieb nur sehr, sehr wenig Platz zwischen ihnen.

Die Wärme flutete über Liskas Hals. In diesem Moment legte Marius einen Finger unter ihr Kinn und hob ihr Gesicht an, als ob er die Röte auf ihren Wangen betrachten wollte. Ihr Herz schlug schneller. Sie zwang sich, gleichmäßig zu atmen, sah in seine Augen und staunte einmal mehr über die Länge seiner Wimpern, die in diesem Moment seine Haut berührten. Marius hatte die Augen geschlossen. Seine Hand wanderte zu ihrer Wange, und dann neigte er den Kopf und küsste sie.

17

»Morgen fahren wir nach Hoy. Bradley gibt heute seinen Junggesellenabschied. Er und seine Freunde tragen Kilt, hat er mir am Telefon gesagt. Zwei junge Männer werden bei ihm übernachten, weil sie nach dem Fest ausschlafen wollen. Wenn wir ankommen, sind sie sicher wieder auf den Beinen. Das passt doch wunderbar für das nächste Foto. Das mit den drei Männern.« Fiona legte Marius ein zweites Stück Kuchen auf den Teller, kaum dass er das erste vernichtet hatte. Seinen Protest ignorierte sie gekonnt.

Liska drehte die Teetasse in ihren Händen. Zwar war ihr nicht kalt, aber es hielt sie beschäftigt, damit fühlte sie sich besser. Normaler. So, als hätte der Kuss mit Marius niemals stattgefunden.

Seit jenem Augenblick in Skara Brae hatte sie nicht mehr gefroren. Aber zwischen ihr und Marius herrschte eine seltsame Spannung, die sie nicht einschätzen konnte. Sie hoffte von ganzem Herzen, dass nichts zwischen ihnen zerstört worden war.

Was soll denn dort passiert sein? Ihr wart nicht einmal Freunde. Nur Kollegen.

Obwohl sie sich das einzureden versuchte, wusste sie, dass es nicht stimmte. Marius war viel mehr als jemand, mit dem sie zusammenarbeitete. Er verstand sie. Und er wusste so viel von ihr. So vieles, das sie bisher kaum jemandem anvertraut hatte.

»Wer ist Bradley eigentlich?«, fragte sie.

»Unser Enkel«, kam es von William. Kurz angebunden. *Schroff.*

Liska war überrascht. Sie hatte stets gedacht, dass die Brookmyres keine Familie besäßen. Schon als sie klein gewesen war, hatte es nur Fiona und William gegeben.

»Ich wusste gar nicht, dass ihr Kinder habt.« Nun nahm sie doch einen Schluck Tee. »Wie groß ist denn eure Familie?«

William beäugte sie über den Rand seiner Brille hinweg, doch er schwieg. Fiona wackelte mit dem Kopf, nahm die Kanne vom Tisch, spähte hinein und schloss den Deckel wieder, als wäre sie nicht sicher, ob sie auffüllen sollte oder nicht. »Ach, unsere Lissy ist schon lange unter der Erde«, sagte sie leise. »Und ...«

»Bradley ist Lissys Sohn«, unterbrach William sie – und sicherte sich die uneingeschränkte Aufmerksamkeit aller. Liska hatte noch nie zuvor erlebt, dass er seiner Frau ins Wort gefallen war. Auch Marius schien erstaunt. Fiona stand still, den Mund noch immer geöffnet. Dann nickte sie, langsam, als würde sie etwas begreifen, das kein Außenstehender wissen konnte. Eine stumme Übereinkunft zwischen ihr und ihrem Mann.

Nicht nur begreifen, sondern auch akzeptieren.

Sie sah etwas traurig aus, dann huschte sie zum Herd.

William räusperte sich. »Die Bronns, Freunde von uns, wohnen ein paar Häuser von Bradley entfernt. Ihre Enkelin hat einen schwarzen Hund und sich bereit erklärt, als Hafenarbeiterin herzuhalten.«

»Das ist großartig«, sagte Marius. »Wie lange, denkt ihr, werden wir auf Hoy bleiben?«

»Wir werden bei den Bronns übernachten und anschließend weiter nach Shapinsay fahren. Von dort nach Rousay. Es macht wenig Sinn, zwischendurch hier zu übernachten.«

»Es würde ja auch das Gefühl der großen Reise zerstören,

nicht wahr?«, fügte Fiona an. Sie stellte die frisch gefüllte Kanne auf den Tisch und machte Anstalten, sich zu setzen. Liska stand noch vor William auf und rückte ihr den Stuhl zurecht.

»Bei Bradley ist es leider zu eng.« Fiona lächelte müde. »Er und seine Maggie haben kaum Platz für sich selbst.«

Liska wurde das Gefühl nicht los, dass etwas die beiden beschäftigte. »Das heißt, wir holen euch morgen früh ab und nehmen erst einmal die Fähre nach Hoy. Und wir kommen alle auf Hoy unter? Es ist sicher kein Problem, noch eine Unterkunft zu mieten.«

Endlich gab es einen Grund, Marius anzublicken. Liska gab sich Mühe, nicht auf seine Lippen zu schauen. Sie waren so warm gewesen. Fest und nachgiebig zugleich.

Er schüttelte den Kopf und lächelte. »Überhaupt kein Problem. Ich habe mit meiner Tante telefoniert. Sie meint, das wären wirklich geringe Zusatzkosten.«

»Ja, wir kommen alle vier dort unter. Wenn es etwas für uns zu bezahlen gäbe, würden wir das auch übernehmen.« Niemand hätte in diesem Moment einen stolzeren Schotten abgeben können als William. Er richtete sich kerzengerade auf.

»Dann ist das ja geklärt.« Liska sah in die Runde. »Wann sollen wir euch abholen?«

»Die Fähre geht ab Houton um kurz nach zehn. Seid eine Dreiviertelstunde vorher hier.« William stand auf, damit war für ihn alles gesagt.

Liska tat es ihm gleich. »Okay, wir brechen direkt nach dem Frühstück auf.« Sie zuckte zusammen, als Fiona plötzlich in die Hände klatschte.

»Ach, ich freu mich so!« Ihre Augen waren groß und glänzten, als wäre sie ein Kind, das zum ersten Mal in seinem Leben einen Weihnachtsbaum sieht. »Nach all der Zeit treffen wir unsere Freunde wieder, William. Unsere Freunde und Bradley.« In Freude und Staunen mischte sich ein ordentlicher Schuss Wehmut.

Liska fragte sich, warum die zwei jene Menschen, die ihnen wichtig waren, nicht schon längst besucht hatten. Okay, sie waren nicht besonders gut zu Fuß, wenn es um längere Strecken ging, das hatte der Ausflug heute bewiesen. Aber sie kannten beinahe jeden auf der Insel. Es hätte sich doch sicher jemand gefunden, der die zwei für eine Stippvisite quer über Hoy oder Shapinsay gefahren hätte?

Schritte, dann legte Fiona ihre Arme um sie. »Danke meine Liebe! Vielen Dank, dass ihr uns mitnehmt!«

Liska stand vor Überraschung zunächst wie erstarrt und registrierte, wie zerbrechlich die alte Dame war. Zögernd erwiderte sie die Umarmung. Es war ein seltsames Echo der Vergangenheit. Damals hatte Fiona sie oft an sich gedrückt, doch sie war viel, viel kleiner gewesen. Jetzt hatten sich die Verhältnisse ins Gegenteil gekehrt, und sie blickte auf den grauen, ordentlich gekämmten Haarschopf.

Fiona streichelte ihre Wangen und legte dann die Handflächen darauf. Ihre Haut war trocken, ein wenig rau. In ihren Augen las Liska denselben Gedanken.

Wie anders doch alles ist.

Fiona ließ sie los, wandte sich Marius zu und drückte auch ihn an sich. »Dir auch lieben Dank, Junge! Ihr ahnt nicht, was uns das bedeutet. Das wird unsere letzte große Reise sein.«

Marius schenkte Fiona sein breitestes Lächeln und klopfte ihr behutsam auf den Rücken. »Na, die letzte Reise wird das ganz sicher nicht. Ihr seid doch beide fit und werdet sicher noch einiges von der Welt sehen.«

»Es ist die letzte Reise«, sagte William mit jener Betonung, die keine Widerrede duldete. »Und allmählich wird es auch Zeit, den Abend einzuläuten.«

Deutlicher hätte er sie nicht zum Gehen auffordern können. Nach kurzer Verabschiedung sowie dem Versprechen, am Folgetag pünktlich zu sein, fanden sich Liska und Marius vor dem Haus wieder. Hinter ihnen fiel die Tür ins Schloss.

Liska legte den Kopf in den Nacken. »Es ist noch etwas zu hell, um den Abend einzuläuten.«

»Hm.« Auch Marius schien verwirrt zu sein.

»William kann mir doch nicht erzählen, dass er jetzt schon zu Bett geht?«

»Vielleicht sind sie einfach aufgeregt, weil sie so selten von hier wegkommen. Oder wollen noch planen oder packen.« Besonders überzeugt klang er nicht.

Liska seufzte. »Also dann, fahren wir los. Ist vielleicht gar keine so schlechte Idee. Das mit dem Planen und Packen, meine ich.« Insgeheim war sie froh über den Rauswurf. Zum einen würde sie noch etwas Zeit für sich haben, zum anderen gab ihr Williams seltsames Verhalten etwas, worüber sie grübeln konnte. Es lenkte sie davon ab, dass sie sich Marius gegenüber noch immer unsicher fühlte.

Wieder wanderten ihre Gedanken zu dem Kuss. Er war sanft gewesen, leicht und angedeutet. Ihre Lippen hatten sich kaum berührt, wenn, dann für den Bruchteil einer Sekunde. Eindeutig nur Show, zu vergänglich, um es in eine Erinnerung zu verwandeln.

Ganz anders als die Art, wie Marius sie berührt hatte. Seine Finger hatten noch immer auf ihrer Wange gelegen, als der Kuss schon längst vorbei war und William »Alles gut, das ist im Kasten« gerufen hatte. Die Berührung war geblieben, zusammen mit Marius' Blick, den sie nicht hatte deuten können.

Er hatte sie höchst verwirrt zurückgelassen. Mit einer einzigen Berührung. Er hatte nicht gelächelt, so wie sonst. Und noch etwas war anders gewesen, etwas, das sie nicht greifen konnte, ganz zu schweigen in Worte fassen. Alles zusammen ließ auch jetzt, allein bei dem Gedanken daran, ihr Herz eine Nanosekunde aus dem Takt geraten. Vielleicht auch länger. Vielleicht schlug es auch einfach nur schneller.

Liska war, als könnte man ihr das alles an der Nasenspitze ansehen. Waren es überhaupt noch Gedanken, mit denen sie sich soeben befasste? Gab es den Moment, in dem Bilder sich in Gefühle verwandelten und wenn ja, merkte man das?

Sie starrte auf ihre Schuhe, zählte die Schlammspritzer darauf und fragte sich, ob sie gerade melodramatisch war. Hier oben in Nordschottland war es nicht schwer, melodramatisch zu sein, allein die Landschaft bot eine hervorragende Vorlage dafür. Niemand konnte es ihr übelnehmen, wenn sie sich über solche Dinge den Kopf zerbrach. Sich hineinsteigerte.

Sie sagte sich das dreimal, wie ein Mantra oder eine Zauberformel, und lief los.

Das Seaflower war an diesem Abend zu klein und gleichzeitig viel zu groß. Liska hatte die verbliebenen Lebensmittel in eine Reispfanne verwandelt und eine Flasche Weißwein aufgemacht, die zu einem Drittel im Essen landete. Marius deckte in der Zwischenzeit den Tisch und schloss die Kamera an seinen Laptop an, um die Fotos zu sichten und zu sortieren. William hatte ihm seine Speicherkarte gegeben, und er musste hoch und heilig schwören, sie am nächsten Tag nicht zu vergessen. Er verhielt sich, als wäre nichts Besonderes geschehen, als hätten sie sich nie in Skara Brae geküsst. Vermutlich war die Sache für ihn lediglich Teil seines Auftrags gewesen, und er maß ihr keine Bedeutung bei.

Genau das sollte sie auch tun.

Liska nahm einen ordentlichen Schluck Wein aus der Flasche und holte anschließend zwei Gläser aus dem Schrank. »Und, ist etwas Brauchbares dabei?«

Er hm-te. »Ja, einiges. Sogar richtig gute Ergebnisse. Die Landschaft kann so dramatisch sein, das ist Wahnsinn.«

»Melodramatisch«, murmelte sie.

»Was?« Er sah auf.

Sie winkte ab. »Das Essen ist gleich fertig. Wie lange brauchst du noch?«

»Ein paar Minuten.« Er klickte weiter. »Wow! Manche Bilder sind einfach zu schade für meine Tante, die sollte ich anderweitig verwenden. Sag ihr das bloß nicht!«

»Ich schwöre es.« Sie goss noch einen Schuss Weißwein in die Pfanne, drehte die Temperatur herunter und trat hinter ihn. Der Bildschirm zeigte die Küstenlinie bei Skara Brae. Die Wiesen wirkten viel grüner, als Liska sie in Erinnerung hatte, und mit Abstand und aus der Wärme des Wohnzimmers betrachtet war sogar der Regen schön. Als hätte jemand die Landschaft mit Millionen winziger Kristalle überzogen, die den Zauber der Insel einfingen, brachen und um ein Vielfaches streuten. Der Effekt zähmte die Landschaft.

Eine seltsame Vorstellung. Liska war sich nicht sicher, ob sie wirklich wollte, dass jemand die Orkneys zähmte. Es passte nicht, fast so, als würde man einem wilden, eleganten Pferd ein Geschirr anlegen wollen.

»Schön«, sagte sie, ohne nachzudenken. Für den Hauch eines Moments fühlte sie sich verzaubert. Bereit, weitere verborgene Winkel zu entdecken. Unruhig, weil sie stattdessen im Seaflower saß.

Sie warf einen Blick aus dem Fenster. Es dämmerte.

Ein Klicken lenkte ihre Aufmerksamkeit zurück auf den

Laptop, und sie biss sich auf die Lippe: Dort war ein Paar zu sehen, das offenbar die Welt um sich herum vergessen hatte.

Liska schluckte. Das waren sie und Marius. Sie hatte sich noch nie Gedanken über Williams Fotokünste gemacht oder ob er mit seiner alten Kamera brauchbare Bilder schoss, ganz zu schweigen davon, dass sie ihn jemals gebeten hatte, ihr diese zu zeigen. Hier hatte er jedenfalls den richtigen Moment abgepasst.

Sie beide hielten die Augen geschlossen. Marius hatte eine Hand an ihre Wange gelegt. Selbst jetzt wirkte diese Geste noch so vorsichtig, als würde sie sich losreißen und weglaufen, wenn er sich zu abrupt bewegte. Ihre Lippen berührten sich noch nicht, aber genau das war es, was Liska dazu brachte, alles noch einmal zu erleben. Es war dieser Moment kurz vor dem Kuss, in dem die Zeit auf unerklärliche Weise langsamer verging und sämtliche Fasern des Körpers sich bereits auf die Berührung eingestellt hatten. Der perfekte Moment.

Liska wurde rot, wieder einmal. Sie schielte zu Marius, doch er betrachtete die Szene mit dem bereits bekannten Blick des Fachmanns. Liska war enttäuscht und dann ... wütend. Auf ihren Körper, der dämlich reagierte, auf Marius, da er ihr zeigte, wie wenig er sich aus der ganzen Sache machte, und wütend auf sich selbst, weil dieser Kuss sie so sehr beschäftigte. Dabei war er nicht mal echt.

Es war eine gestellte Szene, Himmel noch mal! Marius würde für seine Tante wahrscheinlich sogar nackt durch den Regen laufen, wenn sie es von ihm verlangte.

Sei froh, dass du keine Schauspielerin bist, Liska Matthies. Du würdest dich wahrscheinlich Hals über Kopf in jeden Kollegen verlieben, mit dem du vor der Kamera stehen müsstest.

Verlieben.

Das Wort hallte als Frage in ihrem Kopf nach. Bisher hatte sie lediglich über Bilder und Körperreaktionen nachgedacht. Aber es niemals in Worte gefasst.

War es das? Hatte sie sich etwa in diesen wenigen Tagen in Marius verliebt?

Sie betrachtete seinen Rücken, den Nacken und die Stelle unter seinem Haaransatz. Sie wusste, wie weich sie war, weil sie ihre Hände bei dem improvisierten Kuss unter seinen Schal geschoben hatte, nur um sie sofort wieder zurückzuziehen, als hätte sie sich verbrannt. Am liebsten hätte sie nun eine Bemerkung gemacht, etwas Witziges, Leichtes über das Bild, doch sie fürchtete, dass ihre Stimme kratzte, versagte oder sie schlicht Unsinn reden würde.

Auch Marius schwieg. Wahrscheinlich analysierte er das Foto: Helligkeit, Farbsättigung, Bildposition. Es zuckte Liska in den Fingern, ihn anzustoßen oder einfach nur zu berühren, damit er etwas sagte. Ärgerlich schob sie ihre Hände in die Hosentaschen.

Bis auf ihren Atem war es still im Haus. Marius schwieg nicht nur, er bewegte sich nicht einmal. Liska wollte sich räuspern, wegsehen, näher treten, alles auf einmal. Doch sie tat nichts davon. Jemand hatte die Realität eingefroren und zwang sie, das Foto so lange zu betrachten, bis sie im Boden versank.

Der Wind draußen. Das Ticken der Uhr. Das Trommeln ihres Herzens.

Sonst nichts.

Liska holte erschrocken Luft, als Marius so plötzlich den Laptop zuklappte, dass ihr das Geräusch wie eine Explosion erschien. Dann stand er auf, drehte sich um und fasste sie an den Schultern. »Tut mir leid«, sagte er leise.

»Was?« Sie war vollkommen verwirrt. Ihr war nicht klar,

was gerade vor sich ging. Von seinen Worten einmal abgesehen. Was tat ihm leid?

Er verzichtete auf eine Antwort, trat näher und küsste sie. Ein zweites Mal, ein *echtes* Mal. Nicht so zaghaft wie in Skara Brae und erst recht nicht so kurz. Dies war kein Filmkuss, kein Posieren für die Kamera und für irgendwelche seltsamen Tanten in Deutschland. Es war real.

Liska war zu überrascht, um sich zu wehren, doch sie wollte es auch nicht. Ihr Hirn feuerte mit Eindrücken und Gedanken, die sie nicht greifen konnte, also schob sie alles beiseite. Da ihr Kopf nicht funktionierte, blieb ihr nur eine Sache: sich fallen zu lassen. Es war so einfach, wenn sie endlich aufhörte zu analysieren. Da waren ihr Herzschlag und das Kribbeln in ihrem Bauch und den Fingerspitzen, da waren seine Lippen auf ihren und seine Hände, die wundervoll langsam über ihren Rücken wanderten.

Es fühlte sich gut an. Mehr noch, es fühlte sich großartig an. Richtig.

Liska hob ihr Kinn und kam ihm entgegen. Sie berührte sein Gesicht, so wie er ihres zuvor berührt hatte, tastete über seine Wangen und seinen Hals. Fand seine Haare, griff hinein und zog ihn zu sich herab.

Er unterbrach den Kuss so kurz, dass ihr nicht einmal Zeit zum Luftholen blieb. Aber wer musste schon atmen? Sie wollte mehr von seinen Berührungen und von seinen Küssen, die nach Kaffee schmeckten.

Der Wind ließ die Fensterläden klappern. Dort draußen die Kälte, hier drinnen die Wärme von Marius' Umarmung.

Mehr Klappern, gefolgt von einem Donnern. »Liska? Marius? Seid ihr da?« Vickys Stimme, gefolgt von neuerlichem Klopfen. Vicky stand draußen vor dem Fenster, und sie wusste, dass jemand zu Hause war. Zwar waren die Vorhänge zugezogen, aber der Schimmer der Lampe drang hindurch.

Liska bewegte sich nicht. Vicky war die letzte Person, die sie jetzt sehen wollte – zusammen mit sämtlichen anderen Menschen, die ihr einfielen.

Sie sah Marius an und hob die Augenbrauen. Er schüttelte den Kopf. »Nein«, flüsterte er. »Nicht jetzt.«

»Nicht jetzt«, wiederholte sie kaum hörbar und sah ihm in die Augen, zählte die Karamellfunken dort. Der Moment dehnte sich aus, und Liska wollte ihn am liebsten für immer festhalten.

Vicky sprengte ihn mit ihrer Hartnäckigkeit und schlug energisch gegen das Fenster. »Leute, ich habe gebacken! Schon wieder! Ihr solltet euch geehrt fühlen.«

In Liskas Vorstellung ging die Scheibe zu Bruch. Marius schloss die Augen und schüttelte den Kopf, konnte aber ein Grinsen nicht unterdrücken. Mit sämtlicher Willenskraft, die ihr noch geblieben war, löste Liska sich von ihm und ging leise fluchend zur Tür.

18

*A*us der Luft betrachtet musste Hoy aussehen wie ein gewellter Teppich in Grün und Braun. Obwohl der Name etwas anderes vermuten ließ – Hoy bedeutete William zufolge *die hohe Insel* –, hatte das Land nicht gewagt, sich stark gen Himmel zu wölben. Die Hügel präsentierten sich zaghaft und verhalten, als wollte sich Hoy im Schatten von Mainland verstecken.

Der Hafen des kleinen Ortes Lyness bot wenig: ein paar Häuser, ein großes Betonfeld sowie ein rundes Gebäude, das über allem anderen thronte. Der Gesamteindruck wirkte nicht sehr einladend. Etwas Rotes, Längliches streckte sich über dem Wasser – eine sogenannte Seeschlange, ein Wellenkraftwerk aus Stahlrohrelementen zur Gewinnung regenerativer Energie aus dem Meer. Davon hatte William während der Autofahrt auf Mainland ausführlich berichtet. Trotzdem hatte Liska das meiste bereits wieder vergessen.

»Was ist das graue Ding da?«, brüllte sie gegen den Wind an und deutete nach vorn. Gestern hatte sie sich nicht mehr die Mühe gemacht, etwas über Hoy nachzulesen. Der Abend hatte sie so sehr verwirrt, dass sie sämtliche guten Vorsätze über Bord geworfen hatte. Vicky war fröhlich ins Haus gestürmt, um sie mit Kuchen zu füttern und ein Gespräch zu eröffnen, nur um es an sich zu reißen. Vermutlich war ihr einfach langweilig gewesen und ihr Redebedürfnis wie immer so groß, dass sie sich auf den Weg zu ihren Nachbarn gemacht hatte, nachdem Emma im Bett war. Nach einer Flasche Wein ließen Liska und Marius abwechselnd zunehmend deutlichere Hinweise fallen, dass es angesichts des bevorstehenden Trips Zeit wäre, den Abend zu beenden. Kurz nachdem Vicky sich endlich rauswerfen ließ, entschied Liska sich für die Fluchtoption und verabschiedete sich für die Nacht.

An Schlaf war vorerst nicht zu denken. Sie lag in ihrem Bett, starrte an die Decke und versuchte, Ordnung in ihre Gedanken zu bringen.

Was war zwischen ihr und Marius passiert? Ein Kuss und nicht mehr? Ein Echo ihrer Pose für das Foto? Eine nette Zwischensequenz, da man sich ohnehin das Ferienhaus teilte? Oder ein Anfang von etwas, das sie noch nicht benennen konnte?

Sie drehte sich auf die eine Seite, Sekunden später auf die andere. Wollte sie überhaupt, dass es der Anfang von etwas war? Das Letzte, was sie für ihre Zeit auf den Orkneys geplant hatte, war, sich auf jemanden einzulassen.

Vielleicht. Möglicherweise.

Eventuell.

Nun gut, es teilte sich den letzten Platz in der Kategorie *Ereignisse, die ich nicht geplant habe* mit einem Kurztrip samt Brookmyres.

Liska nagte an ihrem Daumennagel. Fraglich, wie Marius es beurteilte. Was dachte er über die Sache? Dachte er überhaupt darüber nach? Oder war er einfach nur bereit gewesen, eine angenehme Zeit mit ihr zu verbringen, um am nächsten Tag freundschaftlich so weiterzumachen, als wäre nichts geschehen? War er so jemand?

Wie willst du das wissen, Liska? Du kennst ihn doch kaum!

Sie drehte sich auf den Rücken und lauschte. Im Haus war es still. Verdammt, sie hätte ihn fragen sollen, doch die passenden Worte waren ihr nicht eingefallen. Letztlich wollte sie nicht zu viel in diesen Kuss hineininterpretieren.

Der wirklich ... aufregend gewesen war. Eine Mischung aus der zaghaften Annäherung in Skara Brae und der Botschaft, dass Marius sich mehr wünschte.

Liska drehte sich auf den Bauch, doch es dauerte lange, bis ihr endlich die Augen zufielen.

Am nächsten Morgen waren Marius und sie mit ausgesuchter Höflichkeit miteinander umgegangen. Keiner von ihnen hatte den vergangenen Abend erwähnt. Nun standen sie auf der Fähre und waren nach einer halben Stunde Überfahrt beinahe am Ziel.

William deutete auf den Betonklotz, der das Auffälligste an ganz Lyness war, und setzte einen Schritt zur Seite. Es hatte den Anschein, als würde er das Gleichgewicht verlieren. Fiona griff nach seinem Arm, und zusammen hielten sie sich wieder an der Metallbrüstung fest.

Hier auf dem Wasser wirkte er deutlich tattriger als an Land. Wo er zuvor seine Frau gestützt hatte, tauschten sie immer öfter die Rollen. Die Reise schenkte Fiona mit jeder Meile Kraft, William dagegen schien sie bereits jetzt anzustrengen.

Trotzdem hatte er noch einen strengen Blick für Liska übrig. »Das *graue Ding da* ist das Besucherzentrum von Scapa Flow«, sagte er. »Einst Militärbauwerk, heute Museum. Ein Teil der installierten Maschinerie ist einzigartig. Sicher auch was für die Sammlung von Marius.«

Liska nickte. »Ich bin sicher, er ist dran. Zumindest ist er vorhin mit der Kamera verschwunden.«

»Was machen wir nach der Ankunft? Erst Bradley oder die Bronns?«

»Clare«, sagte William.

Fiona schlug vor Aufregung mit einer Hand auf das Geländer. »Clare ist die Enkelin unserer Freunde, der Bronns. Wir haben gestern mit ihnen telefoniert. Stewart ist Fischer und sagt, er hat genug Sachen im Schrank, die auch ein Hafenarbeiter tragen könnte. Clare holt uns mit ihrem Hund am Hafen ab und bringt alles mit. Ist das nicht nett?«

»Das ist super. Das heißt, wir können das Foto jetzt gleich machen?«

Fiona strahlte. »Genau das heißt es.«

Liska strahlte zurück. Sie musste zugeben, dass die Brookmyres wirklich eine große Hilfe waren und nicht, wie anfangs gedacht, eine Last. In Kürze würden sie das Foto *Rauchende Hafenarbeiterin, dreckverschmiert, mit kleinem schwarzem Hund* auf ihrer Liste abhaken können, und dann ging es hoffentlich schnell weiter zu den *drei gutgebauten jungen Männern im Kilt, mit nackten Oberkörpern und Rosen in den Händen.* Vielleicht konnten sie ja bereits morgen zur nächsten Insel weiterfahren.

Das Stampfen unter ihren Füßen wurde lauter, die Fähre langsamer. Marius tauchte irgendwo zwischen Maschinengewummer und einer Horde Möwen auf, die wie eine Traube über ihm in der Luft hingen. Er sah begeistert aus, das Gesicht vom Wind so gerötet, als käme er frisch aus der Dusche.

Liska betrachtete intensiv die Schraube neben sich. Sie war doppelt so groß wie ihr Daumennagel und wie das übrige Metall blau gestrichen.

»Das Licht ist super«, hörte sie ihn sagen. »Ich habe beide Häfen aus der Distanz drauf. Ist das da vorn das Militärmuseum von Scapa Flow?«

Zumindest er hatte gestern also noch Zeit gefunden, um im Reiseführer zu blättern. Der Kuss hatte ihn wohl nicht so sehr aus der Ruhe gebracht wie sie. Die Männer verfielen in eine Diskussion über Bildbelichtung, und als Fiona Liska fragte, ob sie schon einmal reingehen wollten, bot sie ihr stumm einen Arm.

Im Inneren war es nicht viel wärmer, aber immerhin windgeschützt. Gemeinsam beobachteten sie, wie der Hafen näher kam. Irgendwann ging ein sanfter Ruck durch die Fähre, die wenigen Menschen an Bord standen auf und hielten auf den Ausgang zu.

Liska überlegte, was jemanden dazu bewog, auf einer Insel mit weniger als vierhundert Menschen zu leben. So idyllisch das schier endlose Farmland und die Wiesenflächen auch waren, mussten viele Besorgungen doch auf Mainland erledigt werden. Laut Fiona hatte es vor Jahren einen Bus gegeben, der aber nicht im Winter fuhr, sowie einige kleine

Shops oder Cafés. Was, wenn man vom Einkauf auf Mainland zurückkam und etwas vergessen hatte – oder losfuhr und auf der Fähre feststellen musste, das Portemonnaie zu Hause gelassen zu haben? Was, wenn der Seegang so hoch oder das Wetter so schlecht war, dass die Fähre ausfiel? Wenn jemand krank wurde?

So faszinierend ihr das Inselleben auch für einen Besuch erschien, so unvorstellbar war es, hier das ganze Jahr über zu leben.

»Man gewöhnt sich dran«, sagte Fiona. »Wenn man es nicht anders kennt, findet man es gar nicht unbequem. Und es ist wirklich wunderschön, du wirst schon sehen.«

»Wann warst du das letzte Mal hier?«

»Ach herrje, das haben wir gestern auch überlegt. William hat Fotos gefunden, da war ich fünfunddreißig, aber ich glaube, dass wir danach noch einmal hier waren.« Sie lachte, ganz Aufregung und Neugier. Eine alte Frau mit einem Heer an Runzeln im Gesicht, die auf einmal wie ein junges Mädchen strahlte.

Hinter ihnen tauchte William auf, dann Marius. Sein Blick kreuzte Liskas, hielt ihn für einen viel zu kurzen und zugleich unendlich langen Moment fest. Dann wandte sie sich ab und begleitete Fiona zur Gepäckablage.

Lyness hatte sich seine Bezeichnung als Ortschaft nur verdient, weil es einen Hafen besaß. Das passende Adjektiv lag irgendwo zwischen *schläfrig* und *trostlos*. Belebt wurde der Anblick durch einige Arbeiter, die beiden Männer vom Fährbetrieb und … Liska blinzelte, doch sie hatte sich nicht geirrt: Dort unten stand eine Frau in den grellsten Klamotten der Welt. Der orangefarbene Rock berührte den Boden und war über und über mit Perlen und Pailletten bestickt. Darüber trug sie eine gelbe Lederjacke, die den Blick auf ein schreiend buntes Shirt und eine stattliche Anzahl an Glasperlenketten gewährte. Ihre Haare waren mit violetten Spangen hochgesteckt und wiesen sämtliche Schattierungen von Rosa und Pink auf. Und war das etwa Glitzer auf ihren Wangen? Neben ihr stand eine Tasche, die aus Stoffresten genäht und ebenfalls mit Pailletten verziert war.

Liska blinzelte, blinzelte noch einmal, doch das Bild blieb: Dort stand ein Einhorn in Menschengestalt. Jemand, der aus einem Magazin für junge Mädchen ausgeschnitten und an die falsche Stelle gesetzt worden war.

Vergangener Abend hin oder her, sie musste sich einfach zu Marius umdrehen und herausfinden, was er von der ganzen Sache hielt.

Er sah genauso aus, wie sie es sich gedacht hatte: als würde er seinen Augen nicht trauen. »Das wird schwierig«, flüsterte er ihr zu.

»Wieso?«

»Kannst du dir vorstellen, wie authentisch sie in den Klamotten eines Hafenarbeiters aussehen wird?«

»Wie kommst du da drauf? Sie muss doch gar nicht ... oh!« Jetzt bemerkte Liska, dass die Frau etwas in der Hand hielt. Eine Hundeleine. Am anderen Ende befand sich ein schwarzes Fellbündel, das ihnen ebenfalls entgegenblickte. »Oh nein!«

Das konnte einfach nicht Clare Bronn sein. Aber es wäre ein großer Zufall, wenn es auf dieser Insel gleich zwei junge Frauen mit schwarzen Hunden gab, die sich bereit erklärt hatten, an der Anlegestelle zu warten. Zumal weit und breit keine andere Frau zu sehen war.

»Die Jacke eines Hafenarbeiters hat sicherlich eine Kapuze«, versuchte Liska, ihnen beiden Mut zuzureden. »Dann sieht man schon einmal ihr Haar nicht. Wir wischen ihr das

Make-up ab, dann ist es gar nicht mal so übel. Ich mache mir ehrlich gesagt mehr Gedanken um den Hund. Was ist das, ein Pekinesen-Chihuahua-Mischling?«

»Er sieht aus, als würde ihn die nächste Windböe raus aufs Meer wehen.«

»Ich glaube, er trägt eine Spange auf dem Kopf.«

Auf Marius' Stirn bildeten sich dunkle Linien und verschwanden, nur um tiefer zurückzukehren. »Zur Not musst du posieren.«

»Ich habe das bereits in Skara Brae gemacht, schon vergessen? Es wäre etwas auffällig und sicher nicht im Sinn deiner Tante, wenn ich auf so vielen Bildern zu sehen bin.«

Er bedachte sie mit einem Blick, den sie nicht einordnen konnte. Ernst? Vorwurfsvoll? Fast, als wollte er ihr sagen, dass er sich durchaus noch daran erinnerte, was in Skara Brae passiert war.

Liska nahm ihren Koffer und zerrte ihn über die Anlegestelle auf die Frau zu. Die ging bereits den Brookmyres entgegen und streckte die Arme aus. Der Hund bellte und umtanzte das Einhorn, bis es ihm befahl, still zu sein.

»Dann mal los«, sagte Liska und bemühte sich, Clare nicht von oben bis unten anzustarren. Sie war ungefähr in ihrem Alter, hatte riesige braune Augen und ihre Wimpern metallicblau getuscht. Je näher man ihr kam, desto intensiver wurde der Duft von Vanille.

»Du musst Liska sein, die Enkelin von Fis und Wills Freundin aus Deutschland«, sagte sie mit erstaunlich warmer Stimme. Ihr Akzent war nur schwach ausgeprägt.

»Bin ich. Hallo!« Liska streckte ihr eine Hand entgegen und wich eine Winzigkeit zurück, als Clare auch bei ihr zu einer Umarmung ansetzte. Es war mehr Reflex als ein bewusstes Signal. Sie wollte nicht unhöflich sein, aber da sie sich bereits an Fionas Getätschel gewöhnt, Marius geküsst und dieser seltsamen Inseltour zugestimmt hatte, wollte sie zumindest einen gesunden Abstand zu Fremden behalten.

Clare schien es ihr nicht übelzunehmen, musterte sie interessiert und wandte sich an Marius. »Und du bist der Fotograf aus Deutschland. Der mit der berühmten Tante.« Ihre Stimme war um zwei Nuancen in die Höhe geklettert.

»Bingo. Ich bin Marius, hallo. Du bist also Clare, unser Model für heute?«

Sie lachte so laut, dass ihr Hund zusammenzuckte und zwei in Sichtweite vorbeischlendernde Arbeiter zu ihnen herüberblickten. Sie verloren beinahe sofort wieder das Interesse, vermutlich war Clare auf der ganzen Insel bekannt.

»Model gefällt mir. Geübt habe ich auch«, sagte sie, stemmte die Hände in die Hüften und neigte den Kopf kokett zur Seite. »Ich hoffe, es ist für euch okay, wenn wir das Shooting jetzt sofort machen. Nachher habe ich ein Date, und ich muss mich noch umziehen.«

Marius deutete auf seine Kamera. »Gar kein Problem, wir können sofort loslegen. Du sollst übrigens eine Hafenarbeiterin darstellen. Hast du etwas Passendes dabei?«

Sie seufzte theatralisch und fuhr sich durch die Haare. »Grandpa hat mir seine alte Montur eingepackt.« Sie deutete auf die Tasche. »Das Zeug stinkt fürchterlich nach Fisch. Meine Oma hat sich früher immer darüber beschwert, heute riecht sie es nicht mehr. Ich allerdings schon.« Sie schenkte Marius ein Kleinmädchenlächeln. »Vielleicht geht es auch ohne? Der Geruch setzt sich sonst in meinen Haaren fest.« Sie zupfte an einer der pinkfarbenen Strähnen und wickelte sie um ihren Finger.

»Nein, tut mir leid«, kürzte Liska die Sache ab. Wenn Clare sich nun weiter zierte, würden sie kein brauchbares Foto hinbekommen. Zudem hatte sie keine Lust, den halben Tag in Lyness herumzustehen. »Wir brauchen eine Hafenarbeiterin, und deine Klamotten sind dafür leider zu schrill. Außerdem musst du eh rauchen oder zumindest so tun, das überdeckt vielleicht sogar den Fischgeruch. Also, lass mal sehen, was du dabeihast.«

Clare deutete mit so viel Schwung auf Liska, als stünde sie bereits vor der Kamera. »Verstehe, du managst das alles hier, nicht wahr? Aber, Moment mal, von einer Zigarette hat niemand etwas gesagt.« Schmollmund, Riesenaugen, Rette-mich-starker-Fotograf-Attitüde.

Marius gab sich mitleidig. »Sorry, aber unsere Auftraggeberin hat sehr genaue Vorstellungen.«

»Aber ich habe keine Zigaretten dabei! Und Hemsworth mag sie auch nicht besonders.«

»Hemsworth?«

»Mein kleiner Schatz.« Sie beugte sich hinab und kraulte den Hund.

Liska verbiss sich einen Kommentar, starrte auf die rosa Glitzerspange im Fell des Tieres und fragte sich, wie weit Clare gefahren war, um das schreckliche Teil zu besorgen. Kirkwall? Aberdeen? Oder gab es einen Lieferservice hier auf Hoy? Konnten die Einwohner ganz normal im Internet bestellen? Gab es hier überhaupt Internet?

Reiß dich zusammen! Das ist nun unwichtig.

»Die Zigarette muss leider sein. Wir fragen einfach bei den Männern dort hinten nach.« Marius dachte wieder einmal praktisch. »Ich bin gleich wieder da.« Ohne eine Reaktion abzuwarten, drückte er Liska seine Kamera in die Hände und machte sich auf den Weg. Wenn sie sich nicht täuschte, bebten seine Schultern. Ja, sie war sich sicher, dass Marius soeben einen Lachanfall hatte. Immerhin nahm er die Situation mit Humor. Der war auch bitter nötig. Wie konnten sie auch ahnen, dass sie bei ihrer Tour auf die Orkney-Version einer Barbie trafen?

Marius flüchtete vor all dem Glitzer in die Fremde des Hafens von Lyness, hinter einen Vorhang aus sanftem Regen und dem Schleier, den er über das Grün der Insel legte. Liska musste an Stromness denken, die graue Stadt am Meer und das rote Handtuch im Vorgarten. Dort hatte sie Farben vermisst. In Clares Gegenwart fühlte sie sich von ihnen regelrecht überrollt.

Liska betrachtete den Hund. In ihrer Fantasie hielt eine Möwe ihn für Beute, stürzte herab und trug ihn kurz darauf über die See.

Fiona brach das Schweigen und verwickelte Clare in ein Gespräch. Liska und William musterten einander in gegenseitigem, grimmigem Verständnis. Auch ihm war deutlich anzusehen, dass er die Sache liebend gern schnell hinter sich bringen würde. Seine Haare bildeten die mittlerweile bekannte schlohweiße Kerzenflamme auf seinem Kopf, und anders als bei Fiona röteten sich seine Wangen trotz der frischen Luft nicht.

Grau wie die Häuser von Stromness.

Marius tauchte auf und schwenkte gut gelaunt eine Hand. Liska hoffte, dass er nicht nur winkte, sondern wirklich eine Zigarette aufgetrieben hatte.

Hatte er. Nun wurde es ernst für Clare, die noch immer versuchte, sich vor Fischgeruch und Zigarettenrauch zu drücken. Hemsworth wurde von all den Diskussionen nervös und bekam einen Kläffanfall.

Endlich war es so weit, Clare stieg mit angehaltenem Atem und einer Miene, die Todesverachtung ausdrückte, in die Fischermontur ihres Großvaters: armeegrüne Gummistiefel, eine Hochseehose in dreckigem Gelb sowie eine passende Öljacke – mit Kapuze. Fiona zauberte ein Taschentuch hervor und wischte den Glitzer von Clares Wangen, anschließend befreite sie Hemsworth von seiner Spange und wuschelte durch sein Fell, bis er aussah, als würde er seit Tagen draußen leben.

Clare ließ alles über sich ergehen, jammerte aber ununterbrochen. Liska übernahm kurz entschlossen die Regie, indem sie die Zigarette anzündete, sie Clare in den Mund schob und den kurzen Moment der Verwirrung nutzte, um ihr die Kapuze über den Kopf zu ziehen.

»So. Du musst nicht rauchen, sondern nur so tun. Halt sie zwischen Daumen und Zeigefinger ein Stück von deinen Lippen entfernt und beug dich zu Hemsworth herunter, als würdest du ihm einen Befehl geben. Einen Befehl. Kein Lächeln, kein *dududu*. Du bist eine harte, coole Hafenarbeiterin, die soeben einen schweren Tag hinter sich hat und sich auf ein fettes Steak freut. Je schneller wir das im Kasten haben, desto eher kommst du aus den Sachen wieder raus. Alles verstanden?«

Clare wirkte erstaunt, dann von einer Sekunde auf die andere vollkommen konzentriert. »Okay«, sagte sie und hob einen Daumen.

Liska nickte und ging zurück zu den anderen. Drei Augenpaare empfingen sie voller Erstaunen, Bewunderung und, in Marius' Fall, etwas anderem. Sie hätte länger hinsehen müssen, um herauszufinden, was es war. Doch sie wollte sich nicht schon wieder in Grübeleien ergehen und wandte sich ab.

Die eigentliche Fotosession mit Clare und Hemsworth war vorbei, kaum dass sie begonnen hatte, da Clare sich exakt an Liskas Anweisungen hielt. Marius probierte verschiedene Hintergründe aus und nickte schließlich. »Das war es. Wir sind hier fertig. Vielen Dank!«

»Wurde auch Zeit.« William zog Fionas Schal ein wenig höher. »Nicht, dass du dir eine Erkältung einfängst.«

»Ach iwo. Mir geht es wunderbar, und es ging ja nun auch alles ganz schnell. Liska sei Dank!« Dieses Mal tätschelte sie weder noch berührte sie Liskas Wange. Stattdessen schien sie in Erinnerungen versunken. »Liebes, du bist deiner Mutter so ähnlich. Sie konnte auch sehr energisch sein. Einmal hat sie deinem Vater eine Standpauke gehalten, weil er einen Dudelsack kaufen wollte. Du kannst ihn gern spielen, sagte sie. Aber dann bitte hinter dem nächsten Hügel. Und bilde dir nicht ein, dass ich mich von dem Lärm wecken lasse, ohne dir eine Ladung Wasser über den Kopf zu gießen. Ja, das hat sie so gesagt. Ich weiß es noch genau!« Sie hielt eine Hand vor den Mund und kicherte. »Sie hat sich immer durchgesetzt. Und vorhin, als du Clare die Leviten gelesen hast, da hab ich fast gedacht, dass sie vor mir steht.«

Liska schwieg. Erst als Marius und Clare zu ihnen traten, erkannte sie, dass sie auf mehr hoffte. Auf eine zweite kleine Geschichte. Es gab so viele Puzzlestücke im Leben ihrer Eltern, die sie nicht kannte. Behutsam rief sie sich Fionas Worte noch einmal ins Gedächtnis. Die altbekannten Bilder tauchten auf, das freundliche Gesicht ihrer Mutter mit den stets zu einem Lächeln geschwungenen Lippen oder der Rotschopf ihres Vaters, der ihn so jung hatte wirken lassen. Es tat weh, aber machte sie auch auf eine gewisse Weise stolz.

Sie schluckte und wunderte sich darüber, wie nah Traurigkeit und Glücklichsein nebeneinanderliegen konnten.

»Liska?« Marius flüsterte. »Ist alles in Ordnung?« Die Sorge war zurückgekehrt und hatte die Distanz zwischen ihnen verdrängt.

»Ich denke schon«, sagte sie. Es klang wie eine Frage.

Er verstand, das konnte sie sehen. Zwischen ihnen herrschte wieder diese Verbindung, eine stumme Übereinstimmung, die so unglaublich allgegenwärtig war. Als hätte es niemals eine Mauer gegeben.

Clare brandete mit der Feinfühligkeit eines Hafenarbeiters mitten hinein, obwohl sie die Klamotten ihres Großvaters bereits wieder abgelegt hatte. »Das hat großen Spaß gemacht! Wann kann ich die Bilder wo sehen?«

Marius kehrte als Erster in die Gegenwart zurück. »Die Fotos sind nicht zur Veröffentlichung gedacht. Meine Tante braucht sie lediglich, um ihre Fantasie anzuregen.«

Enttäuschung verwandelte Clares Gesicht einmal mehr in das einer Schauspielerin, nur dass sie dieses Mal einen Schmollmund perfektionierte. »Das heißt, die verschwinden in der Schublade einer alten Frau? Niemand anders wird sie je zu Gesicht bekommen?«

Liska grinste. »Wir können dir eine Erwähnung in der Danksagung im Buch anbieten. Und Hemsworth auch.«

»Oh, das ist auch cool. So machen wir das.« Sie reichte erst Liska die Hand, dann Marius. »Hat mich sehr gefreut. Ich wünsche euch noch viel Spaß bei eurer Arbeit. Fahrt ihr nun weiter zu Bradley?«, wandte sie sich an die Brookmyres.

»Ja.« William gab sich gesprächig wie so oft.

»Ich bin gespannt, ob er fit ist. Die Jungs haben gestern ...« Clare vollführte eine Kippbewegung mit einer Hand. »Stephen war auch da, ist aber als Einziger vernünftig früh wieder gefahren.«

Fiona drückte Clare noch einmal an sich. »Wie schön! Nun müssen wir aber wirklich los, sonst erfriere ich hier noch auf der Stelle. Und du solltest deinen jungen Mann nicht allzu lange warten lassen.« Sie hakte sich bei William unter und zog ihn regelrecht zurück zum Wagen.

Liska gab Clare die Hand und streichelte Hemsworth, bis

sein Frauchen sich von Marius verabschiedet hatte. Endlich winkte Clare ein letztes Mal und machte sich auf den Weg. Kleidung und Einhornhaare wehten hinter ihr her und verwandelten sie in ein Wesen aus einer schrilleren und lauteren Welt.

»Das war ja ein abrupter Abschied«, sagte Liska und fiel in Gleichschritt mit Marius.

»Kann ich nicht sagen. Clare ist kräftiger, als sie aussieht. Hätte sie mich noch einmal umarmt, könnte ich nun blaue Flecken an meinem Körper zählen.«

»Das meinte ich nicht. Sondern das.« Sie deutete nach vorn. Die Brookmyres saßen bereits im Wagen und sahen aus den Fenstern. Die Aufregung, mit der sie Hoy betreten hatten, schien verflogen.

Marius verstaute die Kamera. »Kein Wunder. Clare hat sie müde gemacht. Es ist einfach anstrengend, diesen Farbmix länger zu betrachten.«

»Wahrscheinlich hast du recht. Sie hat ein sehr durchschlagendes Wesen.« Liska starrte nachdenklich in die Ferne. »Ich hoffe, dass nicht alle Hoy-Bewohner so drauf sind wie sie. Und falls doch, dann hoffe ich zusätzlich, dass dieser Bradley und seine Kumpel noch etwas Alkohol übrig haben.«

19

Nicht nur die Brookmyres schwiegen auf der Fahrt, auch Liska konnte sich nicht von dem Anblick der Insel losreißen. Der erste Eindruck hatte sie getäuscht. Das hier war alles andere als ein langweiliges Stück Flachland. Sie konnte nicht einmal sagen, was sie derart faszinierte, doch während die Felder und Wiesen an ihr vorbeiflogen, fühlte sie etwas, das sie lang verloren zu haben glaubte.

Sie widerstand dem Drang, ihre Hand gegen die Scheibe zu pressen. Mit jeder Sekunde verschwand ein Stück Anspannung aus ihrem Körper, von der sie nicht gewusst hatte, dass sie überhaupt da war. Als Kind hatte sie Hoy nur einmal besucht. Die Chancen waren gering, dass sie hier auf Hindernisse traf, die aus Erinnerungsfetzen errichtet worden waren. Aber konnte es wirklich sein, dass allein diese Hindernisse wie ein Filter funktionierten? Genauso fühlte es sich an: Als hätte sie bisher weniger wahrgenommen. Nicht genau hingesehen.

Die Sonne schaffte es spärlich durch die Wolkendecke und erzeugte ein Zwielicht, das die Schatten in der Landschaft belebte. In der Nähe stieg ein Vogel auf, braun und größer als die Möwen. Er zog Kreise weit über dem Boden und stürzte dann ohne Vorwarnung hinab. Hier und dort lockerte ein Gebäude das Grün auf.

Die Fahrt zu Bradleys Haus dauerte knapp zwanzig Minuten. Liska hatte erstaunt erfahren, dass Lyness – das sie mit seinen wenigen Häusern nicht als Ortschaft bezeichnen konnte – mit die größte Siedlung auf der Insel war. Bradley wohnte weiter südlich in Longhope und war als Freiberufler im IT-Bereich tätig. Maggie, seine zukünftige Frau, arbeitete in einem Bed and Breakfast im Norden der Insel.

Allmählich ging Liska auf, dass der Begriff Nachbarn hier etwas anderes beschrieb als in Kirkwall oder gar zu Hause in Deutschland. Bradley und die Bronns wohnten nicht Tür an Tür in ein und derselben Straße, sondern in Laufreichweite voneinander, wie Fiona es ausdrückte. Wobei weder sie noch William damit herausrückten, was *Laufreichweite* genau bedeutete. Es konnte alles sein, angefangen von wenigen Minuten bis hin zu der Zeit, die man laufen konnte, ehe man vor Erschöpfung zusammenbrach. Mitunter hatten die Schotten eine sehr spezielle Vorstellung von Zeitangaben.

Kaum hatten sie Lyness hinter sich gelassen, nahmen die weißen Akzente in der Landschaft zu: Eine Schafherde tauchte auf der Seite auf. Liska betrachtete die vor Wolle schweren Tiere mit den schwarzen Köpfen und Beinchen, die viel zu dürr für die Rundleiber wirkten. Sie dachte daran, dass sie Mareike erzählt hatte, wie wenig sie Schafe mochte. Damals hatte sie es geglaubt. Doch es stimmte nicht. Kaum ein Tier konnte so sehr zum pittoresken Flair einer Landschaft beitragen wie ein Schaf, vor allem, wenn es Artgenossen im Schlepptau führte.

Vor ihnen glitzerte wieder das Wasser, und wenig später bildete die Straße eine Parallele dazu, gesäumt von Wiesen und Holzzäunen. Bis auf ein stattliches Gehöft gab es keine Anzeichen von Zivilisation, dafür Felder in Flaschengrün, Weizenhell und Goldbraun. Schließlich kam Longhope in Sicht, abgetrennt durch einen Seearm und streng genommen Teil einer anderen Insel.

Liska setzte sich aufrecht. »Verlassen wir Hoy etwa wieder?«

»Das dort ist South Walls«, sagte William. »Für uns zählt

es zu Hoy, man braucht keine Fähre, um hinzukommen. Es gibt einen Damm.«

Etwas ruckte an Liskas Sitz, Fiona zog sich in eine aufrechte Position. »Ich glaube, die Behörden sind sich selbst nicht sicher, ob es eine eigene Insel sein soll. Aber Hauptsache, wir kommen an, denkt ihr nicht auch?«

»Du hast vollkommen recht, meine Liebe.« William nickte. »Es soll uns gleichgültig sein, wie andere unser Ziel nennen. Hauptsache wir wissen, wie man dorthin gelangt.«

Im Rückspiegel sah Liska, wie Fiona eine Hand auf die ihres Mannes legte. Nach einer Weile verschränkte William seine Finger mit ihren.

Liska lächelte. Sie mochte diese liebevollen Gesten, vor allem wenn sie nach all den Jahren des Zusammenlebens noch immer ernst gemeint waren. Und bei den Brookmyres spürte sie es. Der eine hörte stets genau hin, was der andere sagte.

Longhope war nur geringfügig größer als Lyness. Es besaß einen Pub und ein Hotel, sogar einen Laden mit einer Poststelle sowie einen weißen Leuchtturm, der am Westrand der Insel Wache hielt. Liska mochte den Pier mit der Wimpelkette in Blau, Rot und Weiß sowie den kleinen Booten. Auf einem waren zwei Männer über ein Schachbrett gebeugt, auf einem anderen rollten Jugendliche kreischend ein Segel auf und bespritzen sich dabei mit Wasser. Hier und dort flatterte eine Schottlandfahne im Wind.

Sie passierten eine Garage, in der sich Kisten und Netze stapelten, und hielten kurz darauf vor einem Doppelhaus mit gezackter Dachkante und den für Großbritannien typischen Schornsteinaufsätzen. Die vordere Hälfte quoll nahezu über vor Blumen und Ranken. Ein Landrover stand dort, die Ladefläche mit Baumaterial bepackt. Marius parkte am Rand der Zufahrt, stieg aus und öffnete die Tür für die Brookmyres.

»Bradley und Maggie wohnen im hinteren Teil«, sagte Fiona und hakte sich bei Marius unter. William blieb stehen, hielt sich am Wagen fest und betrachtete das Haus, als sähe er es zum ersten Mal.

Liska trat zu ihm und bot ihm ihren Arm. »Wollen wir?«

Der strenge Blick wurde weicher. Er straffte seine Gestalt und hakte sich unter, ehe er sie mit gleichmäßigen Schritten zum Eingang führte.

Die Party vom vergangenen Abend hatte Spuren hinterlassen. In den Büschen vor dem Haus lagen zwei leere Flaschen, ein Shirt sowie ein März-Kalenderblatt, auf dem eine leichtbekleidete schöne Frau an einem Motorrad lehnte. Jemand hatte mit schwarzem Stift *Ruf mich an* sowie eine Telefonnummer danebengeschrieben.

»Junggesellenabschied«, sagte Marius. Mit betont gelassener Miene geleitete er Fiona die zwei Stufen zur Eingangstür. Sie drückte mit einer Hand dagegen. Wie von Zauberhand schwang die Tür auf. »Herrje. Sie sind wohl nicht mehr dazu gekommen, sie hinter sich abzuschließen.«

»Junggesellenabschied«, wiederholte Liska und gab ihr Bestes, um das Zwerchfell unter Kontrolle zu halten. Gar nicht so einfach, vor allem, als William sie mit einem seiner strengen Blicke bedachte.

Im Inneren des Hauses war es verhältnismäßig dunkel und roch nach Bier, kaltem Essen und der Tatsache, dass Bradley und seine Freunde nicht daran gedacht hatten, zwischendurch zu lüften.

Marius zwinkerte ihr zu. »Ich sehe deine Chancen auf Alkohol schwinden. Ich glaube nicht, dass etwas übrig geblieben ist.«

Sie winkte ab. »Das ist schon okay. Ich bin auch gar nicht mehr sicher, ob ich den möchte. Wir sollten schnell unser

Foto machen und dorthin fahren, wo wir übernachten können.«

Und atmen.

Fiona tastete an der Wand neben der Tür herum, dann flammte die Deckenleuchte auf. »Ach du meine Güte!«

Besser hätte Liska es auch nicht ausdrücken können. Sie standen in einer winzigen Diele und blickten in den angrenzenden Raum, bei dem es sich um das Wohnzimmer handeln musste. Dort fiel nur wenig Licht durch die Vorhänge, doch es genügte, um die Umgebung zu beleuchten. Und das Chaos.

Der Boden war bedeckt von einem Durcheinander aus Schuhen, Klamotten, Sofakissen, Tellern, Snackresten, Werkzeugen und leeren Flaschen. Auf einem Tisch stapelten sich Teller neben halbvollen Gläsern. Eine PlayStation und zwei Plastikgitarren standen auf einem Kratzbaum, die dazugehörigen Katzen waren nirgends zu sehen. Dafür dröhnte ein Schnarchen durch das Haus.

William gab einen Ton puren Missfallens von sich. Liska schlich vorwärts und lugte um die Ecke. Der Geruch wurde intensiver und um die Nuance *Schlafender Mann* bereichert. Auf einem Ecksofa lagen zwei Gestalten und rührten sich nicht.

Sie drehte sich zu den anderen um. »Sind wir zu früh?« Obwohl die Brookmyres für die Planung verantwortlich waren, hatte sie ein schlechtes Gewissen. Natürlich war es zu früh! Die Jungs hatten einen Junggesellenabschied hinter sich und sicher bis zum Morgen gefeiert. Kein Wunder, dass sie noch nicht auf den Beinen waren, es war ja gerade einmal Mittag.

»Nein. Es ist schließlich schon Mittag«, sagte William und schlug gegen die Wand. Zunächst glaubte Liska, er wollte die Schlafenden durch Klopfen wecken, bis auch die Deckenleuchte im Wohnzimmer aufflackerte. Sie nahm Schatten an manchen Stellen weg und vertiefte sie an anderen. Ohne das Dämmerlicht als Weichzeichner kletterte der Zimmerzustand auf der Chaos-Skala weiter nach oben.

Die Gestalten auf dem Sofa bewegten sich nicht, auch das Schnarchen hielt ungerührt an. Liska starrte auf zwei Rücken, von denen der eine mit einem knallroten Shirt, der andere gar nicht bekleidet war. Immerhin konnte man das, was sie sah, als gut gebaut bezeichnen. Wenn sie es irgendwann schafften, Bradley und seine Kumpel wachzurütteln, wären die Chancen auf ein passendes Foto ganz gut.

Irgendwann war allerdings ein Problem.

»Das bringt wohl nichts«, sagte Marius. »Besser, wir kommen morgen wieder, wenn die Herren halbwegs frisch sind.«

»Ach«, sagte Fiona und klang, als hätte man ihr ein völlig inakzeptables Angebot unterbreitet. »Das geht so aber nicht. Wir haben ja mit Bradley telefoniert.« Energisch stapfte sie über die Plastikverpackungen und Flaschen am Boden zum Fenster, packte die Gardinen und riss sie mit Schwung auf. Tageslicht füllte das Zimmer.

Das Schnarchen verstummte. Fiona arbeitete sich zum zweiten Fenster vor und erntete tiefes Brummen aus einer Sofaecke.

Liska hielt sich eine Hand vor den Mund, um nicht zu lachen. Hatte sie vorhin in Lyness noch gedacht, mit Clare Bronn läge der skurrile Teil des Tages hinter ihnen? Das war wohl ein Irrtum gewesen.

In die beiden Gestalten kam Bewegung, es reichte aber nicht aus, um ihren Schlaf zu durchbrechen. Fiona jedenfalls ging das nicht schnell genug: Sie stellte sich in die Mitte des Zimmers und klatschte laut in die Hände. »Bradley? Wir sind es, Junge!«

Das Brummen wurde lauter, und einer der Schlafenden

zappelte mit den Beinen. Es sah hilflos aus, wie eine Raupe im Verpuppungsstadium. Nur dass sich kein wunderschöner Schmetterling zeigen würde, sondern ein Mann mit unausgewogenem Party-Erholungsschlaf-Verhältnis.

Marius trat neben Liska. »Das kommt unerwartet. Ich denke das heute übrigens nicht zum ersten Mal.«

Sie schüttelte den Kopf und wusste nicht, ob sie eher verzweifelt oder belustigt war. Am liebsten wäre sie nach draußen gegangen und hätte gewartet, bis Fiona sämtliche Anwesenden in Reih und Glied gefeldwebelt hätte. »Bilde ich es mir nur ein, oder tauschen sie und William soeben die Rollen?«, raunte sie zurück.

Marius' Schultern bebten. »Sie will eben auch mal Spaß haben.«

Fiona ging zur nächsten Stufe über und hämmerte eine Faust gegen das Fenster. »Bradley! Deine Großeltern sind angekommen!« Ihre Stimme war laut, aber zuckersüß.

Einer der Schlafenden murmelte etwas, der zweite bewegte eine Schulter.

Liska erschrak, als neben ihr ein Poltern einsetzte. Eine Tür öffnete sich, und heraus trat ein dritter Mann, verschlafen, in Boxershorts und mit wirren Haaren, die ihm bis zur Nasenspitze reichten. Er blieb stehen, als wäre er vor eine unsichtbare Wand gelaufen, und blickte von einem zum anderen. Immerhin verfügte er über beeindruckende Bauchmuskeln, dachte Liska. Gut für das Foto.

»Oma? Opa. Ich muss meinen Wecker überhört haben ... tut mir leid.« Augenreiben. »Die Party hat ein wenig länger gedauert als geplant.« Er breitete die Arme aus. Seine nackten Füße klatschten auf den Boden, und er verzog das Gesicht, als er auf ein Stück Verpackung trat. »Au!«, fluchte er, landete in Fionas Umarmung und rührte sich nicht mehr.

»Mein Junge. Na, das wird aber auch Zeit.« Sie strahlte über das ganze Gesicht und tätschelte ihm den Rücken. Dabei musste sie den Kopf in den Nacken legen, um nicht an seiner Brust zu ersticken. Es sah aus, als würde sie einen Bewusstlosen stützen, und nach einer Weile begann Liska sich Sorgen zu machen. »Ist er nicht zu schwer? Du solltest ihr vielleicht mit diesem Fotomodell helfen«, sagte sie zu Marius.

»Er hat also deinen Segen, was den Körperbau betrifft?«

»Na hör mal!« Sie gab sich empört. »Was für eine Frage! Hast du genau hingesehen?«

Er nickte langsam. »Bereits die ganze Zeit. Aber nicht bei Bradley.«

Liska begriff nicht sofort, was er sagen wollte oder was die besondere Betonung seiner Worte bedeutete. Vielmehr war sie nicht sicher. Er dachte nicht daran, ihr einen weiteren Hinweis zu geben, sondern erwiderte lediglich ihren Blick. Da war weder ein Lächeln noch ein Zwinkern oder ein anderer Hinweis und doch von jedem ein wenig. Es machte sie unruhig, wie so oft in letzter Zeit, wenn er sie so ansah.

»Ich glaube, er ist wieder eingeschlafen«, sagte sie und deutete auf Fiona.

Die klopfte ihrem Enkel auf den Rücken. »Du solltest dir die Zähne putzen, Bradley.«

Er gab einen Laut der Zustimmung von sich, richtete sich wieder auf und wandte sich William zu. Das schlechte Gewissen war unverkennbar. »Opa.« Er strich sich die Haare aus der Stirn.

William drückte ihn kurz an sich. »Wer ist dein Besuch?«

»Das ist Marc, und das Alastair.«

»Alastair Flanagan?«

»Genau der, Mister Brookmyre«, kam es müde und kratzig

vom Sofa. Die beiden Männer hatten sich aufgesetzt, ließen aber noch die Köpfe hängen.

»Nun.« William straffte die Schultern. »Ich habe in meiner Jugend auch gern gefeiert, unter anderem mit dem Vater deines Vaters, Alastair. Trotzdem sind wir zu all unseren Verabredungen pünktlich und ordentlich hergerichtet erschienen. Selbst wenn das bedeutete, nach einer Feier nicht zu schlafen, sondern sich und die Wohnung in Ordnung zu bringen.«

Das war die William'sche Version von: Wer feiert, kann auch arbeiten und pünktlich sein.

Der Befehl war unmissverständlich und brachte Leben in die drei. Bradley begrüßte in aller Eile Liska und Marius, noch immer nicht hundertprozentig wach, verfrachtete seinen Besuch in die Küche, wo es nicht viel besser aussah als im Wohnzimmer, und machte sich daran, sich und die Wohnung besuchsfertig zu machen.

Liska, Fiona und Marius kümmerten sich in der Zwischenzeit um die Küche. Sie war nicht so geräumig wie die der Brookmyres, bot aber Platz für einen Tisch mit vier Stühlen. Nach kürzester Zeit war das Geschirr gespült sowie Tisch und Arbeitsflächen gesäubert. Marius füllte den Wasserkocher, und sie genossen einen Tee, während nebenan Duschgeräusche ertönten.

Liska goss soeben William nach, als Bradley nach Fiona rief. Die verschwand und kam kurz darauf mit einem Strahlen im Gesicht zurück.

»So, es hat etwas gedauert, aber die drei sind nun bereit. Maggie hat die Blumen für das Motiv noch vor der Feier besorgt. Sie sind aus Marzipan, aber das ist doch sicher auch schön, nicht wahr?«

»Das passt sehr gut«, sagte Marius und griff nach seiner

Kamera. »Am besten machen wir die Fotos im Wohnzimmer.«

Liska zog den Zettel mit den Notizen der Brookmyres aus ihrer Tasche. Die bereits erledigten Aufträge hatte sie mit einem dicken Haken versehen. Dort stand es: *Drei gutgebaute junge Männer im Kilt, mit nackten Oberkörpern und Rosen in den Händen.* Bradley hatte bereits bewiesen, dass er seinen Oberkörper sehen lassen konnte. Blieb zu hoffen, dass das bei seinen Freunden ebenfalls der Fall war.

Sie folgte Fiona und Marius und blieb erstaunt stehen. Das Zimmer hatte sich vom Zentrum der Partyhölle in einen vorzeigbaren Ort verwandelt, an dem man gern seine Gäste bewirtete. In der Luft lagen zwar noch die Reste des Geruchscocktails von zuvor, wurden jedoch von frischem Duft überlagert, der sowohl von draußen stammte als auch von Duschgel und Shampoo. Vor dem Sofa standen Bradley, Marc und Alastair, die Schultern gestrafft, Arme neben den weitgehend entblößten Oberkörpern, die Blicke geradeaus. Fiona betrachtete jeden Einzelnen mit einem Nicken und stellte sich dann neben sie. Ein Feldwebel, der mit dem Anblick zufrieden war, nachdem er seine Truppe hatte antreten lassen.

»So.« Sie klatschte in die Hände. »Das ist doch schon viel besser, nicht wahr?«

Unzählige Kommentare lagen Liska auf der Zunge, angefangen von *Ich fasse es nicht* bis hin zu *Danke, Sergeant!*

»Wow!«, sagte Marius. »Das ist ... beeindruckend.«

Bradley hatte seine noch feuchten Haare zurückgestrichen. Er trug wie sein Freund neben Fiona einen Kilt, dessen Rot von Weiß, Grün, Blau und Schwarz durchzogen wurde. Eine weitere Stoffbahn hatte er über die rechte Schulter geworfen. Sie verlief quer vor seinem Körper, jedoch so locker, dass Bauch und Brust zu sehen waren. Sein Blick war nach vorn gerichtet, irrlichterte aber nun von Fiona zu den anderen. Er sah hellwach aus, nichts erinnerte mehr an den verschlafenen Kerl von zuvor. Ein Muskel auf seiner Wange zuckte, er nahm die Sache mit Humor. Vielleicht streckte er auch deshalb jetzt seine Brust eine Winzigkeit weiter vor und ließ seine Armmuskeln spielen.

Das war zu viel – Liska unterdrückte ein Lachen und wandte sich zur Seite, schließlich wollte sie niemanden beleidigen. Oder zu sehr anstarren. Es war nicht von der Hand zu weisen: Bradley und seine Freunde hätten in jedem sexy Schottland-Werbespot überzeugt. Zwar waren sie keine Bodybuilder, doch ihre Muskeln waren gut geformt und die Waschbrettbäuche deutlich zu erkennen.

»Dürfen wir uns rühren, Oma?« Bradley schien das Ganze zu gefallen. Vielleicht war er auch einfach noch halb betrunken.

»Natürlich, mein Kleiner.«

Scharren, Rascheln, Husten. Stimmung und Körperhaltungen lockerten sich und erlaubten Liska, wieder nach vorn zu sehen, ohne das Gefühl zu haben, unhöflich zu starren.

Bradley trat auf sie zu. »So, jetzt noch einmal offiziell: Herzlich willkommen! Tut mir leid, dass ich vorhin so kurz angebunden war, aber ich wollte erst eine Dusche nehmen, ehe ich eure Geruchsnerven in die Flucht geschlagen hätte. Ich bin Brad.«

Er hatte eine Narbe unter dem linken Auge, die den Eindruck erweckte, er würde permanent zwinkern. Liska wettete darauf, dass der Brookmyre-Enkel die Herzen vieler Frauen oder auch Männer im Sturm eroberte. »Danke! Ich bin Liska, und das ist Marius.« Die drei nickten sich zu. Marius gab Brad die Hand, und sie fragte sich, was er wohl unter seinem Shirt versteckte. Hatte er nicht ein Tattoo angedeutet? Energisch hielt sie sich davon ab, näher darüber nachzudenken oder sich vorzustellen, wie ein Motiv auf seiner Haut aussehen könnte.

Zu ihrer Erleichterung lenkte der junge Mann sie ab, dessen Kilt dasselbe Muster besaß wie Bradleys. Sein Gesicht wies sanftere Züge auf und bekam lediglich durch die militärisch kurz geschnittenen Haare etwas Härte. Sein Lächeln war offen, immer wieder huschte sein Blick zu William, der die Szene mit vor der Brust verschränkten Armen beobachtete. »Hey, ich bin Alastair.«

Liska und Marius stellten sich ebenfalls vor und begrüßten anschließend ihr drittes Model, Marc. Braun gebrannt und mit schwarzem Haar überragte er sämtliche Anwesenden und machte den Eindruck, jeden niederwalzen zu können, der ihm in den Weg trat. Sein Kilt war von dunklem Blau, durchzogen von breiten schwarzen und dünnen roten Linien.

»Das ist das Tartanmuster der Mackays«, sagte er. »Auch bekannt als Clan Morgan. Wir stammen aus der Gegend um Strathnaver, Sutherland, im Nordwesten. Alastair und Brad tragen die Sinclair-Farben der Orkneys.« Seine dröhnende Stimme passte dazu, dass er von den schottischen Clans redete, als wären sie Bestandteil der Gegenwart. Liska konnte sich regelrecht vorstellen, wie er brüllend über die Wiesen und Hügel von Hoy rannte, eine Waffe in den Händen und Blut im Gesicht.

Ihr Herz hatte noch nie für derartig wild-romantische Vorstellungen geschlagen. Vor allem, da sie seit Jahren ihr Bestes getan hatte, um Schottland nicht mit Romantik zu verbinden, geschweige denn an das Land zu denken. Besonders gut hatte das nicht funktioniert. Jeder, der schon einmal versucht hatte, etwas aus seinem Kopf zu verbannen, musste feststellen, dass es hartnäckig zurückkehrte.

»Liska?« Jemand berührte ihr Handgelenk. Marius.

Zu spät bemerkte sie, dass sie noch immer Marcs Hand schüttelte, und riss ihren Arm hastig zurück. »Entschuldigung. Ich habe nur über die Sache mit den Clans nachgedacht.« Sie grübelte, doch ihr fiel nichts weiter dazu ein. Vor allem, da nicht nur Marc und Fiona sie anstarrten, sondern auch William, der auf dem Sofa Platz genommen hatte. »Meine Oma sammelt Tierfiguren mit Tartanmuster«, sagte sie.

Eine schwache Erklärung, aber besser als keine.

Marc war anzusehen, dass er nicht die geringste Ahnung hatte, wovon sie redete. »Wo sollen wir stehen?«, fragte er schließlich.

Marius deutete auf die Stelle neben dem Fenster. »Dort ist das Licht am besten. Wir machen das ganz klassisch, ihr stellt euch nebeneinander auf, und jeder nimmt eine Rose in die Hand. Wichtig ist, dass man eure Bauchmuskeln sehen kann.«

»Kein Problem.« In die drei kam Leben.

Marius zog Liska zu seiner Fototasche, schraubte das Objektiv von seiner Kamera, reichte es ihr und holte ein zweites aus der Tasche. »Hier, halt das kurz. Ich hätte übrigens nicht gedacht, dass du dich von ein paar halbnackten Kerlen so aus der Fassung bringen lässt.« Es klang mehr als beiläufig.

Sie setzte bereits zu einer Antwort an, überlegte es sich dann aber anders. Am besten, sie tat es ihm gleich und machte aus dem Abend im Seaflower keine große Sache. Es war schön gewesen, es hatte sie einander nähergebracht, vielleicht auch, weil sie ihm von Tod ihrer Eltern erzählt hatte. Womöglich hatten sie genau das gebraucht, um besser miteinander arbeiten zu können.

Sie zwang sich zu einem Lächeln. »Es sind gleich drei halbnackte Kerle. Dazu im Kilt. Nenn mir eine Frau, die das kaltlassen würde. Selbst du hast auf Bradleys Bauch gestarrt.«

»Und auf seine Brust, erwischt. Ich erkenne Qualität, wenn ich sie sehe.«

Sie hob einen Daumen. »Na, dann lass uns diese Qualität mal ablichten.« Mit Schwung drehte sie sich um – und holte so abrupt Luft, dass sie sich verschluckte. Energisch versuchte sie, den Hustenreiz zu unterdrücken, schließlich hatte sie sich bereits beim Händeschütteln blamiert: Vor ihr stand Fiona und deutete wie eine Showmasterin mit großer Geste auf die drei Jungs.

Nein, Männer.

Nein. Bilderbuch-Highlander.

Bradley, Marc und Alastair standen aufrecht und stolz, jeweils eine Hand an die Brust gelegt. Das Tageslicht betonte Bauchmuskeln und Kinnlinien. Mareike wäre in Begeisterung ausgebrochen und hätte jetzt nicht nur ihre Telefonnummer verteilt, sondern auch gleich den Zweitschlüssel für ihre Wohnung dazugelegt. Während Brad und Marc die Rosen mit einer Hand vor sich hielten, hatte Alastair seine vorsichtig zwischen die Zähne geklemmt. Trotzdem schaffte er es, Liska mit dem Blick eines Hundewelpen anzusehen. Welches Herz schmolz da nicht?

»Na, was denkst du, Kindchen?« Fiona winkte sie zu sich heran. »Damit lässt sich doch was machen?«

Liska ließ es zu, dass die ältere Frau sie in ihre Arme zog. »Ja«, murmelte sie. »Damit lässt sich auf jeden Fall etwas machen.«

20

*H*uch! Das hat ja ganz schön geruckelt.« Fiona rüttelte an Liskas Rückenlehne, ein Zeichen dafür, dass sie etwas entweder aufregend fand oder die anderen darauf hinweisen wollte.

Das war allerdings nicht nötig. Die durchdrehenden Reifen auf dem Untergrund sowie die Erdbrocken, die gegen die Fenster spritzten, verrieten genug.

»Das hat keinen Sinn.« Marius ging vom Gas, öffnete die Fahrertür und sah hinaus. Das Regengeräusch veränderte sich, wurde klarer. Regelrechte Silberfäden stürzten aus dem Himmel und erzeugten eine Mischung aus Rauschen und Trommeln auf dem Dach. »Wir stecken fest.«

Liska starrte erschrocken nach vorn. Rund um sie herum erstreckten sich Wiesen, waren aber durch den Starkregen kaum noch zu erkennen. Er hatte vor einer halben Stunde eingesetzt und verfolgte das Ziel, ganz Shapinsay versinken zu lassen. Oder zumindest in ein Moorgebiet zu verwandeln.

Die Anfahrt auf den Hafen hatte sie an Hoy erinnert, auch wenn der kleine Ort Balfour auf den ersten Blick mehr hermachte als Lyness: Es gab Häuser in geraden Reihen, Straßen sowie Mauern, die dem Gesamtbild einen Hauch Schutz verliehen.

Shapinsay lag nordöstlich von Mainland. Von Hoy aus brauchte man zwei Fähren, um die Insel zu erreichen. Mit knapp über dreihundert Einwohnern war sie eine Miniaturausgabe der beiden anderen, ein Stück abgeteiltes Land, auf dem sich Farmer niedergelassen hatten. Liska hatte zweimal versucht, den Zeitplan zu komprimieren und ihre Tour abzukürzen. »Einen roten Luftballon an der Küste können wir überall fotografieren, dafür müssen wir nicht extra auf eine andere Insel übersetzen«, hatte sie es versucht, war aber von den anderen überstimmt worden.

»Für uns ist es doch nur ein kleiner Umweg«, hatte Marius gesagt.

Erst später, als sie von der Fähre rollten, hatte sie die Betonung seiner Worte begriffen. *Für uns* bezog sich lediglich auf sie und ihn. Marius und sie zweigten einen winzigen Teil ihrer Zeit ab. Stunden und Minuten, Langeweile und Interesse, Freude und Routine am Steuer ... mehr war es nicht. Den Brookmyres schenkten sie damit aber viel mehr: ein Abenteuer und zugleich eine Reise in die Vergangenheit. Als sogar William beim Anblick des Hafens von Balfour lächelte, schämte sie sich beinahe, da sie begriff, wie wenig sie tun musste, um viel mehr zu geben als auf den ersten Blick gedacht. Manchmal kostete es kaum Mühe, um jemanden glücklich zu machen.

Nachdem sie bei den Bronns ein hervorragendes schottisches Frühstück mit Eiern, gebackenen Bohnen, Speck und einer Unmenge Toast genießen durften, waren sie losgefahren und wenig später auf die Fähre gerollt. Nun mussten sie feststellen, dass manche Wege in Shapinsay sich bei Regen in tückische Fallen verwandelten.

»Das ist dann wohl die geheime Waffe der Insel, um Leute länger hierzubehalten«, sagte sie, zog die Kapuze über den Kopf und öffnete ebenfalls die Tür. »Bleibt im Wagen«, sagte sie zu den Brookmyres. »Marius und ich kümmern uns darum.«

Kaum war sie ausgestiegen, folgte William ihr.

Natürlich. Ganz der Schotte. Falls ich in meinem Leben irgendwann eine Tür einrammen muss, wäre dein Schädel ganz nützlich.

Unauffällig trat sie hinter ihn und achtete darauf, dass er nicht stolperte. William würde niemals zugeben, dass er etwas nicht aus eigenem Antrieb schaffte. Doch es war kaum noch zu übersehen, wie viel Kraft ihm diese Reise raubte. Noch immer zog er Fiona den Stuhl zurück oder bot ihr seinen Arm, doch langsamer und zittriger, während sie immer öfter eine Hand an seinen Rücken legte.

Liska trat neben William, der sich am Autodach abstützte und an seiner Kamera herumnestelte, sah Marius ... und den Reifen. In einer wahren Grube aus Schlamm.

»Auweia!«

Marius hob den Kopf. Seine Haare waren feucht vom Regen, sein Gesicht glänzte. »Du sagst es. Ich schlage vor, du setzt dich ans Steuer und fährst an, während ich schiebe.«

»Okay. Ich lass die Tür offen. Ruf einfach, wenn du bereit bist. William, willst du wieder einsteigen?«

Er schüttelte den Kopf und stakste mit größter Vorsicht vom Wagen weg. Zum Glück trug er Gummistiefel mit extradicker Sohle und war auch sonst gut gegen das Wetter geschützt. Sogar seine Kamera hatte er in eine wasserdichte Hülle gepackt.

Liska setzte sich ans Steuer.

»Kommen wir wieder frei?«, fragte Fiona von der Rückbank. »Ansonsten geben wir John Bescheid, damit er uns herauszieht. Aber, herrje, das ist noch ein ganzes Stück zu Fuß.«

»Mach dir keine Sorgen. Wir bekommen das schon hin.«

Liska wartete, bis Marius pfiff, und gab vorsichtig Gas.

Das verhasste Geräusch von Reifen auf zu schlammigem Untergrund ertönte. Jemand fluchte, doch abgesehen von etwas Geschaukel tat sich nichts.

Liska ging vom Gas. »Wie sieht es aus, alles okay?« Sie

streckte den Kopf aus dem Fenster und musste grinsen: Marius wischte sich gerade eine Ladung Dreck aus dem Gesicht.

»Natürlich«, sagte er trocken. »Ich habe mich schon als kleiner Junge im Schlamm besonders wohl gefühlt.«

»Es freut mich sehr, dass wir deine Kindheitserinnerungen wiederaufleben lassen können. Bereit für Versuch zwei?« Ja, sie hatte sich vorgenommen, ihm zu verzeihen, aber es tat gut, ihn ein wenig leiden zu lassen. Genau genommen machte es ihr sogar Spaß.

Er schüttelte eine Faust in ihre Richtung, grinste aber. »Kann losgehen!«

Einmal mehr gab sie vorsichtig Gas. Der Wagen ruckte nach vorn und schwang wieder zurück in die alte Position. Marius rief ihr zu, das Pedal weiter durchzutreten, und sie gehorchte. Der Motor heulte auf, Erde und Gras spritzten. Marius brüllte etwas, doch in diesem Moment ging ein weiterer Ruck durch das Auto, und es schoss nach vorn.

Fiona applaudierte. Liska schlug das Lenkrad ein und steuerte eine Schotterfläche weiter vorn an. Es fühlte sich an, als würde der Wagen bei jedem Meter ausbrechen wollen, und sie atmete auf, als sich das Reifengeräusch änderte und sie es endlich wagte, anzuhalten und den Motor abzustellen.

»Ach du meine Güte«, ließ sich Fiona auf der Rückbank vernehmen. »Ach du meine Güte!«

»Was ist passiert?« Liska sprang nach draußen und suchte zuerst nach William, doch dem schien es gutzugehen. Dafür lag Marius auf dem Rücken, stützte sich auf die Ellenbogen und sah aus, als hätte er lange mit dem Schicksal gerungen, um doch zu verlieren. Kleidung, Gesicht und Hände waren über und über mit Schlammspritzern bedeckt. Der Anblick war einfach ... großartig. Besonders, da William nur wenige

Schritte entfernt stand, aber keine Anstalten machte, Marius aufzuhelfen. Stattdessen schoss er ein Foto. Mittlerweile wunderte Liska sich längst nicht mehr über alles, also ignorierte sie William und balancierte über den aufgewühlten Boden auf Marius zu.

»Na?« Sie kreuzte die Arme vor der Brust. Der Anblick war zu köstlich, um ihn nicht noch ein wenig zu genießen. »Sind das nun genug Kindheitserinnerungen für dich?«

Er blinzelte, da ihm Schlamm ins Auge lief. »Man hat mir nicht gesagt, dass du der Teufel bist, Liska Matthies.«

»Möglicherweise ein kleiner. Ich bin gekommen, um mir deine Seele zu holen als Dank dafür, dass ich dir aufhelfe.«

»Hm.« Er überlegte und deutete mit einer Kopfbewegung auf William. »Dein höllischer Gehilfe macht dann weiterhin Fotos von meiner Schande?«

Liska lachte leise. »Er tut das aus freien Stücken. Na los, hoch mit dir! Und ich warne dich. Sobald du versuchst, mich runterzuziehen, lasse ich dich sofort los.«

»Ich verspreche, ich werde nichts dergleichen tun. Dazu möchte ich einfach zu gern möglichst schnell hier raus.« Er zog die Beine an: Die Rückseite seiner Jeans hatte sich fast völlig mit Schlamm vollgesogen.

Nun hatte Liska doch Mitleid. Sie balancierte ihren Stand aus, griff nach seiner Hand und zog. Erschrocken glitt sie wie auf einer Eisbahn nach vorn, so rutschig war der Untergrund. »Oh, oh!« Sie stemmte ihre Füße fester in den Boden und versuchte, ihr Gewicht zu verlagern.

Ein Fehler. Schlagartig schien der Untergrund sämtliche Stabilität zu verlieren. Zu ihrem Entsetzen bemerkte Liska, wie sie schwankte. »Nein!«

Sie versuchte, gegenzusteuern und ihr Gleichgewicht zu halten.

Im selben Moment streckte Marius seinen Arm, um zu verhindern, dass sie stürzte.

Zu viel Druck. Der Schwung gab den Ausschlag: Mit einem Aufschrei rutschte Liska weg und landete auf dem Hinterteil. Zum Glück dämpfte der Untergrund einen Teil des Aufpralls, aber es tat trotzdem weh. Vom Ego ganz zu schweigen, das zusammen mit Liskas Beinen in einer Welle aus Schlamm ertrank.

Resigniert und verblüfft zugleich starrte sie auf ihre Füße, um die sich Wasser sammelte. Sie und Marius saßen quasi in einer riesigen Naturbadewanne. Einer verdammt kalten Naturbadewanne.

Angeekelt hob sie ihre Hände und betrachtete das, was zäh von ihren Händen tropfte. Kälte und Nässe drangen durch Jeans, Socken und Schuhe.

»Mist«, murmelte sie und zitterte. Sie fühlte sich nass und klebrig und vor allem ungerecht behandelt. »Mist!«

Marius beugte sich vor, rutschte auf die Knie und stemmte sich in die Höhe. Er setzte einen Schritt zur Seite und rutschte ein Stück, schaffte es aber, stehen zu bleiben. Dann hielt er ihr eine Hand hin.

Sie musterte ihn spöttisch und schwieg.

»Na los!« Er fand die Balance zwischen Schuldbewusstsein und Belustigung. Sein Griff um ihr Handgelenk war fest, und als Liska bereits dachte, sie würde wieder ausrutschen, griff er nach ihrer Schulter und zog sie hoch. Sie klammerte sich an ihm fest, und gemeinsam staksten sie aus der Vertiefung, bis der Boden unter ihnen sich halbwegs sicher anfühlte.

Liska blieb stehen und blickte an sich hinab. Schlamm tropfte von ihrer Hose, ihren Händen, ihren Haaren.

»Und das alles nur, weil ich dir helfen wollte«, stieß sie hervor.

»Hey, du musst anerkennen, dass nicht ich dich gezogen habe, sondern du einfach zu ...«

»Zu was?«

»Na ja ... schwach warst, um die Balance zu halten. Oder zu ungeschickt.« Breitestes Lächeln. Marius gab sich unschuldig wie ein kleiner Junge.

Liska hatte sich soeben einen Schlammklumpen aus dem Haar gezogen und hielt inne. Sie holte aus und schleuderte den Brocken vorwärts. Er traf Marius am Hals und blieb dort kleben. Ein Fleck als perfektes Abbild ihrer Empörung.

»Hey!«

»Selbst hey! Ungeschickt also, ja?«

Er überlegte, setzte einen Schritt zurück und bewegte einen Fuß hin und her. Seine Mundwinkel zuckten. »Ziemlich sogar. Sonst würdest du jetzt ... nun ja, anders aussehen.«

Blitzschnell beugte er sich hinab und schleuderte Gras und Schlamm in ihre Richtung. Liska begriff zu spät, dass er mit der Bewegung zuvor geprüft hatte, wie stabil der Untergrund war. Mit einem Schrei versuchte sie auszuweichen, doch das Geschoss traf sie am Haaransatz. Liska wischte es weg, nahm Schwung und schlitterte vorwärts, bis ihre Hände auf seine Brust trafen.

Er hielt sein Gleichgewicht exakt einen Fluch lang, begann zu taumeln und stürzte. Liska wollte zur Seite ausweichen, doch er war schneller und umschlang sie mit beiden Armen. Gemeinsam fielen sie zurück in den Matsch. Erdfarbene Tropfen spritzten auf und regneten auf sie herab.

Ein Schrei, Scharren, ein erstaunter Ausruf aus Richtung des Wagens, dann war alles still. Liska lag auf Marius' Brust, die Ellenbogen aufgestützt, und rührte sich nicht. Sie betrachtete sein Gesicht, die mit Schlamm vollgesogenen Haare und die Tropfen. Dunkle Linien auf seiner Haut. Sein warmer

Körper bildete einen seltsamen Kontrast zu der Kälte von Wasser, Erde und Luft. *Sämtliche Elemente vereint, und er ist das Feuer.*

Er wandte den Kopf zur Seite und spuckte aus. Seine Brust vibrierte. Zunächst schwach, dann immer stärker. Die Bewegung ging auf Liska über und wischte Kälte und den letzten Rest Empörung weg.

Gleichzeitig brachen sie in Gelächter aus, so laut, dass das Echo über die Wiesen von Shapinsay hallte. Möglicherweise reichte es sogar bis zum Wasser und darüber hinaus. Vielleicht mussten irgendwo dort draußen in diesem Moment Fischer in ihren Booten ebenfalls lachen, ohne zu wissen, warum.

Bei der Vorstellung lachte Liska noch mehr, dieses Mal aus reiner Freude. Das Funkeln zwischen ihr und Marius war zurückgekehrt, und sie würde, wenn es sein musste, mehr tun, als nur im Schlamm zu baden, um es am Leben zu halten.

Es war noch dunkel, als Liska aufwachte. Eine ganze Weile lag sie auf dem Rücken und starrte an die Decke, auf den Streifen in Grau und Silber, ehe sie sich aufsetzte.

Die Mondsichel war breit und tauchte die Umgebung in unwirkliches Licht. Vor dem Fenster erstreckte sich der Vorgarten von John Parsons samt Hühnerstall und Schuppen. Ein paar Stauden und Ranken bewegten sich im Wind. Lichter der Zivilisation suchte man vergeblich, lediglich in weiter Ferne blinkte etwas in regelmäßigen Abständen. Der Leuchtturm, vermutete Liska, auch wenn sie ihre Orientierung verloren hatte, so häufig war Marius auf dem Weg hierher in schmale und noch schmalere Straßen und Wege abgebogen.

Johns Haus lag wie erwartet umgeben von endlosem Land und Einsamkeit. Die Nachbarn waren zwar in Sicht-, aber nicht in Rufweite, und die Zufahrtsstraße war kaum mehr als ein gutausgebauter Weg. Liska begriff nicht, wie jemand so abgelegen wohnen konnte. Die Zivilisation der Städte war nicht Meilen, sondern ganze Dimensionen entfernt. Nur das Meer war nah, so wie überall auf den Inseln. Und wenn es das nicht war, gaukelte der Wind vor, dass man nur ein wenig länger hinsehen musste, um die erste Gischtkrone zu entdecken.

John arbeitete als Fischer und lebte allein in seinem liebevoll eingerichteten Haus. Er hatte drei Kinder und mindestens zehn Enkel, die ihn regelmäßig besuchten, da sie alle in Schottland und die meisten sogar noch auf den Orkneys wohnten. »Warum sollten sie auch wegziehen?«, hatte er gefragt und dröhnend gelacht. »Wir leben doch auf dem schönsten Landstrich der Welt.«

Er war in Kirkwall geboren und hatte einen Teil seiner Kindheit auf dem Grundstück von Fionas Eltern verbracht. Innerhalb der ersten zehn Minuten nach ihrem Wiedersehen hatten die beiden es geschafft, Anekdoten aus mehreren Jahrzehnten auszugraben. Es war rührend zu beobachten, wie Fiona John die Wange tätschelte und sich dabei verstohlen eine Träne aus dem Augenwinkel wischte.

John war aufgetaucht, kurz nachdem Liska und Marius sich mit schmerzenden Bäuchen wieder auf die Beine gequält und länger aneinander festgehalten hatten, als nötig war. Als ob sie nicht nur einander, sondern auch den Augenblick festhalten könnten. Zwischen ihnen herrschte diese Unbeschwertheit, die alle vorangegangenen Anspannungen wegwischte, und auch jenes Kribbeln, das Liska zuflüsterte, Marius noch einmal zu umarmen, noch einmal festzuhalten, noch einmal in den Schlamm zu stoßen.

John hatte einen bezeichnenden Blick auf ihre Kleidung

geworfen und sich für das Wetter, den hinterhältigen Untergrund, die Insel, Schottland im Allgemeinen und dafür entschuldigt, dass sein Haus so weit weg lag und sie diesen Weg nehmen mussten. Er hatte mit seinem Fernglas nach ihnen Ausschau gehalten und war ihnen mit seinem Geländewagen zu Hilfe geeilt: »Hier draußen ist ein robustes Fahrzeug wichtig. Und ein gutes Abschleppseil.«

Kurz darauf zauberte er eine Plastikfolie aus dem Kofferraum, mit der er die Vordersitze des Mietwagens abdeckte, damit Liska und Marius wieder Platz nehmen konnten. Anschließend legten sie im Schritttempo den restlichen Weg zurück.

Liska verzichtete auf einen Blick in den Spiegel an der Sonnenblende. Ihre Haut spannte dort, wo der Schlamm bereits getrocknet war, und wenn sie den Kopf bewegte, schlugen die verklumpten Haare gegen ihre Wangen. Unter ihren Nägeln prangten dunkle Halbmonde. Marius sah nicht besser aus, und doch musterte sie ihn immer wieder von der Seite. Es juckte ihr in den Fingern, die getrocknete Schicht auf seinen Wangen zu berühren, doch sie hielt sich zurück. Ja, die Mauer zwischen ihnen war endlich eingestürzt, aber sie wusste noch nicht, was auf der anderen Seite lag.

Bei John bat sie als Allererstes um eine Dusche. Das Bad war liebevoll mit Schiffchen, Seepferdchen und -sternen aus Holz dekoriert. Liska genoss das heiße Wasser und staunte über die Bäche an Schlamm, die sie in den Abfluss spülte. Danach fühlte sie sich wieder wie sie selbst und freute sich auf den restlichen Tag. Sie würde in einem sehr gemütlichen Haus übernachten und befand sich in guter Gesellschaft. Dieser John schien nett zu sein. Viel schiefgehen konnte nicht mehr.

Nach ihr nahm Marius das Bad in Beschlag, und kurz darauf saßen sie an einem großen Tisch, dem Herzstück des Hauses, während John sie mit Essen versorgte. Es gab *Finnan haddie*, geräucherten Schellfisch, den er in Milch und gesalzener Butter gekocht hatte, dazu gestampfte Erbsen und Kartoffeln.

Liska hatte Hunger und freute sich sogar über den Tee, den John in einer riesigen Kanne zwischen ihr und Fiona platzierte. Er und Marius tranken Irn-Bru, die süßeste Limonade der Welt. Allein die Farbe, knalliges Orange, verursachte Liska Zahnschmerzen, doch für die Schotten war das Zeug so etwas wie ein Nationalgetränk.

Sie brachte das Essen fast schweigend hinter sich. Fiona und John bestritten den größten Teil der Unterhaltung, unterstützt von William, der bedächtig kaute und sich öfter zurücklehnte. »Freu mich ebenso über stumme Gäste beim Essen wie darüber, mal ausgiebig mit Fi zu plaudern«, hatte John gesagt. »Das bedeutet nämlich, dass meine Kochkünste doch nicht so schlecht sind, wie meine Agatha mir damals weismachen wollte.«

Johns Kochkünste waren äußerst gut, seine Neugier dagegen kaum ausgeprägt. Er informierte sie lediglich darüber, dass er sie am nächsten Morgen mit aufs Wasser nehmen würde, damit Marius das Bild mit dem roten Luftballon schießen konnte. Mehr wollte er über den Auftrag oder Magdalena de Vries nicht wissen. »Komm nicht so viel zum Lesen, wisst ihr, und kenn keine Autoren. Außer Eddie, der schreibt Gedichte, liest sie manchmal im Pub vor. Von solchen Apparaten hab ich auch wenig Ahnung.« Er deutete auf Williams Kamera. »Wenn Fi sagt, ihr braucht ein Foto mit 'nem roten Ballon vor der Küste, dann ist das so. Werdet schon eure Gründe haben. Noch Fisch?«

Nach dem Essen ging er nahtlos zum Whisky über, und

Liska ließ sich zu einem *Dram* überreden – nur um es kurz darauf zu bereuen. Manche Sorten mochte sie durchaus, doch diese war einfach zu stark und torfig. Da sie John nicht beleidigen wollte, nippte sie daran und tauschte zunächst einen Blick, dann ihr Glas mit Marius, der ihr Dilemma bemerkt hatte. Bald feuerte John den Kamin an, kochte frischen Tee, und Liska fand sich in einer Sofaecke wieder. Sie lehnte sich zurück und starrte in die Flammen. Die Unterhaltung der anderen wurde zu einem Gemurmel im Hintergrund, während Wärme ihre Haut kitzelte. Sie fühlte sich äußerst wohl. William lächelte ihr zu, als sie in seine Richtung blinzelte. Knapp und nicht übermäßig fröhlich, aber für ihn durchaus herzlich.

Eine Berührung an ihren Füßen schreckte sie auf: Marius hatte sich am anderen Ende des Sofas in die Polster fallen lassen. »Sorry«, sagte er. »Ich wollte dich nicht erschrecken.«

»Hast du nicht«, log Liska schläfrig und zog die Beine an.

»Lass nur, ich habe genug Platz.«

»Hast du nicht.«

Kurzerhand nahm er ihre Füße und legte sie auf seine Oberschenkel. »Siehst du. Es passt alles.«

Liska hob die Augenbrauen, dann nickte sie und sank wieder in die Kissen. Seine Nähe erhöhte den Kuschelfaktor des Sofas einmal mehr. Sie schloss die Augen und konzentrierte sich auf das Knistern der Flammen und das Aroma von Whisky und Rauch. Sie wusste nicht, wann sie zuletzt so früh eingeschlafen war – oder auch in Gegenwart so vieler Menschen. Trotzdem fühlte es sich schön und richtig an, tiefer und tiefer durch Wärme und Geborgenheit in den Schlaf zu driften. Sie bekam noch mit, dass jemand eine Decke über sie breitete.

Fiona hatte sie später am Abend geweckt und unter aufmunternden Worten in das Gästezimmer geschoben, das einst ein Kinderzimmer gewesen war und über ein Bett verfügte, das Marius zu kurz und den Brookmyres zu schmal war. Kaum lag ihr Kopf auf dem Kissen, war sie eingeschlafen.

Nun rächte es sich, dass ihr viel zu früh für ihre sonstigen Gewohnheiten die Augen zugefallen waren: Es war drei Uhr nachts und sie hellwach. Sie drehte sich auf den Rücken, starrte an die Decke und lauschte dem Wind. Nach einer gefühlten Ewigkeit gab sie auf, verließ das Bett, ging zur Tür und öffnete sie leise. Im Haus war es still abgesehen von Schnarchgeräuschen hinter einer der Türen.

Der Tisch war abgeräumt. Eine Packung roter Ballons lag dort, die sie für das Motiv *Blick auf die Küste, wo ein roter Luftballon schwebt* benötigten und die John von einem seiner Bekannten besorgt hatte.

Liska grübelte. Neben dem Ballonfoto noch drei weitere, und ihr Auftrag war abgeschlossen. Sie würde wieder nach Hause fahren und sich von den Orkneys, Marius und den Brookmyres verabschieden. Vor einigen Tagen hätte sie das in Begeisterung versetzt. Wenn man ihr jetzt, in diesem Augenblick, mitteilte, dass ihr Job erledigt wäre, hätte sie definitiv das Gefühl, etwas begonnen und nicht abgeschlossen zu haben. Doch das war Unsinn, nicht wahr? Das Einzige, was sie abschließen musste, war diese kuriose Liste.

Sie legte die Luftballons zurück, schlenderte zur Wohnecke und musterte die Bücher in Johns Regalen: überwiegend Sachbücher über Schottland und den Fischfang, einige Klassiker sowie zerlesene Romane, die sie nicht kannte. Unschlüssig strich sie mit einem Finger die Titel entlang, als sie Marius' Kameratasche entdeckte. Darauf lag Williams Apparat. Liska zögerte. Sie dachte an den Weg über das zu matschige Feld und Marius' sowie ihre unfreiwillige Schlammdusche. William hatte Bilder davon gemacht, zumindest eines, bei dem Marius bereits am Boden gelegen hatte.

Selbst jetzt musste sie bei der Erinnerung grinsen. Obwohl es sie anschließend selbst erwischt hatte, würde sie jene Minuten nicht ungeschehen machen wollen, schließlich war diese Distanz zwischen ihr und Marius verschwunden und durch etwas ersetzt worden, das sie an den Abend im Seaflower erinnerte: ein Kribbeln, so verhalten, dass sie es in den Hintergrund drängen konnte, wenn sie es wünschte. Doch wenn sie sich darauf konzentrierte, wärmte und verwirrte es sie zugleich.

Liska atmete tief durch. Was auch immer sie da fühlte, es würde diesen Auftrag nur komplizierter machen, als er ohnehin bereits war. Sie durfte und würde sich nicht in Marius Rogall verlieben.

Mit einem tiefen Seufzer ließ sie sich auf das Sofa fallen, zog ein Kissen heran und drückte den winzigen Hebel an Williams Kamera zur Seite. Auf dem Display erschien Johns Wohnzimmer, etwas verschwommen und zu dunkel. Liska musste bereits geschlafen haben, als William das Foto geschossen hatte: Fiona, Marius und John in reger Diskussion. Man konnte das Ganze durchaus für einen gemütlichen Familienabend halten.

Liska rief die nächsten Bilder auf. Sie zeigten wie ein Film, den man rückwärts abspielte, ihre Ankunft am Haus und die Reise hierher. Landschaften, Johns Boot, sein Gesicht in Nahaufnahme, das Abschleppseil und dann endlich die Schlammfotos.

Liska zoomte das Bild heran: sie und Marius, voller Schlamm zusammen am Boden. Ihr hingen die Haare triefend ins Gesicht, die Farbe seiner Klamotten war nicht mehr zu erkennen. Dennoch lachten sie, als gäbe es nichts Schöneres auf der Welt, als sich in Dreck und Kälte im Arm zu halten.

Sie zoomte weiter. Das Lachen auf ihrem Gesicht war echt.

In jenem Moment hatte sie nicht gewusst, dass William ein Foto schoss. Trotzdem oder vielleicht gerade deshalb sah sie so glücklich aus, wie sie sich selten in der Vergangenheit erlebt hatte. Marius dagegen wirkte ruhig, fast beschützend, und er betrachtete sie mit einem Ausdruck, den sie nicht genau deuten konnte. Vielleicht lag es daran, dass sein Gesicht zur Hälfte von ihrem verdeckt war. Ihr gefiel die Art, wie er seine Arme um sie geschlungen hatte. Es gab kaum etwas, an dem er sich abstützen konnte, da der Boden unter ihnen trügerisch und nachgiebig war, aber er sorgte dafür, dass sie Halt fand.

»Du interpretierst zu viel da rein, meine Liebe«, murmelte sie und schmiegte sich enger in das Kissen. Ihr war warm geworden, und wider besseres Wissen blickte sie zum Kamin. Schwärze gähnte ihr entgegen, nicht einmal Glut war zu sehen.

Sie klickte sich weiter durch Williams Fotogalerie. Die Schnappschüsse konnten hinsichtlich ihrer Qualität bei weitem nicht mit denen von Marius mithalten, aber William hatte eine interessante Sammlung zusammengetragen. Überwiegend Landschaften, hin und wieder Fiona, aber öfter als erwartet ... Liska klickte schneller. Dann noch einmal zurück und wieder vor.

Sie hatte sich nicht geirrt: Es gab auffallend viele Fotos, auf denen sie und Marius zu sehen waren. Da war natürlich die gestellte Kussszene in Skara Brae, aber auch viele andere Bilder: sie und Marius auf dem Weg zum Pub, sie und Marius beim Beladen des Wagens vor dem Seaflower, sie und Marius am Steinkreis mit den Enten in Herzform neben sich. Hin und wieder wirkte sie verschlossen oder hielt die Arme vor der Brust verschränkt, als wollte sie nichts mit dem zu tun haben, was um sie herum geschah. Je aktueller die Bilder waren, desto häufiger sah sie aus, als würde sie sich gut amüsieren. Hatte sie in den vergangenen Tagen wirklich so viel gelächelt?

Überrascht betrachtete Liska die nächste Aufnahme. Darauf wirkte sie unschlüssig, als kämpfte sie mit sich selbst, während Marius ihr seine Kamera entgegenstreckte. Sie kam sich wie eine Fremde vor, das Gesicht nahezu versteinert. Das war in Kirkwall gewesen.

Sie betrachtete die letzten Bilder noch einmal, doch sie hatte sich nicht geirrt. Die Liska, die Marius an seinen ersten beiden Tagen auf Mainland getroffen hatte, war eine andere gewesen.

Das nächste Bild zeigte Fiona auf der Bank vor ihrem Haus. Sie hielt die Augen geschlossen und genoss die Sonne. Bank und Fassade sahen neuer aus und Fiona jünger. William musste das Bild vor Jahren geschossen haben. Liska suchte und blendete kurz darauf Datum und Uhrzeit ein. Sie hatte richtig vermutet, Fiona hatte für dieses Motiv vor über zehn Jahren posiert.

Zehn Jahre! So lange hatte William die Kamera nicht benutzt. Es sei denn, er hatte in den vergangenen Jahren alle Fotos nach diesem gelöscht. Aber das ergab nicht wirklich Sinn.

Liska wollte weiterklicken, hielt aber dann inne. Ob William etwas dagegen hätte? Sie dachte daran, wie oft er Marius etwas auf seinem Display gezeigt hatte. Vielleicht kannte der ja bereits all diese Aufnahmen? Hin- und hergerissen zwischen Neugier und schlechtem Gewissen klickte sie weiter. Die Fotos lagen immer weiter zurück. Es hatte den Anschein, als wäre die Kamera lange Jahre irgendwo im Brookmyre'schen Haus verstaubt und erst durch die Bekanntschaft mit Marius wieder hervorgekramt worden. Die Fiona, die hin und wieder in die Kamera lächelte, wurde merklich jünger. Sie hielt sich gerade, dunkleres Haar baumelte ihr als Zopf über eine Schulter, und auch die Taille war schlanker. Auf einem Bild trug sie ein Kopftuch zu einem langen Wollkleid und rief etwas, wobei sie sich eine Haarsträhne aus dem Mundwinkel strich.

Liska lächelte. Fiona hatte schon vor Jahren so ausgesehen, als würde sie jeden Menschen der Welt am liebsten in den Arm nehmen.

Auf dem nächsten Foto waren sie und William zu sehen, beide um Jahre jünger, aber die Gesichtszüge unverkennbar. William hatte bereits damals diesen Stolz ausgestrahlt, der sein Kinn hoch und seine Statur aufrecht hielt. Sein Haar war so dicht wie heute, noch nicht weiß, aber bereits sehr hell. Beide trugen Stiefel, Hose und Pulli und standen auf der Wiese vor ihrem Haus. Zu ihren Füßen lag ein Hund, zwischen ihnen stand ein junger Mann. Liska beugte sich näher, bis ihre Nase fast das Display berührte, dann zoomte sie heran. Die Aufnahme war verschwommen, aber die Ähnlichkeit mit William war nicht zu übersehen: das schmale Gesicht, die schweren Augenbrauen, die energische Nase. Er war deutlich jünger als die beiden und hatte so dunkles Haar wie Fiona damals.

Ein Sohn? Konnte das sein? Von einem Sohn war nie die Rede gewesen. Liska erinnerte sich noch genau daran, wie schroff William seine Frau unterbrochen hatte, als die Rede auf Bradley gekommen war. Trotzdem, der fremde Mann sah ihm so ähnlich. Sie mussten einfach verwandt sein, aber für Brüder war der Altersunterschied zu groß.

»Seltsam«, murmelte sie und betrachtete auch die restlichen Bilder, fand jedoch keine weiteren Hinweise.

Das Schnarchen im Haus verstummte. Liska sah auf, und plötzlich fühlte sie sich, als hätte man sie bei etwas Verbotenem erwischt. Sie schaltete die Kamera aus, legte sie an ihren Platz zurück und schlich auf ihr Zimmer. An Schlaf war nun eh nicht mehr zu denken, aber sie würde die restlichen Stunden einfach mit Lesen verbringen. Schließlich würde der Wecker am nächsten Morgen in aller Frühe klingeln, damit sie rechtzeitig auf den Beinen waren, um einen roten Ballon in den Himmel Schottlands steigen zu lassen.

21

»Das war eine großartige Idee«, rief Liska gegen den Wind, der ihr den Atem nehmen wollte, und hielt das Walkie-Talkie in die Höhe. Es war ein alter Knochen, doppelt so groß wie ihre Hand, doch es tat seinen Dienst: Williams Stimme war deutlicher zu verstehen als die von Marius, obwohl der neben ihr saß und nicht in Sichtweite an der Küste von Shapinsay stand.

John nickte und hob einen Daumen, während er sein Boot weiter in einem Bogen vom Ufer wegsteuerte. Hier draußen auf dem Wasser wirkte es kleiner als an Land, und innerhalb der ersten Sekunden hatte Liska zu ihrem Erschrecken festgestellt, wie wenig es der See entgegenzusetzen hatte. Es schaukelte und schwankte, ab und an hüpfte es nahezu in die Höhe, wenn sie auf eine größere Welle trafen.

»Das legt sich, wenn wir etwas weiter draußen sind«, brüllte John gegen den Lärm von Motor und Wind an.

Liska hoffte es. Wenn das Geschaukel so weiterging, war sie nicht sicher, ob sie sich weiterhin auf das Gespräch mit William konzentrieren konnte. Sie hatten besprochen, dass er und Fiona an Land bleiben und den roten Ballon fliegen lassen würden, während Marius Fotos schießen und Liska seine Wünsche und Korrekturen per Funkgerät durchgeben sollte.

Mit dem Wetter hatten sie Glück. Es regnete nicht, und der Himmel versprach bereits jetzt ein großartiges Farbspiel. Am Horizont lag ein kaum merklicher Rotschimmer. Sobald das Licht die Dämmerung vertrieben hatte, würde es wunderschön aussehen.

Die Küstenlinie sah aus, als hätte jemand sämtliche harten Konturen einfach gelöscht. Die Klippen waren nicht mehr scharfkantig, sondern schwangen sich elegant vor dem Wasser in die Höhe. Das Land dahinter wisperte von Geheimnissen und einer Vergangenheit, in der die Menschen an Magie und die Macht der Natur geglaubt hatten. William hatte erzählt, dass die ältesten Fundstücke der Inseln, Werkzeug aus Feuerstein, um die zehntausend Jahre zurückdatiert wurden.

Liska versuchte, sich vorzustellen, wie die Orkneys damals ausgesehen, wie die Menschen gelebt hatten. Was hatten sie über das Land gedacht, über das Donnern des Wassers? Hatten sie die Wolken beobachtet, die so beeindruckend, schön und bedrohlich zugleich sein konnten? War einer von ihnen genau hier gewesen, an dieser Stelle? Hatten sie möglicherweise sogar dasselbe empfunden – dass sich so vieles leichter oder gar unwirklich anfühlte, wenn man in einem schaukelnden Boot saß und auf die Orte blickte, an denen man sonst unterwegs war oder schlief?

Sie strich sich ihre Haare hinter das Ohr, wandte sich Marius zu und deutete Richtung Ufer.

Sieh nur, wie schön.

Er nickte, als hätte er verstanden, was soeben in ihr vorging. Und als ihre Blicke sich trafen, wusste sie, dass er ebenso fasziniert war wie sie.

John schlug einen Kurs parallel zur Küste ein. Über den

Köpfen der Brookmyres tanzten rote Ballons im Wind, von unsichtbaren Schnüren gehalten. Die beiden würden einen nach dem anderen steigen lassen und somit die Chance auf ein gutes Foto erhöhen. Fiona winkte ihnen zu.

»Wir sind bereit«, dröhnte Williams Stimme aus dem Gerät, und Liska bestätigte. Eine Berührung an ihrer Schulter lenkte sie ab.

Marius' Gesicht war in rötlichen Schein getaucht, die Augen voller Geheimnisse. Er deutete zur Seite, Richtung Osten.

Sie wandte den Kopf und hielt den Atem an. Die Sonne war noch nicht zu sehen, aber der Himmel hatte bereits mit seinem Schauspiel begonnen. Unzählige Farben vermischten sich dort, Wolkenfelder schufen Kontraste oder nahmen Rosa und Orange in sich auf, um sie zu vertiefen und um ein Vielfaches zurückzugeben. Schnüre und Wirbel aus dunklem Violett und verhaltenem Rot mischten sich in die Farben der Nacht.

»Wow!« Liska warf einen Blick über die Schulter. Sie konnte nicht anders, als Marius anzustrahlen.

»Ja, das finde ich auch.« Er ignorierte das Spektakel über ihnen, sein Blick brannte sich in ihren.

Liska spürte die Röte des Himmels auf ihren Wangen. Zögernd lehnte sie sich zurück an Marius' festen Körper. Seine Hände legten sich leicht auf ihre Hüften.

Liska atmete im Takt seines Herzschlags. Sie fühlte sich wohl, umfasst und beschützt von seinen Armen, war aber auf eine aufregende Weise angespannt. Bewegen wollte sie sich nicht, wollte nicht einmal, dass die Sonne aufging oder Zeit verstrich. Sie wollte ihn festhalten, diesen Augenblick, der so unwirklich schien, obwohl nichts gegenwärtiger war als Marius' Nähe. Wieder musste sie an den Kuss denken, und auf einmal sehnte sie sich nach mehr. Doch nicht jetzt, nicht hier.

Gemeinsam betrachteten sie, wie sich tief unter ihnen ein See aus Goldflammen bildete, der weiter und weiter Richtung Wasseroberfläche stieg.

Liska blinzelte, als John den Motor abstellte und sich ihnen zuwandte. Den Fischer hatte sie vollkommen vergessen.

»Schon mal so was Beeindruckendes gesehen?« Er klang stolz, als gehörten Meer und Himmel allein ihm. Und das stimmte auch, zumindest für eine kurze Zeit am Tag, in diesen Minuten vor dem Sonnenaufgang, wenn das Leben auf Shapinsay erwachte.

John lächelte, als er bemerkte, wie eng Liska und Marius beisammensaßen. Einem Impuls folgend wollte sie sich aufrichten, doch Marius hielt sie fest. Hier draußen gab es keine seriöse Geschäftsbeziehung, keine Distanz, die sie wahren mussten. Hier draußen gab es nicht einmal die Abneigung gegen alte Geschichten, die jemand aus einer Ecke hervorzerren konnte, und demnach gab es auch nichts Unangenehmes. Dieser Moment war ...

Perfekt.

Liska lächelte, und John tippte sich an einen imaginären Hut, ehe er die Richtung änderte, so dass sie frontal auf die Küste zuhielten.

»Es gefällt mir nicht, aber ich muss dich leider loslassen«, raunte Marius in Liskas Ohr. Sein Atem strich über ihre Haut, Wärme in der Kühle der See.

Sie drückte seinen Arm und richtete sich auf, um ihm Platz für die Kamera zu geben. Das Funkgerät knackte. »Wir sind bereit.«

William und Fiona standen kerzengerade nebeneinander. Hätte Liska es nicht besser gewusst, würde sie die zwei für Statuen halten.

»Okay, bitte noch einen Moment Geduld.« Marius betrachtete den Horizont, dann die Küste. »Wir warten noch, bis die Röte auf den Klippen zu sehen ist.«

»Aye«, sagte John. »Die Position ist gut?«

»Die Position ist ideal«, bestätigte Marius, und der Motor verstummte. Nichts war zu hören bis auf das Plätschern der Wellen, der Wind und vereinzelt der Schrei einer Möwe.

John lehnte sich zurück. »Dann lass ich euch mal machen«, streckte die Beine aus, verschränkte die Hände hinter dem Kopf und schloss die Augen.

Der Frieden bei seinem Anblick, die Gänsehaut als Echo von Marius' Umarmung, die allgemeine Ruhe ... Liska war glücklich. Am liebsten hätte sie die Arme ausgebreitet, doch dafür war das Boot zu klein.

Marius zwinkerte ihr zu. »Machen wir uns an die Arbeit. Ich bin bereit.«

Liska betätigte ihr Gerät. »In Ordnung, William, du kannst den ersten Ballon fliegen lassen!«

»Verstanden.«

Liska zählte bis drei, dann löste sich ein roter Fleck von den anderen an den Klippen und stieg gen Himmel, während neben ihr das bereits so vertraute Geräusch einer Fotosalve ertönte. Der Wind spielte mit dem Ballon und trieb ihn zur Seite, in das Land hinein. Fiona lief ihm einige Schritte hinterher. Von weitem erinnerte sie an ein junges Mädchen.

»Der nächste bitte«, sagte Marius, ohne die Kamera sinken zu lassen. Nach und nach entließen William und Fiona alle zehn Ballons in die Luft. Während er sich nicht vom Fleck rührte, schien sie mit jedem Exemplar ein paar Jahre ihres Lebens zurückzugewinnen. Nach der Hälfte sah Liska nicht mehr den Ballons hinterher, sondern Fiona. Es hatte wirklich nur diese Reise gebraucht, um ihr eine so große Freude zu machen, dass sie ihre schmerzenden Knochen vergaß.

Die Sonne hatte es über den Horizont geschafft und schickte mehr und mehr Farbtöne ins Rennen. Es erinnerte Liska an das Seagull Café in Stromness. Die Klippen sahen aus, als hätte sie jemand mit Goldfarbe übergossen, und Schottland verwandelte sich in das Land der Zaubergeschichten.

Der letzte Ballon flog los, und Fiona winkte ihm nach.

»Fast wie mein Junge«, sagte John und blinzelte. »Den konnte ich immer mit solchen Dingen begeistern, als er noch klein war. Hätte nicht gedacht, dass Fi solch eine Freude dran hat.«

Das Foto, das sie in der vergangenen Nacht auf Williams Kamera gefunden hatte, kam Liska in den Sinn. Kurz rang sie mit sich, doch dann siegte ihre Neugier. Zudem hatten Fiona und William auch kein Problem damit gehabt, sich in ihr Leben einzumischen.

»John?«

»Hm?« Erneutes Blinzeln.

»Fiona und William hatten ja eine Tochter …«

»Die Lissy, deine Namensvetterin. War eine tolle Frau.«

»Haben oder hatten die zwei noch mehr Kinder?«

Das Blinzeln hörte auf, er nahm die Hände vom Kopf und setzte sich aufrecht. »Hm.« Er starrte in die Ferne.

Liska wartete, doch er schwieg und machte den Anschein, dass die Klippen urplötzlich seine gesamte Aufmerksamkeit verlangten. Sie deutete ans Ufer. »Es gibt ein Foto, auf dem ein junger Mann zu sehen ist, der William ziemlich ähnlich sieht.«

Er rührte sich noch immer nicht und starrte mit einem Gesicht aus Stein ins Nichts. Schotten konnten stur sein, aber das konnte sie auch.

Endlich schüttelte er kaum merklich den Kopf. »Zu dem Thema fragst du den Falschen, Mädchen.«

Das wurde ja immer seltsamer. »Sie kennen Fiona schon beinahe Ihr ganzes Leben. Und Sie wissen nicht, ob Lissy ein Einzelkind war?« Sie begriff nicht. Es war doch nur eine harmlose Frage.

Der Fischer räusperte sich und setzte sich kerzengerade. »Ich halte mich da raus. Und Fi und William solltest du damit auch in Ruhe lassen. Immerhin habt ihr noch ein paar Meilen vor euch, das wär nicht gut bei schlechter Stimmung.«

Liska drehte sich hilfesuchend zu Marius um, bis ihr einfiel, dass sie keine Hilfe erwarten konnte, da sie vergessen hatte, ihn einzuweihen. »Aber warum sollte eine harmlose Frage denn die Stimmung zerstören?«

John schwieg. Er verschränkte sogar die Arme vor der Brust und rührte sich nicht mehr, bis Williams Stimme durch das Walkie-Talkie dröhnte und ihnen mitteilte, dass Fiona allmählich fröstelte. Da Marius mit dem Ergebnis der Fotosession zufrieden war, schlugen sie den Weg zur Küste ein.

Unterwegs beobachtete Liska John. Er tat so, als wäre alles in bester Ordnung, war aber ein miserabler Schauspieler. Eines stand fest: Aus ihm würde sie nichts herausbekommen. Aber das musste sie auch gar nicht. Immerhin waren sie in Schottland, auf einer Tour zu alten Gefährten der Brookmyres. Es gab andere Quellen, die man anzapfen konnte.

»Nichts«, rief Liska, als sie an den Ecktisch zurückkehrte. Marius stützte die Ellenbogen auf das Holz und beugte sich vor, da eine Unterhaltung ansonsten kaum möglich war. Das *Fishers n Fiddlers* bot viel Platz, und der Besitzer hatte äußerst enthusiastisch in seine Musikanlage investiert, frei nach dem Motto »Je mehr, desto besser«. Das Duo auf der improvisierten Bühne neben der Tür erzeugte mit Geige und Akkordeon eine beträchtliche Lautstärke.

Aber diese kleine Mission war es wert. Wenn sie doch nur endlich Erfolge bringen würde.

In den vergangenen zehn Minuten hatte sie sich mit Seamus und Angus Drummond unterhalten. Die Brüder mit den interessanten Zahnlücken hatten ihr während des Gesprächs drei Heiratsanträge gemacht, die Vorzüge der schottischen Männer und Porridge gelobt, dem Fischer John viele Grüße ausrichten lassen und manche Whiskysorten als untrinkbar verflucht. »Die sind so lasch, dass sie höchstens einem Engländer schmecken würden. Was ein echter Whisky braucht, ist das Aroma von Torf!« Sie hatten synchron auf die Theke geschlagen und ihr Bier heruntergekippt, um sofort neues zu ordern. Bei Miles, dem Mann hinter der Bar, den sie bereits ihr ganzes Leben lang kannten. So wie sie jeden anderen Anwesenden kannten.

Die Brookmyres kannten sie leider nicht.

»Mal ehrlich, glaubst du wirklich, dass du heute Abend Erfolg haben wirst?« Marius schob sein Bier von einer Hand in die andere.

Liska sah sich um und betrachtete die Gesichter. Mit einigen Pubbesuchern hatte sie bereits geredet. Manche hatten mit dem Namen Brookmyre etwas anfangen können, andere waren sicher, schon einmal mit William ein Pint getrunken zu haben. Mehr war leider nicht herausgekommen.

»Einen Versuch ist es auf jeden Fall wert«, beharrte sie. »Hier kennen sich doch die meisten. Oder sie kennen jemanden, der jemanden kennt. In Aberdeen oder Inverness würde ich sagen, lass uns gehen. Aber hier haben wir gute Chancen, etwas herauszufinden.«

Sie hatte Marius von dem Foto auf Williams Kamera erzählt, nachdem sie an Johns Haus angekommen waren. Die Existenz eines möglichen Sohnes hatte ihn erstaunt, aber nicht vor ein solches Rätsel gestellt wie sie. »Was findest du daran seltsam? Sie haben ihn bisher einfach nicht erwähnt, das ist alles.«

»Glaub mir, es ist seltsam. Zum einen hat William seiner Frau recht deutlich das Wort abgeschnitten, als die Rede auf Bradley kam. Das passt nicht zu seiner sonstigen Art. Du weißt schon ... er hält ihr die Tür auf, er rückt ihr den Stuhl zurecht, er achtet permanent darauf, dass ihr nicht kalt ist.«

»Du willst sagen, dass er zu altmodisch ist?«

»Nein, das meine ich doch gar nicht. Ich finde das sogar sehr schön«, gab sie zu. »Was ich sagen will: Es war auffällig, dass er das Gespräch damals so abgebrochen hat. Außerdem kennt meine Oma die beiden schon lange, und ich hab sie ja auch mehr als einmal gesehen, als ich klein war. Glaub mir, niemals war da auch nur der Hauch eines Sohnes.«

»Na ja«, gab er zu bedenken. »Du hast auch nichts von der Tochter gewusst.«

»Die verschweigen sie immerhin nicht«, sagte sie und leerte ihr Glas. »Außerdem ist sie verstorben. Vielleicht wollen sie einfach nicht so gern über sie reden.«

»Warum fragst du William nicht einfach? Oder Fiona?«

Sie schüttelte den Kopf. »John hat bei dem Thema bereits dichtgemacht auf dem Boot. Du kennst doch William, der wird nicht mit der Sprache herausrücken. Und wenn wir Pech haben, dann ist er hinterher verstockt, und wir müssen uns im Auto mit schlechter Laune herumschlagen.«

Was sie tunlichst vermeiden wollte. Vor allem, da sie nur zu genau wusste, dass die Spannungen am Anfang ihrer Reise einzig und allein von ihr ausgegangen waren. Mittlerweile fühlte sie sich in der Gesellschaft der anderen einfach nur wohl.

Natürlich hatten die Brookmyres ihre Eigenarten. Der

stetig korrekte und manchmal auch verbohrte William, der ihnen sein Schottland in einem Tonfall näherbrachte, der ihr zwischen den Zeilen sagte, dass sie das alles bereits wissen sollte. Fiona, die bisweilen ein wenig schrullig wirkte, wenn sie kicherte, und die Liska manchmal von der Seite betrachtete, als wollte sie ihre Gedanken erraten – oder kannte sie bereits. Die genau festgelegten Zeiten, wenn die beiden ihren Tee einnahmen – und Williams sinkende Laune, wenn diese nur um wenige Minuten verschoben werden mussten.

Nichts davon beeinträchtigte ihre Planung. Es störte sie nicht einmal mehr. Sie selbst war ja nicht besser, wenn sie zunächst auf Abstand ging, sobald ein Fremder sich zu ihnen gesellte. Marius konnte mit der Kamera eine Stunde vor einem Motiv verbringen, während den anderen die Mägen knurrten oder die Gliedmaßen einfroren. Gedankenverloren fuhr Liska mit einem Finger am Rand ihres Glases entlang und dachte nach, doch ihr fiel nicht eine Situation ein, in der die Brookmyres sich darüber beschwert hätten. Letztlich war es so einfach: Sie alle hatten ihre Marotten. Und wenn man sich darauf einließ, konnte es sogar spannend werden.

Sie schob das Glas auf dem Tisch hin und her. Marius' Einwand war nicht von der Hand zu weisen. Warum sprach sie William nicht wirklich auf das Foto an? Die Antwort war einfach – Antworten. Plural. Weil sie nicht zugeben wollte, dass sie in seinen Bildern herumgestöbert hatte, ja. Aber da war noch etwas anderes. So wie sie die beiden kannte, ahnte sie, dass sie auf Granit beißen würde. Es wäre möglich, Fiona abzufangen und sie unter vier Augen zu fragen – sie war offener als ihr Mann. Aber Liska wollte sie nicht in die Bredouille bringen und zwingen, sich zwischen höflicher Offenheit und ihrer Loyalität William gegenüber entscheiden zu müssen. Es blieb also nur eines: Sie würde es ohne die beiden herausfinden müssen. Alles, was sie dafür brauchte, waren Menschen.

Sie zuckte zusammen, als eine Hand sich auf ihre legte und zeitgleich das Glas stoppte, das sie immer schneller von einer Seite des Tisches zur anderen befördert hatte. Leicht raue Finger strichen über ihre Haut, und wie auf Kommando reagierte ihr Körper und schickte ihr Herz auf einen Marathon.

»Vielleicht sollten wir uns aufteilen«, sagte sie. Der Umgebungslärm schluckte die Unsicherheit in ihrer Stimme, die sich auf eine verrückte Weise wunderschön anfühlte. »Mit mehr Leuten reden.«

»Oh nein! Das ist deine Mission, da werde ich dir nicht in die Quere kommen.« Marius ließ sie langsam los und lehnte sich zurück. Er amüsierte sich eindeutig über ihre Hartnäckigkeit. Das stachelte Liskas Ehrgeiz weiter an.

Seitdem sie im *Fishers n Fiddlers* saßen, war sie mindestens zwanzigmal über ihren Schatten gesprungen und hatte wildfremde Menschen angesprochen. Anfangs war es ihr unangenehm gewesen, vor allem bei dem Gedanken, dass die Brookmyres womöglich erfahren würden, dass sie quasi Erkundungen über sie einholte. Daraufhin hatte sie ihre Fragen in lockere Plaudereien verpackt, wie eine Touristin, die mit Einheimischen ins Gespräch kommen will. Nach einer Weile wurde es leichter. Je mehr sie sich entspannte, desto besser lief es. Man freute sich darüber, dass sich jemand aus Deutschland nach Shapinsay verirrt hatte, pries die Vorzüge der Inseln und des Landes im Allgemeinen. Jeder kannte mindestens drei Orte in Schottland, die Liska unbedingt besuchen sollte. Der Enthusiasmus, mit dem die Menschen ihre Heimat beschrieben, war ansteckend.

Entschlossen verdrängte sie ihr Bedauern, Marius' Nähe

zu verlassen, und schnappte sich die leeren Gläser. »Ich hole Nachschub.«

Sie bahnte sich den Weg in Richtung Theke. Zwei Frauen nahmen soeben randvoll gefüllte Gläser entgegen. Sie waren älter als Liska, wenn auch nicht so alt wie die Brookmyres. Zum Glück machte das Musikerduo eine Pause, so dass endlich Gespräche in normaler Lautstärke möglich waren.

»Guten Abend«, grüßte Liska und erlangte nicht nur die Aufmerksamkeit der Frauen, sondern auch des Mannes mit der Baseballmütze, dessen Namen sie bereits wieder vergessen hatte.

Er berührte die Frau neben sich an der Schulter. »Annie, das ist Lissy. Sie kommt aus Deutschland, um sich unsere Inseln anzusehen.«

Annie wandte sich um und prostete Liska zu. Blondes Haar legte sich in sanften Wellen um ihren Kopf, hier und dort steckte ein Stück Blatt oder Ast darin. »Willkommen«, sagte sie. »So oft bekommen wir hier keinen Besuch aus dem Ausland. Gefällt es Ihnen? Wo wohnen Sie denn, bei Analee?«

Das war die perfekte Vorlage für ihr Gespräch. »Bei John, einem Bekannten des Ehepaars, mit dem ich unterwegs bin. Fiona und William Brookmyre.« Fast hätte sie auch Annie abgehakt, als etwas über das Gesicht der Frau flackerte. Erkenntnis? Irritation?

»Kennen Sie John, den Fischer? Oder die Brookmyres?« Sie setzte das Glas für Marius ab und nahm einen Schluck Cider aus ihrem. Es war nicht zu leugnen, Annie sah nachdenklich aus.

»Ich denke, ich kenne sie alle drei«, sagte sie. »Na ja, sagen wir, ich weiß, wer sie sind. Die Brookmyres von Mainland? Old Finstown Road?«

Am liebsten hätte Liska eine Faust in die Luft gereckt und triumphierend aufgeschrien, doch sie riss sich zusammen. »Das ist ja ein Zufall«, gab sie sich betont lässig. »Woher kennen Sie sich denn?«

Annie winkte ab. »Eine Freundin von mir war mal mit Stephen zusammen. Aber das ist schon Jahre her.«

Liska fühlte sich wie ein Hund, der eine Fährte aufgenommen hatte. »Ah, Stephen.«

»Ja, damals hat er sich noch ab und zu hier blicken lassen. Ich habe seit Jahren nichts mehr von ihm gehört. Und damit meine ich wirklich viele Jahre. Als es das hier noch nicht gab.« Sie deutete auf ihre Falten an Augen und Mundwinkeln.

Liska nickte und schüttelte sofort darauf den Kopf. Sie war zu aufgeregt, endlich auf die Spur gestoßen zu sein, nach der sie den gesamten Abend gesucht hatte. »Sie reden von Stephen Brookmyre, oder?«

»Natürlich.«

Liska hob ihr Glas und lächelte ihr auffordernd zu. Es war nicht verkehrt, sich als *Drinking buddy* anzubieten. »Warum hat es nicht funktioniert? Also das mit Stephen und Ihrer Freundin?«

»Ach.« Annie winkte ab. »Das ist schon so lange her. Es hat nicht gepasst, sie waren zu jung, all so was. Er hat schon damals von einer Farm geträumt, und na ja, das macht er ja nun auch.«

Liskas Herz schlug schneller. »Sie haben noch Kontakt? Nach all den Jahren? Wow!«

Annie lachte. »Na ja, nur selten. Es ist hier manchmal schwieriger, sich nicht aus den Augen zu verlieren, als andersherum. Man bekommt einfach viel mit, ob man will oder nicht. Stephen ist mit seinen Schafen drüben auf Westray. Maire sagte mal, dass ihm die Tiere einfach wichtiger waren als eine Frau, aber dann hat er doch noch eine gefunden. Ich kenne sie nicht, sie ist nicht von hier.«

Westray.

Liska griff nach Marius' Glas und strahlte die andere Frau an. »Es war sehr nett, Sie kennenzulernen. Ich werde dem Herrn dort hinten mal sein Getränk bringen, ehe er verdurstet.« Sie nickte in Richtung ihres Tisches.

Annie prostete ihr zu. »Danke, fand ich auch. Ich wünsche Ihnen noch viel Spaß bei der Reise.«

»Danke!«

Liska fühlte sich wie eine Siegerin, als sie sich den Weg zurück zum Tisch bahnte. Ihr Plan war aufgegangen, sie hatte das Rätsel um den ominösen Sohn gelöst. Nun, das halbe Rätsel. Noch wusste sie nicht, warum die Brookmyres nicht über ihn reden wollten. Aber auch diese Information war nur noch eine Frage der Zeit. Schließlich war Westray Teil ihrer Route, und es war auf Liskas persönlicher Skala soeben ganz nach oben gewandert.

Marius konnte den Blick kaum von Liska abwenden. Die Frau, die dort stand und sich angeregt mit Einheimischen unterhielt, war eine andere als die mit der gerunzelten Stirn und den verschränkten Armen, die an der Fähre auf ihn gewartet hatte. Nicht nur, weil sie sich freiwillig in einem Pub unter die Leute mischte, sondern auch, weil ihr Lächeln echt und herzlich war. Diese Liska strahlte das Leben aus, das er bei ihrer ersten Begegnung für einen flüchtigen Moment unter der Oberfläche zu sehen geglaubt hatte und das er unbedingt hatte kennenlernen wollen.

Damals hatte er sich gefragt, warum sie es so unter Verschluss hielt. Ob es jemand schaffen würde, Liskas Mauer einzureißen. Jetzt, da das geschehen war, wusste er nicht einmal, wem er es zu verdanken hatte. Es gab keinen speziellen Moment oder Vorfall. Stattdessen war Liskas Abwehr im Laufe ihrer Zeit immer weiter gebröckelt. Dafür musste er wohl dem Land danken und den Leuten, denen sie begegnet waren. Vor allem den Brookmyres, obwohl Liska das niemals zugeben würde.

Sie mochte die beiden. Er hatte das von Anfang an geahnt, denn in Gegenwart von Fiona und William war sie besonders auf der Hut gewesen. Menschen, die man gernhatte, konnten einen stärker verletzen als andere.

Er lehnte sich zurück und spürte das Holz des Stuhls im Rücken. War das der Grund, warum sie so wild darauf war, Detektiv zu spielen? Sie kratzte da an einer Sache, die Fiona und William möglicherweise für sich behalten wollten, und nichts hielt sie auf.

Gerade kehrte sie mit geröteten Wangen und vor Aufregung blitzenden Augen zum Tisch zurück. Der Anblick faszinierte ihn: Liska mit wehenden Haaren, die sie ausnahmsweise mal offen trug, und ihrem ehrlichen Lachen. Er dachte an den Moment auf Johns Boot, als sie sich an ihn gelehnt und ihm erlaubt hatte, sie zu umarmen. Er hatte nicht gewagt, mehr zu tun, aus Angst, etwas zu zerbrechen. Noch wusste er nicht, was das zwischen ihnen war und was es aushalten würde. Er fühlte sich zu ihr hingezogen, sogar sehr, aber er wollte sie nicht verschrecken. Vor allem wollte er sich nie wieder von einem Menschen verabschieden müssen, der wichtig für ihn geworden war. Noch konnte er Liska vergessen, wenn sie aus seinem Leben verschwinden würde, doch es brauchte nicht mehr viel, um das zu ändern.

»Bingo!« Sie ließ sich fallen und schob ihm ein Bier zu. Er nahm einen Schluck und betrachtete sie über den Rand des Glases hinweg. Sie bebte vor Energie. »Diese Frau namens

Annie«, sagte sie und deutete über ihre Schulter. »Sie hat eine Freundin, die mal mit einem Mann namens Stephen Brookmyre zusammen war.« Sie hob die Hände wie ein Zauberer, der nach einem gelungenen Trick Applaus einforderte.

»Wie verbreitet ist der Name Brookmyre eigentlich auf den Orkneys?«

»Komm schon. Sie wusste, wo die beiden wohnen, und dann hat sie von einem Sohn namens Stephen erzählt. Ich hab es geahnt!«

»Okay, okay, hast du. Und nun?«

Liska angelte nach ihrer Handtasche und wühlte drin herum. Mit einem Triumphschrei zog sie ein zerknittertes Papier heraus, faltete es auseinander und strich es auf dem Tisch glatt: die Liste seiner Tante. Noch waren drei Motive übrig: der Leuchtturm an den Klippen in der Morgenröte, ein kleines Schaf auf dem Rücken eines großen sowie die junge Frau mit Lamm im Sonnenuntergang.

Liskas Finger fuhr die drei Zeilen entlang. »Hier. Was fällt dir auf?«

»Dass wir beinahe fertig sind.« Es klang bedauernd, und genauso empfand er es. Ihm gefiel diese Reise, und der Hauptgrund saß vor ihm und runzelte die Stirn, da er offensichtlich die falsche Antwort gegeben hatte.

»Das meine ich nicht. Von den drei Motiven haben zwei mit Schafen zu tun.«

Er brummte zustimmend und wartete, da er keine Idee hatte, was sie ihm eigentlich sagen wollte.

Liska beugte sich weiter über den Tisch, und Marius musste sich zusammenreißen, um nicht auf ihre Lippen zu starren, auf diesen etwas zu großen Mund, der ungeschminkt war und daher die schönste Farbe der Welt besaß. »Stephen Brookmyre besitzt eine Schaffarm auf Westray.«

»Was Teil unserer Reiseroute ist«, versuchte er, ihren Gedanken fortzuführen.

Sie presste Daumen und Zeigefinger zusammen. »Die wir um eine winzige Kleinigkeit ändern werden.«

»Das musst du mir erklären.«

»Die beiden haben Freunde auf den Inseln. Einen Schäfer auf Rousay, der angeblich seine Schafe dazu bringen könnte, aufeinander herumzuklettern. Klingt, als wäre er ein Schafflüsterer, aber ich glaube, dass er einfach nur ein Schäfer ist wie jeder andere auch.«

»Sehe ich genauso. Die zwei wollen einfach nur ihren alten Freund wiedersehen.«

»Exakt. Ebenso auf Westray, wo laut Fiona ein anderer Freund wohnt, dessen Enkelin für uns ein Lamm auf den Arm nimmt. Nur ... wenn Stephen Brookmyre auch Schafe besitzt und wir eh auf Westray sind, könnten wir das Foto ebenso gut bei ihm machen. Entweder wir nehmen die Enkelin mit, oder ich posiere noch einmal. Ein Lamm auf dem Arm halten, das bekomme ich schon hin.«

Ihre Begeisterung war ansteckend, trotzdem blieb ein Rest Skepsis. »Hast du schon einmal daran gedacht, dass es Gründe dafür geben könnte, warum die zwei diesen Stephen nie erwähnt haben?«

»Natürlich. Daher habe ich auch darauf verzichtet, die Route umzudrehen. Streng genommen könnten wir nämlich sofort von hier nach Westray, das liegt übrigens nördlich und nicht im Westen. Ich hab mich schon erkundigt, wir müssten nach Kirkwall zurück, von dort gibt es eine Fähre nach Rapness auf Westray oder aber einen Flug. Der dauert eine Viertelstunde. Wie teuer das ist, muss ich noch herausfinden. Es wäre eine wunderbare Gelegenheit, um den Brookmyres zu verkaufen, dass wir die Route ändern müssen.« Sie starrte träumerisch in die Ferne, als würde sie ihren Plan noch einmal durchdenken. »Aber du hast recht, wir sollten erst mehr herausfinden, und das werde ich bei diesem Schafflüsterer auf Rousay tun.« Sie hob ihr Glas und nahm einen Schluck.

Marius leerte seines. Allmählich wurde es Zeit zu gehen. »Sollen wir los? Du hast herausgefunden, was du herausfinden wolltest, und wenn wir mehr trinken, müssen wir den Wagen stehen lassen und sind morgen nicht fit.«

Liska sah sich um und musterte die Anwesenden, dann nickte sie zögerlich. »Okay. Ich glaube, mehr gibt es wirklich nicht zu erfahren. Vielleicht ist der Schäferfreund auf Rousay ja gesprächiger als John.«

Sie standen auf und machten sich auf den Weg nach draußen.

Kühle Luft schlug ihnen entgegen, im Schlepptau Dunkelheit und Motorengeräusche in der Ferne. Marius atmete tief durch und sah in den Himmel. Sternenklar. Er bedauerte, das nötige Equipment für eine gute Aufnahme in Deutschland gelassen zu haben.

Damals, als sein Vater noch zur Familie gehört und ihn auf eine seiner Fototouren mitgenommen hatte, waren sie einmal beinahe bis zum Morgen draußen geblieben. Es war nicht so kalt gewesen wie jetzt, Frühjahr oder Sommer, und Marius war unter einem Baum eingeschlafen, fest in die Jacke seines Vaters gerollt. Mitten in der Nacht war er aufgewacht, und sein Vater hatte ihm den Sternenhimmel erklärt und welche Einstellungen er an seiner Kamera vornahm, um Fotos zu schießen, die das Schönste waren, was Marius jemals gesehen hatte. Stunden hatten sie damit verbracht, Sternbilder zu suchen oder nach Sternschnuppen Ausschau zu halten. »Sie faszinieren uns so sehr, weil sie nur für eine Weile zu sehen sind«, hatte Peter Rogall ihm erklärt. »Wir wissen nicht, wann und wo sie auftauchen, aber wir wissen, dass sie bald wieder verschwinden. Das macht den Augenblick zu einer Kostbarkeit, weil er so anders ist als die davor oder danach. Wenn es unendlich viele von ihnen gäbe, würden wir bald das Interesse an ihnen verlieren.«

Sein Vater hatte es den Sternschnuppen gleichgetan und war nur für einen Teil seines jungen Lebens da gewesen. Dann war er weitergegangen, und Marius hatte sich oft gefragt, ob die Liebe für seine Familie ebenso verglüht war wie ein Komet in der Erdatmosphäre. Wie viele Jahre hatte er nicht daran gedacht! Jetzt standen ihm jene Zeit und die Monate, nachdem seine Familie auf so unerwartete Weise geschrumpft war, wieder so deutlich vor Augen, als wäre es soeben erst geschehen.

Hinter ihnen öffnete sich die Tür. Ein Mann trat heraus, murmelte einen Gruß und taumelte in die Dunkelheit. Für wenige Sekunden wurden die Geräusche von Gesprächen sowie der wiedereinsetzenden Musik laut. Marius war froh, dass sie ihn aus seinen Gedanken rissen und diese seltsame Melancholie auslöschten.

Liska blieb stehen, schob die Hände in die Jackentaschen und legte den Kopf in den Nacken. »Wow!«

Er war ganz ihrer Meinung, auch wenn er etwas vollkommen anderes betrachtete, da die Frau neben ihm noch faszinierender war als der Sternenhimmel. Im Pub hatte er ihre Energie erlebt, aber jetzt hatte sie sich in ein zartes Wesen verwandelt. Ihre Stimme war leise, ihre Haut schimmerte fast so hell wie der Mond. Am liebsten hätte er sie umarmt, sie noch einmal geküsst, doch er zögerte. Um nichts in der Welt wollte er das zerbrechliche Band zwischen ihnen zerstören. Also blieb er neben ihr stehen, Schulter an Schulter, und genoss das Gefühl, ihre Faszination mit ihr zu teilen.

Ein weiterer Gast verließ den Pub, kurz darauf ein wild kicherndes Pärchen. Jedes Mal sahen er und Liska sich flüchtig an und lächelten einander zu, ehe sie wieder nach oben blickten. Irgendwann berührten sich ihre Schultern, und er stellte fest, dass sie zitterte.

Behutsam legte er einen Arm um sie.

Liska zögerte, dann lehnte sie ihren Kopf gegen seine Schulter. Ihr Haar kitzelte seinen Hals. Es fühlte sich so gut an, so passend. Beinahe friedlich. Er hätte die ganze Nacht hier mit ihr stehen können.

Marius verfluchte die Tatsache, dass sie ausgerechnet vor einem Pub standen, als die Tür sich hinter ihnen erneut öffnete und kurz darauf Pfiffe sowie gerufene Glückwünsche durch die Nacht hallten. Jemand summte die Melodie eines Hochzeitsliedes. Liska trat unruhig auf der Stelle.

Er räusperte sich. »Lass uns gehen.«

Sie hob den Kopf und sah ihn an, schweigend, und schien über seinen Vorschlag nachzudenken. So nah, so schön. Sein Herz schlug schneller. Er hoffte, dass sie trotz allem nein sagen würde.

Ein weiterer Pfiff. Offenbar hielten ihre Zuschauer nichts davon, sich augenblicklich auf den Heimweg zu machen.

Liska seufzte leise. »Ja. Lass uns gehen.«

22

Immer wieder zurück nach Kirkwall, dachte Liska. Es gab keine direkte Fährverbindung zwischen den kleineren Orkney-Inseln. Um nach Rousay zu gelangen, mussten sie den Umweg über Mainland in Kauf nehmen. Zum gefühlt unzähligsten Mal rollten sie von der Fähre, ließen den Hafen hinter sich und bogen an dem windschiefen Baum ab. Dieses Mal flatterte eine Schottlandfahne im Wind, die John zum Abschied am Wagen befestigt hatte.

»Wenn ihr schon Touristen spielt, dann richtig«, hatte er gesagt und Fiona in einer Umarmung hochgehoben. Von weitem betrachtet, hätte man sie für zwei junge Menschen halten können, die sich über ein Wiedersehen freuten. William stützte sich auf das Autodach und bot John seine Hand, nachdem der seine Frau endlich wieder abgesetzt hatte. Sie kicherte und winkte immer noch, als Marius den Motor anließ.

Auf dem Weg zur Fähre hielten sie am Balfour Castle und erweiterten Marius' Repertoire an Fotos der Orkney-Sehenswürdigkeiten. Das Herrenhaus mit seinen drei- und vierstöckigen Türmen, Giebeln und Satteldächern wirkte imposant und geheimnisvoll. William wusste, dass es im 19. Jahrhundert vom vierten Laird of Balfour erbaut worden war und das Waldgebiet nicht nur von den ersten Balfours angepflanzt worden, sondern auch das größte zusammenhängende auf den Orkneys war.

Heutzutage beinhaltete das wunderschöne Gebäude ein Hotel, und soeben verstaute ein Mann Unmengen an Gepäck im Kofferraum seines Wagens. Neben ihm stand eine Frau, versuchte vergeblich, ihre Frisur vor dem Wind zu schützen, und keifte. Silbenfetzen wehten ihren Ärger quer über den Hof.

Liskas Blick fiel auf die Brookmyres. Arm in Arm betrachteten sie Williams Kamera. Fionas Hand tätschelte den Rücken ihres Mannes. Ein Lob für seine Fotokünste, eine Bekundung ihrer Vertrautheit und Zuneigung oder aber beides. Niemand hätte sich mehr von dem Paar am Wagen unterscheiden können.

Mit einem Mal war Liska unendlich froh, dass Fiona und William waren, wie sie nun einmal waren. Sie riss sich vom Anblick des Hauses los und legte eine Hand auf Fionas Schulter, als sie an ihnen vorbeiging.

Danke, dass ihr mitgekommen seid.

Sie brachte die Worte nicht über die Lippen, hoffte aber, dass Fiona verstand.

Die schenkte ihr ein Lächeln voller Wärme. »Wir kommen sofort, Kind.«

»Lasst euch Zeit. Wir sind nicht in Eile.« Liska ging zum Auto, ließ sich auf den Beifahrersitz fallen, lehnte den Kopf zurück und schloss die Augen.

Sie konnte sich nicht erinnern, wann sie sich zuletzt so leicht gefühlt hatte, weit weg von allen Sorgen und Pflichten. Die Anspannung und der Stress der ersten Tage erschienen ihr wie aus einem anderen Leben. Als hätte es sie niemals gegeben. Zwar konnte sie sich noch an das Entsetzen erinnern, als sie die Liste der de Vries zum ersten Mal gesehen hatte. Niemals hätte sie geglaubt, dass sie all diese Motive überhaupt aufstöbern könnten.

Mittlerweile hatten sie hinter fast jedes einen Haken gesetzt. Nur noch drei Fotos auf zwei Inseln, und diese Reise war vorüber. Sie würde sich von Marius und den Brookmyres verabschieden und zurück nach Deutschland fliegen.

Liska schlug die Augen wieder auf. Sie wollte nicht, dass dieser seltsame Roadtrip endete.

»Woran denkst du?« Marius war an die Fahrertür getreten und spähte in das Auto.

»An die Liste«, antwortete sie wahrheitsgemäß.

»Bald haben wir es ja geschafft.«

»Genau das ist das Problem.« Sie sagte es so leise, dass er es wahrscheinlich nicht verstand. Es war besser so. Wenn sie nun noch darüber redete, dass sie plötzlich gern hier war und die Menschen vermissen würde, mit denen sie so viele Stunden auf engem Raum verbracht hatte, würde sie nur traurig werden.

Vielleicht waren es die Grübeleien, die sie schläfrig machten. Liska bekam die Überfahrten nur am Rande mit. Jedes Heben der Augenlider schenkte ihr mehr oder weniger bekannte Bilder: graue Wasserschleier, das Stahlkleid der Fähre, die Hafengegend von Kirkwall. Wiesen, Zäune, weißgetünchte Häuser. Schafe.

Irgendwann kam der Wagen zum Stehen, doch der Motor lief weiter. Jemand berührte sie an der Schulter, und Marius murmelte etwas von Fähre und Wartezeit. Liska brummte eine Antwort, zu sehr gefangen in Wärme und Schläfrigkeit. Sogar als ihre Rückenlehne wackelte, wahrscheinlich, weil Fiona sich daran festhielt, störte es sie nicht. Sie spürte eine Berührung an ihrer Wange, ihren Schultern, dann wurde etwas über ihr ausgebreitet. Träge bewegte sie die Finger, fand Löcher und Wolle in regelmäßigen Abständen. Fionas Schultertuch.

»Dann frierst du nicht. Wenn man schläft, wird einem doch immer ganz kalt«, flüsterte Fiona.

Liska hob eine Hand, erwischte gerade noch die schmalen Finger und drückte sie sanft, ehe sie sich erlaubte, wieder in den Schlaf zu gleiten. Sie war zufrieden, hier und jetzt, mit Fionas Tuch und Marius neben sich. Kalt würde ihr nicht mehr werden.

Hatte sie geglaubt, dass Shapinsay dem Ende der Welt ähnelte, so änderte sie ihre Meinung bei der Anfahrt auf Rousay. Es gab einen Pier, der grau in das Wasser ragte und Rettungsbojen sowie einem Traktor Platz bot. Weit und breit war niemand zu sehen, und auch nach einer Ortschaft hielt Liska vergeblich Ausschau. Verschlafen rieb sie sich die Augen, als könnte sie so im Anschluss wie durch ein Wunder die Häuser entdecken, die sie vermutet hatte. »Wo ist denn der Ort? Und wie heißt eigentlich die Hauptstadt von Rousay?«

»Die gibt es nicht«, sagte William. »Lediglich Farmen. Auf Rousay wohnen ungefähr zweihundert Menschen, und die meisten sind hier, weil sie die Ruhe schätzen.«

Die sie zweifelsohne gefunden hatten. »Willst du damit sagen, es sieht hier überall so aus?«

»Wenn in den vergangenen Jahren nicht kräftig gebaut worden ist, dann ja.«

Gebaut wurde durchaus, wie sie bald feststellten, aber höchstens Ställe oder Schuppen. Die meisten Bewohner lebten von Landwirtschaft oder Fischerei. Hatte Liska Hoy und Shapinsay als Miniaturausgaben von Mainland empfunden, so war Rousay die kleine Schwester der anderen. Alles in allem erinnerte sie die Reise über die Orkneys an diese russischen Holzfiguren, die man öffnete, nur um eine kleinere Figur vorzufinden.

Blieb abzuwarten, was sie im Zentrum erwartete. Oder wo das Zentrum überhaupt war. Etwas flüsterte ihr zu, dass sie das im Grund bereits wusste.

»Was machen die Bewohner, wenn sie nicht arbeiten?« Liska wandte sich zu William um. »Gibt es einen Pub?«

Sein Blick verriet ihr, wie überflüssig ihre Frage war. Natürlich gab es einen Pub. Es gab immer einen Pub, sobald mehr als fünf Schotten auf einem Fleck wohnten.

Ein Wackeln an der Lehne, dann erschien Fionas Nasenspitze neben ihr. »Carl benennt seine Schafe nach seinen Nachbarn. Das macht sonst niemand auf den Inseln! Er weiß das so genau, weil er Kontakt mit anderen Schafbesitzern hält.« Sie klang stolz, als wäre die besondere Namensgebung ihre Idee gewesen.

Liska und Marius tauschten einen Blick. *Da hörst du es*, wollte sie ihm mitteilen. *Er kennt andere Schafbesitzer. Das ist doch eine heiße Spur im Fall Stephen.* Stattdessen verlor sie sich und konnte sich nicht mehr losreißen. Erst als der Wagen durch ein Schlagloch fuhr und Fiona fröhlich quiekte, sah er wieder nach vorn, schaltete einen Gang herunter und legte seine Hand wie zufällig auf Liskas. Beruhigend und zugleich voller winziger Nadelstiche.

Liska zögerte und drehte dann ihre Hand, bis die Innenfläche nach oben zeigte. Es dauerte endlose Sekunden, doch endlich krümmte er seine Finger, so dass sie ihre mit ihnen verschlingen konnte. Seine Haut setzte ihre unter Feuer. Den Weg vor sich nahm sie zwar wahr, doch ihre Konzentration war auf die Berührung gerichtet. Nur kurz fragte sie sich, ob die Brookmyres bemerkten, dass Marius ihre Hand hielt, und was sie denken würden. Doch dann verschwamm auch diese Frage. Zurück blieb das Gefühl, zur richtigen Zeit am richtigen Ort zu sein.

Die Kliffküste flog an ihnen vorbei und lockte mit dem Versprechen der See. Sie hielten sich landeinwärts und ließen Steinmauern hinter sich, die an manchen Stellen eingebrochen oder halb von Bäumen überwachsen waren. Sehr weit ragte nichts in die Höhe, da der Wind seine Vorherrschaft energisch verteidigte. Nach einer Weile bogen sie von der Straße in einen breiten Feldweg ein.

William ächzte auf der Rückbank und hielt sich an der Seitenverkleidung fest. Noch immer dirigierte er Marius sicher und ohne zu zögern, als ob es keinen einzigen Weg auf den Orkneys gäbe, den er nicht kannte, doch mit der Zeit wurden seine Angaben knapper, und seine Stimme klang mehr und mehr nach Anstrengung oder schlechter Laune. Wahrscheinlich hatte die Fahrt einfach zu lange gedauert. Der Wagen war zwar bequem, aber für die Brookmyres sicher nach einer Weile ermüdend.

»Wir sind bald da, oder?«, versuchte Liska, ihn aufzumuntern, warf einen Blick über die Schulter ... und erschrak. Williams Gesicht war angespannt, die Lippen zusammengepresst, die Haut grau. Er machte nicht den Eindruck, als würde er noch lange aufrecht sitzen können.

Fiona berührte sie an der Schulter. »Es ist nicht mehr weit.« Liska hatte das unbestimmte Gefühl, dass sie soeben nicht mit ihr, sondern ihrem Mann sprach. »Dort vorn rechts, dann könnt ihr den Hof schon sehen. Es ist der ganz am Ende des Weges.«

Der Hof am Ende des Weges war meilenweit von den romantischen Vorstellungen über schottische Farmer entfernt – sicher kein Anblick, den Magdalena de Vries für ihren Roman akzeptiert hätte. Ein Traktor rostete neben weiteren Gerätschaften vor sich hin, daneben ragten Schotter sowie von Fäulnis zerfressene Holzpaletten empor. Gras kämpfte sich auf einer höchstwahrscheinlich von Schafhufen zertrampelten Wiese aus dem Schlamm. Die Stallungen dahinter hatten einen frischen Anstrich bitter nötig. Die weiße Farbe war an vielen Stellen bereits abgeblättert, Rohrleitungen liefen an den Außenfassaden entlang. Plastikeimer standen oder lagen herum. Hinter den Gebäuden fiel eine Wiese steil ab. Dort weideten Schafe und störten sich nicht an dem Besuch.

Die Schlaglöcher wurden größer und vor allem zahlreicher. Liska machte sich ernsthafte Sorgen um Fiona und William, ließ Marius los und streckte ihre Hand nach hinten. Fiona ergriff sie, drückte kurz zu und beantwortete die unausgesprochene Frage.

Es beruhigte Liska, und fast hätte sie darüber geschmunzelt, dass sie sich mittlerweile solche Sorgen und die beiden machte. Ganz so, als wären sie ihre Großeltern.

Das Haus von Schafbauer Carl entschädigte für die bisherigen Eindrücke. Es war ebenerdig und länglich, ebenfalls weiß, doch offenbar legte der Besitzer hier mehr Wert auf Renovierungen. Ein pittoresker Schornstein zierte das Dach. Dahinter wellten sich Hügel in den Himmel. Ein mit Pflanzen und einer gemütlichen Sitzecke bestückter Wintergarten bot einen Blick Richtung Osten.

Ein Mann saß dort und legte sein Buch beiseite, ehe er sich erhob und ihnen entgegenging. Er war deutlich jünger als die Brookmyres und sah nicht wie ein Schaffarmer aus, fand Liska. In seinem Rollkragenpullover mit der gutgeschnittenen Jeans hätte sie ihn eher in einem Geschäft in Kirkwall erwartet.

»Da ist Carl«, freute sich Fiona und winkte so energisch, dass Liska den Kopf zur Seite neigte, um einer Ohrfeige zu entgehen.

Marius hupte und parkte neben einem alten Wagen, der seine Farbe unter Schlamm und Dreck verbarg.

Carl wartete in respektvollem Abstand, bis der Motor verstummte, und öffnete die hintere Tür für Fiona. Marius und Liska stiegen aus und taten dasselbe für William. Beide verzichteten darauf, ihm eine Hand entgegenzustrecken, um seinen Stolz nicht zu verletzen. Mittlerweile kannte sie ihn gut genug, um zu wissen, dass er sie nur dann ergriffen hätte, wenn seine Frau an seine Höflichkeit appellieren würde. Trotzdem kribbelte es Liska in den Fingern, ihn zu stützen, als er mit zittrigen Bewegungen nach dem Haltegriff fasste und sich an die Kante der Rückbank zog. Sie hatte ihn vor Antritt der Fahrt gefragt, ob er den Platz mit ihr tauschen wolle. Er hatte mit gewohnter Sachlichkeit abgelehnt und erklärt, dass er neben seiner Frau zu sitzen beabsichtige.

Williams Haarschopf bebte, als er schließlich, nach vorn gebeugt, mit beiden Füßen Halt am Boden suchte, sich dann auf die Beine stemmte und zu Carl und Fiona umdrehte. Schwer atmend.

Dass seine Bewegungen etwas Seltsames an sich hatten, bemerkte Liska den Bruchteil einer Sekunde zu spät. William kippte bereits zur Seite weg, als sie vorsprang und ihn am Arm erwischte. Ihr blieb keine Zeit zum Überlegen, also krallte sie ihre Finger hinein. Er war schwer, aber sie hätte ihn trotzdem allein halten können, wenn er nicht in sich zusammengesunken wäre.

Wie eine Marionette, deren Fäden gerissen waren, fiel er zu Boden.

Liska schrie auf und ließ sich neben ihm auf die Knie fallen. »William?« Sie fasste ihn an den Schultern und drehte ihn um. Plötzlich hatte sie Angst, in ein leeres Gesicht zu blicken. Erst als Marius sich neben sie kniete, merkte sie, wie sehr ihre Hand zitterte. Unter ihren Nägeln pochte es, und ihre Handinnenflächen brannten, vielleicht auch ihre Wangen. Sie wollte schlucken und bemerkte am Rande, dass es nicht funktionierte.

»Ich habe ihn. Du kannst loslassen.« Noch immer ruhig, noch immer zuversichtlich: Niemals hätte sie gedacht, wie viel jemand wie Marius wert sein konnte, der nach außen hin in beinahe jeder Situation die Nerven bewahrte. Trotzdem zögerte sie. Fionas Rufe nahmen ihr die Entscheidung ab, wahrscheinlich hatte sie bereits die ganze Zeit über gerufen, doch erst jetzt kamen die Laute zu Liska durch.

Fiona hatte ihren Mann bereits erreicht. Auf einmal war sie so flink wie ein junges Mädchen. Liska stand auf und legte die Arme um sie.

»Es ist alles in Ordnung«, hörte sie William hinter sich, die Stimme brüchig. »Ich bin nur gestolpert.«

»Ach hör auf!« Fionas Tonfall bewies, wie wenig sie ihm glaubte. Sie nickte Liska zu, machte sich energisch von ihr los und trat zu Marius.

Der half William in eine sitzende Position. »Langsam.«

William winkte ab und machte Anstalten aufzustehen.

Fiona stemmte beide Hände in die Hüften. Noch immer stand sie leicht gebeugt, doch die Energie in ihren Bewegungen glich es aus. Fiona verfügte über einen eisernen Willen, den sie nur dann hervorholte, wenn es unbedingt notwendig war. Dann aber verwies sie sogar den Stolz ihres Mannes auf seinen Platz.

»William, du wirst nicht allein aufstehen. Marius wird dir helfen«, sagte sie.

Gehorsam ließ er seine Hände sinken und erlaubte Marius, ihn in die Höhe zu ziehen. Es war ihm deutlich anzusehen, dass es ihm nicht gefiel. Er strich sich Dreck von der Hose, als er wieder auf eigenen Füßen stand, und sah niemanden an – erst recht nicht seine Frau.

Fiona ließ sich davon nicht beirren und hakte sich auf diese spezielle Weise bei ihm unter, die nicht sie, sondern ihn stützte. »Carl hat sicher ein Gästebett für uns hergerichtet. Du legst dich nun hin. Ich bin sicher, Liska und Marius können sich um das Gepäck kümmern?« Die letzten Worte klangen zuckersüß, doch Liska hätte nicht einmal im Traum daran gedacht zu widersprechen. Im Einklang mit den anderen beiden nickte sie, während William zu Boden starrte und schwieg.

»Dann kommt mal mit.« Carls starker Akzent raubte der Situation einen Teil der Schärfe. Die drei gingen auf das Haus zu, während Marius aufstand und Liska einen bedeutungsvollen Blick zuwarf.

Sie nagte nachdenklich an ihrer Lippe. »Die Reise ist für ihn zu anstrengend. Dabei hätte ich eher gedacht, dass es für Fiona hart wird.«

»Ich auch.« Er trat näher. »Alles okay mit dir?«

Ohne nachzudenken, lehnte sie ihre Stirn an seine Schulter. In seiner Nähe beruhigten sich ihre aufgebrachten Gedanken. Es war ein schönes Gefühl, fast wie ein warmer Kamin nach einer Regennacht. Jetzt brachte Marius ihr Herz nicht dazu, schneller zu schlagen, sondern gewährte ihm die Ruhe, nach der es verlangte.

Die anderen hatten das Haus fast erreicht, als Liska sich widerstrebend löste. »Alles okay. Danke.« Sie hielt das Gesicht in den Wind und genoss die Kühle sowie den Geruch nach Meer. Stellte sich vor, wie die nächste Böe sämtliche negativen Gedanken und Ängste aus ihrem Kopf fegte, um sie mit sich auf das Wasser zu tragen, wo sie niedersinken und in der Schwärze verschwinden würden.

Eine hauchzarte Berührung riss sie zurück in die Gegenwart, noch zarter als die Haare, die ihr Kinn kitzelten. Marius zog eine prickelnde Spur über ihre Wange, als er die Strähne behutsam hinter ihr Ohr strich. »Nixe«, flüsterte er.

Sie blinzelte. »Was?«

»So wie du gerade in die Ferne gesehen hast und der Wind

mit deinen Haaren gespielt hat, hast du mich an ein Bild erinnert. Es hing im Schlafzimmer meiner Eltern, als ich klein war.« Seine Finger glitten durch ihr Haar, als handelte es sich um Seide. »Dort stand eine Nixe auf einem Felsen und betrachtete das Meer. Sie hatte ebenso rotes Haar wie du. Nur war sie nicht ganz so hübsch.«

Sie boxte ihm spielerisch in die Seite. »Unsinn.«

Er hielt ihre Hand fest und fing die andere ein, ehe Liska reagieren konnte. Von einer Sekunde auf die andere fand sie sich in seinen Armen wieder. Er senkte den Kopf und beugte sich vor, bis seine Stirn beinahe ihre berührte.

Liska stand still. Es gab keinen Ort, an dem sie lieber sein wollte. Dieser Moment war perfekt, ein goldener Schnitt im Schnappschuss ihres Lebens, und sie war heilfroh, ihn mit Marius teilen zu können. Selbst die Sorge um William trat vorübergehend in den Hintergrund.

»Hey«, flüsterte er.

»Hey«, sagte sie, als würde sie ihm zum ersten Mal begegnen. Vielleicht war dem auch so. Marius war schon so oft beides für sie gewesen: Fremder und Vertrauter, Fels und Unruhestifter, Reisegefährte und ... ja, und was?

Sie erhielt die Antwort, als sie ihn ansah und vergaß, was sie zuvor gedacht und worüber sie gegrübelt hatte. Endlich kam er näher. Sie schloss die Augen, als er sie küsste, und staunte einmal mehr darüber, wie weich seine Lippen sein konnten.

»Er schläft.« Carl begrüßte sie mit zwei dampfenden Tassen in den Händen. Köstlicher Kaffeeduft breitete sich aus, und Liska hätte den Mann am liebsten dafür umarmt. Die Euphorie des Kusses strömte noch immer durch ihre Adern. Sie stellte ihre und Fionas Taschen ab, nahm den Becher andächtig mit beiden Händen entgegen und atmete tief ein.

»Wundervoll. Ich glaube, ich verehre dich«, sagte sie zu Carl.

Der lachte. »Ich weiß, dass es sich auf den Kaffee bezieht, also ist das okay für mich. Ansonsten bin ich nämlich vergeben, und ich vermute, dass auch dein Freund etwas dagegen haben würde.« Er hielt Marius den zweiten Becher hin.

Der nahm ihn und bedankte sich, ohne Carls Irrtum aufzuklären. Liska nahm einen tiefen Schluck, genoss das Aroma und entschied sich dafür, es dabei zu belassen. Stattdessen spähte sie an Carl vorbei in die Küche. »Wo ist Fiona?«

Carl deutete über seine Schulter. »Noch bei William. Ich werde gleich das Essen in den Ofen schieben. Vielleicht hat er Hunger, wenn er wieder aufwacht. Was ist denn da draußen überhaupt passiert?«

Liska hob die Schultern. »Er ist einfach umgekippt. Vielleicht ein Schwächeanfall? Wir sind seit ein paar Tagen unterwegs und haben ein ziemlich straffes Programm. Zu Beginn hatte ich mir ehrlich gesagt mehr Sorgen um Fiona gemacht.«

Carl bedeutete ihnen, ihm in die Küche zu folgen. »Fi ist zäh wie ein Walross. Sie wirkt zwar immer, als könnte sie der nächste Windhauch umwehen, aber da täuscht man sich schnell. Dafür hat sich William verändert. Er war früher sehr sportlich und auch in den vergangenen Jahren immer fit. Aber jetzt ... nun, es kommt mir vor, als ob er schlagartig gealtert wäre.«

Liska starrte auf ihre Tasse. Sie hatte die Brookmyres seit Jahren nicht gesehen, und wenn ihre Oma sie nicht zu diesem Trip überredet hätte, wäre das auch so geblieben. Sie konnte nicht sagen, ob William kränker oder schwächer war als in den vergangenen Monaten oder Jahren.

Nachdenklich sah sie zu, wie Carl den Kühlschrank öffnete und Kartoffeln sowie Gemüse zutage förderte.

»Was ist mit ihrem Sohn? Stephen?« Die Worte waren heraus, ehe sie genauer darüber nachdenken konnte. »Weiß er Bescheid? Dass es seinem Vater nicht so gut geht, meine ich.«

Carl drehte sich um, ein Bündel Möhren in der Hand. »Sie haben euch davon erzählt?«

Marius runzelte die Stirn, und Liska trat ihm auf den Fuß, ehe er etwas sagen konnte. Zur Antwort ließ er seine Hand unter dem Tisch zu ihrem Knie wandern und drückte einmal kurz zu. Sie musste sich zusammenreißen, um nicht zu zucken, und bemühte sich um ein harmloses Gesicht.

»Westray steht sowieso als nächstes Ziel auf unserer Liste«, pokerte sie. Es war nicht einmal eine Lüge.

Carl ließ sich auf einen freien Stuhl fallen. Nachdenklich drehte er eine Möhre in der Hand und legte sie dann zu den anderen auf den Tisch. »Wisst ihr, ich mag Fi und William sehr gern. Manchmal glaube ich, ich bin so eine Art Ersatzsohn für sie geworden, auch wenn wir uns selten sehen. Dabei wohnen wir nicht einmal weit voneinander entfernt.« Er hustete. »Ich weiß nicht, ob sie euch erzählt haben, dass ich auf Mainland aufgewachsen bin? Daher kennen wir uns. Ich habe als Kind oft mit Lissy gespielt, Fis und Williams Tochter. Stephen und ich hatten kaum was miteinander zu tun. Er war ja ein paar Jahre jünger als ich, für mich damals ein nerviges Gör.« Er lachte. Dabei blinzelte er, und die Falten rund um seine Augen vervielfältigten sich schlagartig. »Ich habe mich bei ihnen immer wie zu Hause gefühlt. Und Fi hat mich manchmal ganz schön durchgefüttert.« Er schlug sich auf den Bauch, der nicht den Anschein machte, übermäßig strapaziert worden zu sein.

Liska überlegte. »Und wann ist das mit Stephen ...?« Sie vollführte eine Handbewegung, die alles und nichts bedeuten konnte.

Carl starrte ins Nichts und schien zu überlegen. Schweigend stand er auf, nahm sich ebenfalls eine Tasse, schenkte sich ein und ließ sich zurück auf den Stuhl fallen. »Ich habe das selbst nicht so genau mitbekommen«, sagte er verhalten. Ahnte er etwa, dass er sich hier auf vermintes Territorium begab? Und wenn ja, wer hatte es in eine Gefahrenzone verwandelt und warum?

Komm schon. Was auch immer da passiert ist, so schlimm kann es doch gar nicht sein.

»Ich weiß nur, dass es diesen Streit gab vor ein paar Jahren. Damals hatte Stephen bereits seine Farm auf Westray, und er wollte, dass die beiden nachkommen. Wann genau das war, kann ich nicht mehr sagen. William kann verdammt stolz sein, und Stephen steht ihm da in nichts nach.«

Stolz war eindeutig das schottische Wort für abgrundtief und übertrieben stur, so viel hatte Liska bereits gelernt.

»Aber das kann doch nicht der Grund dafür sein, dass sie sich verhalten, als hätten sie keinen Sohn mehr?«

Schulterzucken. »Der Teufel steckt meist im Detail. Und das kenne ich nicht.«

»Aber seitdem ist Funkstille«, murmelte sie.

»Genau. Seitdem ist Funkstille. Das gilt für jeden in Reichweite. Ich habe das Thema einmal auf den Tisch gebracht, als ich auf Mainland unterwegs war, und William hat mir sehr energisch verdeutlicht, dass er nicht über seinen Sohn reden will. Wir alle haben uns daran gehalten, und irgendwann ist Stephen zu einem Tabuthema geworden. Nicht einmal bewusst, meine ich. Es hat sich so entwickelt. Im Nachhinein klingt es schon ein wenig seltsam.« Er legte den Kopf schräg und sah auf einmal sehr nachdenklich aus.

Liska wischte etwas verschütteten Kaffee mit dem Finger auf. Carls Worte hingen schwer in der Luft. Sie wusste, wie die Schotten sein konnten. William Brookmyre war ein besonders halsstarriges Exemplar, und Fiona respektierte in den meisten Fällen die Eigenarten und Wünsche ihres Mannes.

Hatte sie dem Ganzen zugestimmt? War ihr Sohn auch für sie ein Tabuthema? Hatte sich Stephen mit beiden gestritten oder nur mit seinem Vater? Und warum? Es konnte doch nicht nur damit zusammenhängen, dass Stephen seine Eltern von Mainland nach Westray hatte holen wollen.

Da sie ahnte, dass lediglich weitere Fragen und keine Antworten auf sie einprasseln würden, zwang sie ihre Gedanken in eine andere Richtung. Plötzlich wurde ihr bewusst, wie sehr die Brookmyres ihr in diesem Charakterzug ähnelten. Sie alle hatten mit dem größten Dickkopf der Welt an einem Entschluss festgehalten – teilweise bis heute.

Sie selbst hatte Schottland nie wieder betreten wollen. Wären ihre Oma und diese wahnsinnige Magdalena de Vries nicht ins Spiel gekommen, wäre das für immer so geblieben. Nun aber hatte sie nach einem holperigen Start einige schöne Momente erlebt. Sich über das eine oder andere Wiedersehen gefreut. Neue Leute kennengelernt. Nach all der Zeit gesehen, wie wunderschön dieses raue Land sein konnte und wie lebendig sein Herz schlug. Und letztlich ... ihr Blick streifte Marius. Was auch immer sie beide verband, sie wollte es um keinen Preis missen.

Ohne Fiona und William wäre sie nicht hier. Nicht auf Rousay in der Küche von Carl, aber auch nicht an dem Ort, der ihre Vergangenheit und ihre Gegenwart darstellte. Wo sie festgestellt hatte, dass es noch immer schmerzte, an den Tod ihrer Eltern zu denken und alles, was er mit sich gebracht hatte: das Alleinsein, auch wenn jemand da war, der einen in den Arm nahm. Nächte, in denen sie nicht geschlafen, sondern gegrübelt und geweint hatte und wo eine ganze Armee an Teddybären sie nicht hatte trösten können. Der Neid auf Freunde, die ihre Eltern noch umarmen und mit ihnen lachen konnten.

Dieses Gefühl war nach all den Jahren schwächer geworden und wurde es weiterhin Tag für Tag. Ganz verschwinden würde es nie, aber das sollte es auch nicht. Es war ein Teil von ihr, und sie war stark genug, um das zu akzeptieren. Nur hatte sie das zuvor nicht gewusst. Die Brookmyres hatten geholfen, ihr die Augen zu öffnen.

Nun gab es auch im Leben der beiden etwas, das sie tief vergraben hatten. Stephen Brookmyre war ein heißes Eisen, doch etwas in ihr war fest entschlossen, an dieser Mauer zumindest zu rütteln. Vielleicht genügte das ja bereits, und wenn nicht, konnte sie noch immer entscheiden, ob es klug war, sie einstürzen zu lassen.

Liska schmunzelte. Es sah ganz danach aus, als hätte sie einen Hauch der schottischen Sturheit mit der Luft der Orkneys eingesogen.

Sie trank den restlichen Kaffee und stellte die Tasse ab. »Nun, wenn wir eh bald auf Westray sind, würde ich Stephen gern besuchen. Weißt du zufällig, wo genau er dort wohnt?«

Wieder blickte er Richtung Flur. Liska ahnte, dass er sich unbehaglich fühlte, aber darauf konnte sie nun keine Rücksicht nehmen.

Schließlich stand Carl auf. »Ich zeige es dir auf der Karte.«

23

*E*s war dunkel, als Liska den Wagen auf die Lichter von Carls Haus zusteuerte. Es holperte und ruckelte, als sie auf den schmalen Weg abbog, und Schafe schimmerten als helle Flecken in der Nacht.

Sie fuhr langsamer, ließ das Fenster herunter und lauschte. Da war nichts und doch so viel.

An ihrem ersten Abend auf Mainland hatte sie überlegt, wie ruhig es war. Kein Verkehrslärm, keine spielenden Kinder, keine Warn- oder Signalgeräusche. Am zweiten Abend hatte sie dem Rauschen von Wind und See gelauscht, dem Blöken der Schafe oder der Stille dazwischen, die so sehr in den Ohren dröhnen konnte. Auch jetzt zählte sie die Geräusche der Insel und staunte, wie viele es waren. Sie streichelten Liskas Nerven, obwohl sie vor Energie vibrierte. Sie musste unbedingt mit Marius reden.

Nach dem Kaffee mit Carl hatten sie innerhalb weniger Minuten den köstlichen Auflauf vernichtet. William war für den Rest des Tages im Bett geblieben. Fiona hatte ihnen beim Essen Gesellschaft geleistet und sich im Anschluss entschuldigt, um wieder an seine Seite zu eilen. Zunächst hatten Liska und Marius darauf gewartet, dass sie sich wieder zu ihnen gesellen und ihnen berichten würde, wie es William ging. Als das nicht der Fall war, wurden sie unruhig und versuchten, sich mit anderen Dingen zu beschäftigen. Marius konnte sich auf seine Arbeit konzentrieren, obwohl ihm die übliche Begeisterung fehlte. Liska musste sich zusammenreißen, um nicht aus dem Haus zu flüchten. Das wirklich Erschreckende war nicht Williams Schwächeanfall, sondern die Tatsache, dass er sein Bett nicht mehr verlassen wollte. Carl bot an, einen Arzt zu rufen, doch davon wollten weder William noch Fiona etwas wissen.

»Er hat nur zu lange im Auto gesessen und braucht einen Tag Pause«, sagte sie. »Herrje, das sind wir doch alles gar nicht mehr gewohnt.«

Zum ersten Mal seit ihrer gemeinsamen Reise splittete ihr Quartett sich für den Rest des Tages auf. Das gab Liska den letzten Anstoß, um ihre Pläne in die Tat umzusetzen, die seit dem Gespräch mit Carl durch ihren Kopf geisterten.

Während Marius sämtliche Vorbereitungen traf, um sich mit ihrem Gastgeber unter die Schafe zu mischen in der Hoffnung, dass die Tiere wirklich sportlich genug für das Motiv *Kleines Schaf steht auf dem Rücken eines großen Schafs* waren, holte Liska weitere Erkundungen ein, indem sie Carl in die Mangel nahm.

Sie hatte Glück, er kannte jemanden, der ihr bei ihrem Vorhaben helfen konnte. Nach kurzer Skepsis hatte er ihr den Weg beschrieben und sie telefonisch angekündigt. Der Gedanke, bei wildfremden Leuten anzuklopfen und sie um einen Gefallen zu bitten, machte sie trotz allem nervös.

Nachdem sie vor dem gemütlichen Haus von Ted und Maire Matheson geparkt hatte und von beiden noch in der Tür äußerst herzlich empfangen worden war, brach auch diese Barriere weg. Die zwei waren offen und sympathisch, Maire liebte dieselben Musikbands wie Liska und sorgte für ausreichend unverfänglichen Gesprächsstoff zum Warmwerden. Bereits nach kurzer Zeit saßen sie in der Küche, und Liska erzählte von ihrem Vorhaben auf Westray. Die Mathesons äußerten weder Bedenken, noch bekräftigten sie Liska. Sie war froh darüber, denn je realer diese Pläne wurden, desto lauter zweifelte das Stimmchen in ihrem Kopf.

Im Badezimmer entdeckte sie auf der Ablage eine Figur, ein Schaf in Schottentracht mit dem Tartan des Matheson-Clans – die gleiche Figur, die ihre Oma für das Seaflower gekauft hatte. Liska schluckte. Sie vermisste das Haus. Liebend gern hätte sie nun mit Marius vor dem Kamin gesessen, ohne die Sorge um William. Vorsichtig nahm sie die Figur in die Hand, strich über die glatte Oberfläche und schwor sich, Fiona und William nach Ende ihrer gemeinsamen Reise sobald wie möglich ins Seaflower einzuladen. Vielleicht, grübelte sie, hatte ja sogar ihre Oma Zeit, um herzureisen. Es würde ihr sicher gefallen, in der Runde zusammenzusitzen und zu hören, was alles in den vergangenen Tagen passiert war.

Sie schluckte erneut, dieses Mal härter, stellte die Figur zurück und entschied sich dafür, Maire und Ted alles zu erzählen. Nicht nur von der Tour mit Marius, Fiona und William, sondern auch von ihren Sommern auf Mainland, ihren Eltern und warum ihr so viel daran lag, dass die Brookmyres und ihr Sohn sich trafen. Noch wusste sie nicht, was ein solches Wiedersehen bringen würde, sie konnte es auch nicht wissen, aber einen Versuch war es wert.

Nachdem Maire und Ted Matheson die ganze Geschichte gehört hatten, erklärten sie sich bereitwillig zu Komplizen. Sie kannten weder die Brookmyres, noch hatten sie Liskas Familie jemals getroffen, aber das spielte auch keine Rolle.

»Wenn man einmal erlebt hat, dass eine Chance sich niemals wieder ergeben wird, ist man schneller bereit, die nächste zu ergreifen«, sagte Ted.

Liska nickte und kratzte an ihrer Jeans herum, um nicht zu zeigen, wie sehr seine Worte sie berührt hatten. Sie waren so wahr.

Zwei Stunden später hatte sie sich verabschiedet, ausgestattet mit Treffpunkt, Uhrzeit und Teds Telefonnummer. Es lag an ihr, Marius und die Brookmyres rechtzeitig an die Küste zu bekommen, und sie hoffte, dass Williams Zustand ihr keinen Strich durch die Rechnung machte.

Jetzt, da die Umrisse von Carls Haus vor ihr auftauchten, beschlichen sie erste Zweifel. War das Ganze wirklich eine gute Idee?

Nun komm schon, Liska. Du hast das Ding angeleiert, nun musst du es auch durchziehen.

Sie parkte, schnappte sich ihre Tasche und machte sich auf den Weg zum Haus. Carl öffnete und führte sie ins Wohnzimmer. Marius saß auf dem Sofa, auf dem Tisch standen eine Flasche Whisky und Gläser, aus denen torfiger Duft emporstieg. Obwohl die Verbindungstür zum Flur geschlossen war, redeten die zwei leise und bewegten sich verhalten.

Liska nahm im Sessel Platz und bekam von Carl ein Glas Whisky gereicht. Ihr Bein streifte Marius, und trotz der bedrückenden Stimmung spürte sie einen Anflug von Freude und Aufregung über seine Nähe. Die Welt blieb eine flüchtige Sekunde lang stehen, nur für sie beide.

»Wie war euer Tag?«

Zur Antwort nahm Marius seine Kamera, aktivierte sie und reichte sie ihr: Auf dem Display balancierte ein kleines Schaf mit dürren schwarzen Beinchen auf dem Rücken eines größeren. Es winkelte einen Hinterlauf an und machte durch den wolligen Körper den Eindruck, als würde es sich in die Luft erheben wollen. Das große Schaf war lediglich am Gras zu seinen Hufen interessiert. Manche Menschen wären bei diesem Bild in Verzücken ausgebrochen – Liska ebenfalls, wenn nicht die Sache mit William gewesen wäre. Seitdem sie das Haus betreten hatte, hing die Sorge über ihr, als hätte die Luft sich damit vollgesogen.

»Herausforderndes Motiv Nummer elf: erledigt«, sagte Marius. Er klang müde.

Liska staunte, dass Carl seine Tiere wirklich dazu gebracht hatte, aufeinander herumzuklettern. Hatten Schafe nicht auf ihrer persönlichen Anti-Schottland-Liste sehr weit oben gestanden? Die Tiere auf dem Foto waren unbestreitbar süß. Besonders das Jungtier mit seinem pechschwarzen Kopf und den weit abstehenden Ohren. Es sah freundlich aus, ein wenig frech, aber vor allem so, als würde man es gern an sich drücken.

Schafe, süß? Schottland brachte sie wirklich komplett durcheinander.

Sie reichte Marius die Kamera zurück und probierte einen Schluck Whisky. Er setzte ihre Zungenspitze in Brand und rollte Torf und Feuer ihre Kehle hinab. Sie schluckte mehrmals, um nicht husten zu müssen, und lehnte sich zurück.

»Wie geht es William?«

»Wieder besser«, sagte Carl. »Er war vorhin auf den Beinen, um Tee für sich und Fi zu holen ... oder auch um uns zu demonstrieren, dass er wieder der Alte ist und ihn nichts umhauen kann. Aber sie hat ihn ins Bett zurückgeschickt. Weil er morgen wieder fit sein muss, sagt sie.«

»Und, wird er das sein?«

Die beiden Männer wechselten einen Blick. Dann zuckte Carl die Schultern. »Ich denke schon. Vielleicht machen wir uns auch zu viele Sorgen, und er hat einfach nur einen Tag Ruhe gebraucht. Er sah wieder ganz kräftig aus.«

»Und hat uns sehr deutlich zu verstehen gegeben, dass wir es nicht wagen sollen, nach seinem Zustand zu fragen«, ergänzte Marius.

Carl nickte ernst. »Als ob wir das jemals getan hätten.«

Liska verdrehte die Augen. Männer! Aber wenn Stolz und

verbales Brustgetrommel dazu halfen, William wieder auf die Beine zu bekommen, war das in ihrem Sinne. »Also dann. Wenn er wirklich wieder reisefähig ist, haben wir für morgen nicht nur ein Programm, sondern auch eine Planänderung.«

Sie kramte in ihrer Tasche und zog das Papier hervor, auf dem Ted Matheson die Insel Westray skizziert hatte. Anders als Rousay war sie länglich, etwas verzweigt, und erinnerte Liska an ein Tier oder eine Rauchsäule, die sich in der Luft verflüchtigte. Schwarze Kreuze markierten die Orte Rapness, Skelwick und Pierowall. In der Nähe des letzten prangte ein weiteres Kreuz, doppelt so dick wie die anderen.

Liska legte einen Finger darauf. »Dort liegt der Hof von Stephen Brookmyre.« Sie blickte in die Runde, forschte in den Gesichtern nach Reaktionen oder wartete auf Fragen.

Carls Miene blieb unverändert, Marius zog die Brauen zusammen. »Ich bin immer noch nicht sicher, ob es eine gute Idee ist.«

»Eine Familie zusammenzubringen?«

»Jemanden zurückzuholen, der gehen wollte. Aus welchen Gründen auch immer.«

Sie sahen sich in die Augen, und Liska hatte das unbestimmte Gefühl, dass nicht mehr von William die Rede war. Beinahe hätte sie nachgehakt oder wäre näher gerutscht, um ihn zu berühren.

»Also gut, der Reihe nach. Was haltet ihr davon, wenn ich euch mehr erzähle? Danach können wir noch immer diskutieren, ob die Idee wirklich so gut ist.«

Einhelliges Nicken. Carl schenkte sich einen Schluck Whisky nach und setzte sich neben sie.

Liska deutete auf die Zeichnung. »Westray steht so oder so als nächste und letzte Insel auf unserer Liste. Wir haben noch zwei Fotos übrig, den Leuchtturm in der Morgenröte sowie eine junge Frau mit einem Lamm auf dem Arm. Fiona und William haben dafür Elaine vorgesehen, die Enkeltochter von Freunden. Die leben nördlich von Pierowall und haben einen Bauernhof, interessanterweise gar nicht so weit von dem entfernt, den Stephen betreibt. Um dorthin zu kommen wie bisher geplant, würden wir wieder die Fähre nehmen, und zwar müssen wir erst nach Tingwall auf Mainland zurück, von dort würden wir nach Kirkwall fahren, und dann geht es von Kirkwall nach Rapness. Das ist geographisch gesehen ein ganz schöner Umweg, da Westray noch oberhalb von Rousay liegt. Also ziemlich weit nördlich.« Die Erläuterung war eigentlich überflüssig – Carl stammte von hier und wusste, welche Insel wo lag, und Marius hatte im Gegensatz zu ihr vor seiner Ankunft in Schottland seine Hausaufgaben gemacht. Doch sie hoffte, dass ihre Begründungen mehr Gewicht fanden, wenn sie sämtliche Vorteile ihres Plans erwähnte.

Die beiden Männer nickten.

Liska ließ die Hände wieder sinken. »Selbst wenn William wieder bei Kräften ist, dürfte klar sein, dass der Weg über Mainland nicht nur umständlich, sondern auch anstrengender ist als eine direkte Route. Und wir würden Zeit sparen, wenn wir so eine nehmen könnten.«

»Okay«, sagte Marius langsam. »Was hat Brookmyre Junior damit zu tun? Weiß er überhaupt ...?«

Sie schüttelte den Kopf. »Nein, Stephen weiß ebenso wenig wie seine Eltern, dass wir ihm einen Besuch abstatten werden. Aber Ted Matheson hat zugestimmt, uns mit seinem Boot nach Westray zu bringen. Der Wetterbericht ist gut für morgen, der Himmel soll klar sein. Damit können wir vom Wasser aus das nächste Motiv fotografieren, nämlich den Leuchtturm an den Klippen in der Morgenröte. Der Noup-

Head-Leuchtturm liegt hier.« Erneutes Tippen auf der Zeichnung. »Er ist ganz hübsch, weiß und knapp 260 Fuß hoch, was auch immer das bedeutet.«

»Ungefähr achtzig Meter.«

»Perfekt«, sagte sie, obwohl sie keine Ahnung hatte, ob das stimmte. »Wie auch immer, Ted schippert daran vorbei, du schießt das Foto, und danach legen wir hier an.« Sie deutete auf die Küstenlinie nordwestlich von Pierowall.

»Und wie sollen wir den Wagen auf die Insel bekommen?«

»Gar nicht. Ted hat einen Freund, der uns abholen und zu Stephens Hof bringen wird.«

»Wo wir dann festsitzen werden«, sagte Marius.

»Genau. Wo wir dann festsitzen werden.«

Ihre Blicke verhakten sich, und Liska war nicht sicher, ob sie ein Duell gewinnen oder ihn einfach nur ansehen wollte. Beides, entschied sie. Selbst wenn sie nun verlor, war es nicht so schlimm, da Marius gewinnen würde.

Doch er gab nach. »Du willst also wirklich Schicksal spielen«, murmelte er und sprach das aus, was Liska auf der Rückfahrt wieder und wieder durch den Kopf gegangen war.

»Ja. Ich gebe zu, es ist ein Risiko. Vielleicht sind sie sauer auf uns. Vielleicht kehren sie auch auf der Stelle um und laufen samt Gepäck und Dickkopf zur Fähranlegerstelle, und wir können von Glück sagen, wenn Stephen uns ein Auto leiht, damit wir sie wieder einsammeln können, ehe sie auf einer von Schafhufen durchwühlten Wiese im Schlamm versinken. Aber denkst du nicht, es ist einen Versuch wert?«

Außerdem ist es schön, zur Abwechslung mal selbst Schicksal spielen zu können und ihm nicht nur hilflos ausgeliefert zu sein.

Er seufzte. »Auf der einen Seite ja. Auf der anderen mischen wir uns in Dinge ein, die uns nichts angehen.«

Sie hob die Augenbrauen. »Was die beiden zu einem gewissen Grad auch bei mir getan haben.«

Stille, lediglich durchbrochen von dem Ticken der Wanduhr. Carl schmunzelte und lehnte sich zurück.

Marius' Mundwinkel zuckte. »Wenn man es so betrachtet, ist eine winzige Revanche durchaus in Ordnung.«

Liska hob die Augenbrauen. »Das heißt, wir sind uns einig?«

Er nickte, dann hielt er ihr seine Hand hin. »Deine Oma hat nicht übertrieben, als sie meiner Tante gesagt hat, dass du dich bestens auf den Inseln zurechtfindest. Wenn ich noch einmal jemanden brauche, der innerhalb kürzester Zeit sowohl ein Boot als auch einen Privatchauffeur auf einer abgelegenen Insel organisiert, weiß ich, an wen ich mich wenden muss.«

Sie lächelte und hielt seine Hand länger, als es nötig war.

Carl stand auf und hob sein Glas. »Darauf stoßen wir an. Sláinte!«

Liska folgte seinem Beispiel, ebenfalls Marius. Mit einem sanften Geräusch schlugen die Gläser aneinander, die goldene Flüssigkeit darin funkelte im Lichtschein. Dieses Mal brannte der Whisky nicht in der Kehle. Dafür fachte er ein wohliges Feuer in Liskas Bauch an, das bereits zuvor verhalten geglüht hatte.

»Altweinfarben in Meeresstrudelgrau.« William trat vom Fenster zurück. »Zumindest das Wetter dürfte halten.« In seiner Stimme schwang noch immer der knurrige Ton mit, der dort festsaß, seitdem Liska von den geänderten Plänen berichtet hatte. Entweder gefiel es ihm nicht, dass sie ihm auf diese Weise das Ruder aus der Hand genommen hatte, oder aber er hasste zu plötzliche Veränderungen. »Wunderbar«, sagte sie und ignorierte seine fest zusammengepressten Lippen und die nur knapp über den Augen schwebenden Brauen. »Dann werden wir ja eine gute Überfahrt haben.«

Sie hatte Fiona und William noch am Abend die Neuigkeit verkündet, dass sie ihre Reisezeit nach Westray verkürzen, am nächsten Morgen sehr früh aufstehen und damit noch auf dem Weg den Leuchtturm einplanen würden. Die zwei hatten sich angesehen, Fiona durchaus erfreut, William mit einem Gesicht aus Fels und Unverständnis. Auf seine Frage, wie sie sich denn im Anschluss fortzubewegen gedachten, hatte sie Ted Mathesons Bekannten ins Spiel gebracht, was nicht dazu beigetragen hatte, William milde zu stimmen. Ihm gefiel es nicht, auf einen Fremden angewiesen zu sein – oder aber er war verwirrt, da er Ted Matheson zur Abwechslung nicht kannte. Zwar sagte er es nicht, aber die Botschaft schimmerte mehr als deutlich zwischen den Zeilen durch, ehe er sich erhob und sich für die Nacht verabschiedete, da »man ja am Folgetag zu ungeplant früher Stunde aus dem Bett müsse«.

Liska hatte Fiona angelächelt und sich um ein Pokerface bemüht, doch Williams Reaktion machte sie nachdenklich. Er war eindeutig nicht gern von anderen abhängig. Wie viel Überwindung musste es ihn gekostet haben, sie und Marius zu dieser Reise zu überreden? Und wenn dem so war, was hatte den Ausschlag gegeben? Fiona? Tat er dies alles seiner Frau zuliebe und war deshalb so distanziert, weil er permanent die Zähne zusammenbeißen musste, um einen Teil seines Stolzes hinunterzuschlucken?

Fiona hatte sich erhoben, Liskas Hand getätschelt und ihr gesagt, dass die Idee ganz wundervoll sei.

Am nächsten Morgen hatte William nach einem knappen Gruß die Position am Fenster bezogen, um das Wetter im

Auge zu behalten. Vermutlich hoffte er auf einen Sturm mit Regen und Eiseskälte, um wie zuvor geplant die gute, zuverlässige Fähre und den Umweg über Mainland zu nehmen. Doch das Schicksal hatte ihn im Stich gelassen, der Tag versprach für schottische Verhältnisse freundlich zu werden.

Nach dem Frühstück holte Liska ihre Sachen. William und Fiona standen bereits fertig angekleidet im Wohnzimmer, ein Mahnmal der Pünktlichkeit. Wenig später warfen Scheinwerfer ein flackerndes Muster in den noch nächtlichen Morgen, und der Wagen von Ted Matheson rollte auf den Hof. Liska und die anderen verabschiedeten sich von Carl, bedankten sich für seine Gastfreundschaft und stiegen ein. Dieses Mal rutschte William auf den Beifahrersitz, und Liska signalisierte Ted, nichts von ihren Plänen zu verraten.

Ihre Sorge war unbegründet. Der Schotte plauderte gelassen mit William über die Nordsee, ihre Urgewalt und Überlegenheit sowie die Tatsache, dass die besten Fischgerichte noch immer auf den Orkneys zu finden waren. Nach kürzester Zeit taute William auf, und seine Antworten wandelten sich von nichtssagendem Brummen in Wörter und ganze Sätze. Die Landschaft flog an ihnen vorbei, als Ted Gas gab.

Liska, nun beruhigt, lehnte den Kopf ans Fenster. Kurz dachte sie an Carls Schafe, die so zutraulich und gehorsam waren, dass sie sogar aufeinander herumkletterten, und bedauerte, nicht dabei gewesen zu sein.

Marius fühlte sich wie auf glühenden Kohlen. Diese Reise hatte sich in eine Richtung entwickelt, die er niemals für möglich gehalten hätte. Nicht nur, dass er die Frau, die neben ihm saß und die Augen geschlossen hielt, immer wieder von der Seite betrachten musste, da ihre bloße Berührung reichte, um seinen Puls in einen Dauerlaufstatus zu versetzen. Auch die

Hintergründe hatten sich verändert. Offiziell waren sie alle noch immer im Auftrag von Tante Magdalena unterwegs, doch mittlerweile steckte so viel mehr dahinter. Vier Menschen hatten Mainland verlassen, um in höflich-angenehmer Arbeitsatmosphäre zu reisen und Fotos zu schießen. Mittlerweile war aus ihrer Gruppe eine Gemeinschaft geworden, die zögerlich Puzzlestücke im Leben der anderen aufdeckte, die ihnen zu dunkel erschienen.

Liska hatte gegen ihren Willen den Anfang gemacht, und er erinnerte sich an jede einzelne Sekunde, als sie auf dem Parkplatz am Pub geschrien und geweint hatte. Und jetzt? Marius betrachtete ihr Profil, das in der Dunkelheit kaum sichtbar war, aber er wusste genau, wie ihre vollen Lippen aussahen, die so eigenwillige Nase und die langen Wimpern. Jetzt konnte er sich nicht vorstellen, den Tag ohne sie zu verbringen, und freute sich auf die erste Begegnung am Morgen, wenn ihr Haar noch verwuschelt vom Schlaf war.

Er fuhr zusammen, als sich eine Hand auf seinen Arm legte. *Tap, tap.* Fiona beugte sich vor und sah aus, als wäre sie seine Komplizin in einer streng geheimen Sache. Sie lächelte so breit, als wäre dies der schönste Tag in ihrem Leben. Als hätte sie ein Geheimnis aufgedeckt, das sie nicht erfahren sollte. Aber wenn jemand wissen durfte, dass er sich in Liska verliebt hatte, dann Fiona und William. Er nickte ihr zu, lehnte den Kopf an die Rückenlehne, folgte Liskas Beispiel und schloss die Augen. Die heutige Etappe hatte gut begonnen.

Und sie wurde noch besser. Die Küste von Rousay schenkte ihnen das Versprechen eines unvergleichlichen Sonnenaufgangs. Er versetzte die Klippen in Flammen und tauschte Möwen gegen Phantasievögel, die vor einem Gemälde ihre Bahnen zogen. Die See rauschte zur Begrüßung wie immer, doch ihre Oberfläche war kaum in Bewegung. William verwandelte sich vor dieser Kulisse wieder in den Alten, half seiner Frau aus dem Wagen und sah anschließend Seite an Seite mit ihr in die Ferne, einen Arm um ihre Schultern gelegt. Marius verwarf ein zweites Mal auf dieser Reise seinen Grundsatz, Menschen nur nach Erlaubnis zu fotografieren, und wählte die Einstellungen so, dass die beiden lediglich als Schemen zu erkennen waren. Trotzdem oder gerade deshalb wirkte ihre Umarmung umso inniger. Er würde das Foto vergrößern und ihnen zusenden, wenn er wieder zu Hause war – als kleinen Dank für all die Mühen, die sie auf sich genommen hatten.

Auch Liska war ausgestiegen und betrachtete die beiden erleichtert. Das Morgenlicht verstärkte den Kontrast zwischen ihrer Haut und ihrem Haar auf fast bestechende Weise. Marius hatte den Finger bereits am Auslöser, ließ die Kamera dann aber sinken. Dieses Bild würde er in der Erinnerung behalten – und nur dort.

»Hey!« Ted winkte und deutete nach unten, wo die Straße sich in einen Sandplatz verbreiterte, vor dem mehrere Boote auf dem Wasser taumelten. »Gehen wir!«

Liska sah sich um, eindeutig aufgeregt. Wer nicht wusste, was sie im Schilde führte, würde es auf die anstehende Bootsfahrt schieben, und auch Marius verdrängte energisch das warnende Stimmchen in seinem Hinterkopf. Er trat zu den Brookmyres und bemerkte zu seiner Freude, dass William seine Kamera ausrichtete, ein Foto machte und das Ergebnis mit gerunzelter Stirn betrachtete. Er schoss zwei weitere und war zufrieden. »Du solltest auch draufhalten, Junge«, sagte er. »So einen Himmel bekommst du hier nur selten.«

»Vor allem an einer so schönen Stelle der Insel«, ergänzte Fiona. »Ich bin sehr froh, dass wir hier sind und das alles noch einmal sehen.« Sie wischte sich über das Gesicht, als wollte sie eine Träne verbergen, und lehnte den Kopf an Williams

Schulter. Er streichelte ihre Wange. Sie suchten die Hände des anderen, fanden sie und hielten sich aneinander fest.

»Ja«, murmelte er. »Ein letztes Mal.«

Es klang so traurig und voller Sehnsucht, dass Marius am liebsten etwas gesagt hätte – und wenn es das Angebot war, im nächsten Jahr wiederzukommen und die beiden erneut von einer Insel zur anderen zu fahren. Trotz Williams Schwächeanfall war nicht zu übersehen, wie sehr beide es genossen, unterwegs zu sein und Menschen wiederzusehen, die ihnen wichtig waren.

Er schulterte sein Gepäck, nahm die Kameratasche und begab sich neben Liska, um Ted zu folgen. »Entspann dich! Nun können wir eh nichts mehr ändern. Es wird schon werden.«

Sie seufzte und starrte auf ihre Füße. »Schön, dass du *wir* sagst. Ich hab die ganze Sache angeleiert, und wenn es schiefgeht, ist es meine Schuld.«

Er stieß sie so sanft an, dass es einer Liebkosung gleichkam. »Wenn es schiefgeht, werden wir einfach wieder fahren. Und zwar zu viert. Du kannst mir nicht erzählen, dass wir die vergangenen Tage überstanden haben, nur um einen Streit zwischen uns kommen zu lassen.«

Sie schwieg, doch die Runzeln auf ihrer Stirn glätteten sich. Dann straffte sie ihre Schultern und hob den Kopf. Da war sie wieder, die Liska, die unter der Oberfläche lauerte und immer häufiger hervortrat, voller Tatendrang und Optimismus. Jemand, dessen Energie so stark pulsierte, dass sie sichtbar wurde. Bei den meisten Menschen äußerte sich das in geröteten Wangen, einem Lächeln oder Strahlen der Augen, doch bei Liska war es noch mehr. Sie richtete sich weiter auf, ihre Gesten wurden schneller und ausgeprägter, ihre Augen glänzten. So sah jemand aus, der voll und ganz von einer Sache überzeugt war. Und auf einmal wusste Marius, dass sie ihn nicht nur an die Meerjungfrau auf dem Gemälde seiner Eltern erinnerte.

Sondern an seinen Vater. An Peter Rogalls Begeisterung für die Fotografie, die so ansteckend sein konnte für Leute, die ihn liebten – oder sogar manchmal beängstigend für jene, die ihn nicht kannten. Er hatte es geschafft, seinen Sohn mit dieser Begeisterung zu infizieren, mitzureißen, und ihn so mit einer großen Liebe bekannt zu machen. Heute konnte sich Marius ein Leben ohne die Fotografie nicht mehr vorstellen, und er fühlte denselben Sog, dasselbe Leuchten, das er damals im Gesicht seines Vaters gesehen hatte. Viele Jahre hatte er keinen Gedanken daran verschwendet.

Die Menschen konnten so verschieden sein, aber das Leuchten der Faszination war doch gleich. In Liskas Fall waren es gleich zwei Faktoren, die ihr diese Energie schenkten: Das Abenteuer Familienzusammenführung war ihr bewusst. Aber ob ihr auch klar war, wie sehr sie dieses Land liebte, trotz allem, was geschehen war?

Er hoffte für sie, dass sie es eines Tages erkannte.

»Ach du meine Güte«, murmelte Liska neben ihm.

»Was ist los?«

Statt einer Antwort deutete sie auf ein Boot, von dem die grüne Farbe so stark abblätterte, dass der Effekt an Schimmel erinnerte. Ted stand an Deck und schützte die Augen mit einer Hand. Seine Haltung hatte etwas von einem Piraten, lediglich das kleine Boot und die moderne Kleidung zerstörten den Eindruck.

Der nicht sehr vertrauenerweckend war, da musste er Liska recht geben. Zwar würden sie alle in diese Nussschale passen, aber Marius bezweifelte ernsthaft, dass Ted sie sicher bis zur nächsten Insel bringen würde.

»Wie fahrtüchtig ist das gute Stück?«, rief er.

Ted winkte ab, als wollte er alle Sorgen seiner Gäste in Luft auflösen. »Die Bloody Mary ist kein junger Hüpfer mehr, aber sehr erfahren auf See. Die sorgt schon dafür, dass wir nicht absaufen.« Er deutete gen Himmel. »Und nun hopp, ehe das Spektakel dort oben vorbei ist.«

Marius entschied sich dafür, der Expertise des Schotten zu vertrauen. Liska würde er dazu überreden können. Bei den Brookmyres würde es schon schwieriger werden. Allerdings war es auch verständlich – beide waren nicht mehr allzu gut zu Fuß, William hatte sich soeben erst erholt. Möglicherweise scheiterte Liskas Plan jetzt und hier, an diesem Ufer.

Er suchte nach überzeugenden Argumenten, drehte sich zu Fiona und William um – und erlebte eine Überraschung. Sie standen noch immer Arm in Arm und betrachteten das Boot, als würden sie in die Ferne schweifen, die Lippen knapp vor einem Lächeln. So wie man ein Gemälde oder einen Sonnenuntergang anschaute, der besonders faszinierend war. Was es auch war, das die zwei in der Bloody Mary sahen – ihm blieb es verborgen.

»Wie sieht es aus?«, fragte er und trat zu ihnen. Seine Worte waren kaum lauter als das Rauschen der See, doch er wollte die Stimmung nicht zerstören. »Bereit für die Überfahrt?«

»Ja, das sind wir«, sagte Fiona, ohne den Blick von der Mary zu nehmen. »So ein tüchtiges Boot. Dass wir noch einmal auf das Wasser kommen, hätte ich nicht gedacht.«

William führte ihre Hand zu seinen Lippen und drückte einen Kuss darauf. »Sie sieht aus wie die Schaluppe, mit der wir damals um die Inseln gesegelt sind, kurz nach der Hochzeit. Genauso verwittert, aber zuverlässig. Seeerfahren, nicht so ein Schnickschnack wie diese neuen, modernen Boote.«

Marius war hin- und hergerissen zwischen dem Wunsch, die beiden in diesem kostbaren Augenblick allein zu lassen und die Schwere aus ihrer Melancholie zu vertreiben.

»Wisst ihr«, sagte er und stellte sich neben sie, den Blick auf das Wasser gerichtet. »Es gefällt mir hier wirklich gut, und ich glaube nicht, dass ich zum letzten Mal auf den Orkneys sein werde. Wenn ich wiederkomme, nehmen wir uns einen Wagen und fahren noch einmal los. Wo auch immer ihr hinwollt.«

Er dachte bereits, die beiden wären so sehr in ihre Gedanken versunken, dass sie ihn nicht gehört hätten, doch dann schüttelte William den Kopf. »Das ist sehr nett von dir, Junge, aber wenn wir nach Mainland zurückkommen, werden wir dortbleiben.«

Marius zuckte zusammen, als Fiona seine Hand nahm. Nicht wegen der Geste, sondern weil Tränen in ihren Augen schimmerten. Sie sagte nichts, sondern hielt ihn einfach nur eine Weile fest. Dann ließ sie ihre Hand sinken und trat wieder an Williams Seite.

Marius schluckte. Er wusste nicht, was Fiona ihm soeben hatte mitteilen wollen, aber es hatte etwas Endgültiges an sich gehabt. Er schluckte noch einmal, und erst da merkte er, wie trocken seine Kehle war.

24

Seitdem sie an der Küste von Westray angelegt hatten, wurde Liska das Gefühl nicht los, in einem Theaterstück gelandet zu sein, in dem jeder eine völlig neue Rolle ausprobierte. Seit einer halben Ewigkeit stand sie einfach nur da und beobachtete die anderen. Es war ein Bild für die Götter, und sie hätte es wahnsinnig gern genossen oder sich gar darüber amüsiert, wenn sie nicht so angespannt gewesen wäre.

Ted Matheson stand bis zu den Knien im Wasser neben seinem Boot und unterhielt sich mit seinem Freund, der gekommen war, um die Reisegruppe abzuholen. Dessen altersschwacher Lieferwagen parkte vor dem schmalen Sandstreifen. Liska hatte versucht, den ausgeblichenen Schriftzug zu erkennen und die Rostflecken in der Karosserie zu übersehen, doch beides vergeblich. Das Fahrzeug passte zu seinem Fahrer, dem ein dünner, grauschwarzer Zopf weit über dem Rücken baumelte. Sein struppiger Bart war nicht ganz so lang, fiel jedoch munter bis auf die Brust und wurde vom Wind hin und wieder in das Gesicht seines Besitzers gedrückt. Der schob ihn jedes Mal mit geübter Geste zurück und schien sich nicht weiter daran zu stören. Bekleidet war er mit einer Latzhose, Stiefeln und einem Pullover, der vor langer Zeit einmal farbig gewesen sein musste und sich mittlerweile in ein braungraues Etwas verwandelt hatte. Die beiden redeten oft gleichzeitig und schlugen sich gegenseitig auf die Schultern. Ihr Gelächter wurde vom unsteten Wind übertönt oder in Richtung Land getragen, wo die anderen warteten. Mehr oder weniger geduldig.

William stand nicht eine Minute still, seitdem er festen

Boden unter den Füßen hatte. Anfangs war er mit zittrigen Schritten um den Lieferwagen gestrichen und hatte immer wieder zur Bloody Mary geschaut, die stumme Aufforderung im Blick, nicht zu trödeln. Mittlerweile beobachtete er unablässig den Horizont. Vergessen war die Faszination für die See und die tosende Ruhe, die sie in Teds Boot hatten genießen können.

William hatte die meiste Zeit über schweigend am Bug gestanden und in die Ferne gestarrt, als würde er um das Privileg wetteifern, als Erster das ersehnte Land zu entdecken. Selbst als sie an Fahrt verloren hatten, um am Noup Head das Foto für Magdalena de Vries zu schießen, hatte er sich kaum gerührt. Dabei hatten sie wirklich Glück gehabt: Die Morgenröte hatte bereits wieder abgenommen, die Farben waren zarter gewesen, hatten aber den Leuchtturm atemberaubend in Szene gesetzt. Marius war so sehr ins Schwärmen geraten, dass er in einen schier endlosen Monolog über Belichtungszeiten verfallen war. Selbst den hatte William nicht kommentiert.

Auch jetzt schwieg er, hatte aber keine Aufmerksamkeit mehr für die Landschaft übrig. So unruhig hatte Liska ihn noch nie erlebt. Befürchtete er, dass sein Sohn jederzeit aus dem Nichts auftauchen könnte?

Obwohl es ihr in den Beinen kribbelte, ihn darauf anzusprechen, blieb sie, wo sie war. Nur wenige Schritte entfernt breitete Fiona ihr Schultertuch auf dem Sand aus und ließ sich umständlich auf den Knien nieder. In der Hand hielt sie Williams Kamera. Kaum hatte sie eine halbwegs sichere Position gefunden, sah sie durch den Sucher und bewegte sich mitsamt der Kamera hin und her, beugte den Kopf und drückte eine Schulter nach hinten. Es war nicht zu übersehen, dass sie absolut keine Ahnung hatte, was sie mit dem

Apparat anstellen sollte, und Liska wusste auch nicht, was genau sie zu fotografieren versuchte, aber sie schien Spaß an der Sache zu haben. Marius trat zu ihr und redete auf sie ein, doch sie scheuchte ihn mit einer knappen Handbewegung fort, verlor beinahe das Gleichgewicht und lachte darüber. Das ging mehrere Male so, während Marius mit vor der Brust verschränkten Armen in der Nähe stand, bereit, jederzeit einzugreifen und Fiona vor Gefahren zu retten, die es nicht gab.

Was soll schon passieren? Sie kniet am Boden und könnte höchstens zur Seite und damit auf ihr Hinterteil kippen.

Liska schüttelte den Kopf. Marius' eigene Kamera baumelte in seiner Hand, der Schultergurt schleifte über den Boden. Obwohl der Küstenstreifen mit dem schmalen Sandstrand und den im Morgenlicht leuchtenden Muscheln durchaus Charme versprühte, hatte Marius noch kein einziges Foto geschossen. Momentan war er blind für all die Schönheiten, die Westray zu bieten hatte und die in den ersten Momenten besonders intensiv strahlten. Am liebsten hätte Liska ihn gepackt und in Richtung Meer gedreht, damit er bemerkte, was ihm gerade entging.

Noch immer kopfschüttelnd ging sie zu Fiona und ließ sich neben sie in den Sand fallen. »Und, was machst du?« Sie griff nach einer Muschel und drehte sie zwischen den Fingern. Feiner Sand rieselte auf ihre Handfläche.

Fiona gab ein Quieken von sich, wackelte herum und fiel nun doch auf ihre Kehrseite. »Huch!« Sofort setzte sich Marius in Bewegung. Liska signalisierte ihm, dass alles in Ordnung war. Er sah erleichtert aus und gesellte sich zu William, der mittlerweile mit in die Hüften gestemmten Händen neben dem Wagen wartete und vor Ungeduld mit einem Fuß wippte. Der Anblick hatte etwas unfreiwillig Komisches, da William kein Rhythmusgefühl hatte.

»Ach Liska, Mädchen.« Fiona zog die Beine zur Seite und lehnte sich auf einen Arm. Sie keuchte vor Anstrengung, war aber begeistert. So musste sie als junges Mädchen am Strand gesessen haben. »Wo ist mein Mann, geht es ihm gut?«

»Er wartet am Wagen. Mit Marius«, sagte Liska. »Alles in Ordnung bei den beiden.« Das war es wohl, denn sie beugten sich einhellig über Marius' Kamera. Zumindest hatte William aufgehört, wie ein Raubtier im Käfig hin- und herzulaufen.

»Gut«, sagte Fiona. »Ich habe mir seinen Fotoapparat geborgt, um mal zu sehen, wie das so ist mit den Geräten.« Sie deutete auf die Muscheln. »Ich habe versucht, ein Foto von denen zu machen, aber, herrje, das sind so viele Hebel und Knöpfe. Da weiß ich gar nicht, wo ich draufdrücken soll.«

»Ich kann es dir schnell zeigen.« So schwer konnte die Handhabung des alten Modells nicht sein.

Fiona winkte ab. »Ach, mach dir keine Mühe! Ich wollte ja nur wissen, wie man sich so fühlt als Fotograf!« Sie lachte. »Die schönen Bilder überlasse ich lieber deinem jungen Herrn.« Adlerblick.

Nun hatte Liska den Wunsch, hin und her zu wackeln. Flüchten wäre eine noch bessere Option. Doch sie blieb und starrte mit heißen Wangen auf die Muschel in ihrer Hand.

Buttercremefarben auf Seifenschaumweiß.

Verwirrt fragte sie sich, warum es ihr so schwerfiel, einfach zuzugeben, dass Marius mehr für sie geworden war als ein Reisegefährte. Vielleicht, weil sie noch nicht bereit war, dieses Gefühl mit anderen zu teilen. Weil sie selbst noch nicht genau wusste, was es war. Vielleicht aber auch, weil diese Reise über die Orkney-Inseln ihr bereits so viele Anlässe zum Grübeln gegeben hatte, dass sie ihre Gedanken lieber für sich behalten wollte. Vorläufig. Oder vielleicht auch, weil ihre Gefühle schon Achterbahn gefahren waren, noch ehe das Flugzeug schottischen Boden berührt hatte, und seitdem täglich neues Futter bekommen hatten. Es gab so viel, über das sie nachdenken wollte. Marius. Die Brookmyres. Die Menschen auf den Inseln. Und nicht zuletzt ihre Eltern.

Die Muschel verschwand aus ihren Fingern. Liska beobachtete, wie Fiona sie drehte und den Sand von der Oberfläche wischte. »Ein hübsches Exemplar«, sagte sie und reichte sie ihr zurück. »Nimm es mit, als Andenken an Westray.«

Liska betrachtete die Muschel eingehend. Vor vielen Jahren hatte sie mit ihren Eltern am Strand Muscheln gesucht und die besonders schönen Stücke mit nach Hause genommen, wo Liska sie mit Nagellack bemalen durfte.

Nachdenklich musterte sie Fiona. Ob die Brookmyres früher mit Stephen an den Strand gegangen waren? Sie überlegte, dann nahm sie Fionas Hand und legte die Muschel hinein. »Hier, für dich, als Erinnerung an unsere Zeit auf Westray. Ich finde sicher noch eine andere.«

Das Schimmern in Fionas Augen war Dank genug, vor allem, da es keinem von ihnen wirklich um die Muschel ging. Liska wandte sich ab, um der älteren Frau Raum für ihre Tränen zu lassen, und stand langsam auf. Sie half Fiona auf die Beine und nahm Williams Kamera an sich. Gemeinsam machten sie sich auf den Weg zum Wagen, wo sich mittlerweile auch Teds Freund eingefunden hatte. Sein Bart wehte William ins Gesicht, der den Mann mit steinerner Miene an den Schultern fasste und ein Stück weiter links positionierte, um dem Haargestrüpp zu entkommen.

Zumindest in diesem Punkt war er noch ganz der Alte.

»Hey!« Liska winkte ihm zu. »Sie müssen …?«

»Aye, ich bin Scott Munro«, sagte er. »Lissy Matthies?« Sein Akzent war so schwer, dass sie ihren Namen kaum verstand.

»Die bin ich. Super, dass es geklappt hat, und vielen Dank,

dass Sie uns abholen. Wir werden selbstverständlich für den Sprit aufkommen.«

Da sowohl Marius als auch William ruhig wirkten, ging sie davon aus, dass Scott die Bombe bezüglich ihres heutigen Etappenziels noch nicht hatte platzen lassen. Was hatte Ted noch einmal über seinen Freund gesagt? »Scott ist absolut loyal und nicht der Typ für neugierige Fragen.«

Die Erleichterung darüber verflog schnell. Auf einmal war sie so angespannt, dass sie sich zusammenreißen musste, um stehen zu bleiben. Es war so weit! Zwar hatte ihr Plan bereits begonnen, aber nun ging es ans Eingemachte. Sobald sie in Scott Munros Wagen stiegen, gab es keine Zwischenetappen und somit auch kein Zurück mehr. Er würde sie zu Stephens Farm fahren, und bereits auf dem Weg dorthin würde die Stunde der Wahrheit schlagen. Dann hing alles an ihr – die Fragen der Brookmyres, Erklärungen, die Verantwortung. Zwar vermutete sie, dass Marius sie nicht komplett untergehen lassen, sondern ihr den Rücken stärken würde, aber dennoch ... das hier war ihre Idee gewesen, und sie hatte alles in die Wege geleitet. Sie würde auch mit den Reaktionen leben müssen.

Verstohlen musterte Liska erst William, dann Fiona. Ihre Oberschenkel kribbelten und erinnerten sie daran, dass sie ebenso gut weglaufen konnte. Sie stand buchstäblich in der verbotenen Kammer, eine Hand in der Keksdose, und jeden Moment konnte jemand hereinkommen und sie erwischen.

Unsinn! Sie hatte ein gutes Recht auf diese Kekse!

»Also dann.« Sie klatschte in die Hände. »Wollen wir?« Ohne eine Antwort abzuwarten, lief sie vor und öffnete eine der hinteren Wagentüren. Es roch nach Fisch, nassem Hund und Erde. Scott Munro hielt wirklich nicht viel davon, sein Auto zu säubern, von innen so wenig wie von außen. Aber sie wollte nicht kleinlich sein, immerhin wäre sie ohne ihren bärtigen Komplizen aufgeschmissen.

Kurz darauf hörte sie, wie sich jemand am Kofferraum zu schaffen machte, dann rutschte Marius neben sie. »Entspann dich.« Er sah nach vorn, als wäre alles in bester Ordnung. Seine Schulter berührte ihre.

Liska biss die Zähne aufeinander und starrte auf ihre Hände. Die Fingerspitzen waren weiß. »Ich versuche es«, sagte sie. »Es ist nur ... ich habe nicht so weit gedacht. Vielmehr schon, aber ich habe die Zwischenstationen außer Acht gelassen. Weißt du, so was wie mit den beiden in einem Auto zu sitzen und darauf reagieren zu müssen, wenn sie panisch werden, weil in der Ferne der Hof ihres Sohnes auftaucht. Oder dass Stephen eine Frau hat, der das alles vielleicht auch nicht passt.«

Er nahm ihre Hände und hinderte sie daran, weiterhin so fest an ihren Fingern zu reiben, dass es schmerzte. »Das kannst du auch nicht planen. Niemand könnte momentan sagen, wie sie reagieren werden, vielleicht nicht einmal die beiden selbst. Du musst es einfach auf dich zukommen lassen, und daher solltest du dich entspannen.«

Sie atmete tief durch. Natürlich hatte er recht, eine andere Möglichkeit gab es schließlich nicht. Ihr ging auf, wie ironisch es war, dass ausgerechnet Marius, der Mann mit der seltsamsten Liste, die jemals nach Schottland gebracht worden war, am wenigsten von ihnen allen im Voraus plante. Er war kein Chaot, hatte aber Freude daran, die Dinge auf sich zukommen zu lassen. Auf das Unbekannte zu reagieren verursachte ihm keinen Stress, sondern stellte ihn vor eine Herausforderung, an der er Spaß hatte.

»Du hast leicht reden«, murmelte sie. »Das Ganze geht ja auf meine Rechnung.«

Er sah sie an, als hätte sie etwas Unpassendes gesagt, griff nach einer ihrer Haarsträhnen und schlang sie locker um seinen Finger. »Ich stecke da auch mit drin, schon vergessen? Wenn William zu toben beginnt, hören wir alle zu. Aber was soll schon groß passieren? Er wird schlecht aus dem fahrenden Wagen springen.«

Liska verschwieg, dass sie ihm das durchaus zutraute, auch, weil Williams Kopf soeben neben der Tür erschien. Er inspizierte mit fest zusammengezogenen Brauen die Sitzbank, strich mit einer Hand darüber und musterte seine Fingerspitzen. Vor sich hin murmelnd schüttelte er den Kopf, begab sich zur Vorderseite und tat dort dasselbe. Dann gab er Fiona mit einer ausladenden Geste zu verstehen, dass sie besser vorn Platz nehmen sollte. Er half ihr in den Wagen, schloss die Tür und rückte mit einem Ausdruck tiefster Missbilligung neben Marius.

Scott stieg ebenfalls ein und steigerte den Pegel an guter Laune um mehrere Hundert Prozent. »Alle bereit?« Sein Blick suchte im Rückspiegel nach Liskas. Sie zwang sich zu einem Nicken. Nun gab es wirklich kein Zurück mehr.

Die letzte Tür schlug zu. Scott startete den Motor, hupte mehrmals und rief Ted Matheson etwas zu, der noch immer auf der *Mary* stand und ihnen winkte. Fiona zückte von irgendwoher ein Taschentuch, ließ es zum Abschied im Wind flattern, und dann waren sie auch schon unterwegs zur letzten Etappe ihrer Fotoreise.

Fiona plauderte mit Scott und hatte wie immer eine gute Zeit. Trotzdem entging es Liska nicht, dass sie permanent aus dem Fenster sah, besonders, wenn es auf den schmalen Straßen zu Gegenverkehr kam. Zweimal war sie danach so in Gedanken versunken, dass sie sich nicht mehr erinnerte, worüber sie sich zuvor unterhalten hatte.

William ließ Gespräche gar nicht erst zu. Er saß kerzengerade aufgerichtet und starrte nach vorn, als stünde er vor einem Tribunal. Sogar Marius konnte ihn nicht aus der Reserve locken und erntete auf seine Anmerkungen zu möglichen Fotomotiven lediglich ein Brummen. William hatte sich noch immer nicht ganz erholt, oder aber das Licht hier draußen zog sämtliche Lebensfarbe aus seiner Haut. Allmählich beschlich Liska die Angst, er könnte noch einmal zusammenbrechen, wenn er begriff, was ihr Ziel war. Daran hatte sie überhaupt nicht gedacht! Was, wenn Williams Herz diese Überraschung nicht mitmachte?

Hör auf damit! Vielleicht freuen sie sich auch, nachdem sie ein wenig herumgebockt haben.

Scott auf dem Vordersitz erwies sich als typischer Schotte: Er pries die Vorzüge seiner Heimat, deutete hier auf eine Wiese und hob dort die Bodenbeschaffenheit hervor.

»Wir bleiben parallel zur Küste und halten uns östlich, Richtung Pierowall«, fiel William ihm ins Wort. Seine Manieren hatte er auf der *Mary* zurückgelassen.

Scott nahm es ihm nicht krumm und wedelte mit einer Hand – eine Geste, die alles oder nichts bedeuten konnte. Er machte seine Sache wirklich gut. Liska hoffte, dass sie ein ebensolches Pokerface bewahrte. Unruhig suchte sie nach einer bequemeren Position, fand keine und lenkte sich damit ab, die Landschaft zu betrachten. Allzu sehr unterschied Westray sich nicht von Shapinsay: Wasser, grüne Wiesen, Steinmauern, Schafe und dazwischen immer wieder Ginsterbüsche oder vereinzelte Höfe.

Sie erreichten die Straße. Scott bog ab, beschleunigte und wich bei Gegenverkehr lässig aus, wobei er zwei Finger zum Gruß vom Lenkrad hob. Die anderen Fahrer imitierten die Geste, was Liska bislang niemals aufgefallen war, aber gut gefiel. Hier oben war ein solcher Gruß unter Autofahrern noch möglich – ihre Zahl war überschaubar.

Mittlerweile war auch Fiona zu keinem Gespräch mehr zu bewegen. Selbst wenn Liska nichts von Stephens Existenz gewusst hätte, wäre spürbar geworden, dass etwas in der Luft lag. Beide Brookmyres starrten aus dem Fenster, als würde ihr Leben davon abhängen.

Nach einer besonders schmalen Stelle zweigte zur Linken ein breiter Schotterweg ab, in dessen Mitte sich ein Streifen Moos durch das Grau kämpfte. Schlaglöcher zwangen sie zu langsamem Tempo. Das Gras hinter den Zäunen war zertrampelt und aufgewühlt, wollige Leiber drängten sich zu einer Schafherde zusammen. Dahinter lag ein Bauernhof, dessen Stallungen und Wiesen zur Küste hin ausliefen.

Fiona streckte eine Hand nach hinten, und William ergriff sie.

Scott setzte den Blinker und bog so rasant ab, dass Liska das Gleichgewicht verlor und von Marius gestoppt wurde. Mit einem dumpfen Geräusch rumste William gegen die Tür.

Okay, Scott nahm seine Aufgabe wirklich ernst. Liska fragte sich, was Ted ihm wohl erzählt hatte.

»Wohin fahren Sie?« Fionas Stimme klang schrill. Keine Frage, sondern Entsetzen und Warnung zugleich. Sie ließ William los und hielt sich stattdessen fest, als ob sie zeitgleich das Auto zwingen könnte, stehen zu bleiben. Liska betrachtete voller Sorge ihre Fingerknöchel. Noch ein wenig mehr Kraft, und die Haut darüber würde reißen.

Scott beschleunigte erneut. Steinchen trafen auf die Karosserie und luden die Atmosphäre weiter auf. Liska kam sich vor wie in einem Fluchtwagen, nur dass ihnen nichts und niemand auf den Fersen war bis auf Fionas und Williams Vergangenheit.

Auf einmal wünschte sie sich, diesen Plan nicht eingefädelt zu haben. Sie wusste doch selbst nur zu gut, wie sehr die Vergangenheit schmerzen konnte, und das Letzte, was sie beabsichtigt hatte, war, den beiden weh zu tun. Sie hatte es nur gut gemeint, hatte geglaubt, dass niemand eine Mauer zwischen sich und seine Familie ziehen sollte, wenn doch das Leben an jedem Tag enden konnte.

Sie tauschte einen Blick mit Marius. Sogar seine Gelassenheit war Zweifeln gewichen. Doch nun war es zu spät.

Der Hof lag vor ihnen: ein Steinhaus, flach, aber länger als das durchschnittliche Wohnhaus auf den Inseln. Die plattgetrampelte Erde rund herum sah trostlos aus, ohne Pflanzen oder Bäume, dafür hatte jemand die Fenster liebevoll dekoriert. Die Ställe dahinter vereinten Holz und Stein in sämtlichen Variationen, die Dächer waren an manchen Stellen geflickt, aber stabil. Wiesen zogen sich bis zu der Stelle, an der das Gelände abfiel. Die Schotterstraße führte weiter, am Hof vorbei und auf die See zu, die in der Ferne gegen das Land brandete. Heute trug sie freundliche Farben, Mittsommerblau und Urlaubsmarin. Ein Anblick, bei dem man aufatmen konnte. Der Inbegriff von Idylle.

In einer anderen Situation hätte Liska sich darüber gefreut, doch jetzt machte er ihr deutlich, wie sehr sich die Stimmung im Wagen von der dort draußen unterschied.

Zwei schwarzweiße Border Collies schossen vor den Gebäuden hin und her, neugierig auf die Besucher, aber mit zu viel Energie geladen, um stehen zu bleiben. Ein weiterer Kontrast, dieses Mal zu William.

Er saß so hoch aufgerichtet, dass es schmerzen musste, und rührte keinen Muskel. Eine Statue aus Unwillen und Erkenntnis mit einem Sockel aus Wut. Fionas Hand hatte er losgelassen, sie baumelte hilflos und allein zwischen den Sitzen.

»Was soll das hier?« Er hatte schon oft unwirsch geklungen, doch dieses Eis in seinen Worten war neu, und gerade deshalb traf es Liska hart.

Am liebsten wäre sie geflüchtet, doch sie war für diese Entscheidung verantwortlich und musste sich den Konsequenzen stellen. Vor allem würde es nichts bringen, nun wegzulaufen. Sie schuldete William die Antwort auf seine Frage, nur war die nicht so einfach.

Eines nach dem anderen.

»Vielen Dank, dass Sie uns hergefahren haben, Scott. Das war wirklich nett von Ihnen. Was bekommen ...?«

Er wehrte die restliche Frage mit einer Geste ab und murmelte etwas auf Schottisch, das sie nicht hundertprozentig verstand, das aber wohl damit zu tun hatte, dass sie ihn mit Geld nur beleidigen würde. Doch er stieg nicht aus und rührte sich ebenfalls nicht. Die Stimmung musste auch ihm unangenehm sein.

Liska räusperte sich. »Danke noch einmal.«

»Sie haben meine Nummer, für alle Fälle?«

»Die habe ich.« Sie klopfte auf ihre Jacke. »Ted hat sie mir gegeben. Dann ... werden wir Sie mal fahren lassen. William, Fiona, ich erkläre euch alles draußen. Ich bin sicher, Scott hat noch ... zu tun.«

Ehe jemand etwas sagen konnte, öffnete sie die Tür und flüchtete. Es war nicht kalt, und sie zwang sich, tief durchzuatmen. Marius folgte, ging zum Kofferraum und lud schweigend ihr Gepäck aus.

Die anderen Türen blieben geschlossen.

Liska ballte die Hände zu Fäusten. Es gab kein Zurück mehr, sie steckte mitten in der Lawine, die sie selbst ins Rollen gebracht hatte und nur überleben würde, wenn sie bis zum Schluss durchhielt. Wie auch immer dieser Schluss aussah.

Entschlossen umrundete sie den Wagen und öffnete Williams Tür. Fast konnte sie den Eishauch spüren, der über ihre Haut strich. »Bitte«, sagte sie leise. »Wir reden draußen. Ich möchte euch gern alles erklären.« Noch immer hatte sich niemand am Haus blicken lassen. Mit etwas Glück war Brookmyre Junior bei seinen Schafen, und ihr blieb Zeit, um erst einmal seine Eltern zu beruhigen, ehe sie sich ihm stellte.

William rührte sich noch immer nicht. Er blickte sie auch nicht an. Seine Hände lagen auf den Oberschenkeln, die Sehnen traten hervor. Liskas Mut sank. Mit seinem Dickschädel würde sie niemals mithalten können und noch bis zum Einbruch der Dunkelheit hier stehen bleiben. William traute sie zu, sogar im Wagen in genau dieser Position zu übernachten, wenn es denn sein musste. Es half nichts, sie musste am nachgiebigeren Punkt des Brookmyre-Gespanns ansetzen.

Sie trat an die Beifahrerseite und öffnete auch diese Tür. »Fiona, bitte. Scott muss sicher los, und wir können auch draußen reden.«

Zunächst glaubte Liska, sie würde nicht reagieren. Dann schüttelte sie den Kopf, zunächst verhalten, dann immer stärker, bis ihr gesamter Körper bebte. »Ach Kind«, murmelte sie leise. Erst dann wandte sie den Kopf. Ihre Wasseraugen schwammen in Tränen. »Ach Kind.«

Liska biss sich auf die Lippe. Das hatte sie nicht gewollt. Sie war von sich selbst ausgegangen, wie sehr sie sich darüber gefreut hätte, ihre Eltern wiederzusehen. So sehr, dass sie sich nicht hatte vorstellen können, dass es anderen Leuten nicht so ging oder dass etwas zwischen Eltern und ihren Kindern stehen könnte, das so stark war, um diese Mauer aus Abwehr zu errichten.

Stumm streckte sie eine Hand aus und wartete. Ihr Arm

zitterte bereits, als Fiona sich endlich bewegte und ihre eiskalte Hand in Liskas legte. Vorsichtig half sie der älteren Frau aus dem Wagen. Die Energie der vergangenen Tage war verschwunden und hatte Fiona als zarte, zerbrechliche Person zurückgelassen.

Entschlossen hielt Liska ihr auch die andere Hand hin. Wenn Fionas eigene Kraft geschwunden war, würde sie ihr ihre zur Verfügung stellen.

Ein schüchterner Blick huschte in Richtung Hof. »Was hast du dir nur dabei gedacht?«, flüsterte Fiona.

Gute Frage. Offenbar nicht besonders viel.

Liska stieß den Atem aus. »Ich habe ein Foto gefunden.« Ihre Stimme stockte, aber sie war den beiden die ganze Wahrheit schuldig. »Auf Williams Kamera, als wir bei John übernachtet haben. Ich konnte nicht schlafen und wollte mir die Bilder von unserem unfreiwilligen Schlammbad ansehen. Da habe ich gemerkt, dass es noch andere Fotos von uns gibt, und dann habe ich eines gefunden, auf dem ihr zwei neben einem Mann steht, der William sehr ähnelt.«

»Unser Stephen«, kam es tonlos von Fiona.

Liska nickte. »Ich habe mich umgehört und herausgefunden, dass er hier wohnt, und da dachte ich, dass wir die letzten Fotos auch hier machen können, da er ja Schafe besitzt, und ...« Hilflos zuckte sie die Schultern.

Der Wind pfiff in ihren Ohren, ansonsten herrschte Stille. Liska fragte sich, was Marius oder Scott wohl gerade taten.

Endlich hob Fiona den Kopf. »Aber warum hast du uns denn nicht gefragt? Ob das eine gute Idee ist?«

Ja, warum hatte sie das nicht getan? Weil sie geahnt hatte, dass sie auf Granit beißen würde. Und weil sie sich nicht vorstellen konnte, dass es Kinder gab, die ihre Eltern nicht sehen wollten.

Etwas in ihr begann zu zittern, und sie riss sich zusammen, um es nicht an die Oberfläche kommen zu lassen.

»Ich weiß es nicht«, sagte sie und starrte auf das Moos zu ihren Füßen. Das Grün war unter all dem Grau und Braun kaum zu erkennen. »Ich habe gedacht, dass ich ... dass ihr nicht darüber reden würdet. Sonst hättet ihr ihn doch mal erwähnt! Aber William hat dich damals so energisch unterbrochen, das ist doch so gar nicht seine Art. Und auch sonst ...« Sie schob mit der Schuhspitze einen Stein zur Seite. Noch mehr Grau. Warum gab es kein Grün? Oder eine Blume, etwas Rot oder Gelb? »Ich wollte nur ... ich hatte gedacht, dass ihr ... euer Sohn ist doch hier, und ihr könnt doch nicht ... was ist, wenn ...« Sie verhedderte sich in ihren Worten und fand keinen Weg zurück. Noch immer hielt sie Fionas Hände, aber alles andere driftete von ihr weg, und nur der Wind war schuld. Jener Wind, der so laut in den Ohren dröhnte. Verzweifelt fragte sie sich, wo Marius war, und fühlte sich plötzlich allein mitten unter den Menschen, mit denen sie in den vergangenen Tagen glücklich gewesen war.

Plötzlich war Fiona wieder Teil der Welt, und Liska stellte verwirrt fest, dass die altersfleckigen Hände auf ihren Oberarmen lagen.

»Ach meine Liska.« Fiona sah traurig aus. »Du musst sie endlich loslassen.«

Eine Sekunde lang verstand sie nicht, verstand wirklich nicht, gerade lang genug, um ihr Herz aussetzen zu lassen. Als es wieder schlug, schmerzte es so sehr, dass Liska glaubte, sie müsste ersticken. Die Welt krachte auf sie ein.

Und es tat verdammt weh.

Jemand schluchzte, etwas drückte auf ihre Schultern, dann auf ihren Rücken und zog sie nach unten. Etwas in ihr begriff, dass sie es war, die weinte, und dass Fiona sie an sich gezogen hatte und sie umarmte. Wie lange, wusste sie schon bald nicht mehr. Zeit spielte keine Rolle mehr. Nach einer Weile merkte sie, wie Fiona ihr über den Rücken strich. Sie versuchte, ihren Atem an die Bewegung anzupassen, zunächst holprig, dann immer leichter. Mit jedem Atemzug verschwand ein Teil dessen, was sich um sie zusammengezogen hatte. Nach und nach fühlte sie sich wieder stark genug. Im Hier und Jetzt konnte ihr nichts mehr geschehen, da sie den größten Schmerz bereits hinter sich gebracht hatte.

Liska schniefte und rieb sich die Wangen mit einem Ärmel ihrer Jacke trocken. Der Wind kühlte den Rest. Sie gönnte sich noch ein, zwei Sekunden in Fionas Umarmung, dann richtete sie sich zögerlich wieder auf.

Fiona hatte recht. Sie musste loslassen, und sie würde es auch tun. Aber damit war sie nicht die Einzige. Umso mehr freute es sie, dass William endlich ausgestiegen war. Höchstwahrscheinlich nur, weil das lange Sitzen ihm Probleme bereitete, aber das war nun unwichtig. Nun konnte Scott endlich losfahren, und dann würde sie sich dem stellen, was sie angerichtet hatte.

Noch immer hielt sie Fionas Hand. Gut, das machte es einfacher. Sie wollte soeben etwas sagen, als Hundegebell laut wurde. Ein wenig spät, um Alarm zu schlagen, dachte Liska, begriff aber dann, dass es nicht wachsam oder wie eine Warnung klang. Im Gegenteil, in das Gebell mischte sich freudiges Jaulen. Der Hund verstummte, als ein Pfiff ertönte.

Fiona ließ Liska los und murmelte etwas, das sie nicht verstand. Dann, plötzlich, war es wieder still.

»Dad?« Die Stimme klang energisch und fragend zugleich. Sie dröhnte mühelos durch die Luft, der Tonfall so unverkennbar, dass Liska nicht einmal hinsehen musste, um zu wissen, wer dort gerufen hatte.

Sie tat es dennoch. Vor dem Haus, neben sich einen erwartungsvoll wedelnden Hund, stand Stephen Brookmyre und blickte sie an, als hätte er die Ohrfeige seines Lebens erhalten.

25

Liska war davon überzeugt, dass die Spannung auf dem Hof über mehrere Meilen hinweg spürbar war. Sicher wunderte sich auch Ted Matheson auf seiner *Bloody Mary* darüber, warum ihm auf einmal das Schlucken so schwerfiel und was dieses seltsame Gewicht zu bedeuten hatte, das urplötzlich auf seinen Schultern lastete.

Scott Munro tat das einzig Vernünftige, ließ den Motor an und rollte in Richtung Straße. Der Hund sah ihm hinterher und lief ein paar Schritte, besann sich dann aber auf den Platz neben seinem Herrn, trottete zurück und ließ sich mit hängenden Ohren neben Stephen nieder.

Der hatte sich nicht gerührt, seitdem er wie aus dem Nichts aufgetaucht war. Offenbar kam er frisch von der Weide; Parka, Gummistiefel und grobe Hosen waren schlammbespritzt. In natura war die Ähnlichkeit mit William noch stärker ausgeprägt als auf dem Foto: dieselbe Haltung, derselbe Gesichtsausdruck, sogar die Haare ragten wie die Flamme einer Fackel in die Luft. Braun, von Grau durchzogen. Stephen war nicht sehr groß, dafür kräftig, und machte den Eindruck, als wüsste er nicht, ob er verblüfft sein oder zum Angriff übergehen sollte.

Ganz der Vater.

Wo Stephen einem Raubtier kurz vor dem Sprung ähnelte, gab William den alten, erfahrenen und auch etwas müden Tiger, der aber noch immer seine Krallen ausfahren konnte. Vielmehr erwartete man, dass er es jeden Moment tun würde.

Stephen runzelte die Stirn und murmelte etwas, woraufhin sein Hund die Ohren spitzte und zu ihm aufblickte. Das Tier wurde zunehmend nervös. Der andere Hund strich im Hintergrund umher, kam aber nicht näher.

Endlich ging Stephen auf Fiona zu, blieb aber ein gutes Stück vor ihr stehen. Er machte keinen aufgebrachten Eindruck, eher verwundert, wachsam und ein wenig hilflos. Sein Gesicht war rund, mit vollen Wangen, dichten Augenbrauen und der typischen Haut eines Menschen, der den Großteil seiner Zeit bei jedem Wetter draußen verbrachte.

Dieses Mal suchte Fiona weder die Hand noch den Blick ihres Mannes. Sie gab ein Geräusch von sich, eine Mischung aus Seufzer und Quieken.

Liska glaubte, den Hauch eines Lächelns auf Stephens Gesicht zu entdecken, doch es war zu schnell vorbei, als dass sie es genauer hätte benennen können.

Sag etwas, beschwor sie ihn im Stillen. *Sag deiner Mutter zumindest hallo! Du hast sie so lange nicht gesehen.*

Sie musste sich auf die Lippen beißen. Eine Entschuldigung zurückhalten, weil sie sich nicht angekündigt hatte, oder eine Erklärung, wer sie war und warum sie seine Eltern mit hergebracht hatte. Die Frage, ob er mit ihnen allein sein wollte, oder auch eine Warnung, dass sein Vater höchstwahrscheinlich den größten Dickkopf des Landes auf seinen Schultern trug. Aber er wusste das bereits.

Fiona rang sichtlich mit sich. Sie wischte sich mit einer Hand über das Gesicht, wedelte mit der anderen, rief »Oh!« und wagte einen hölzernen Schritt vorwärts. Im nächsten

Moment zog Stephen sie in eine Umarmung, die ebenso hölzern wirkte, aber kurz darauf von kleinen Schluchzern unterbrochen wurde.

Liska wandte sich diskret ab und musterte William. Er stand mit verschränkten Armen da und versuchte, sie mit Blicken quer über das Land zu jagen, um sie anschließend von den Klippen zu stoßen. Sie verzichtete auf eine Reaktion. Entschuldigen konnte sie sich später, ebenso das Donnerwetter über sich ergehen lassen. Bis dahin würde sie den dreien Raum geben, immerhin war das ihr Ziel, und sie hatte alles dafür eingefädelt. Wie auch immer dieser aberwitzige Plan ausgehen würde, sie hatte es einfach versuchen müssen.

Marius beobachtete die Szene über ihre Schulter hinweg.

»Na los«, sagte sie. »Schnapp dir deine Kamera, und lass uns abhauen, Schafe fotografieren. Dazu sind wir schließlich hier. Ich nehme auch jedes Lamm auf den Arm, das wir finden können. Zur Not renne ich so lange hinter einem her, bis es müde ist.«

Er hob eine Augenbraue. »Du flüchtest vom Schlachtfeld?«

»Ich möchte den dreien die Möglichkeit geben, das Kanonenfeuer zurückzuhalten«, antwortete sie so würdevoll wie möglich, obwohl sie am liebsten wirklich ohne ein weiteres Wort weggerannt wäre. »Zumindest vorübergehend. Ich vermute, das wird am besten funktionieren, wenn sie keine Zuschauer haben. Später werde ich mich gern sämtlichen Anschuldigungen stellen, und ich wette, dass zumindest William mich nicht vom Haken lassen wird. Aber vorerst fände ich es schön, dieser Stierkampfatmosphäre zu entkommen, ja.«

»Da halte ich nicht dagegen.«

»Ich musste es einfach tun«, flüsterte Liska. »Glaubst du denn nicht, dass es letztlich eine gute Entscheidung war?«

Er sah sich noch einmal um. Unschlüssig. »Ich glaube vor allem, dass der kleine Clan der Brookmyres sich nicht gern die Entscheidungen über sein Leben abnehmen lässt und du auf jeden Fall später noch das eine oder andere Horn spüren wirst. Oder Hörnchen, in Fionas Fall. Aber auch, dass es jetzt keinen Sinn mehr macht, sich den Kopf zu zerbrechen, ob du das Richtige getan hast. Nun ist es geschehen, und wir können es nicht mehr rückgängig machen. Wichtig ist, dass du gute Absichten hattest.«

Liska versuchte, sich von seinen Worten überzeugen zu lassen. Hundertprozentig gelang es nicht. Tief sog sie die würzig frische Luft ein und sah zum Wasser. Was hatten ihre Eltern immer gesagt? An der Küste kann man den Blick schweifen lassen und sich dabei entspannen, da er von keinem Hindernis gestoppt wird. Es stimmte. Da draußen war nur das blaugraue Wasser, bis zum Horizont, den ein Maler mit einem sehr feinen Pinsel gezogen zu haben schien.

Allmählich wurde sie ruhiger, die durcheinanderpurzelnden Gedanken in ihrem Kopf leiser und weniger hektisch, bis sie nach und nach verstummten. Liska schloss die Augen, genoss den Wind und lauschte dem fernen Blöken der Schafe. Hinter ihnen war alles still. Die Wahrscheinlichkeit war hoch, dass die Brookmyres sich noch immer anstarrten, aber das war nun nicht ihre Sorge. Nicht jetzt.

Ihr Fuß stieß gegen etwas Hartes. Sie stolperte und riss die Augen auf, doch Marius war schneller und fasste sie am Arm.

»Vorsicht!«

»Danke«, murmelte sie und kickte den Stein beiseite, der so groß war wie ihre Faust. Ihre Wanderschuhe waren mit getrocknetem Schlamm bedeckt und hatten mal wieder eine Reinigung nötig. Mittlerweile ging sie sicherlich als eine Einheimische durch. Vor allem, da ihr das Herz beim Anblick einer Steinküste aufging! Bald würde sie anfangen, anderen Touristen aufzulisten, was die sich auf den Orkneys unbedingt ansehen mussten.

Sie betrachtete Marius und hielt seine Hand fest, die er gerade zurückziehen wollte. »Ich könnte nun sagen, dass ich eventuell noch einmal stolpern werde, da ich heute nicht ganz so trittfest bin. Aber eigentlich fände ich es einfach schön, wenn du mich umarmst.«

Er schenkte ihr dieses Lächeln, das kaum sichtbar war, aber doch so viel in seinem Gesicht veränderte. Es lag viel Unausgesprochenes darin, das Liska trotzdem oder vielleicht auch gerade deshalb verstand. Dann legte er einen Arm um sie, zog sie an sich und hauchte ihr einen Kuss auf die Stirn.

Liska kuschelte sich an seine Schulter und schloss noch einmal die Augen. Plötzlich musste sie an das *Blumen zum Tee* denken und wie es wohl Mareike erging, so ganz allein mit einer jungen Studentin als Aushilfe. Sie vermisste ihr Leben in Haltern am See, ihre Blumen und die Düfte der Teesorten, wenn sie die hübschen Metalldosen öffnete. Aber sie war auch froh, hier zu sein.

»Was wird eigentlich, wenn wir zurück in Deutschland sind?« Wie oft hatte sie sich über diese Frage den Kopf zerbrochen und sie doch nie laut ausgesprochen, weil sie befürchtete, eine Antwort zu erhalten, die ihr nicht gefiel. Oder mit der sie nicht gerechnet hatte. Jetzt war es plötzlich ganz einfach. Wie auch immer er reagieren würde, sie könnte es akzeptieren. Wobei etwas in ihr die Antwort bereits wusste.

Marius lief langsamer und blieb schließlich stehen, ohne sie loszulassen. »Ich wollte dich das bereits so oft fragen. Aber du warst mit so vielen anderen Sachen beschäftigt. Damit meine ich nicht die Liste, sondern ...« Eine rasche Geste. »Das alles hier. Schottland, Mainland, die Leute. Fiona und

William, und ob du dich hier wieder wohl fühlen kannst. Und vor allem deine Eltern.«

Sie nickte. Das hatte sie geahnt, und sie war ihm dankbar dafür. »Ich vermisse sie noch immer, weißt du.« Wie auch am Meer gab es in seinen Augen keine Hindernisse. Sie konnte ihren Blick dort verlieren, ihre Gedanken schweifen lassen und entspannen. Gab es einen perfekteren Ort als in Marius' Armen an der schottischen Küste zu stehen? »Es tut auch noch weh. Aber nicht so stark, dass es mich hier und jetzt beeinflusst. Es ist in Ordnung.«

»Das ist gut«, sagte er, ließ seine Hand zu ihrem Nacken wandern. »Ich fände es nämlich schade, wenn ich zu den Erinnerungen zählen würde, die du vergessen willst, weil sie mit Schottland zu tun haben.« Er war ihr nun so nah, dass sein Atem ihr Gesicht wärmte. Noch wenige Millimeter, und seine Lippen würden ihre berühren.

»Ja?«, brachte sie hervor und war überrascht, dass ihre Stimme ihr noch immer gehorchte. »Warum das?«

»Weil ich dich gern wiedersehen würde, wenn wir wieder in Deutschland sind. Ich hörte, Köln sei nicht allzu weit von Haltern am See entfernt.«

»Nein.« Haut streifte Haut. »Das ist es ...« Sein Kuss hinderte sie daran weiterzureden, süß und kribbelnd und zugleich voller Versprechen. Süchtig machend. Liska vergaß, worüber sie gesprochen hatten und dass die Brookmyres sich nur umdrehen mussten, um sie zu sehen. Jetzt und hier war nur Marius wichtig und das, was seine Nähe mit ihr anstellte.

Sie umarmte ihn und öffnete ihre Lippen. Seine Hand fuhr ihren Rücken entlang, Wärme drang durch ihre Kleidung, und benommen fragte sie sich, wie es sich anfühlen würde, wenn sie ihn richtig spüren konnte. Allein der Gedanke verstärkte ihr Verlangen, und sie küsste ihn erneut, nachdem sie vorsichtig Atem geholt hatte. Er murmelte etwas an ihren Lippen und fuhr mit der Zunge darüber, küsste ihre Mundwinkel, ihre Wange, die Stelle vor ihrem Ohr und, quälend zart, die dahinter. Liska grub ihre Finger in seine Jacke. Sie war nicht fähig, auch nur einen Muskel zu rühren, und wollte ihm sagen, dass er nicht aufhören solle.

Marius zog eine prickelnde Spur über ihren Hals. Liska verfluchte die Tatsache, dass sie einen Schal trug, tastete danach und zerrte an der schweren Wolle.

Jemand hupte so unerwartet, dass sie leise aufschrie, dann zog ein Auto vorbei und verschwand in der Ferne. Sie hatte völlig vergessen, dass sie mitten in Stephen Brookmyres Hofeinfahrt standen.

Benommen kehrte Liska in die Gegenwart zurück und starrte Marius an. Sie wollte mehr von ihm, doch nicht hier draußen, wo sie jederzeit gestört werden konnten und der Wind sie auskühlte, kaum dass seine Berührungen die Hitze durch ihren Körper getrieben hatten. Sie wollte mit ihm allein sein, mit ihm reden, ihn kennenlernen, aber auch ihn berühren und einfach nur genießen, dass er da war. Alles in ihr sehnte sich danach, ihn noch einmal zu küssen, die Stellen an seinem Hals, wo dunkle Stoppeln zu sehen waren, und die helle Haut darunter. Sie wollte seine Jacke öffnen, sein Shirt hochschieben und dieses verdammte Tattoo suchen, dessen Existenz er einmal angedeutet hatte, um dessen Linien nachzufahren und zu beobachten, wie sich auf seinem Körper eine Gänsehaut bildete.

Jetzt wusste sie, dass sie all das tun würde. Sie konnte warten, und die Zeit bis dahin würde von diesem verlangenden Kribbeln gefüllt sein, jedes Mal, wenn er sie so betrachtete wie jetzt.

»Ich denke, ich habe nichts dagegen, wenn du dich nach

Haltern verirrst«, flüsterte sie und strich über seinen Hals nach unten.

Er holte tief Luft und hielt ihre Hand fest, als sie den Saum seines Pullovers unter der geöffneten Jacke erreichte. »Gut. Denn ich muss mich gerade sehr zusammenreißen, Liska.« Die Art, wie er ihren Namen aussprach, ließ sie erschauern. Es klang wie ein Versprechen, und irgendwie war es das auch.

Sie nickte, dann atmete sie tief durch und lachte leise, als er es ihr nachtat. »Eigentlich wollte ich ja auch von hier verschwinden, ehe Fiona oder William mit einer Schrotflinte auftauchen.«

Er sah über ihre Schulter. »Noch ist nichts zu sehen. Aber der Einwand ist berechtigt. Lass uns gehen, unter Schafen sind wir sicher.« Er griff nach ihrer Hand und zog sie mit sich.

Liska ließ sich nicht lange bitten. Ohnehin hoffte sie, dass die Brookmyres noch eine Weile miteinander beschäftigt waren. Sie wollte nun nichts erklären, und sie wollte auch keine vielsagenden Blicke von Fiona, sondern einfach noch eine Weile genießen, mit Marius allein zu sein.

Er blieb stehen, damit er wieder einen Arm um sie legen konnte, noch enger als zuvor. Liska schmiegte sich an ihn. Sie ließen die Stallungen hinter sich und folgten einem schmalen Pfad zwischen zwei Wiesen, die von windschiefen Zäunen umschlossen waren und auf denen Schafherden weideten.

»Ist alles okay? Du zitterst.« Er rieb ihren Rücken.

Natürlich war alles okay! Wobei … Liska runzelte die Stirn, als etwas sie an der Nase kitzelte. Ein Regentropfen. Sie sah zum Himmel hoch, wo sich die Wolkendecke mittlerweile zugezogen hatte. Es gab keine Spur mehr von dem schönen Morgen, das schottische Wetter machte seinem Ruf einmal mehr alle Ehre und änderte sich innerhalb kürzester Zeit. Sie hoffte, dass die wenigen Tropfen sich nicht in einen ausgewachsenen Regenschauer verwandelten.

Neben ihnen bewegte sich etwas – ein Schaf war, verschreckt durch ihr Auftauchen, zur Seite gesprungen und lief auf seine Herde zu, wo es stehen blieb und sie argwöhnisch betrachtete. Sein Blöken wurde von mehreren Artgenossen beantwortet. Es war ein älteres Tier in voller Wolle. Gras, Dreck und hier und dort ein Strohhalm hingen darin.

Die Herde war von beachtlicher Größe. Die meisten Tiere standen herum, einige starrten Liska und Marius an. Ab und zu flitzte ein kleineres Schaf zwischen den anderen hindurch, um sich dann an sein Muttertier zu drängen. Die Lämmer waren nicht mehr allzu jung, unterschieden sich aber noch deutlich von den ausgewachsenen Tieren.

»Die sehen nicht so aus, als wären sie leicht auf dem Arm zu halten. Ich frage mich, wie die Enkelin von Fionas und Williams Bekannten das machen will. Das geht doch nur, wenn das Tier ganz stillhält.« Sie deutete auf die Herde.

Marius nickte. »Sie wird schon wissen, was sie tut. Oder sie ist Bodybuilderin.«

»Was deiner Tante sicher gut gefallen würde. Es brächte ein ganz besonderes Flair in ihre Geschichte.«

Marius grinste. »Wahrscheinlich wird sie mich auf der Stelle aus ihrem Haus werfen und zurück nach Schottland schicken, um das Foto mit einer jungen, hübschen Frau nachzuholen.«

»Auweia«, sagte sie und musste ebenfalls lächeln. »Da wärst du ganz schön aufgeschmissen.«

»Nein, mach dir keine Sorgen. Ich kenne jemanden, der mir sicher helfen würde. Zufällig eine sehr hübsche junge Frau, die sich großartig auf Fotos macht. Ich bin im Besitz von Beweismaterial, musst du wissen. Aus Skara Brae beispielsweise oder auch Kirkwall.«

Er hatte sie in Kirkwall fotografiert? Das hatte sie gar nicht gewusst.

Mit all ihrer Willenskraft deutete Liska auf hölzerne Stufen, die an einem der Zaunpfähle angebracht waren. »Dort geht es auf die Weide.«

»Was hast du vor?«

Sie hob die Schultern. »Ich bin keine Bodybuilderin, aber eines von den Kleinen dahinten kann ich sicherlich einige Sekunden lang halten.« Sie zeigte auf zwei weiße Schäfchen, die am Rande der Herde vor sich hin dösten. »Vorausgesetzt, sie lassen sich überhaupt hochnehmen.« Guter Wille hin oder her, sie hatte nicht vor, ein Tier quer über die Wiese zu jagen.

Sie kletterten über den Zaun und näherten sich der Herde. Einige Schafe sahen ihnen entgegen, andere liefen weg, und wieder andere standen langsam auf, wie müde Krieger, die sich auf die letzte Schlacht vorbereiteten. Liska hoffte, dass die Tiere nicht das Gefühl hatten, sich verteidigen zu müssen. Zwar hatte sie noch nie gehört, dass Menschen von Schafen angegriffen worden waren, und als Kind hatte sie auf Mainland einige Zeit in der Nähe von Schafen verbracht, doch das war schon so lange her. Vielleicht besaßen ausgerechnet Stephens Schafe eine besonders niedrige Toleranzschwelle, wenn es um Störungen ging?

Marius schoss ein Foto, begutachtete das Ergebnis und nahm Einstellungen an der Kamera vor. Liska musterte seine kräftigen Finger, die gezielten Bewegungen und die Begeisterung in seinem Gesicht. Er tat niemals etwas halbherzig, das faszinierte sie jedes Mal aufs Neue.

Als sie weiterliefen, kam Bewegung in die Herde, doch

ein Teil der Schafe ließ sich noch immer nicht aus der Ruhe bringen.

»Die sind ja fast zahm«, sagte Liska, und wie auf Kommando sprangen drei weitere auf, liefen einige Schritte und starrten zu ihnen herüber.

Marius deutete auf einen Punkt in der schwarzweißen Leibermasse. »Sieh mal dort!«

Zunächst wusste Liska nicht, was er meinte, doch dann entdeckte auch sie das kleine Schaf. Es war kein Lamm mehr, aber noch längst nicht ausgewachsen, und bewegte sich anders als seine Artgenossen.

Liska verscheuchte ein Tier, das ihr den Blick versperrte. »Ist es verletzt?«

»Es scheint so.« Marius ließ die Kamera sinken und näherte sich dem Tier. Es blieb stehen und sah ihnen entgegen, während andere zu beiden Seiten wegsprengten. Ein Hinterlauf war leicht angehoben, der Huf berührte kaum den Boden. Es war schafwollweiß – also eher schmutzig beige – mit stämmigen Beinchen und einem niedlichen Gesicht. Die Ohren standen seitlich ab, die Nase wackelte.

»Ist das süß«, flüsterte Liska und streckte eine Hand aus.

Die Schafsnase wackelte stärker, doch das Lamm blieb, wo es war. Dann lief es ein Stück, wobei es den angehobenen Hinterlauf kaum absetzte.

Marius blickte durch den Sucher der Kamera. »Es scheint sich nicht um eine frische Verletzung zu handeln. Das Kleine hinkt eindeutig, macht aber nicht den Eindruck, als würde es leiden.«

Wie zur Bestätigung vollführte es einen Satz zur Seite. Kurzzeitig befanden sich alle vier Hufe in der Luft. Dann stand es wieder, hob den Hinterlauf an und starrte Liska und Marius entgegen. Nicht verängstigt, sondern verspielt.

Liska gab Marius einen Wink. »Es ist zwar nicht winzig, aber ich denke, ich schaffe es.«

»Du willst es hochheben?«

»Klar. Das heißt, wenn es einverstanden ist. Dann haben wir auch das letzte Foto im Kasten.«

Ihre Schritte setzten zeitgleich aus. Liska zählte die Grashalme zu ihren Füßen, und als sie bei zwanzig war, hob sie den Kopf. Marius' Blick kreuzte ihren, und sie ahnte, dass sie dasselbe dachten: Das letzte Foto bedeutete, dass ihr Auftrag und damit ihre Reise zu Ende war.

Während sie am Anfang die Liste von Magdalena de Vries verflucht hatte, fragte sie sich nun, wo die Zeit geblieben war. Waren all die Motive nicht zu schräg und seltsam gewesen, um innerhalb weniger Tage Leute zu finden, die ihnen halfen, für sie Fotomodell spielten oder sie mit Bekannten vernetzten?

»Eigentlich möchte ich nicht, dass es das letzte Foto ist«, sagte Liska.

Marius nickte und streckte eine Hand nach ihr aus. »Hast du deshalb in weiser Voraussicht mit der *Operation Stephen* eine neue Aufgabe aufgetan?«

Sie legte ihre Hand in seine und fragte sich, was die Brookmyres wohl gerade machten. Vielleicht hatte sie wirklich deshalb so verbissen an ihrem Plan festgehalten, Stephen zu überraschen – um sich nicht von dem zu trennen, was sie hier in Schottland wiedergewonnen hatte. Oder gefunden. »Vielleicht, ja.«

Ein Schaf blökte und lockerte den Hauch Abschiedsstimmung. Hand in Hand mit Marius ging Liska weiter, auf das hinkende Schaf zu. Als sie nahe genug heran war, um es zu berühren, beugte sie sich hinab und streckte in Zeitlupe einen Arm aus. Das Tier bog den Kopf nach hinten, dann wieder vor. Die kleinen Nasenflügel blähten sich, als es zu schnuppern begann. Liskas Arm begann bereits zu zittern, da streckte es endlich das Köpfchen nach vorn und tupfte die weiche Nase auf ihren Handrücken.

Liska war entzückt. Selten zuvor hatte sie etwas so Niedliches gesehen. »Hallo«, flüsterte sie und drehte die Hand vorsichtig, bis sie das Kinn kraulen konnte.

Das Schäfchen zuckte zurück, dann wieder vor, als könnte es sich nicht entscheiden, ob es diesem Menschen trauen sollte oder nicht. Mittlerweile bildeten die anderen Tiere einen Halbkreis und ließen sie nicht aus den Augen, neugierig auf das, was ihr Artgenosse dort mit dem seltsamen Zweibeiner zu schaffen hatte.

Liska tastete sich vorsichtig zur Stirn vor und grub ihre Finger in die dichte, ölige Wolle. Nun zuckten die Ohren, das Tier scharrte mit einem Vorderhuf, stand dann aber still. Die Ohren zuckten noch einmal, als ein Regentropfen darauf fiel. Ein weiterer traf Liskas Nase. Sie wischte ihn weg und hörte das feine Rauschen rund um sich herum: Die Tropfen verwandelten sich in einen stetigen Schauer.

Bitte nicht jetzt!

Ihr Gebet wurde nicht erhört, das Wetter regnete sich ein. Damit blieb ihnen nicht mehr viel Zeit.

Behutsam stand Liska auf, bemüht, keine abrupten Bewegungen zu machen und das Tier nicht zu verschrecken. »Was meinst du, es geht doch noch als Lamm durch?«

»Das ja. Aber bist du sicher? Wir können auch auf diese Elaine warten.«

Sicher war sie sich nicht, auch nicht, ob die Brookmyres nach dem heutigen Tag überhaupt noch Interesse daran hatten, ihnen zu helfen und zu ihren Bekannten zu fahren. Aber sie wollte versuchen, dieses Schaf auf den Arm zu nehmen. Auf einmal musste sie an das Foto denken, das ihre Oma noch immer aufbewahrte und auf dem die kleine Elisabeth Matthies so glücklich war, ein Lämmchen im Arm halten zu dürfen. Auf einmal erinnerte sie sich wieder, wie sehr es gezappelt und dass der Bauer neben ihr gestanden hatte, um ihr zu helfen. Das Foto war in jenen wenigen Sekunden entstanden, in denen sie das Tier an sich drücken und die wollige Wärme genießen konnte, ehe es sich mit einem Sprung in Sicherheit brachte und zurück zu seiner Mutter rannte.

Jetzt gab es zwar auch einen Bauern, doch der war damit beschäftigt, das Wiedersehen mit seinen Eltern zu verkraften. Aber das machte nichts. Sie war kein kleines Mädchen mehr.

»Wir müssen nicht warten, ich krieg das hin. Mach dich bereit, falls es sich wehrt und wir nur wenig Zeit haben.«

Der Regen hatte kein Einsehen. Mittlerweile tropfte es von Liskas Nase und ihren Haaren. Rasch zog sie die Kapuze über und hoffte, das Schaf würde nicht weglaufen, um Schutz zu suchen – in der Nähe hatte Stephen Unterstände aus Holz und Wellblech errichtet, unter denen sich die Wolkenkörper bereits drängelten.

»So, mein Schäfchen, dann wollen wir mal. Du musst keine Angst haben«, murmelte sie. Das Tier beobachtete sie, machte aber keine Anstalten, zu flüchten. Liska beugte sich herab und legte die Arme vorsichtig um den Rumpf. Das Schäfchen zuckte und zappelte ein wenig. Vielleicht wegen Liska, vielleicht auch, weil der Regen mittlerweile wirklich stark geworden war. Sein Rauschen hüllte die Landschaft in Nässe.

»Also dann.« Liska atmete tief durch, schloss die Arme um das Tier und hob es hoch. Nun zappelte es doch, und sie plapperte beruhigend vor sich hin. Es bewegte noch einmal energisch die Vorderhufe, hielt dann still und hing zutraulich in Liskas Armen.

Es war schwerer als erwartet. Liska biss die Zähne zusammen und versuchte, sein Gewicht zu verlagern, um es besser greifen zu können, während sie ihm beruhigend das Kinn kraulte. Endlich rutschte es ein Stück zur Seite und lehnte das Köpfchen gegen ihre Schulter.

»So müsste es passen, nicht wahr?«, raunte sie an ein zuckendes Ohr. »Marius?«

»Kannst du es eine Weile so halten? Wenn ja, dann geh etwas nach links. Noch einen Schritt. Ja, so. Und nun sieh in die Kamera!«

Sie gehorchte und entdeckte ihn durch einen Vorhang an Glitzerfäden – der Regen hatte sich in einen wahren Wolkenbruch verwandelt, und Liska war froh über ihre Kapuze.

»Sieh das Schaf an, und lächle ein wenig, so als ob du dich freust.«

Die Anweisung musste er ihr nicht geben. Trotz Kälte und Nässe konnte sie nicht anders, als bei dem wolligen Gesicht zu lächeln, das mit seiner feinen Lacknase einfach zum Anbeißen aussah. Das Schäfchen hielt ganz still, als wüsste es, dass dieser Augenblick wichtig war.

Das Wetter setzte alles daran, um die Fotosession zu beenden, und führte die nächste Stufe ins Feld: Ein wahrhaft schottischer Starkregen zog über Westray. Liska fluchte und dachte an den Unterstand, wo sich nun die ganze Herde eng aneinanderdrängte. Aber nein, nun hielt sie dieses Schaf auf dem Arm und würde sich das nicht durch das Wetter kaputtmachen lassen.

Hastig öffnete sie die Jacke und schlang sie halb um das Schäfchen. »Schnell!«

Sie lauschte auf das Geräusch des Auslösers, zählte mit und sah im Augenwinkel, dass sich Marius bewegte, um sie aus verschiedenen Winkeln zu fotografieren. »Okay, ich hab's! Los, zum Unterstand!«

Sie liefen zeitgleich los und fanden einen Platz, da die Tiere bei ihrem Auftauchen unter empörtem Blöken zur Seite stoben. Das Lamm auf Liskas Arm störte sich nicht an all der Aufregung oder am Regen. Im Gegenteil, es schien sich wohl zu fühlen und sogar zu dösen. Die großen Augen mit den eckigen Pupillen schlossen und öffneten sich.

Marius trocknete die Kamera und wollte sie soeben verstauen, als sein Blick noch einmal an Liska hängenblieb.

»Warte. Eines noch. Sieh mich an.«

Sie musste nicht daran denken, für das Foto zu lächeln, es geschah automatisch. Ihre Haare klebten an Stirn und Wangen, Tropfen versickerten in ihrem Kragen, ihre Klamotten waren durchnässt, und der Geruch von nassem Schaf lag in der Luft, doch das spielte alles keine Rolle. Um nichts in der Welt hätte sie tauschen wollen.

Marius machte ein weiteres, ein letztes Bild und ließ die Kamera sinken. »Das war es. Einen schöneren Moment kann ich auf diesen Inseln nicht einfangen. Wir sind hier fertig.«

»Nein.« Plötzlich musste sie lachen. Vor Freude, Erleichterung oder einfach, weil das Schäfchen nun doch zu zappeln begann und sein Huf sie in der Seite kitzelte. Sie ließ es zu Boden, wo es eine Art Luftsprung hinlegte, zu seinen Artgenossen rannte und sich zwischen sie drückte. »Nein«, wiederholte Liska und wischte sich Regen und Freudentränen aus dem Gesicht. »Wir fangen gerade erst an.«

26

𝓔s sieht noch alles intakt aus. Zumindest hat niemand den Hof niedergebrannt.«

Liska stellte sich neben Marius und sah ebenfalls zum Haus. Hinter manchen Fenstern schimmerte Licht. Zwar war es noch längst nicht Abend, aber der Himmel hatte sich verdüstert. Noch immer regnete es, wenn auch nicht mehr so stark wie zuvor. Trotzdem war Liska nass bis auf die Knochen und bekam den Schafgeruch nicht mehr aus der Nase. Vermutlich, weil er sich in ihren Haaren und der Kleidung festgesetzt hatte.

»Ja, es sieht alles friedlich aus«, stimmte sie ihm zu. »Keine Kampfspuren, kein Blut.«

»Das heißt, wir sollten es wagen anzuklopfen?«

»Auf jeden Fall. Für eine heiße Dusche lasse ich sogar eine Standpauke von William über mich ergehen.«

Er zog sie an sich und hauchte ihr einen Kuss auf die Nasenspitze. »Ich werde Euch beschützen, Mylady.«

Wie hypnotisiert starrte sie auf seine Lippen und schloss die Augen, als er sie auf ihre senkte. Der Kuss brachte etwas Wärme zurück, und Liska entschied sich dafür, dass es keine schlechte Idee wäre, einfach bis zum Abend hier mit ihm zu stehen. Oder bis zum kommenden Morgen. Was war schon ein wenig Regen?

Marius dachte leider praktischer und rieb ihr Rücken und Arme, nachdem er sich widerwillig von ihr gelöst hatte. »So gern ich weiter hier draußen mit dir stehen würde ... noch lieber möchte ich dich ins Warme bringen. Also los. Das stehen wir durch.«

Er glaubte, dass sie zögerte, da sie die Konfrontation mit den Brookmyres scheute. Dabei hatte sie in der vergangenen Stunde nur selten an die beiden gedacht. Sie war zu beschwingt gewesen von der Zeit allein mit Marius, dem Versprechen, dass das zwischen ihnen nicht mit dieser Reise enden würde, und der Tatsache, dass sie sich in ein kleines Schaf verliebt hatte, das sich fast widerstandslos hatte auf den Arm nehmen lassen. In gewisser Weise hatte Liska für sich einen Kreis geschlossen und eine Verbindung von der kleinen Elisabeth bis heute gezogen.

Jetzt galt es, den nächsten anzugehen. Mit etwas Glück konnte sie dabei helfen, auch diesen zu schließen. Falls nicht, würde sie sich bei Fiona, William und wenn nötig auch Stephen entschuldigen.

»Also dann«, sagte sie.

»Also dann.«

Eine Klingel gab es nicht, also hämmerte Liska eine Faust gegen die Tür. Lange Zeit rührte sich nichts. Sie wollte gerade noch einmal klopfen, als sich Schritte näherten. Die Tür wurde geöffnet, und Liska stand Stephen Brookmyre gegenüber. Zuvor war ihr nicht aufgefallen, wie klein er war, allerhöchstens so groß wie sie. Seine Wangen waren seltsam gerötet, seine Augen glänzten trüb.

»Guten Abend«, sagte sie. »Wir ...« Sie deutete auf Marius, dann auf sich und wusste plötzlich nicht mehr weiter.

Stephen nickte. »Ich weiß, wer ihr seid. Kommt rein.« Seine Stimme war flach, ohne auch nur einen Hauch an Kraft. Er wartete nicht ab, sondern wandte sich um und verschwand im Inneren des Hauses. Es erinnerte Liska auf fatale Weise an ihren ersten Besuch bei den Brookmyres vor wenigen Tagen. Damals war ihr das kleine weiße Haus so dunkel wie ein Grab erschienen. So war es auch hier.

Etwas stimmte nicht.

Unsicher trat sie ein und lauschte, doch außer ihren Schritten war nichts zu hören und auch nichts zu sehen. Marius zuckte die Schultern und schlüpfte aus Jacke und Schuhen, ehe er die Kameratasche schulterte und die Vorhut machte. Es gab nur einen Gang, an dessen Ende war Stephen verschwunden. Liska zog ebenfalls die Schuhe aus und folgte ihm.

Der Flur endete an einer halb offenstehenden Tür. Dahinter lag das Wohnzimmer, von dem eine weitere Tür abzweigte. Die Küche. Dort brannte die Deckenleuchte, das Wohnzimmer lag dagegen im Dämmerlicht. Was seltsam war, denn rund um den Tisch in der Mitte des Raumes saßen Stephen und seine Eltern.

Nein, etwas stimmte hier ganz und gar nicht. Die Atmosphäre war angespannt, jedoch nicht wie vor oder nach einem Streit, sondern als ob etwas Schlimmes geschehen wäre. Niemand sagte etwas, lediglich Fiona hob den Kopf. Trotz der Lichtverhältnisse konnte Liska sehen, dass sie geweint hatte.

Sie blieb wie angewurzelt stehen und schluckte hart. War das hier ihre Schuld? Hatte das Wiedersehen der drei Wunden aufgerissen?

»Fiona?« Sie wollte auf den Tisch zugehen, aber auf einmal waren ihre Beine wie festgefroren. Vergessen waren die nassen Sachen und die Freude über die Zeit mit Marius. »Fiona, was ist los?«

Fiona bewegte sich nicht, als hätte sie nicht verstanden. Dann lief ein Ruck durch ihren Körper, sie wollte etwas sagen, schüttelte aber stattdessen den Kopf und ließ ihn langsam sinken. Ihre Finger waren die ganze Zeit über in Bewegung, griffen ineinander und streckten sich, nur um dann irgendwo nach Halt zu suchen.

Jede verstreichende Sekunde drückte mehr auf Liskas Magen, und sie musterte William und Stephen. Sie sahen nicht aggressiv oder unwillig aus, sondern ... bedrückt.

Liska räusperte sich. »William?«

Als Erstes bewegten sich seine Schultern. Er hustete, hustete noch einmal, dann stand er auf und hob das Kinn. Es zitterte, allerdings vor Entschlossenheit. Militärischer als jemals zuvor nickte er zunächst seinem Sohn zu, Marius, Liska.

»Ich bin krank«, sagte er laut und deutlich.

Fiona schüttelte den Kopf und griff nach seiner Hand. Obwohl sie saß, war es eindeutig sie, die ihn als Stütze brauchte. Das Kräfteverhältnis der beiden hatte sich erneut verschoben. Jetzt war William wieder derjenige, der ihr von seiner Stärke abgab, so wie ganz am Anfang. Es war wie eine geheime Absprache zwischen den beiden. Schutz für jeden, niemand blieb zurück. Die Kraftreserven mit dem Partner teilen, auch wenn sie noch so gering waren.

Beim Anblick von Fionas Tränen begannen auch Liskas Augen zu brennen. Sie riss sich zusammen und sah zu Stephen. Auf seinem Gesicht spiegelte sich dieselbe Düsternis, die sich gerade in ihr zusammenballte. Am liebsten hätte sie geschwiegen, aber das wäre feige. Sie konnte die Wahrheit nicht für immer abwehren, zumal William etwas anderes verdiente.

»Was fehlt dir?« Ihre Stimme war zu laut, so steif. Zu gezwungen. Die Anspannung schuf eine Warnung in ihrem Hinterkopf, ein leises Stimmchen, das permanent lauter zu werden drohte.

Fiona schluchzte. William wandte ihr seine Aufmerksamkeit zu, legte auch die zweite Hand auf ihre.

Unsicher trat Liska näher an den Tisch, zunehmend unruhig. Sie brauchte eine Antwort, und es gab derzeit wohl nur Stephen, der sie liefern konnte. Er saß regungslos da und hatte beide Hände flach auf den Tisch gelegt. Ein hilfloser Mann in einem Bewerbungsgespräch, das von vornherein aussichtslos war.

»Stephen?«

Seine Finger waren weiß und sein Blick müde, als er sie anblickte. »Krebs«, sagte er. »Schon lange.«

Nie zuvor war Liska aufgefallen, wie viele Gefühle in Worten liegen können, die vollkommen tonlos hervorgebracht wurden. Sie fand Liebe, Trauer, aber auch Vorwürfe, alles vermischt und in wenige Silben gepackt.

Die Worte waren ein Schock. Krebs? William?

Sie sah zu Marius und wusste selbst nicht, warum. Was erwartete sie? Dass er Stephen widersprach oder ihr sagte, dass alles nur ein Scherz sei oder die drei sich irrten? Die Nachricht hatte ihn ebenso kalt erwischt wie sie, er sah einfach nur bestürzt aus. Er berührte sie nicht, aber er war da, bei ihr, und würde sie wenn nötig ebenso stützen, wie William es bei Fiona tat.

Liska war dankbar dafür. »Was ... seit wann?«

William winkte ab. »Zerbrich dir darüber nicht den Kopf!«

»Schon einige Jahre«, antwortete Fiona mit einem Seitenblick zu ihrem Mann, der jeden Protest im Keim erstickte. »Damals wurde ein Prostatakarzinom entdeckt. Leider sehr spät.«

Stephen atmete aus. »Weil Dad natürlich seine Probleme lange Zeit ignoriert hat. Manche Menschen entwickeln wohl mit dem Alter eine Abneigung gegen Ärzte und Krankenhäuser.« Er handelte sich einen missbilligenden Blick von William ein, den er gekonnt übersah. »Dad hat sich schlaugemacht und gegen eine Behandlung entschieden.«

»Ich will meine letzten Tage nicht in einem Krankenhaus

verbringen, angeschlossen an Apparate, die mich mit ihrem Piepsen wahnsinnig machen, oder kotzend über irgendeiner Kloschüssel«, fiel ihm William ins Wort. »Außerdem habe ich mich durchaus erkundigt: Die Zellteilung verläuft im Alter wesentlich langsamer. Das gilt auch für den alten Mistkerl in mir drin. Also hab ich mich dazu entschieden, weiterhin eine gute Zeit zu haben. Mit deiner Mutter, Stephen. Ich hatte und habe noch immer keine Lust, jeden Tag daran erinnert zu werden, dass ich krank bin. Und das ist genau das, was du vorhattest.«

Stephen nickte Liska und Marius zu. »Ich wollte die beiden zu mir holen.«

Sie war verwirrt. »Was meinst du mit *die beiden holen*?«

»Hier, auf den Hof. Damit sie sich besser erholen können und nicht mehr alles allein erledigen müssen. Meine Frau war damit voll und ganz einverstanden, und Kinder haben wir sowieso nicht. Also mehr als genug Platz für vier Menschen. Dad hätte sich ausruhen können. Und wir hätten mehr Zeit füreinander gehabt. Aber er hat davon nichts wissen wollen. Er hat nicht einmal über seine Krankheit reden wollen, sondern mir nur vorgeworfen, dass ich ihm vorschreiben will, wie er zu leben hat. Ich bin hartnäckig geblieben und habe seinen Arzt angerufen.«

»Hinter meinem Rücken.«

»Ja, verdammt, weil ich gern wissen wollte, wie lange du noch zu leben hast!« Stephen hob eine Hand, der Oberarm war so sehr angespannt, dass er zitterte. Langsam ließ er sie wieder sinken.

William schnaubte und setzte sich wieder, ohne die Hand seiner Frau loszulassen. Mit einer Geste forderte er Liska und Marius auf, ebenfalls Platz zu nehmen. Liska ignorierte ihre nassen Sachen und wählte den letzten freien Stuhl, während

Marius sich einen Hocker aus der Ecke heranzog. Zögernd ließen sie sich nieder, und Liska war sich nicht sicher, ob sie wirklich an diesen Tisch gehörten. William war schwer krank. Sollte das nicht ausschließlich Angelegenheit der Familie sein?

»Wir wollen nicht stören. Ihr ... sagt uns, wenn ihr noch Zeit braucht. Wir können noch ein wenig nach draußen gehen und später wiederkommen, wenn ihr ...«

»Unsinn«, sagte William fast schon streng. »Ihr solltet auch Bescheid wissen. Immerhin habt ihr das Ganze hier eingefädelt, oder irre ich mich da?«

Liska veränderte ihre Position, doch wirklich bequem wurde es nicht. Trotzdem war sie fast schon dankbar, dass er das Thema wechselte. Nun konnte sie sich zumindest entschuldigen, und das war besser als das Gefühl, vor Schreck erstarrt zu sein. »Ich habe das Ganze ausgeheckt, Marius hat damit nichts zu tun. Ja, er wusste Bescheid, aber ich habe in dieser Hinsicht nicht mit mir reden lassen.«

William schwieg und nickte ihr zu als Aufforderung weiterzureden.

Er machte es ihr leicht. »Nachdem ich das Foto von euch und Stephen gesehen habe, bin ich neugierig geworden und habe mich umgehört. Im Pub.«

Die Männer nickten, als wäre dies der einzige Ort der Welt, an dem man an Informationen gelangte. Für manche Orkney-Inseln galt das sicherlich. Vielleicht sogar für alle.

»Ich habe herausgefunden, dass ihr einen Sohn habt und wo er lebt«, fuhr sie fort. »Dann habe ich mit Ted geredet. Wir hatten nur noch zwei Fotos auf unserer Liste, beide auf Westray. Ich habe es für eine gute Möglichkeit gehalten, beides zu verbinden und ein Treffen mit Stephen zu arrangieren. Ich wusste nicht, was passiert war, aber ich dachte ... also ...« Sie stolperte über ihre Worte, da sich zu viele in ihrem Kopf drängten. »Ich fand es traurig, dass ihr euch so lange nicht mehr gesehen habt.« Ihr Blick wanderte von William zu Stephen und dann zu Fiona, die sich mittlerweile das Gesicht mit einem Taschentuch abtupfte. »Wo ihr doch eine Familie seid. Ihr habt euch so sehr auf diese Reise gefreut, aber ich hatte den Eindruck, dass ihr einen Trip wie diesen nicht allzu oft unternehmen wollt. Anfangs habe ich geglaubt, wegen Fiona, weil es zu anstrengend ist. Aber dann warst du derjenige, der ...« Sie sah William an und brachte es nicht über die Lippen. Sein Schwächeanfall stand ihr deutlich vor Augen.

William hat Krebs. Noch immer klang es einfach nur falsch. Unsicher sah sie in die Runde. »Es tut mir sehr leid.«

Stephen winkte ab. Eine müde Geste. »Glaub mir, ich bin dankbar, dass jemand den alten Sturkopf hergebracht hat und ich ihn noch einmal sehen kann, ehe er irgendwo an der Küste zusammenbricht, weil er Fischkutter mit dem Fernglas beobachten will, aber zu stolz ist, jemanden zu fragen, ob er ihn fahren kann.«

»Besser, als auf Westray zusammenzubrechen, inmitten einer Schafherde, die dir die Ohren vollblökt, während du am Boden liegst und deine letzten Minuten zählst«, entgegnete William.

»Immerhin sind meine Schafe intelligent genug, mir zu signalisieren, wenn etwas nicht stimmt«, versetzte Stephen. »Mein eigener Vater ist dazu anscheinend nicht in der Lage.«

»Mit mir ist alles in Ordnung. Oder habe ich dein Haus etwa nicht aufrecht gehend betreten?«

»Ja, das hast du, Dad, und ich bin sehr froh, dass ich dich noch mal auf beiden Beinen sehen konnte! Catriona braucht mit dem Rettungshubschrauber nämlich eine Weile bis zum nächsten Krankenhaus, ganz zu schweigen von dem Weg hierher.«

William wollte bereits zu einer Antwort ansetzen, aber Fiona kam ihm zuvor.

»Genug!« Sie schlug eine Faust so fest auf den Tisch, dass der Kerzenhalter in die Höhe hüpfte. Sie stemmte beide Hände auf das Holz, stand auf und beugte sich vor. Beschwörend, aber auch drohend, und sie ließ keinen ihrer beiden Männer aus den Augen. »Noch einmal mache ich das nicht mit!«

Zwar zitterte sie noch immer, machte aber ihre Schwäche durch Entschlossenheit wett. »Ich habe euch walten lassen, weil kein Argument der Welt es in den Schädel eines Brookmyres schafft, wenn er es nicht will. All die Jahre habe ich mir die Zähne ausgebissen, besonders an dir!« Sie boxte ihrem Mann gegen den Arm. Er sah überrascht aus, schwieg jedoch. Vermutlich ahnte er, dass Fiona sich dieses Mal weder zurück- noch aufhalten lassen würde.

»Und dann habe ich es gelassen, euch zu bitten, wieder miteinander zu reden. Weil es keinen Sinn hatte und ich kein weiteres Tamtam wollte. Für dich nicht, William, weil du deine Kraft für die Krankheit brauchst, und für dich auch nicht, mein Kleiner, weil du so fleißig an deinem Lebenstraum gearbeitet hast. An der Farm. Aber keiner von euch weiß, wie viele Nächte ich deswegen wach gelegen habe. Und geflucht habe ich, ganz still für mich, weil keiner von euch beiden nachgegeben hat.« Sie zeigte auf Stephen, dann auf ihren Mann. »Wie zwei Trotzköpfe, die es nicht schaffen, sich nach einem Streit die Hände zu geben! Aber, herrje, dann ist die Zeit vergangen, und ich habe mich daran gewöhnt, dass es nun mal so ist, wie es ist. Und als Liskas Bekannter uns hierher gefahren hat, wusste ich nicht, ob ich mich freuen soll. Obwohl ich Stephen so gern sehen wollte. Aber noch einmal alles anhören? Die ganzen Worte, die es einfach nicht in eure Köpfe geschafft haben. Wusstet ihr, dass ich immer auf eure Hälse blicken muss? Ihr habt beide diese Ader, die bei Ärger und Wut pocht. Ich glaube immer, sie reißt sicher gleich.«

Unwillkürlich starrte Liska auf Williams Hals, und wirklich bewegte es sich dort.

Niemand sagte ein Wort oder wagte es gar zu widersprechen, obwohl ihnen deutlich anzusehen war, wie gern sie es getan hätten. Nach einem intensiven Blick in die Runde ließ Fiona sich wieder auf ihren Stuhl fallen. »Jetzt bin ich wirklich froh, dass wir hier sind. Und jetzt wird nichts mehr unter den Teppich gekehrt. Das war lange genug so. Damit ist jetzt Schluss.« Sie lehnte sich zurück.

Liska atmete insgeheim auf. Sie hatte nicht damit gerechnet, in Fiona so schnell eine Komplizin zu finden. Was auch immer geschah, sie hatte es sich zumindest nicht mit den beiden verscherzt.

Im Raum herrschte Stille. Die Brookmyre-Männer bewegten sich nicht einmal, geschweige denn suchten sie Blickkontakt. Fionas Finger begannen, auf ihren Arm zu trommeln. Gleichtakt, Pause, Gleichtakt, immer und immer wieder.

William betrachtete die Maserung des Tisches.

Marius hustete.

Stephen beäugte seinen Vater. »Es ist lange Jahre gutgegangen. Aber jetzt bist du hier und siehst doppelt so alt aus wie das letzte Mal, als du mich angebrüllt hast. Und noch immer lässt du mich nicht helfen.«

»Wir kommen allein klar«, sagte William. »Ich kann noch immer für meine Frau sorgen.«

»Aber wie lange?« Stephen beugte sich über den Tisch, und Liska dachte, er wollte nach der Hand seines Vaters greifen. »Das habe ich mich nicht nur einmal gefragt, sondern jeden verflixten Tag. Und was ist jetzt? Der Tumor hat gestreut, Dad. Mum sagt, deine Gesundheit hat sich im vergangenen Monat enorm verschlechtert. Was willst du, dass ich mache? Hier sitzen und das Gefühl haben, ich müsste jeden Tag zum Hörer greifen und nachfragen, wie es bei euch drüben auf Mainland aussieht? Ob ihr noch allein zurechtkommt? Hölle noch mal, Dad, ich wollte es euch leichter machen.«

William schwieg lange. »Denkst du wirklich, es ist leichter, wenn man seinem Kind zur Last fällt?«, sagte er dann. »Wenn man das Gefühl bekommt, nicht mehr allein lebensfähig zu sein? Ich will in Würde altern. Und ich will vor allem nicht jeden Tag daran erinnert werden, dass ich ein kleines schwarzes Kreuz auf meinem Kalender machen müsste. Das sollte man respektieren.« Beim letzten Satz wurden seine Worte so leise, dass sie nur durch die Entschlossenheit darin hörbar waren.

Liska versuchte, all die Informationen zu verarbeiten. Dann wurde ihr bewusst, was William in seinen letzten Sätzen gesagt hatte. Nun fror sie doch, obwohl es im Raum warm war. Womöglich waren auch die Klamotten schuld, die nur langsam an ihrem Körper trockneten.

Stephen reagierte nicht, sondern sah seine Eltern an und gleichzeitig durch sie hindurch.

»William. Heißt das, du ...« Liska schluckte. »Du lässt dich auch jetzt nicht behandeln?«

»Nein.«

»Aber ...«

»Kind«, sagte Fiona, beugte sich über den Tisch und griff nach ihrer Hand. »Wir haben lange darüber geredet. Und uns entschieden. Vielleicht verkürzt das unsere gemeinsame Zeit, aber wir werden sie so verbringen, wie und wo wir es wollen.«

Liska hielt ihre Hand fest und wusste nicht, wer von ihnen

den Halt stärker benötigte. Doch das war auch nicht wichtig. Viel wichtiger war, dass sie bei den Brookmyres war und sie bei ihr, dass Fiona und William mit ihrem Sohn vereint waren … und dass Marius nach ihrer anderen Hand griff, ehe ihr die Tränen kamen.

»Das war es. Das dort hinten!« Liska bahnte sich einen Weg durch die empört blökenden Leiber und deutete auf das kleine Schaf, das sie zuvor auf dem Arm gehalten und vor dem Regen geschützt hatte.

Stephen nickte und kontrollierte den Unterstand auf Stabilität, während seine Hunde ihn umkreisten. »Das hab ich mir schon gedacht. Das ist Diesel. Von Vin Diesel, dem Schauspieler. Die Tochter meiner Nachbarn hat ihm den Namen verpasst. Wir mussten es mit der Flasche aufziehen, daher ist es so zutraulich.«

Und wirklich ließ sich das Schäfchen unter dem Kinn kraulen und drängte sich an Stephen, schnupperte an seinen Händen und Taschen. Anschließend lief es zu Liska und versuchte auch dort sein Glück.

»Ich hab nichts für dich.« Sie schob den wolligen Kopf lachend beiseite. Diesel stupste sie noch zweimal an, dann gab es auf und trottete zu seinen Artgenossen. Die hoben die Köpfe, als ein ungewohntes Geräusch die Idylle zerriss: Jemand hupte. Ein Fahrzeug, das den Status *verkehrstauglich* bereits vor einiger Zeit verloren hatte, rumpelte von der Straße auf den Zufahrtsweg. Auf den ersten Blick war nicht zu sagen, ob die rote Farbe oder Rostflecken dominierten, Radkappen waren nicht vorhanden, und in das Knattern des Motors mischte sich ungesundes Quietschen.

Stephen hob eine Hand. »Das ist Samuel.«

Liska versuchte, nicht daran zu denken, dass das Gefährt

unter ihnen auseinanderbrechen konnte. »Es ist ... sehr nett von ihm, dass er uns mitnimmt. Ist ... also ich meine: Bist du sicher, dass die Fahrt mit ihm ungefährlich ist?«

Er grinste. Zusammen hielten sie auf die Treppenstufen im Zaun zu. »Mach dir keine Sorgen! Er flickt das gute Stück selbst, und er weiß, was er tut. Gib ihm einen Motor sowie etwas Blech, und am Ende des Tages hast du etwas, mit dem du von A nach B kommst.«

»Das ist beruhigend.« Sie ließ sich von Stephen über den Zaun helfen und wartete, bis er hinterhergeklettert war. Die Hunde bellten und rasten voran, als Samuel Connors ausstieg. Vor dem Haus standen Marius und William, eindeutig fachsimpelnd über Marius' Kamera gebeugt.

Liska bemerkte, wie Stephen die zwei beobachtete. »Wisst ihr schon, wie eure Pläne aussehen werden?«

Er und seine Eltern hatten nach der Enthüllung von Williams Krankheit weiter zusammengesessen, während sie und Marius sich diskret zurückgezogen hatten, um sich umzuziehen und eine Dusche zu nehmen. Später klopfte Fiona an die Tür, um sie zum Essen zu bitten. Am Tisch herrschte eine seltsame Stimmung, und trotzdem fühlte Liska sich am richtigen Ort. Noch immer war sie geschockt wegen Williams wahrem Zustand, doch die Brookmyres hatten sich dafür entschieden, offen damit umzugehen und sich nicht davon beeinträchtigen zu lassen.

»Das Leben schert sich nicht darum, was du von seinen Irrungen und Wirrungen hältst«, hatte William gesagt. »Und es lässt auch nicht mit sich verhandeln. Darum bleibt dir eh nur, damit klarzukommen, und das geht am besten, wenn man sich nicht sträubt. Trübsal blasen macht mich nicht gesund. Das ist wie ein Eintopf, den man nicht ordentlich würzt.«

Liska musste bei dem Gedanken daran lächeln, denn

William hatte diese Weisheit vom Stapel gelassen, während Fiona ihm großzügig Hotchpotch auf den Teller schaufelte: einen deftigen Eintopf aus Lammfleisch und Gemüse.

Das alles erschien ihr jetzt, unter freiem Himmel und umringt von Schafen, beinahe unwirklich.

Stephen tätschelte einem seiner Hunde den Kopf. »Es gibt noch keine genauen Pläne, nein. Aber ich würde sagen: Es ist aufgeschoben, nicht aufgehoben.«

»Was meinst du?«

»Meine Eltern bleiben noch eine Weile, das bedeutet jedoch nicht, dass sie hier einziehen werden. Meine Frau Lauren kommt in zwei Tagen von einem Lehrgang zurück, und ich habe Dad gesagt, dass es unhöflich wäre, nicht so lange zu bleiben, um hallo zu sagen. Vor allem, da sie nach all der Zeit endlich hergekommen sind. Das Argument hat gezogen.« Er sah in die Ferne und deutete auf den hellen Anbau hinter dem Haus. »Ich hatte gehofft, dass sie dort wohnen würden. Ich habe es kurz nach Dads erster Diagnose bauen lassen. Es hat einen eigenen Eingang, sogar ein eigenes Gartentor, und wenn sie wollten, müssten sie weder mir noch den Schafen begegnen. Ich verstehe noch immer nicht, warum Dad gedacht hat, ich wollte ihm vorschreiben, wie er leben muss. Oder dass ich ihn gar entmündigen wollte. Das würde ich niemals wagen! Ich wollte ihnen lediglich eine Freude machen. Ihnen helfen. Und sie natürlich bei mir haben, damit wir möglichst viel Zeit miteinander verbringen können.«

Auf einmal musste Liska an ihre Ankunft im Seaflower denken, an Fionas Kuchen und das erste Treffen mit ihr und William. Sie hatten ihr auch nur helfen wollen, und das mit den besten Absichten.

»Vielleicht braucht ihr nur etwas Zeit, um zu verstehen, was der andere möchte.«

»Ja, vielleicht. So oder so, ich bin dir dankbar, dass du die beiden hergebracht hast.«

Sie sah ihn erstaunt an. Damit hatte sie nicht gerechnet. Seitdem der Plan in ihrem Kopf entstanden war, hatte sie sich mit einem schlechten Gewissen herumgeschlagen. Bei ihrer Ankunft auf dem Hof war es schier explodiert, erst recht bei der Auseinandersetzung von William und Stephen. Nach Stephens Worten fiel endlich eine Anspannung von ihr ab, die sie schon gar nicht mehr wahrgenommen hatte.

»Das habe ich sehr gern gemacht. Ich hatte meine Zweifel, ob es richtig ist. Eigentlich habe ich sie noch immer.«

Er legte eine Hand auf ihren Arm, genau auf die Stelle, an der Fiona sie stets tätschelte. Ein kurzer Druck. »Alles richtig gemacht.«

Der Hund trottete schneller und gesellte sich zu seinem Artgenossen, der neben Samuel, William und Marius stand und sich voller Genuss kraulen ließ.

Liska und Stephen schlossen sich ihnen an und schüttelten Samuel die Hand: ein großer, dürrer Kerl, dessen Haar zu grau für sein Gesicht war und ihn interessant machte. Er hatte eine angenehme Stimme und ein zurückhaltendes Wesen, Liska und er verstanden sich auf Anhieb.

William nickte ihr zu, steif, wie es seine Art war. »Da habt ihr ein sehr gutes letztes Foto für unsere Liste geschossen. Die Belichtung passt, und du als Modell auch, Liska. Besser hätte Elaine das nicht hinbekommen.« Ein Friedensangebot. Sollte er ihr die Einmischung in seine Privatangelegenheiten übelgenommen haben, so hatte er ihr verziehen.

Erleichtert darüber, ließ sie sich von Marius in den Arm nehmen und errötete, als er ihr einen Kuss auf die Schläfe drückte. »Es ist wirklich ein sehr gutes Foto geworden. Im Grunde viel zu schade für Tante Magdalenas Schublade.«

Die Hitze auf Liskas Wangen wurde nicht weniger. »Ach Unsinn«, murmelte sie.

»Nein, wirklich. Sieh doch!« Er hielt ihr die Kamera hin. Zwar hatte sie das Foto bereits kurz zuvor betrachtet, war aber mehr damit beschäftigt gewesen, dem Regen zu entkommen. Eigentlich hatte sie nur rasch gecheckt, ob das Motiv der Beschreibung entsprach. Nun musste sie zugeben, dass Marius nicht übertrieben hatte: Es *war* ein gutes Bild. Sie war im Profil zu sehen, die Kapuze verdeckte den Großteil ihres Haares, nur wenige Strähnen lugten hervor und rahmten ihre Wange ein. Das Schaf hielt sie scheinbar mühelos auf dem Arm und schützte es mit ihrer Jacke vor dem Regen, der silberne Effekte auf das Bild zauberte. Marius hatte den Moment eingefangen, in dem Diesel sie ansah, die weiche Nase sanft erhoben, als wollte es sich für den Schutz bedanken. Es drückte absolutes Vertrauen aus. Liska erwiderte den Blick so zärtlich, als wäre sie diejenige, die es von Hand großgezogen hatte.

Ihr war dieser Augenblick nicht bewusst gewesen. Er konnte nur den Bruchteil einer Sekunde gedauert haben, und doch hatte Marius ihn in eine Erinnerung verwandelt.

Zögernd reichte sie ihm die Kamera zurück. »Ich bin gespannt, wie deine Tante das in ihren Roman einbauen wird.«

»So, dass jeder Mensch, der nur einen Funken Verstand in sich trägt, sofort nach Schottland reisen wird in der Hoffnung, hier das zu finden, was diese junge, hübsche Schäferin gefunden hat.« Er gab Liskas Wangen keine Chance, abzukühlen.

Eine Berührung hielt sie davon ab, dem Funkeln seiner Augen zu verfallen. Jemand tätschelte sie.

»Ich bin so froh, dass du das gefunden hast, mein Kind. Das bin ich wirklich.« Fiona deutete auf die Kamera. »So glücklich bist du früher oft gewesen. Kein Tag, an dem du nicht schallend gelacht hast. Darum war ich so erschrocken, als William und ich dich nach all den Jahren wiedergesehen haben. Da war so viel Verschlossenheit in diesem hübschen Gesicht.« Sie legte ihre weichen Runzelhände auf Liskas Wangen. »Aber die ist jetzt weg, nicht wahr?«

Liska nickte, schluckte und nickte noch einmal. »Ja. Jetzt ist es weg.«

Fiona breitete die Arme aus, und sie sank hinein, hielt sich fest und hoffte, dass auch sie ihrer Freundin Halt geben konnte. Für das, was war, und das, was noch kommen würde. Und vor allem für den Augenblick hier auf Westray – eine der schönsten Inseln, die sie jemals gesehen hatte.

Es war ein seltsames Gefühl, Fiona und William vor dem Haus stehen zu sehen, während Marius und Samuel die Hälfte des bisherigen Gepäcks im Kofferraum verluden. Fast, als würde Liska einen Teil von sich zurücklassen. Niemals hätte sie gedacht, dass ihr der Abschied von den beiden so schwerfallen würde. Trotzdem war sie froh, dass sie sich entschlossen hatten zu bleiben – auch wenn es nicht für immer war, wie William nicht müde wurde zu betonen.

»Sobald mein Sohn anfängt, mir zu sagen, was ich zu tun und zu lassen habe, bin ich weg. Zur Not laufe ich bis zur Fähre«, sagte er so laut, dass es jeder hören konnte, und zwinkerte Liska zu.

Sie biss sich auf die Innenseite ihrer Wange. Verstörend, diese Mischung aus Belustigung und Trauer. Noch immer brodelte das Wissen um Williams Krankheit in ihrem Hinterkopf, und sie bewunderte die Brookmyres dafür, wie gefasst sie damit umgingen. Nun wusste Liska auch, warum die zwei unbedingt diese Reise unternehmen wollten. Und warum es die letzte war, für sie beide. Ohne ihren Mann würde Fiona nicht unterwegs sein wollen, und daher hatten sie sich beide von dem Landstrich verabschiedet, der schon immer ihre Heimat gewesen war.

Bei dem Gedanken, William wahrscheinlich nie wiederzusehen, traten ihr erneut Tränen in die Augen. Sie hielt sie tapfer zurück. Er sollte sie glücklich im Gedächtnis behalten. Obwohl er es nie aussprechen würde, wusste sie, dass auch ihm viel an ihr lag.

»Ich habe deine Geschichten vermisst, William«, sagte sie. »Als ich klein war, hast du mir oft vom Meer erzählt. Und von den Geistern des Landes. Zwar habe ich mich manchmal gegruselt, aber das war mir egal. Ich konnte nicht genug davon bekommen. Jetzt, wo ich so viel gesehen habe, verstehe ich auch, warum sie so schön waren. Schön und vielfältig.«

William schenkte ihr seine Version eines Lächelns. »Nachher bist du wegen meinen Geschichten zurückgekehrt. Wer weiß.«

»Ja. Vielleicht.« Sie wollte noch mehr sagen, dass sie sich noch einmal sehen würden oder dass das Leben ihn noch immer überraschen konnte, aber dies war nicht der Moment für Worthülsen. »Danke, William.« Sie schlang die Arme um seinen Hals, ehe er seine ausbreiten konnte, schloss die Augen und hielt ihr Gesicht dem Wind entgegen. Die Berührung an ihrer Hand überraschte sie nicht, und sie wusste einfach, dass es Marius war. Kurz darauf kam Fiona dazu, vielleicht auch Stephen, das konnte sie nicht genau sagen. Gemeinsam standen sie neben Scotts Wagen und vergaßen die Zeit, umhüllt vom Wind, dem Blöken der Schafe und dem Ruf einer einsamen Möwe.

Später, als Stephens Haus mit den Brookmyres davor im Rückspiegel kleiner und kleiner wurde und Liska sich an

Marius' Schulter lehnte, dachte sie daran zurück. Ihr fiel ein, dass sie Fiona und William nicht gesagt hatte, dass sie wiederkommen würde.

27

Die Mittagszeit war knapp vorbei, und schon verdunkelte sich das Wetter, als wollte es einen verfrühten Abend einläuten. Marius regulierte die Beleuchtung und schoss zwei weitere Fotos. Wind und Seegang waren stärker geworden, die Fähre tanzte nicht mehr auf dem Wasser, sondern ruckte schwerfällig hin und her. Die Bilder hätten in einen Hitchcock-Film gepasst. Sie faszinierten ihn. Er hatte bei seinem ersten Besuch auf den Orkneys schlechtes Wetter erlebt, aber diese bedrohliche Nuance war ihm neu. Der Herbst hatte früh begonnen hier oben, und das Land nahm sich die Freiheit, die warmen Monate schon längst vergessen zu haben.

»Bin ich froh, dass wir von dem Ding runter sind«, sagte Liska und deutete auf die dicken Taue, mit denen die Fähre gesichert worden war. »Wenn das so weitergeht, fällt vielleicht sogar eine Fahrt aus.«

Er schlang einen Arm um ihre Taille und unterdrückte den Impuls, sie mit ihren wehenden Haaren zu fotografieren. Es war ein faszinierendes Motiv, Cognacrot vor Sturmfrontblau. Keine Meerjungfrau mehr, sondern eine schöne Medusa, die hier in Schottland ebenso zu Hause war wie tausend Kilometer südöstlich.

In den vergangenen vier Monaten hatte er viele Fotos von ihr geschossen und nahezu die Hälfte auf ihren Wunsch wieder gelöscht. Liska bevorzugte als Fotomotive Landschaften und lachte jedes Mal, wenn er ihr sagte, wie sehr sie ihn faszinierte und dass er nicht anders konnte, als sie zu fotografieren.

»Berufskrankheit«, war seine Standardentschuldigung, und meistens schaffte er es, ihr Lachen mit einem Kuss zu beenden. Es war ihr ganz persönliches Ritual geworden, um jedes Foto zu kämpfen, auf dem sie zu sehen war. In den meisten Fällen gewann Liska, manchmal auch er. Dann beschwerte sie sich und wies darauf hin, dass es ihr noch immer unangenehm war, dass Tante Magdalena den Schnappschuss von ihr mit Diesel auf dem Arm in ihr Buch aufgenommen hatte.

»Eine Premiere«, hatte Magdalena gesagt, als sie ihn fragte, ob das für Liska in Ordnung wäre. »Normalerweise lasse ich meine Arbeitsbilder nie an die Öffentlichkeit gelangen. Aber bei diesem konnte ich nicht anders. Es hat so gut gepasst, es fängt die Stimmung des Buches ein, und letztlich würde meine Protagonistin es mir übelnehmen, wenn ich es nicht tue. Frag also bitte deine nette Freundin, ob sie einverstanden ist.«

Marius hatte nicht weiter nachgehakt. Seine *nette Freundin* hatte vor Begeisterung zwar nicht gerade Luftsprünge gemacht, aber ihr Einverständnis gegeben. In gewisser Weise war ihr Magdalenas Buch sehr wichtig, auch wenn sie ebenso wenig wie er wusste, welche Geschichte letztlich dabei herausgekommen war. Aber sie war nach der Vorlage von Fotos entstanden, mit denen wichtige Erinnerungen verknüpft waren. Nicht nur für Liska, sondern auch für ihn. Erinnerungen an eine Reise über die Inseln und die Zeit danach, in der sie sich weiter angenähert hatten.

Die Strecke von Köln nach Haltern zu Liska kannte er mittlerweile im Schlaf, so häufig war er sie gefahren. Sein Status als Freiberufler kam ihm zugute, und er hatte sich in den Kopf gesetzt, einen Fotoband über die Orkney-Inseln zu erstellen. Material besaß er genug. Durch Tante Magdalenas Kontakte hatte er bereits das Interesse zweier Verlage geweckt. Die Sache hatte allerdings noch einen anderen Vorteil: Er konnte in Deutschland bleiben, Liska sehen und die Beziehung mit ihr vertiefen.

Es gefiel ihm. Zum ersten Mal seit Jahren spürte er nicht diese Unruhe, die ihn überkam, wenn er längere Zeit an einem Ort verbrachte. Zwar war Deutschland stets sein Basislager gewesen, aber es hatte sich nach einer Weile zu eng angefühlt, zu fordernd. Er ahnte, dass auch er vor etwas geflüchtet war. Vielleicht vor zu engen Bindungen, die irgendwann wieder reißen konnten, ohne dass er es wollte. Ohne es wirklich zu merken, war er wie sein Vater geworden: ein Wanderer, zu rastlos, um einen Ort als Heimat zu bezeichnen. Dabei hätte er es besser wissen müssen, schließlich war er einst der kleine Junge gewesen, dessen größter Wunsch gewesen war, sein Vater möge zurückkommen.

Bei Liska gab es diese Scheu nicht. Er konnte nicht nur bleiben, er wollte es sogar. Vielleicht, weil er ihre Verletzungen kannte und es ihm darum nicht sonderlich schwerfiel, seine zu zeigen, vielleicht aber auch, weil sie mutig genug gewesen war, um ihm trotz der kurzen Zeit auf den Inseln ihr Inneres zu offenbaren. Ihr Mut half ihm, auch über seinen Schatten zu springen, und er staunte noch immer darüber, wie leicht es ihm gefallen war.

Mittlerweile konnte er sich nicht mehr vorstellen, längere Zeit von ihr getrennt zu sein. Nicht nur, weil sie die faszinierendste Frau war, die er jemals getroffen hatte, sondern auch, weil sie beide etwas ganz Besonderes verband. Mehr, als es in seinen anderen Beziehungen der Fall gewesen war. Mehr als das Kribbeln in seinem Inneren, das sich von Verliebtsein in Liebe wandelte. Er konnte es nicht einmal genau benennen, und Liska erging es ebenso.

Eines Abends hatten sie beschlossen, es auf die Magie des schottischen Nordens zu schieben, und mit Whisky darauf angestoßen. Er hatte als Überraschung eine kleine Figur aus seiner Tasche gezogen: ein Schaf in Matheson-Clanfarben, so wie es im Seaflower oder bei Ted und Maire stand. Liska war in Tränen ausgebrochen, hatte sich in seine Arme geschmiegt und ihn so intensiv geküsst, bis die Wärme auf seiner Haut überhandgenommen und er sie ins Bett getragen hatte.

Allein der Gedanke daran genügte, sich nach einem Ort zu sehnen, an dem sie allein sein konnten. Marius hielt sein Gesicht in den Wind. Leider waren sie nicht zur Erholung zurück nach Kirkwall gekommen.

Er streichelte Liskas Wange und küsste ihren Mundwinkel. Sie lächelte, doch die Trauer in ihren Augen war noch immer zu sehen.

»Alles okay?«, flüsterte er.

Sie nickte und kuschelte sich noch enger an ihn. Ganz in der Nähe kreischte eine Möwe, ein Stück entfernt zog der Verkehr Kirkwalls an ihnen vorbei. Alles sah so friedlich aus wie bei seinem ersten Besuch.

Über ihnen öffnete sich der Himmel und schickte erste Regentropfen los.

Liska brummte unwillig. »Am liebsten würde ich hier mit dir stehen bleiben und den Hafen beobachten. Oder die Möwen. Sogar warten, bis wir vollkommen durchnässt sind. Aber wir sollten los.«

Er nickte, ging zur Beifahrerseite und öffnete die Tür für sie.

Liska wollte einsteigen, hielt aber mitten in der Bewegung inne. »Es ist … seltsam. Bisher war alles in Ordnung, aber kaum bin ich hier, fehlt er mir.«

Marius hätte es nicht besser ausdrücken können. Sanft strich er über ihre Schultern. »Er gehört für dich einfach dazu, als Teil von Mainland. Für mich ja auch. Es fühlt sich unvollständig an, zu wissen, dass er uns nicht begrüßen oder tadeln wird, weil wir zu spät zum Mittagessen und zu früh zum Tee kommen. Es wird mir auch fehlen, mit ihm zu fachsimpeln.«

Eine Windböe ließ sie beide frösteln, und der Regen nahm an Intensität zu. Liska schrie leise auf und flüchtete in den Wagen. Marius folgte ihrem Beispiel. Seine Haare klebten an seinem Kopf, Liskas Locken ringelten sich zaghaft um Wangen und Hals.

»Verdammt!« Er schüttelte sich, so dass die Wassertropfen nach allen Seiten stoben.

Draußen ging mittlerweile die Welt unter. In kürzester Zeit hatte sich der Himmel in sämtliche Grautöne gehüllt, die Marius sich vorstellen konnte. »Endzeitgrau und Höllenschlundschwarz, würde William nun vielleicht sagen.« Marius griff nach Liskas Hand und drückte sie kurz, dann steckte er den Schlüssel ins Zündschloss und startete den Motor.

Auf dem Weg zur Old Finstown Road liefen die Scheibenwischer auf Hochtouren, trotzdem war die Sicht mehr als schlecht. Sie krochen die Straße mit zwanzig Meilen pro Stunde entlang. Marius versuchte verbissen, Einzelheiten auszumachen. Es kam ihm vor, als hätte der Regen sämtliche Konturen verwischt, und dort, wo einst Wiesen, Zäune und Straßen gewesen waren, glich die Welt nun einem abstrakten Gemälde. Hin und wieder kündete ein Lichtschimmer davon, dass ihnen ein anderes Fahrzeug entgegenkam. Liska zuckte jedes Mal zusammen.

Als sie die Old Finstown erreichten, atmete sie schneller und lauter. Marius wollte sie beruhigen, wagte jedoch nicht, die Straße aus den Augen zu lassen.

»Alles gut«, murmelte er. »Wir fahren langsam, uns kann nichts geschehen.« Er wusste genau, was ihr so viel Angst bereitete: Ein solches Unwetter hatte es an dem Abend gegeben, als ihre Eltern den tödlichen Unfall gehabt hatten, und sie näherten sich soeben der Stelle, an der es geschehen war. Marius ging noch weiter vom Gas. Es funktionierte, Liska beruhigte sich ein wenig. Zumindest atmete sie entspannter und streckte die Beine aus.

Vor ihnen brach sich etwas in der glitzernden Nässe.

»Oh nein«, flüsterte sie.

»Es ist alles okay.« Er schwenkte ein Stück weiter nach links. Das Untergrundgeräusch änderte sich, als er über Gras und Schotter fuhr. Liska sog scharf die Luft ein.

Das Licht kam näher, spaltete sich auf und bildete die typische Form zweier Scheinwerfer. Liskas Fingernägel trommelten auf der Seitenverkleidung, und sie murmelte etwas, das er nicht verstand. Er musste es auch nicht, um zu wissen, woran sie gerade dachte. Und dass sie Angst hatte. Er konnte es ihr nicht verdenken. Damals hatte auch der andere Wagen die Kontrolle verloren.

Das Licht wuchs weiter an, blendete ihn durch die tausendfachen Regentropfen … und dann war alles vorbei: der Gegenverkehr, der schreckliche Unfallort. Die Angst.

Sie hatten es geschafft.

Marius lenkte zurück auf die Straße und beschleunigte. Auch sein Herz schlug schneller, und es war das Beste, wenn er Liska so schnell wie möglich von hier wegbrachte. Nicht, dass an ihrem Ziel etwas Schönes auf sie wartete.

Im Gegenteil. An diesem Tag waren sie auf Mainland vom

Tod umgeben, und doch fühlte er sich noch immer so lebendig wie in den vergangenen Monaten.

Das weiße Haus tauchte als verschwommener Fleck am rechten Straßenrand auf. Marius drosselte die Geschwindigkeit, wendete und parkte auf dem breiteren Streifen davor. Der Regen schlug auf das Dach, als wollte er sie warnen auszusteigen.

Im Inneren brannte Licht, klein und verloren, jetzt, wo der Wolkenbruch das Tageslicht gestohlen hatte.

Selbst das schottische Wetter trägt Trauer.

Es war seltsam, hier zu sitzen und zu wissen, dass nur Fiona die Tür öffnen würde. Bisher waren die Brookmyres für ihn ein Duo gewesen, das höchstens für kurze Zeit allein anzutreffen war. Wo sich der eine aufhielt, war der andere nie weit gewesen.

William war vor vier Tagen gestorben.

Die Nachricht hatte weder ihn noch Liska überrascht. Seit ihrer Rückkehr nach Deutschland hatten sie quasi täglich damit gerechnet. Noch in der Stunde nach dem Anruf von Sean Johnson waren die Flüge gebucht und die kommenden Tage freigeschaufelt. Mareike erklärte sich sofort bereit, das *Blumen zum Tee* allein zu betreuen, und Marius konnte seine Deadlines relativ problemlos verschieben. Bereits am nächsten Tag hatten sie im Flieger gesessen.

»Also dann.« Liska atmete tief ein und wieder aus. »Lass uns sehen, wie es ihr geht.«

»Bleib sitzen.« Er stieg aus, ging um den Wagen, schlüpfte aus seiner Jacke und hielt sie über seinen Kopf. Zwar hatten sie einen Schirm dabei, doch der würde die nächste Windböe wahrscheinlich nicht überleben.

Liska wartete, bis er ihre Tür erreicht hatte, stieg aus, schlang die Arme um seinen Körper und drückte sich eng an ihn. So entkam sie dem Regen und konnte sich an ihm festhalten, um auf dem Weg zum Haus nicht zu stolpern. Sichtbare Hindernisse gab es nicht, aber die waren noch nie das größte Problem gewesen.

Die Tür schwang auf, ehe sie anklopfen konnten. Die Vorstellung, dass Fiona ganz allein dort drinnen gesessen und ihre Ankunft durch das Fenster beobachtet hatte, zerriss Marius das Herz. Liska spannte sich an, ihre Finger suchten Halt und bohrten sich in seine Rippen, doch er schwieg.

Der Lichtschimmer reichte kaum aus, um die Türöffnung zu erhellen, trotzdem war Fionas Umriss unverkennbar. Eine kleine, gesichtslose Gestalt, gebeugter, als er sie in Erinnerung hatte. Sie hatte darauf verzichtet, das Licht im Flur einzuschalten, als wollte sie sich verstecken – oder als suchte sie die Dunkelheit, um ihrem verstorbenen Mann nahe zu sein. Beides gefiel Marius nicht, und am liebsten hätte er sie in den Arm genommen, wie bei seinem letzten Abschied von ihr, um sie ins Licht zu ziehen. Dann erreichten sie die Schwelle, und er erkannte das so vertraute, schmale Gesicht mit den Augen in Wasserblau, die nicht mehr so entschlossen blickten wie sonst. Fiona trug Schwarz: Kleid, Strumpfhose und Kopftuch. Sie sah verloren aus. Verloren, unendlich müde und traurig auf eine Weise, die an Mutlosigkeit grenzte. Sie hob eine Hand und winkte, obwohl er und Liska direkt vor ihr standen. Ihre Lippen bebten, als sie sich um ein tapferes Lächeln bemühte.

Liska schluchzte auf und fiel Fiona in die Arme.

Die tätschelte ihren Rücken. »Ich freu mich so, dass ihr gekommen seid, mein Kind«, flüsterte sie. »Ich freu mich so.« Sie schloss die Augen und lehnte den Kopf an Liskas Schulter. Dieses Mal war ihr Lächeln echt.

Einen Tag später summte, lärmte und bebte das Haus unter

den vielen Stimmen und Schritten, dem Geklapper von Besteck auf Tellern und dem Pfeifen des Wasserkessels. Jemand rief nach einem Küchentuch, ein Kind kreischte und lachte ungeachtet der Kulisse aus schwarzer Kleidung und gleichfarbigen Hüten in sämtlichen Größen. Tee- und Kuchenduft verdrängte die allgegenwärtigen Aromen der See, und im Wohnzimmer verströmte ein Torffeuer im Kamin eine erdige Nuance.

Liska trug zwei Teekannen in Fionas Wohnzimmer und versuchte, im Kopf zu überschlagen, wie viel Tee heute bereits getrunken worden war. Vergeblich, sie hatte vor ungefähr einer Stunde die Übersicht verloren. Aber sie hätte schwören können, dass seit der Ankunft in Fionas Haus keine fünf Minuten vergangen waren, in denen nicht eine neue Kanne aufgebrüht werden musste. Den guten Darjeeling first flush aus der Dose vom Regal über dem Herd, keine Teebeutel, hatte Fiona bestimmt. Für den Tag, an dem Williams und ihre Freunde zusammengekommen waren, um ihm den letzten Gruß zu entrichten, wollte sie nur das Beste.

»Liska, brauchst du Hilfe?«

Sie schüttelte den Kopf und versuchte, die sportliche Frau mit der modernen Frisur einzuordnen. Endlich fiel es ihr ein – richtig, das war Agatha Macrae. Bei ihr hatten sie, Marius und die Brookmyres ziemlich am Anfang ihrer Reise zu Mittag gegessen. »Es geht schon, lieben Dank. Ist noch genug Kuchen da?« Sie deutete mit dem Kinn Richtung Wohnzimmer.

Agatha nickte. »Lauren hat gerade zwei Platten aus dem Auto geholt. Nun kann sich wirklich niemand beschweren, dass er hungrig nach Hause gehen muss. Ich sehe mal nach, ob alle versorgt sind. Annie hat nach dir gefragt. Sie wollte wissen, ob Nachschub an Tee gebraucht wird, sie hat vorsichtshalber ein Pfund mitgebracht.«

»Bloß nicht. Fiona hat für sämtliche schottischen Inseln eingekauft. Falls jemand Freunde auf den Shetlands oder den Hebriden hat und sie einladen möchte ... es ist genug da.«

Agatha kiekste vor Belustigung, hob einen Daumen und verschwand.

Liska brachte die Kannen ins Wohnzimmer und stellte sie ab. Stephens Frau Lauren verteilte soeben Kuchenstücke auf Teller und reichte sie herum. Sie war hübsch, mit dunklem Haar, und besaß eine angenehme Stimme. Liska hatte sich bei den Vorbereitungen lange mit ihr unterhalten.

Lauren freute sich sehr, dass Fiona beschlossen hatte, zu ihr und Stephen zu ziehen. »Wir haben den Anbau noch einmal modernisiert. Es ist wirklich schön geworden, ich hoffe sehr, dass es ihr dort gefällt. Und dass sie mir zeigt, wie sie ihre Haferplätzchen backt, das bekommt nämlich niemand so gut hin wie Fiona.«

»Das stimmt.« Liska nahm sich eine Tasse Tee. »Was wird dann aus diesem Haus?«

»Ich verkaufe es«, ertönte es ruhig neben ihr. Fiona hielt eine Tasse in der Hand und machte einen gefassten Eindruck. Das schwarze Kopftuch hatte sie abgelegt, ihr Haar war schlicht, aber ordentlich aufgesteckt.

Liska griff nach ihrer Hand. »Verkaufen? Bist du sicher?«

Fiona nickte. »William hätte es so gewollt. Wir haben in diesen Wänden einen großen Teil unseres Lebens verbracht, aber ohne ihn möchte ich hier nicht sein. Und, herrje, wäre es nicht schade für ein Haus, wenn es niemanden gäbe, der hin und wieder herumläuft oder ein Feuer anzündet? Es hat uns gute Dienste geleistet, und es käme mir undankbar vor, es verfallen zu lassen. Außerdem möchte ich die fehlende Zeit mit Stephen aufholen. Und natürlich mit Lauren.«

Die Frauen lächelten sich an. Liska atmete insgeheim auf.

Fiona würde nicht allein sein. Und wie es ihr Naturell war, blickte sie bereits wieder etwas nach vorn. Zwar war sie noch immer traurig und bedrückt, aber sie hatte einen winzigen Teil ihrer Energie wiedergefunden. Der Rest würde folgen. Sie hatte schwere Tage hinter sich, aber sie hielt sich tapfer, wie auch schon zuvor an Williams Grab.

Sie hatten die Beerdigung im leichten Nieselregen hinter sich gebracht. Es war eine stattliche Zahl an Gästen gewesen, die sich auf dem Friedhof in Kirkwall zusammendrängten, um William einen letzten Gruß zu erbringen. Der Boden quoll über vor Blumen, und Liska überlegte mehrmals, ob er sich über die Verschwendung ärgern oder über die Farbenpracht freuen würde, für die er sicherlich ganz eigene Bezeichnungen gefunden hätte. Es gab Blüten in Quellwolkenweiß, Wetterleuchtgelb und Torffeuerrot, Bänder in Whiskygold und Skarabraesilber. Frauen weinten leise in ihre Taschentücher, Männer streckten die Rücken durch und wölbten die Brust im Gedenken an einen der wohl stolzesten Schotten, die sie gekannt hatten.

Liska stand hinter Fiona und achtete darauf, dass sie eine Stütze hatte, wenn sie es brauchte. Es fiel ihr schwer, sich von William zu verabschieden, vor allem da sie den Kontakt erst vor kurzem hatten wiederaufleben lassen. Er war nicht nur jemand gewesen, mit dem sie als Kind Zeit verbracht hatte, sondern stellte auch eine Verbindung zu schönen Erinnerungen dar. An die Zeit hier und vor allem an ihre Eltern. Zunächst hatte sie sich Vorwürfe gemacht, nicht eher nach Mainland zurückgekehrt zu sein, aber nun war sie einfach nur froh, noch ein paar Tage mit William verbracht zu haben.

Wenn sie sich ein winziges Stück zur Seite lehnte, spürte sie Marius' festen Körper – *ihren* Halt. Es war paradox, aber hier, unter all den Menschen auf dem Friedhof, wollte sie ihm unbedingt sagen, dass sie ihn liebte. Bisher hatte sie sich gescheut, es auszusprechen, und zärtliche Worte genutzt, die harmloser und nicht so überwältigend klangen. Dabei wusste sie tief in ihrem Herzen, dass es so war. Sie hatte sich in Marius verliebt, und im Laufe der vier Monate, die sie nun zusammen verbracht hatten, war dieses Gefühl mehr und mehr gewachsen. Sie war sich absolut sicher, dass sie ihre Zeit mit ihm und niemand anders verbringen wollte.

Nachdenklich und ein wenig belustigt sah sie auf den Grabstein und las den eingravierten Namen.

William Ronald Euan Brookmyre. Warum bitte denke ich auf deiner Beerdigung über so etwas nach? Sollte ich nicht ausschließlich um dich trauern, anstatt mich darüber zu freuen, dass ich mein Herz an den Mann neben mir verschenkt habe?

Sie sah in den Himmel, als würde sie dort eine Antwort erhalten. Dabei ahnte sie bereits, was William ihr sagen würde: Dass sie gern trauern könne und er sich über ihre Anteilnahme freue, aber ein Mädchen in ihrem Alter sich allmählich auch Gedanken über einen potentiellen Ehemann machen müsse. Und wenn dies auf einer Beerdigung geschähe, dann solle es eben so sein. Immerhin würde die Welt nicht aufhören, sich zu drehen, weil ein alter Schotte ins Gras gebissen hatte.

Ja, so ungefähr würde Williams Antwort lauten. Und auch wenn Liska in der kommenden Zeit nicht von Heirat reden wollte, so konnte sie die Wahrheit in diesen Worten nicht ignorieren. Es war völlig in Ordnung, um jemanden zu trauern, der gegangen war. Aber die Erde durfte deshalb nicht aufhören, sich zu drehen.

Sie wandte den Kopf um eine Winzigkeit, und Marius zwinkerte ihr zu. Ihre Hände berührten sich flüchtig, dann ließ Liska den Blick über die übrigen Trauernden schweifen.

Sie war überrascht, wie viele sie kannte. Da waren Greta und Sean Johnson sowie Vicky Marsden mit ihrem Mann, der einen bodenständigen und gutmütigen Eindruck machte. Zwischen ihnen stand Emma und lauschte mit großen Augen der Rede des Pfarrers, der von dem Meer und der Erde sprach, aber das Leben auch mit einem ordentlichen Schluck Whisky verglich.

Neben den beiden standen mehrere Frauen. Liska erkannte manche von ihnen wieder, sogar Bridget, die ihr damals am Steinkreis das Sandwich hatte aufdrängen wollen. Sie alle hatten mitgeholfen, die Enten für das Foto zu positionieren. Eine fröhliche Party, die Fiona organisiert hatte. Nun waren sie hier, um ihrer alten Freundin den Rücken zu stärken.

Fionas Enkel Bradley und seine Maggie standen neben ihr, auf der anderen Seite hatte Stephen die Hand seiner Mutter gefasst. Hamish Aird, der Mann mit dem Schottland-Tattoo, ragte aus der Menge hervor, neben ihm stand Ed Meacham, der Liska den Eintritt für Skara Brae erlassen hatte. Sogar John Parsons hatte den Weg von Shapinsay hierher gefunden, neben ihm schnieften Ted und Maire Matheson, die Besitzer der Kletterschafe. Clare Bronn, die ihre Einhornhaare mittlerweile schwarz gefärbt hatte, starrte in der hintersten Reihe auf ihr Handy.

Sie alle waren Teil einer großen Familie. Hier gab es Zusammenhalt und Unterstützung, wenn es einem von ihnen schlecht ging. Einmal mehr war Liska froh, die Reise vor einigen Monaten unternommen zu haben. So hatte Fiona noch einmal die Gewissheit bekommen, dass sie nicht allein sein würde. Im Gegenteil. Sie musste nur eine Hand ausstrecken, und jemand war für sie da.

Ein schöner Gedanke.

Nun musste Liska doch lächeln. Sie legte den Kopf in den

Nacken und trotzte dem Regen, der wieder einmal stärker wurde. Der Himmel würde schon wieder aufreißen.

Irgendwann.

Epilog

Fast hätte sie das Buch vergessen. Sie hielt nichts von Geschenken und hatte es nur lose in braunes Packpapier eingeschlagen. Es sah hässlich aus, aber der örtliche Supermarkt hatte nichts anderes hergegeben. Vielleicht war ihr Englisch auch zu schlecht, aber darüber wollte sie sich nun nicht den Kopf zerbrechen. Schließlich kam es nicht auf die Verpackung an, und es war auch nicht wirklich ein Geschenk.

Sie trat aus dem Haus an der Old Finstown Road, mühte sich mit dem Schlüssel, fluchte über das Schloss – warum klemmte es, wo es doch neu war? – und ging zum Wagen. Zum Glück regnete es nicht. Sie verließ ihr Haus in Deutschland schon nicht so gern, erst recht nicht bei schlechtem Wetter, und manchmal fragte sie sich, ob sie wahnsinnig geworden war, eine Immobilie in einem fremden Land gekauft zu haben.

Aber sie hatte nicht anders gekonnt.

»Wie lange fahren wir?«, fragte sie bestimmt, wie es ihre Art war, und machte es sich auf dem Beifahrersitz bequem. Es irritierte sie noch immer, dass der sich auf der linken Seite befand.

Frau Esslinger zupfte ihr graues Kostüm zurecht. »Ich vermute, zwei Minuten. Vielleicht auch drei.«

Magdalena de Vries brummte als Zeichen, die Information

zur Kenntnis genommen zu haben, legte Handtasche und Päckchen auf dem Schoß ab und kämpfte mit dem Sicherheitsgurt. Er klemmte. Frau Esslinger fuhr in der Zwischenzeit an, bog kurz darauf ab und hielt gefühlt einen Wimpernschlag später vor ihrem Ziel. Das *Seaflower* ihrer alten Freundin Emilie Matthies.

Es war kleiner als ihr Haus, jedoch sehr gepflegt. Das Dach war an manchen Stellen neu gedeckt worden, dort schimmerten die Ziegel dunkler. Auch die Fassade war hier und dort frisch verputzt.

Neben dem Haus stand ein Pärchen, hielt sich in den Armen und küsste sich. Sie ließen sich selbst dann nicht stören, als Frau Esslinger den Wagen ausrollen ließ.

Magdalena hob die Augenbrauen und wartete. Natürlich waren das Marius und seine Freundin Liska Matthies. Ein nettes und sehr hübsches Mädchen. Magdalena musste nicht hinschauen, um das zu beurteilen, sie kannte jede Locke auf Liskas Kopf. Den Schnappschuss, auf dem Liska ein Lamm auf dem Arm hielt, hatte sie unzählige Male betrachtet und dann in ihr Buch mit aufnehmen lassen. *Zurück in das Abendlicht* war der erste Roman, bei dem sie ihr Quellenmaterial preisgegeben hatte. Nun, einen Teil davon. Wie oft hatte sie seitdem gedacht, dass sie selten einen Menschen gesehen hatte, der glücklicher wirkte als Liska auf jenem Foto. Überhaupt war etwas an diesen Fotos, die Marius für sie aus Schottland mitgebracht hatte. Sie verführten, machten neugierig, ließen den Betrachter unruhig werden. Rastlos.

Zumindest Magdalena hatte lange gegrübelt und noch länger wach gelegen, um Frau Esslinger dann mit dem Auftrag zu schocken, dass sie sich den Norden dieses Landes höchstpersönlich ansehen wollte. Und da sie ungern halbe Sachen machte, hatte sie ihrer Assistentin einen kleinen Herzinfarkt beschert und gleich dieses leerstehende Haus gekauft und herrichten lassen, von dem Marius ihr erzählt hatte. Niemand konnte von ihr verlangen, in einem Hotel zu wohnen. Diese Zeiten waren vorbei. Zwar hatte Marius ihr das Gästezimmer im Seaflower angeboten, doch Magdalena war es nun einmal gewohnt, sich ihren Tag nicht von irgendwelchen unsinnigen Hausregeln dirigieren zu lassen. Sie wollte in den eigenen vier Wänden nächtigen. Was sie gut und vor allem lang getan hatte. Nun blieb nicht mehr allzu viel Zeit, bis die Fähre ablegte.

Umso ärgerlicher war es, dass Marius und Liska sich nicht im Geringsten stören ließen.

»Hupen Sie!«

»Wirklich?« Frau Esslinger fühlte sich eindeutig nicht wohl dabei, das junge Glück zu stören.

Magdalena seufzte, beugte sich vor und betätigte die Hupe. Die jungen Leute fuhren auseinander und sahen erst sich, dann den Wagen schuldbewusst an. Als ob sie nicht schon längst gewusst hätten, dass ihr Besuch angekommen war.

Magdalena öffnete die Tür, stieg aus und trat zu den beiden. »Guten Morgen! Müssen wir uns nicht langsam beeilen?«

Liskas Wangen färbten sich rötlich, sie streckte eine Hand aus. »Es ist schön, Sie endlich kennenzulernen, Frau de Vries. Und nein, uns bleibt noch Zeit, bis die Fähre ablegt. Und für den Anschluss nach Westray müssen wir auch nicht hetzen.«

Magdalena schüttelte die Hand, obwohl sie nichts für derartige Riten übrighatte. Doch, die Kleine sah wirklich so aus wie auf dem Foto. »Dass es keine direkte Fährverbindung gibt, ist mir schleierhaft. Was soll denn dieses Gehopse von einer Insel zur anderen.«

»So ist das nun einmal.« Marius beugte sich vor und hauchte ihr einen Kuss auf die Wange. »Hier oben ticken die

Uhren anders. Aber schön, dass du gut angekommen bist. Was hast du da?«

Magdalena drückte ihm das Päckchen in die Hand. »Für euch.«

Er wechselte einen Blick mit Liska und wickelte es aus. Auf dem Einband von *Zurück in das Abendlicht* schimmerte ein Leuchtturm in der untergehenden Sonne, während Gischtkronen sich an die Klippen schmiegten.

»Wow!« Marius blätterte nach hinten und fand das Bild von Liska und dem Lamm. Sein Lächeln wurde so breit, dass ihm jeder den glücklichsten Mann der Welt abgenommen hätte. »Du siehst wunderschön aus.«

Liskas Wangen verdunkelten sich weiter. Sie schüttelte den Kopf und murmelte etwas.

»Das ist eures. Für Fiona Brookmyre habe ich noch eines in der Tasche. Sie wird zwar noch eine Weile warten müssen, bis die englische Übersetzung veröffentlicht wird, aber besser als gar kein Gastgeschenk«, sagte Magdalena.

»Danke«, sagte Liska und strahlte sie an.

Magdalena winkte ab. »Ich hab euch am Anfang erwähnt. Aber jetzt wird es mir zu kalt, ich steige schon mal ein.«

Im Umdrehen sah sie, dass Marius das Buch bereits an der richtigen Stelle aufgeschlagen hatte. Sie musste nicht abwarten, was er las, sie kannte die kurze Widmung dort auswendig:

Für Liska, Marius, Fiona und William. Weil ihr zusammen die schönsten Momente in ganz Schottland eingefangen habt.

Stephanie Linnhe

Cornwall mit Käthe

Roman.
Taschenbuch.
Auch als E-Book erhältlich.
www.list-verlag.de

Einmal träumen in Cornwall

Einmal Urlaub in Cornwall machen! Für die junge Juna Fleming gar nicht so leicht, denn niemand will mit ihr ins Rosamunde-Pilcher-Land reisen – zu kitschig! So findet Juna sich schließlich in einem Reisebus voller Rentner wieder. Glücklicherweise entpuppt sich ihre Sitznachbarin Käthe als charmant und unterhaltsam. An Abenteuern fehlt es auch nicht, denn die Rentnertruppe hat es faustdick hinter den Ohren. Der Bus verschwindet, und die resolute Antonia zieht auf eigene Faust los, um die von ihr so geliebten Schafe aufzuspüren. Zum Glück gibt es da noch Käthes Enkel, der telefonisch Beistand leistet – und eine unglaublich sexy Stimme hat.

List